David Whish-Wilson

DIE GRUBEN VON PERTH

Thriller

Aus dem australischen Englisch
von Sven Koch

Herausgegeben von
Thomas Wörtche

Suhrkamp

Die Originalausgabe erschien 2013 unter dem Titel
Zero at the Bone
bei Penguin Viking.

Erste Auflage 2018
suhrkamp taschenbuch 4891
Deutsche Erstausgabe

Umschlagabbildung: Gary Ombler/Getty Images; FinePic®, München
Umschlaggestaltung: zero-media.net
Druck und Bindung: CPI – Ebner & Spiegel, Ulm
Printed in Germany
ISBN 978-3-518-46891-3

DIE GRUBEN VON PERTH

PROLOG

Sanft stupste Max Henderson seinen Australian Kelpie Geraldine mit dem Fuß an. Doch sie bettelte winselnd weiter und wollte an den Kühlschrank. Bill dagegen saß nur mit heraushängender Zunge da.

»Schluss jetzt«, sagte Max wieder, jedoch ohne Nachdruck. Geraldine wusste nie, wann genug war. Anders als Bill mit seinen großen Welpenaugen, der anscheinend immer glücklich und zufrieden war.

Max öffnete den Kühlschrank, und sofort spürte er Kälte um seine sonnengebräunten Beine streichen. Ein weiteres Mal stupste er Geraldine an, und sie begann vor Freude zu bellen. Im Kühlschrank lag das geschenkte Ziegenfleisch eines anderen Vietnamveteranen, eines Selbstversorgers mit eigenen Ziegen, eigener Milch und Gemüse aus seinem großen Garten. Einmal im Jahr schlachtete dieser Freund seine jungen Böcke und brachte Max in blutigen Einkaufstüten die Vorderläufe, die hinteren Haxen und Rippen.

Außer Ziegenfleisch enthielt der Kühlschrank nur Getränke. Geschützt vor der Sommerhitze lagen darin Moselwein, Bordeaux und Burgunder. Max Henderson war zwar wohlhabend, aber Jennifers Wunsch nach einer Klimaanlage, die ihnen das Leben angenehmer gemacht hätte, hatte er sich immer verweigert.

Wie immer dachte er dabei an eine Stelle aus Graham Greenes *Der stille Amerikaner*, bis ihm auffiel, dass er jetzt laut sprach: »Lässt dem Mann den Samen im Körper vertrocknen ...«.

Etwas in seiner Stimme ließ Geraldine mit dem Winseln aufhören und den Kopf zur Seite neigen. Max zwinkerte, Tränen stiegen ihm in die Augen. So ging das schon seit Monaten.

Er schob eine Flasche Lagavulin zur Seite, die ins Rollen kam und klirrend gegen die Highland-Park-Flasche stieß. An einem normalen Abend würde Jennifer den Whisky eine Stunde vor seiner Heimkehr aus dem Kühlschrank holen, damit er nicht mehr ganz so kalt war. Die Hände ums Glas gelegt, würde er ihn dann weiter wärmen, während Jennifer das Abendessen fertig machte. Max würde ihn sich unter die Nase halten und riechen, ob sich das Aroma schon entfaltet hatte, dann einen Spritzer Wasser über einen umgedrehten Löffel hineinlaufen lassen, um den Geschmack nach Torf und Granit aus der alten Heimat richtig zur Geltung zu bringen. Jennifer würde ihm das Essen auf den Couchtisch vor dem Schallplattenspieler stellen und etwas von Beethoven oder Schubert oder Bach auflegen. Er würde schnell und ohne große Lust essen, sich dann höflich bei seiner Frau bedanken, sagen, es habe ihm wunderbar geschmeckt. Das war zwar gelogen, aber er sah durchaus, wie viel Mühe sie sich gemacht hatte.

Danach würde er mehr Whisky trinken und Musik hören, immer tiefer in seinem Liegesessel versinken, sich in Gedanken immer weiter von dem zurückliegenden Tag entfernen. Wenn die Flasche leer war und Jennifer schon im Bett lag, die Nadel am Ende der Schallplatte in der Rille kratzte, würde er im Sessel bleiben und dort schlafen. Wenn er so unruhig war, war es gefährlich für Jennifer, sich neben sie ins Bett zu legen. Dann musste sie ihn nachts nur leicht berühren, und er würde um sich schlagen oder aus dem Bett hechten, gegen die Wand prallen. Da war es sicherer, wenn sie alleine schlief.

Er schloss die Kühlschranktür und trug die Tüten mit dem Ziegenfleisch hinaus in die kühle Nachtluft. Die Meeresbrise raschelte in den nadelartigen Zweigen der Kasuarinen, die den Garten einfassten. Kasuarinen waren seine Lieblingsbäume, die ihn an die Ferien seiner Kindheit erinnerten – an jenes Stück Land am Ufer des Donnelly River, wo sein Onkel Kartoffeln, Äpfel und Kirschen angebaut hatte und an dessen mit starken Zäunen gesicherten Grenzen die Rinderweiden gewesen waren.

Nichts wuchs unter einer Kasuarine, aber sie spendete genug Schatten, damit ein Junge dort auf einem Teppich aus dünnen braunen Nadeln sitzen und über das Tal blicken oder Commando-Comics, Reise- und Abenteuerbücher lesen und dem rötlichen Fluss zusehen konnte, der sich um Schwemminseln aus Steinen und Ästen hinab bis zum Meer schlängelte.

Max leerte die Tüten mit den Fleischstücken auf dem Nadelteppich aus und sah den Hunden zu, wie sie danach schnappten und daran herumrissen. Nur einmal wandte sich Geraldine, misstrauisch wegen seines Schweigens, zu ihm um und suchte in der Dunkelheit seinen tränenfeuchten Blick.

Er trug die blutigen Tüten zur Mülltonne und hob den Deckel ab. Als er sie hineinfallen ließ, spürte er die Feuchtigkeit, die von der verrottenden Masse aufstieg, auf seiner Hand. Er legte den Deckel nicht gleich wieder auf. Stattdessen ließ er die Finger in den Griff gleiten und hielt den Deckel wie ein Schild in die Höhe, wie er es oft als Kind getan hatte; all die Schlachten, die er und sein Cousin mit Steinen und Stöcken gegeneinander gefochten hatten, die Duelle mit Erbsenpistolen auf der Weide, bei denen sie mit solchen Schilden Gesicht und Augen geschützt hatten.

Er nahm das Gewehr, das an der nächsten Kasuarine lehnte – eine Halbautomatik, die er leicht in einer Hand halten konnte. Er stand da wie als Junge, mit Schild in der einen, Waffe in der anderen Hand; nie hatte er sich entscheiden können, ob er lieber Ned Kelly oder ein trojanischer Krieger sein wollte – die Rüstung des einen grob und schwer, die andere wunderbar verziert.

Als Erstes trat Max Henderson hinter Geraldine, hielt ihr den Deckelschild über den Kopf, um ihrem Blick nicht begegnen zu müssen, und schoss ihr in den Hinterkopf. Dann wandte er sich um und richtete das Gewehr auf Bill, der erschreckt vom Knall aufgesprungen war und zwischen Max und dem zuckenden Körper seiner älteren Schwester hin und her rannte.

»Tut mir leid, Kamerad«, sagte Max, obwohl keine Worte aus seinem Mund kamen, und drückte ab. Der Schuss traf Bill in die Falte zwischen den Augen. Er fiel sofort zu Boden.

Danach setzte sich Max Henderson mit dem Rücken an den warmen Kasuarinenstamm und richtete, umhüllt von Harzgeruch, flüsternden Ästen und zuckenden Schatten, das Gewehr gegen sich. Die Zehen seiner nackten Füße krallten sich in die Nadeln, der Abzugsfinger spannte sich, in Gedanken sah er Jennifer, so wie er sie sich in diesem Moment vorstellte, ihre Mahjong-Steine legend und nach einem Glas Chablis greifend, eingerahmt von den Gesichtern ihrer Freundinnen im warmen Kerzenschein. In Erwartung des kommenden grellen Lichts spannte er alle Muskeln an, drückte den Lauf an sein rechtes Auge, bis rote Blitze das Dunkel durchzuckten, sagte zum letzten Mal »Tut mir leid, Kamerad«, und dann war es vorbei.

1 Swann hielt die Bedienungsanleitung ins Mondlicht und versuchte, das Gewirr der roten, blauen und grünen Kabel nachzuvollziehen, das als Illustration die kleingedruckte Anweisung verständlich machen und dem begabten Bastler die Einrichtung des Empfangsteils eines ERA2012-Abhörgeräts erklären sollte. Laut Hersteller war es das neueste und beste Modell auf dem Markt, »gleichermaßen geeignet für Amateure und Profis«, doch obwohl seine Funktionselemente vorwiegend aus Standardbauteilen – Funksender und Mikrophon – bestanden, war die Verkabelung für einen Nichtfachmann nahezu unbegreiflich.

Swann faltete die Anleitung zusammen und warf sie in den Beifahrerfußraum. Dort gesellte sie sich zu den leeren Pappbechern, alten Zeitungen und der Urinflasche, die er wohl bald brauchen dürfte.

Der Holden EK parkte unter einer Gruppe von Myrtenheiden, nur ein paar Schritte vom leise plätschernden Wassersaum entfernt. Bevor Swann seinen Ausguck bezogen hatte, hatte er von mehreren Myrtenheiden große Streifen ihrer papierdünnen Rinde abgezogen und an seinem Parkplatz über tiefhängende Äste gelegt. Es war Sommer, doch auch dort, wo sich der Sumpf schon landeinwärts zurückgezogen hatte, war der Boden noch feucht. Im Winter wären Swann und sein Holden hier im Wasser gestanden. Das trockene Flussbett mit dem rissigen Schlamm erlaubte ihm, diesen Posten in Sichtweite der neugebauten Vorortsiedlung zu beziehen und dabei selbst unsichtbar zu bleiben, verborgen unter Myrtenheiden und Eukalypten, die den Sumpf säumten – oder das, was mittlerweile Bibra Lake hieß. Doch auch dieser neuernannte See war nur ein Sumpf unter vielen anderen, die sich in der Küstenebene südlich von Fremantle wie Perlen an einer Schnur aneinanderreihten.

Plötzlich drang Rauschen aus dem CB-Funkgerät, das unter dem Armaturenbrett hing. Gleich darauf eine beflissene Stimme: »Hier Charlie 66. Fahre mit Detective Sergeant Farquarson und Detective Inspector Hogan von Bentley nach Fremantle – Fahrzeit ca. dreißig Minuten. Over.«

»Roger, Charlie 66.«

»Also vom Raffles am Leopold vorbei zum National Hotel«, sagte Swann laut zu sich. Irgendwann fing man beim Observieren immer an, Selbstgespräche zu führen. Er zündete sich eine Zigarette an, lehnte sich zurück, schloss die Augen. In Gedanken sah er den Uniformierten am Steuer von Charlie 66 vor sich, der den Gestank von Bier, Schweiß und Zigarrenrauch ausblendete, um sich bei den beiden Detectives anzudienen. Seine Freude, dass sie ihm so weit vertrauten, ihn als Fahrer einzusetzen. Jeder wusste, dass man den ersten Schritt zum Detective getan hatte, wenn man nachts ältere Kollegen beim Einsammeln ihres Zubrots durch die Gegend kutschieren durfte. Vorausgesetzt natürlich, man wischte auch ihre Kotze auf und brachte sie am Ende des Abends heim, man überhörte ihr Gerede und hielt generell die Klappe.

Alles wie gehabt.

Mit einer leichten Drehung des Handgelenks sah Swann auf die Uhr – elf vorbei. Er dachte kurz an die Flasche Grant's, die irgendwo unter dem Müll im Beifahrerfußraum liegen musste, verscheuchte den Gedanken aber gleich wieder. Er würde sie später zum Einschlafen brauchen – wann auch immer er dazu kam.

Er warf die Zigarettenkippe in einen leeren Pappbecher und erschlug einen Moskito auf seinem Handgelenk. Alles ruhig in der Neubausiedlung. Nur jedes dritte oder vierte Haus war bewohnt; an ihren Fronten warfen nackte Glühbirnen gelbliches Licht auf die Vorgärten. Alle anderen Häuser waren dunkel und leer, sie warteten auf die große Auktion nächste Woche – die auch Swann diesen Auftrag verschafft hatte. Sowohl der Bauunternehmer, der dieses Vorortparadies errichtet hatte, wie der für Straßen und Infrastruktur verantwortliche Stadtrat hatten auf ihren Baustellen einige Diebstähle zu verzeichnen gehabt. Das war zwar nicht ungewöhnlich, aber weil die Auktion unmittelbar bevorstand, wollte man keine weiteren Vorfälle.

Irgendjemand stahl nachts den Rollrasen aus den Vorgärten. Rollte auf, was tagsüber ausgelegt worden war und noch keine Chance gehabt hatte, im grauen Sand auch nur die kleinsten Wurzeln zu schlagen. Und nicht nur vor leerstehenden Häusern verschwand der Rasen. Manche Familien gingen abends zu Bett, und am nächsten Morgen mussten sie beim Aufstehen feststellen, dass der hübsche grüne Rasen, den sie tags zuvor immer wieder gewässert hatten, weg war. Nur Sand und Staub waren übrig, die vom Wind aufgewirbelt wurden und das Haus verschmutzten. Es sah eher nach einem Kindersandkasten aus als nach einem Stück vom bald zu ersteigernden Vorortglück.

Eigentlich wäre die Sache lustig gewesen, wenn Swann nicht so dringend Geld gebraucht hätte. Er hatte eine Familie zu versorgen: Seine drei Töchter lebten noch daheim, obwohl sie mit Teilzeitarbeit etwas dazuverdienten. Blonny ging noch zur Schule. Sarah war schwanger und wollte einen jungen Mann heiraten, den Swann kaum kannte. Louise war die Erste aus seinem erweiterten Familienkreis, die nach dem Schulabschluss die Ausbildung fortsetzte und nun in den Sandsteingebäuden der Universität am Nordufer des Swan River Jura studierte. Marion hatte ihre alte Stelle als Gemeindeschwester wieder angetreten und arbeitete Vollzeit als Betreuerin in den Bordellen und den Altersheimen ihres Viertels.

Jetzt konnte er sich nicht länger beherrschen. Er griff nach der Flasche Grant's, nahm einen kräftigen Schluck und ließ ihn langsam durch die Kehle rinnen. Sofort durchströmte ihn Wärme, vom Bauch aufsteigend bis in Arme und Beine. An sich mochte er bei Whisky Korkstopfen lieber als Schraubverschlüsse, aber bei diesem Blended war es okay. Während der drei letzten Nächte hatte er sechsundzwanzig Stunden observiert, und die würde er dem Bauunternehmen alle in Rechnung stellen, zusammen mit den Recherchestunden, die er mit dem Durchblättern von Zeitungen verbracht hatte auf der Suche nach Anzeigen, in denen jemand Rasen verhökerte. Und davon gab es ziemlich viele.

Nächste Woche war Zahltag. Mal wieder ein paar Krustentiere auf dem Tisch und für Marion etwas Sommerwein. Außerdem vielleicht was Süßes vom Italiener um die Ecke.

Rechts von ihm trottete ein Fuchs über den festgebackenen Schlamm. Er blieb kurz stehen und beäugte Swann, dann trabte er weiter und verschwand in einem Abflusskanal, der in die Straßenböschung am Rand der Siedlung eingelassen war. Vor einer Stunde hatten Jugendliche über die Zäune der bewohnten Häuser gespäht und nach Dingen gesucht, die sich davonschleppen ließen, waren aber mit leeren Händen abgezogen.

Ein neuer Vorort glich einer neuen, ein Stück weiter in den Busch vorgeschobenen Grenze, und wer hierher zog, war immer ein wenig auf der Hut – das war offensichtlich. Anders als in Swanns Straße in Fremantle, wo die Kinder ihre Räder und Spielsachen einfach in den Vorgärten liegen ließen, waren die Rasenflächen hier leer, alles aufgeräumt und hinter Rolltoren in Garagen verstaut. Nicht mal Topfpflanzen standen vor den Haustüren.

Swann sah sie, als sie von links anrückten. Die drei Männer mit Schubkarren machten keine Umstände. Stellten die Karren mitten auf der Straße ab, rollten ein Rasenstück auf, legten es darauf. Dann das nächste.

Swann nahm das Fernglas, stellte scharf. Und musste lachen. Er erkannte den Ältesten des Trupps an der Körperhaltung, den hängenden Schultern, den knorrigen Armen und Beinen. Auch den üblichen blauen Frotteehut hatte Stan Farmer auf. Dazu trug er sein immer gleiches schmutzig-weißes Trägershirt und die zu enge abgeschnittene Jeans. Und er war wie immer barfuß.

Stan war mit der Verlegung des Rasens beauftragt worden. Den er sich nun offenbar wieder zurückholte – seine Art von Recycling. Alle drei Männer wirkten angetrunken: den Tag über Rasen verlegen, nachts ihn wieder wegschaffen; dazwischen war nur ein bisschen Zeit für ein Pub. Die beiden Kumpane waren zwei seiner Söhne.

Swann kannte Farmer schon seit seiner Kindheit: Stan war ein Arbeitskollege seines Stiefvaters Brian gewesen. Nach einem Arbeitsunfall im Hafen und folgender Abfindung hatte Farmer dann einen Gärtnerbetrieb aufgemacht.

Etwas verkaufen, es zurückklauen und wieder verkaufen: die älteste Gaunerei der Welt. Auf Swanns Frage nach der Firma, die den Rasen verlegte, hatte der Bauunternehmer geantwortet, dass er sich um die nicht zu kümmern brauche, das mache ein Kumpel von ihm. Stan war jedermanns Kumpel.

Er legte das Fernglas beiseite und ließ sich wieder in den Sitz sinken. Dann schraubte er die Flasche Grant's auf und gönnte sich einen weiteren kräftigen Schluck. Sie würden noch eine Weile zu tun haben. Es war auch nicht seine Aufgabe, die Kerle festzunehmen, er nur sollte rausfinden, wer sie waren. Jetzt musste er allerdings noch überlegen, was er mit seiner Erkenntnis anstellen sollte.

Swanns Stiefvater hatte eine Menge nicht ganz astreiner Hafenarbeiter gekannt, aber Stan hatte zu den guten gehört. Ein alter Linker, dem es mit der Sache ernst war. Zu seinem Ethos gehörte, alles zu klauen, was nicht niet- und nagelfest war, aber nur von Leuten, die es sich leisten konnten. Swann kannte die Regel – er war damit aufgewachsen: Klau von keinem, der weniger hat als du.

In Swanns Kindheit hatte Stan Farmer ihnen oft etwas Essen vorbeigebracht, wenn sein Stiefvater wieder auf Sauftour war, für Tage verschollen blieb und erst heimkam, wenn die Lohntüte leer war. Manchmal hatte Stan Swanns Mutter ein paar Münzen zugesteckt. Leute wie Stan, dessen Vater auch getrunken hatte, kümmerten sich häufig um Kinder von Säufern und Spielern. Stan wusste, was Hunger war.

Stan war offenkundig der Ansicht, dass der Bauunternehmer ein Schwachkopf war oder es sich leisten konnte, beklaut zu werden, vielleicht auch beides. Für Swann kam es nun darauf an, Stan so weit zu bringen, dass er keinen Rasen mehr stahl. Nur dann würde Swann bezahlt werden. Er dachte eine Weile darüber nach, und der Whisky vertrieb ihm dabei die Zeit.

Um vier Uhr hatten Farmer & Sons alle Rasenflächen an der neuen Straße abgeräumt und waren mit dem Schubkarren um die Ecke gefahren. Swann wartete, bis Stans alter Bedford-Laster angelassen wurde, ehe er den Motor des Holden startete. Er folgte dem Bedford mit ausgeschalteten Scheinwerfern. Der Laster war voll beladen, eine Plane lag über den Grassoden, die am nächsten Morgen wieder ausgebracht werden konnten.

Stan lebte nicht allzu weit entfernt in einer ruhigen Straße in Coolbellup. Swann parkte ein Stück von Stans Haus entfernt und sah den drei müden Männern beim Hineingehen zu. Kein Licht wurde angeschaltet. Er zündete sich eine Zigarette an und nahm das Handmikrofon des Funkgeräts. Es war strafbar, sich als Polizist auszugeben, aber Swann kannte die Codes – unwahrscheinlich, dass man ihn erwischte. Er ließ seine Stimme möglichst jugendlich klingen und spielte einen jungen Streifenpolizisten aus Kwinana. Unter falschem Namen berichtete er, er sei einem viel zu schnell fahrenden Wagen gefolgt, der von der Küste bis in eine ruhige Straße in Coobie gerast war. Beschrieb seinen Blick durchs Küchenfenster auf einen Tisch voller Drogen und Bargeld. Ganze Haufen davon, die einfach rumlagen. Er erbat weitere Anweisungen.

Swann brach ab, als er sich das Lachen kaum noch verkneifen konnte. Er würde bestimmt nicht lange warten müssen. Und tatsächlich, zehn Minuten später kamen sie von beiden Enden der Straße angerauscht. Mannschaftswagen und Zivilfahrzeuge, ohne Blaulicht und Sirene. Er erkannte Charlie 66 und ein paar andere Detectives von der Nachtschicht. Sogar Uniformierte aus Fremantle und von noch weiter entfernten Dienststellen waren dabei. Sie bogen in die Straße ein, fuhren auf den Rasen – was für den Briefkasten kein gutes Ende nahm – und stürzten aus den Wagen. Ein gutes Dutzend wildgewordener Bullen, die sich gegenseitig aus dem Weg schubsten, die Tür aufbrachen und bei ihrer Jagd auf das größte Beutestück allen Anstand vergaßen. Zwei Detectives von verschiedenen Dienststellen gingen mit Fäusten aufeinander los, mehrere Uniformierte ließen sich davon anstecken. Als die Anwohner davon aufwachten, gingen in einigen Nachbarhäusern die Lichter an. Swann fuhr im Rückwärtsgang um die Ecke.

Die eingetretene Tür und das Tohuwabohu würden Stan einen Schreck einjagen, und Swann wollte ihn später am Tag anrufen. Stan dürfte heute sicher daheim bleiben: Coolbellup war kein Vorort, in dem man ein Haus ohne Tür unbeaufsichtigt ließ. Swann würde auch mit dem Bauunternehmer telefonieren und berichten, dass er die Täter vertrieben hatte und sie sicher nicht wiederkämen. Dann würde er sein Geld bekommen.

Obwohl das fast nebensächlich war. Eine Stampede mit zehn, fünfzehn Prachtbullen von der Western Australia Police auf einem Vorstadtrasen in Coobie war eigentlich Belohnung genug.

2

Gary Quinlivan ließ den Harley-Oldtimer langsam an einem geparkten Nissan Cedric vorbeirollen und hielt am Straßenrand. Er stellte beide Stiefel gleichzeitig auf den Boden, um die schwere Maschine auszubalancieren, ehe er den Ständer herunterklappte und den Leerlauf einlegte. Der Motor blubberte langsam und stetig, als er mit knarrender Ledermontur und schmerzenden Gliedern aus dem Sattel stieg.

Born to ride – *meine Fresse!*

Er zog den Reißverschluss der Lederjacke auf, tastete nach dem Schaft und zog ihn ein Stück weit heraus. Beim Aufrichten blickte er die Quarry Street hinunter. Fremantle vom Feinsten. Proleten, Abos, Penner, Bhagwan-Spinner – jeder Dritte ein Fall für die Klapse. Dass alle ihn ansahen, war ihm egal. Auffällig und unsichtbar. Die Harley gehörte jemand anderem. Die Lederkluft auch. Und der Helm, dessen Visier geschlossen war, ebenfalls.

Er holte tief Luft und trat einen Schritt zurück. Ließ alle sehen, was er gleich tun würde. Er würde weggehen, aber den Motor laufen und den Zündschlüssel stecken lassen. Jedes andere Motorrad wäre weg. Aber nicht dieses. Die 1946er Harley Knucklehead war in der Stadt so bekannt wie ihr Besitzer.

Quinlivan lief auf die Glasschiebetür der R&I Bank zu. Er war kein bisschen nervös. Er hatte grünes Licht hierfür, und zumindest für die drei oder vier nächsten auch. Das bedeutete, solange niemand verletzt wurde, hielten die Leute von Armed Robbery ihre schützende Hand über ihn. Und sie bewahrten ihn auch vor den Ratten, die andere Räuber überfielen, falls diese Bastarde überhaupt den Grips hatten rauszukriegen, wer er war.

Er ging direkt zum Schalter, das abgesägte Gewehr im Anschlag hin und her schwenkend. Er hörte sich brüllen. Hogans Rat klang noch in seinem Ohr – *Jag ihnen richtig Angst ein, Kleiner. Wer sich in die Hose scheißt, erinnert sich nicht mehr so genau*. Einem Schlipsträger, der ihn eine Sekunde zu lange anstarrte, verpasste er eine, schlug ihm in die fette Visage. Ein Riss klaffte in seiner Wange, das Auge schwoll sofort zu. Das Adrenalin beflügelte ihn, machte ihn agil. Mein Gott, das machte richtig Spaß.

Die Mäuschen hinterm Schalter schaufelten die Scheine in die Baumwolltasche, so schnell die süßen Ärmchen konnten. Markierte, unmarkierte – das war ihm egal. Die Leute von Armed Robbery würden ihm die Nummern der markierten besorgen. Er brüllte immer noch. Die Mäuschen bibberten bei jedem seiner Worte. Eins weinte sogar.

Moment mal. Das hab ich gesehen.

Eine der jungen Kassiererinnen, die jüngste, ein schlankes Häschen mit Dauerwelle und grünen Augen, war aus dem Sichtfeld der Überwachungskameras nach hinten getreten. Hatte sich ein Geldscheinbündel in die Bluse gesteckt. Und sah ihm jetzt ins Gesicht, als ob weiter nichts wäre.

Die sollte er im Auge behalten. Sie hatte keine Angst. Würde sich erinnern.

Er prägte sich ihr Gesicht ein. Die Einzelheiten über sie würde er von den Bullen erfragen, sobald sie alle vernommen hatten. Ihr dann einen Besuch abstatten. Und vielleicht auch ein bisschen helfen, das Geld auszugeben, das ja eigentlich seins war. Bis dahin viel Glück, Schätzchen. Alles Gute zum Geburtstag von Gary. Seit heute fünfundzwanzig.

Die Tasche war voll. Zeit für den Abgang. Ein Sprung über die jammernden Waschlappen auf dem Weg zur Tür. Noch immer gut drauf. Der Bock lief noch. Ständer hochgeklappt, erster Gang und in den Verkehr einfädeln. Und einem beknackten Busfahrer ein freundliches ›Fick dich‹ bedeuten.

In nur drei Minuten von Null auf Yeah.

3 Swann hielt das grüne Kabel fest und zog mit einer Spitzzange die Ummantelung vom Kabelende ab. Den freigelegten Kupferdraht setzte er auf den Kontakt und hielt den Lötzinn unter die Lötlampe, bis er auf den Draht troff. Dann blies er auf die verlötete Stelle, zog den Stecker der Lötlampe aus der Dose und stellte sie auf eine Asbestmatte.

Nun hatte es geklappt. Er schob die Plastikhülse über die Empfängerbuchse und zog die Schrauben an. Legte die Kassette ins Kassettenfach und spulte zum Anfang zurück.

Die Jarrah-Dielen des Schuppens knarrten. Marion stand in der Tür. Das fahle Morgenlicht hinter ihr ließ nur ihren Umriss erkennen, ihr Gesicht lag im Dunkeln. Die meisten ihrer Gartenwerkzeuge bewahrte seine Frau neben der Schuppentür auf, aber sie machte keine Anstalten einzutreten. Der Schuppen war klein, und wenn Marion etwas wollte, das sich hinter seiner kleinen Werkbank befand, müsste er erst hinausgehen.

»Das hier hat jemand vorn auf die Veranda geworfen.« Marion hielt die Montagszeitung in die Höhe. »Und dann hatte er's ziemlich eilig mit dem Wegfahren.« Hinter ihr hörte er Sarah und ihren Freund, die auf dem Gras Twister spielten, dazu das Zischeln des Rasensprengers und das Gezirpe der Zikaden.

Swann kannte den Ton in Marions Stimme. Ein flaues Gefühl beschlich ihn.

»Bitte.« Marion reichte ihm die Zeitung. Wartete. Swann legte sie auf die Werkbank und rückte den größten Artikel auf der Titelseite ins Licht. Und dort war er selbst zu sehen, der ehemalige Superintendent Frank Swann in seiner alten Uniform, wie er während der Royal Commission 1976 mit gehetzt-schuldigem Blick den Verhandlungssaal verließ. Fast wie Lee Harvey Oswald, bevor er erschossen wurde. Daneben ein Foto von Detective Inspector Donald Casey: welliges Haar, schmale harte Augen, kurz vor seiner Ermordung am Schlusstag der Kommission direkt vor seiner Haustür. Täter nie ermittelt.

Die Schlagzeile lautete: »WAFFENBRÜDER«. Aber der Teufel steckte im Detail. Beziehungsweise in der Unterzeile: »Auch drei Jahre nach dem kaltblütigen Mord an Donald Casey hat ihn sein Freund Detective Inspector Ben Hogan nicht vergessen und gelobt, den Täter zu finden.« Hogans Worte wurden mit einem Archivfoto illustriert, das ihn mit einer Selbstgedrehten im Mundwinkel, über die Schulter nach hinten geworfener Krawatte und einem auf die Motorhaube eines Holden FJ gestützten Gewehr zeigte. Das war in den frühen 1960er Jahren gewesen, bei einem Einsatz wegen häuslicher Gewalt im Vorort Lathlain.

Swann konnte sich gut dran erinnern. Er war am Zaun hinter dem Haus postiert gewesen, als ein Schuss losging und einen langhaarigen Zwanzigjährigen tötete, kaum dass er, mit einem Schraubenzieher bewaffnet, die Tür öffnete.

Marions Hände auf seiner Schulter fühlten sich kalt an.

»Ist es, was ich glaube?«

»Sieht gut aus für Hogan.«

Detective Inspector Hogan schielte schon seit Langem auf den Chefsessel des CIB, und nun sah es so aus, als bekäme er ihn. Ausgeschlossen, dass der Police Commissioner einen solchen Artikel erscheinen ließ, wenn er nicht Hogan als neuen CIB-Chef favorisierte, sobald der Amtsinhaber in ein paar Wochen in Pension ging.

»Das ist ungut«, sagte Marion. »Davon hat mir niemand was gesagt.« Marions Vater war selbst ein hochrangiger Detective gewesen, und sie hatte ebenso weitreichende Kontakte bei der Western Australia Police wie Swann.

Der Artikel war bösartig und stellte Swanns Auftritt vor der Royal Commission und seine frühere langjährige Tätigkeit im Polizeidienst einseitig dar. Der Text unter seinem Foto lautete: »Der enge Freund der ermordeten Bordellbetreiberin war nach der Royal Commission gezwungen, unter Verzicht auf seine Pensionsansprüche aus dem Polizeidienst auszuscheiden.«

Swann wusste nicht, wer Casey erschossen hatte, aber Hogan hatte von Anfang an das Gerücht verbreitet, Swann stecke dahinter, und er hatte geschworen, seinen Freund eines Tages zu rächen. Weil Hogan nun drauf und dran war, Boss zu werden, rückte dieser Tag näher.

Swann riss die Seite aus der Zeitung und knüllte sie zusammen. Seine Töchter brauchten den Artikel nicht zu sehen. Seit seinem erzwungenen Abschied war ihr Leben ruhig gewesen, ihm war es nur darum gegangen, aus der Schusslinie zu bleiben und sich um seine Familie zu kümmern. Er hatte Marion versprochen, daheim nicht zu trinken, und alles getan, dass seine Familie sich sicher fühlte.

Unter dem tickenden Rasensprenger spielten Sarah und ihr Freund noch immer Twister. Sarah saß im Schneidersitz auf dem ausgedörrten Gras, während der Sprenger silberne Perlen in die Luft spie. Sie drehte die Drehscheibe, und Cameron versuchte, sein linkes Bein vor das rechte zu setzen, um die Linie roter Punkte zu erreichen. Er hatte beide Hände überkreuzt auf den Boden gelegt, sein Hintern ragte in die Höhe, aus seinem Mund kam gepresstes Lachen. Er sah ziemlich bescheuert aus, aber der Junge wollte nicht aufgeben.

»Mach schon, Schlaffi!«

Sarah spritzte ihren Freund mit dem Schlauch an, der grunzend und mit verknoteten Gliedmaßen umfiel.

Swann wusste noch immer nicht, was er von Cameron halten sollte. Marion und Louise hatten ihn schon abgesegnet, aber Swann wollte ganz sicher sein, dass seine Tochter einen guten Jungen bekam. Sarah war eben erst achtzehn geworden und schon im fünften Monat schwanger.

Swann ging mit dem Rekorder und der Wanze über den Rasen. »Darf ich das mal bei euch ausprobieren?«

»Also echt, Dad.«

Aber Cameron beäugte das Gerät wie ein Kind neues Spielzeug.

»Außerdem ist es verboten!«

»Strengstens. Aber nicht, wenn ihr zustimmt. Macht einfach weiter und seht zu, dass es der Sprinkler nicht anspritzt.«

Swann befestigte die Wanze mit Klebmasse unter dem Gartentisch, den er mit Marions Vater aus alten Wandoo-Eukalyptus-Brettern und Resten von Jarrah-Dielen gezimmert hatte. »In einer Minute bin ich so weit, dann könnt ihr zu reden anfangen.«

Sarah verdrehte die Augen, Cameron zuckte die Achseln und schenkte sich ein Glas Cottee's Lemonade ein.

Swann ging durch den luftigen Anbau, Schlafplatz für heiße Nächte, in dem Louise Bassgitarre übte. Sie fläzte auf einem Sitzsack, hatte die Füße auf den Verstärker gelegt und ähnelte mit den riesigen Kopfhörern auf den Ohren Micky Maus. Weiter durch die Küche, wo Blonny, noch immer in ihrer Schuluniform aus Jeans und T-Shirt, den Kopf über ihr Biologiebuch beugte, so dass ihr Gesicht fast ganz von ihren roten Locken verdeckt war. Sie sah auch nicht auf, als er vorbeiging. Vor dem Haus setzte er sich auf die Sitzbank des Holden, stellte den Rekorder auf den Fußboden und wartete. Schließlich flackerte das rote Lämpchen, die Aufzeichnung begann. Nach zwei, drei Minuten stellte er das Gerät ab und spulte zurück. Sarah und Cameron sangen »Pinball Wizard«, eine fröhliche Parodie von Swanns heutigem Morgengesang unter der Dusche. Der Junge hatte Humor, auch wenn er keinen Ton traf. Und das verdammte Teil funktionierte endlich.

Swann hob den Kopf und entdeckte Marion vor der Haustür. Sie hielt sich eine Hand wie einen Telefonhörer ans Ohr und winkte ihn mit der anderen zu sich. Keine besorgte Miene. Das konnte nur einen neuen Auftrag bedeuten.

Swann brauchte Geld, und Ablenkung schadete auch nichts.

4

Jennifer Henderson brachte Swann ein Glas eiskaltes Wasser und blieb neben ihm stehen. Er betrachtete ein sepiafarbenes Foto und überlegte, wo er die Granitberge mit den herabrollenden Nebelschwaden und saftigen Weiden voller Angusrinder verorten sollte. Vielleicht die Porongurup Range im Winter?

»Das ist in Tasmanien, das ehemalige Land meines Vaters.«

Jennifer Henderson war Anfang dreißig, ungefähr zehn Jahre jünger als Swann. Als Erstes war sein Blick auf ihr langes schwarzes Haar gefallen, dann auf die helle, beinahe weiße Haut, die kleinen Sommersprossen auf ihrem Nasenrücken. Hohe Wangen, zarte, durchschimmernde Ohrmuscheln, dunkelblaue Augen, in denen ein gewisser Schalk zu stecken schien – ein typisch irisches Gesicht, wie er es immer gemocht hatte. Sie stand nahe bei ihm, viel näher, als es neue Mandanten sonst taten, und blickte ihm in die Augen. Ihr Parfüm erinnerte ihn an Honig, ihr Atem roch leicht nach Weißwein. Ihre ärmellose Bluse schmiegte sich um ihre Schultern.

»Ein wunderschönes Stück Land. Bestellt Ihr Vater es noch?«

Er vermutete in ihr eine auf Rache sinnende Ehefrau, das Übliche. Ein bisschen angetrunken und daher mutig. Und schnell enttäuscht, wenn er nicht auf ihr Spiel einging.

Sie lächelte melancholisch, und zum ersten Mal fiel der geldadelige Akzent von ihr ab. »Die Bank hat's gepfändet, als ich Teenager war. Armer Dad, hat ihm das Herz gebrochen. Es waren nur vierzig Hektar Bergweide, aber sein Vater hatte sie nach der Rückkehr aus dem Ersten Weltkrieg bekommen. Aber, Mr ... Swann, zum Grund, warum ich Sie angerufen habe.«

Sie trat einen Schritt zurück, doch ihr Duft umschwebte ihn weiter. Sie deutete auf ein cremefarbenes Ledersofa, das mehr wert war als Swanns Auto. Als sie sich neben ihn setzte, wandte er sich nicht zu ihr, obwohl er ihren Blick auf sich spürte, als würde er einer Prüfung unterzogen. Das Haus war geschmackvoll eingerichtet; nichts darin heischte Aufmerksamkeit, aber alles war interessant, sobald man es genauer betrachtete – das größtenteils japanische Mobiliar, die lackierten Kaufmannsschränke und Altäre; an den Wänden Samurairüstungen und Papuamasken.

Jennifer Henderson drehte das beschlagene Glas in ihren Händen und blickte auf ihre darum geschlossenen, perfekt manikürten Finger. Das goldene Band um ihren Ringfinger ließ das Glas leise klirren. Sie sah ihm kurz in die Augen, dann wieder auf ihren Drink. Ein erstes Zeichen dafür, dass er sich täuschte, dass es um mehr ging als einen Flirt und Rache.

Anders als viele reiche Frauen schlüpfte Jennifer Henderson in keine Rolle. Sie war auch nicht ganz ungezwungen, aber er spürte, dass sie etwas Warmes, Herzliches ausstrahlte. Vielleicht ein Erbe ihres Vaters aus der Arbeiterklasse? Aber Swann hatte auch schon Frauen aus bescheidenen Verhältnissen kennengelernt, die innerlich versteinert waren.

War es Trauer?

»Ich brauche Ihre Hilfe, Mr Swann –«

»Ich heiße Frank. Die meisten sagen aber nur Swann.«

»Also gut, Swann …«

Es war Trauer. Sie hatte aufgehört, mit dem Finger gegen das Glas zu tippen, doch die Eiswürfel darin klapperten leise weiter.

»Letzte Woche hat sich mein Mann erschossen. Im Garten.«

Darauf war er nicht vorbereitet gewesen. Für ihn war ihre Vertraulichkeit nur eine Art Prüfung gewesen. Doch nun hatte sie alle Reserviertheit abgelegt. Ihr Blick war auf den

Boden gerichtet, die Stimme leise. Keine weiteren Gefühlsregungen. Keine Tränen, kein Tasten nach Worten. Beherrscht, aber zutiefst erschüttert.

»Vorher hat er seine Hunde erschossen. Erst gefüttert, dann erschossen. Und danach sich selbst.«

Swann holte tief Luft. Er hatte angenommen, das hier würde die Art Observation werden, die er lieber anderen überließ, den professionellen Spannern, aber offenbar hatte er sich getäuscht.

»Hat Ihr Mann –«

»Max.«

»Hat Max einen Abschiedsbrief geschrieben?«

»Nein, keinen Brief. Kein Abschied. Keine letzten Grüße.«

Ein Anflug von Ironie in der Stimme, aber nicht das geringste Selbstmitleid im Blick.

»Wo waren Sie zu der Zeit?«

»Beim Mahjong-Spielen. Wie immer am Mittwoch.«

»Mrs Henderson, mein herzliches Beileid, aber –«

»Bitte, sagen Sie nicht nein.« Sie unterbrach ihn mit einer so abrupten Handbewegung, dass sie etwas Wein verschüttete. Als hätte er sie geschlagen. Sie richtete sich auf, sah ihm in die Augen, ihr Blick ein schmerzerfülltes Dunkelblau.

»Ich würd Ihnen ja gern helfen, Mrs Henderson, aber ich arbeite auf Stundenbasis, und für den Selbstmord Ihres Mannes findet sich womöglich nie eine Erklärung. Oder nur eine, die Ihnen nicht gefällt.«

Sie lachte ironisch. Mit großen Augen. »Es gibt sicher eine Erklärung, Mr Frank Swann. Ehemaliger Superintendent der uniformierten Polizei. Ehemaliger Detective Sergeant. Ich habe Ihr Auftreten vor der Royal Commission verfolgt. Ich kenne Sie und weiß, dass Sie ...«

Unehrenhaft entlassen wurden. Er wartete.

»... aus purem Widerwillen aus dem Polizeidienst ausgeschieden sind. Deswegen bin ich zu Ihnen gekommen. Um eine Erklärung zu finden. Sie haben wegen einer ermordeten Bordellbetreiberin Ihre Karriere und die Solidarität Ihrer Kollegen in den Wind geschrieben. War der Täter Polizist?«

»Ja.«

Swann sah ihr in die Augen. Hatte sie die heutige Zeitung gelesen? Er lehnte sich zurück, blickte zur Seite, die Hände auf den Knien. Musste ihr wieder in die Augen sehen. Hinter der Trauer auch etwas Wildes. Wille. Entschlossenheit.

Wovor er anfangs auf der Hut gewesen war – der Blick einer Frau auf einen Mann, wenn er ihren Ansprüchen *genügt* –, der war nun verschwunden. Das machte das Jasagen leichter.

Er beugte sich vor und stützte die Ellbogen auf die Knie. »Ich kann nichts versprechen ...«

Im Arbeitszimmer im ersten Stock setzte sich Swann auf den Stuhl des Toten. Max Hendersons persönliche Dokumente lagen alle in säuberlich aufgereihten Ordnern auf dem lederbezogenen Schreibtisch. Offenbar hatte er seine Tat geplant.

Max Henderson war Geologe gewesen, laut Jennifer sogar ein weltweit angesehener. Nach dem Vietnamkrieg, in dem Max als Hubschrauberpilot in der Schlacht von Long Tan eingeschlossene Truppen aus der Luft versorgt hatte und dafür ausgezeichnet worden war, hatte er Geologie studiert. Der Bergbau lag ihm offenbar im Blut. Sowohl sein Vater als auch sein Großvater waren Goldschürfer gewesen, erst in Kalgoorlie und Coolgardie, dann weiter oben im Norden, in der Gegend um Cosmo Newberry, in den Gruben von Cue, ehe sie nach ihrem Bankrott mit dem kleinen Max im Schlepptau in die Stadt zogen. Seine Mutter war unter tragischen Umständen im Outback ums Leben gekommen; Jennifer hatte davon nur wenige Einzelheiten erfahren. Max' Vater hatte danach zu trinken begonnen und war ebenfalls früh gestorben, noch ehe Jennifer und Max sich kennengelernt hatten. Max hatte nie gern über seine Kindheit gesprochen.

Nach seinem Diplom wurde Henderson Riverwalker in Papua-Neuguinea, und er war einer der drei legendenumwobenen Geologen, die das Ok-Tedi-Eldorado entdeckt hatten, einen Berg mit reichem Goldvorkommen im abgelegenen Bergland, das immer noch ausgebeutet wurde. Ok Tedi hatte Hendersons Ruf und Vermögen begründet, aber auch seine Gesundheit ruiniert. Er wäre dort beinahe an Malaria gestorben und erlitt seither jedes Jahr Rückfälle.

Drei Einsätze in Vietnam und immer wieder schlimme Anfälle von Malaria. Eine Kindheit ohne Mutter, ein früh verstorbener Vater. Keine guten Voraussetzungen für eine stabile Psyche.

Swann öffnete den mit »Mitgliedschaften« beschrifteten Ordner. Als Kriegsveteran Angehöriger der Returned and Services League von Swanbourne. Rotarier in Claremont. Mitglied beim Swan Districts Football Club. Und bei mehreren geologischen Gesellschaften, bei denen er laut Jennifer auch dann noch Gastvorträge gehalten hatte, als er kaum mehr als Geologe gearbeitet hatte.

Offenbar war das auch nicht mehr nötig gewesen. Das Haus war abbezahlt. Sie besaßen ein stattliches Aktienportfolio, lauter erstklassige Werte. Max war so reich gewesen, dass er sich schon mit Mitte vierzig hatte zur Ruhe setzen können.

Doch vor zwei Jahren hatte er wieder zu arbeiten begonnen und wurde Berater bei einer Exploration draußen im Outback. Ein Ordner mit dem Titel »Rosa Gold« enthielt

Luftaufnahmen eines straßenlosen Buschlandareals in der roten Wüste, dessen Grenzen mit blauem Stift eingezeichnet waren; dazu ein paar Landvermesservermerke und einige rote Kreuze links unten an der südlichen Grenze. Darunter lag eine zusammengefaltete Karte. Dasselbe Gebiet. Darauf waren an der linken südlichen Grenze Aktivitäten vermerkt, es waren konzentrische Kreise um eine mit Bleistift gezeichnete Rhombenform gezogen. Eine Erzkarte? Swann hatte keine Ahnung. Er blickte auf ein paar mit penibler, stark geschwungener Handschrift beschriebene Blätter Kanzleipapier. Anscheinend der Entwurf zu einer Rede, in der Einzelheiten zu Rosa Gold im branchenüblichen Jargon dargelegt wurden: etwas über brekziierte Gesteine und den Magmatismus der Oberkreidezeit, aber kein Hinweis darauf, wann und wo die Rede gehalten worden war. Die Sprache sachlich und unaufgeregt, ohne Begeisterung bei der Darstellung dessen, was auf dem Papier als »höchst bedeutsamer Fund« bezeichnet wurde. Im Ordner fand er keine weiteren Hinweise auf Jennifers Vermutung, dass Henderson für ein paar »sehr wichtige Leute« gearbeitet hatte.

Swann schloss den Ordner, lehnte sich zurück und verschränkte die Hände hinterm Kopf. Dabei fiel ihm das gerahmte Zitat an der Wand auf, der einzige Schmuck in dem abgedunkelten Raum: »Ich und meine Männer leiden an einer Krankheit des Herzens, die sich nur mit Gold heilen lässt.« Hernán Cortés.

Swann nahm den Rahmen von der Wand und drehte ihn um. »Meinem Sohn Max zum Geburtstag am 30. April 1948. Clarrie Henderson.«

5 Gary Quinlivan schüttelte den Inhalt des Tütchens auf seinen Finger, zog ihn schniefend die Nase hoch und lehnte sich gegen die Fliesen. Es hatte etwas befriedigend Taktloses, in der Toilette von Tommaso Adamos Haus in Northbridge den Stoff zu schnupfen, den Adamo selbst im großen Stil vertrieb.

Von dieser Tätigkeit wusste selbstverständlich kaum jemand, und das würde auch so bleiben, denn Adamo war genauso wie sein Reihenhaus: von außen unscheinbar, aber mit einem sehr erstaunlichen Innenleben. Für die Renovierung der alten Hütte hatte Adamo eigens kalabresische Maurer und Fliesenleger einfliegen lassen. Im Garten unter Weinranken versteckt war dort nun eine lauschige Terrasse mit Holzofen und einem byzantinischen Bodenmosaik. An der Wand gab ein riesiges, realistisch gemaltes Panorama den Meerblick der Villa seines Großvaters in San Nicola Arcella wieder. In der geräumigen, reich verzierten Küche standen marmorbelegte Bänke und ein Bauernofen, in dem man eine ganze Ziege braten konnte und dennoch Platz für mehrere Laibe Brot und Fische hatte.

Am meisten angetan war Quinlivan aber von Adamos Toilette. Das hatte allerdings auch damit zu tun, dass er dort viel Zeit verbrachte und die glänzenden schwarzen Wandfliesen anstarrte und dabei immer wieder kurz das Bewusstsein verlor. Toilette und Bad waren so sauber, dass man den Granit des Waschtisches zu riechen meinte. Um das Haus kümmerte sich Adamos alte Mutter, die nebenan lebte. Eine Vase mit Rosen aus Adamos Vorgarten vervollständigte das Bild schlichter Eleganz.

Quinlivan lehnte sich gegen den Spülkasten und zündete sich eine Zigarette an. Er hatte noch viel von Adamo zu lernen, auch wenn er überzeugt war, dass sie eines Tages

Konkurrenten sein würden. Adamos Heroin kam mit Kurieren aus Thailand und Malaysia ins Land und wurde dann vor allem an Spaghettis verkauft. Es gab zwar noch ein paar andere Dealer dafür, aber nur Quinlivan hatte den Zugang zum großen Geld, das sich mit der Jeunesse dorée, die über die Stränge schlug, anzapfen ließ: diejenigen, die regelmäßig grammweise reinen Stoff kauften und nicht bloß die stark verschnittenen Zehn-Dollar-Päckchen auf der Straße.

Adamo hatte Macht, weil er die Stimmen der hiesigen Italiener hinter sich versammeln konnte – und weil immer Hunderte Männer bei ihm in der Kreide standen, die in seinen illegalen Casinos riesige Verluste aufgehäuft hatten. Aber in anderen Punkten war Gary ihm gegenüber im Vorteil. Zunächst war der Kerl Ausländer, trotz seiner Kontakte zu Geschäftsleuten und Politikern. Als Gary – ein wenig zu früh – gekommen war, verließ kein Geringerer als der Polizeiminister und Abgeordnete der Western Australia Legislative Assembly, Terry Sullivan, das Haus und ging zu seiner Ministerkarosse, die in der engen Straße in zweiter Reihe parkte. Bei anderen Gelegenheiten hatte Quinlivan gesehen, wie Stadträte und hohe Beamte in ihren Autos auf eine Audienz warteten.

Aber Quinlivan war kein Ausländer. Im Gegenteil, sein Vater war Richter und kannte alle wichtigen Leute. Wusste, wer was über wen wusste. Wer käuflich war, wer erpressbar. Wer Geld hatte, und wer nur groß tat. Dennoch konnte er noch viel von dem alten Italiener lernen, kein Zweifel. Jetzt, da Quinlivan ihm mehr Geld in Aussicht gestellt hatte, als Adamo mit all seinen Drogen und Casinos verdienen konnte.

Er ließ die Zigarette in die Schüssel fallen, ging zum Granitwaschtisch und spritzte sich etwas Wasser ins Gesicht. Seine Beine fühlten sich wacklig an. Er liebte das Heroin so sehr, dass er sich kein Leben ohne vorstellen konnte. Er war schon immer ein unruhiger Typ gewesen, ein wilder Junge mit zu viel Energie. Als Jugendlicher waren es Barbiturate und Valium gewesen, jetzt nahm er das strahlend weiße Pulver. Heroin brachte Harmonie in seine Welt.

Quinlivan wusch sich die Hände und trocknete sie ab. Sein Magen hatte sich beruhigt, und er bekam Appetit auf etwas Cassata. Ja, jetzt konnte er Wein trinken und Cassata essen und Adamo zuhören. Quinlivan wusste allerdings schon, was Adamo sagen würde. Der Alte war wegen des Selbstmordes von Max Henderson beunruhigt und verlangte nach Zuspruch.

Es sei denn, er hatte beim Tod des Geologen seine Finger im Spiel gehabt. Immerhin hatte Adamo darauf gedrängt, die Rosa-Gold-Aktien hochzujazzen und dann schnell abzustoßen – so wie sie es schon mit anderen Ramschaktien getan hatten. Henderson jedoch hatte sie bei der letzten Vorstandssitzung davon abgebracht, indem er dem Reden über die guten Aussichten der Lagerstätte auch finanzielle Taten hatte folgen lassen.

Max Henderson war ein auffälliger Mann. Groß und schlank, braungebrannt von der Sonne in der Wüste, aus der er gerade zurückgekommen war. Mit seinem wettergegerbten Gesicht, das den Luftaufnahmen des Geländes ähnelte, hatte er ihnen einen Vortrag gehalten und sie überzeugt, Geld für die Probebohrungen lockerzumachen. Als er zu ihnen sprach, war die Begeisterung in seiner Stimme unüberhörbar gewesen. Er hatte die Fotos vor ihnen ausgebreitet, die Geologie der Lagerstätte erläutert, irgendwelche Brekzien erwähnt, die schon früher erkannt worden waren, sich aber mangels geeigneter Technik nicht hatten ausbeuten lassen.

Doch trotz Hendersons flammender Rede war Adamo

skeptisch geblieben – als Einziger. Quinlivan hatte Henderson überhaupt erst ins Spiel gebracht, um die Sache mit Rosa Gold richtig voranzutreiben. Nach einem Vortrag Hendersons bei einer Bergbaukonferenz waren sie ins Gespräch gekommen, hatten sich über Goldexploration und mögliche Finanzierungen unterhalten, und eine Woche danach hatte ihn Henderson wegen eines neuen Funds angerufen. Henderson hatte Gary von den Qualitäten der Lagerstätte so weit überzeugt, dass er auch Adamo dafür hatte gewinnen können, obwohl das nicht ganz leicht gewesen war. Denn natürlich hatte er recht, mit Pump-and-Dump-Geschäften ließ sich schnelles Geld machen, und diese Art Aktienbetrug war so wasserdicht und sicher wie kaum was anderes. Doch mit Rosa Gold hatten sie Aussicht auf viel mehr Geld – und ganz legitim. Die Goldklumpen, die Henderson aus der aufgelassenen Grube irgendeines armen Teufels mitgebracht hatte, hatten glänzend auf dem Tisch gelegen. Und daneben Hendersons eigenes Geld, ein Stapel von vierzigtausend Dollar. Der Geologe wollte selbst mitmachen, und das war für die anderen das beste Argument gewesen. Man sah es Henderson an. Er glaubte daran.

Adamo hatte in einer ironischen Geste die Hände gehoben und aufgegeben, aber für ihn war Henderson weiter ein Fremder. Er wäre ganz nützlich, wenn man trotteligen Spekulanten und institutionellen Investoren den Prospekt vor die Nase hielt, sobald die Bohrungen seine geologischen Gutachten bestätigt hatten, aber anders als die anderen Direktoren war Henderson kein Krimineller.

Und warum sollte man jemandem trauen, der kein Krimineller war?

Aber der Geologe hatte gute Arbeit geleistet. Genau wie vorhergesagt, hatten die ersten Bohrungen vielversprechende Proben zutage gefördert. Dass er im Vorstand war, hatte in der Stadt für positive Resonanz gesorgt. Aber nun, da es aussah, als könne die Mine bald in Betrieb gehen, hatte Quinlivan auch für Adamo Verständnis, wenn er Henderson loswerden und den Kreis wieder kleiner machen wollte.

Quinlivan lächelte sein Spiegelbild an. Ja, von dem alten Italiener konnte er noch eine Menge lernen. Wie man langfristig plante, im Verborgenen die Fäden zog und sich vom Rampenlicht fernhielt.

6

Als Swann in der Nachmittagshitze ankam, waren die Nachwuchs- und die Ersatzmannschaft der Bulldogs gerade beim Training. Der Nachwuchs, erkennbar an den schmächtigeren Körpern und dem fast uniformen, kurzgeschorenen, nur im Nacken etwas längeren Sharpie-Haarschnitt absolvierte Zirkeltraining, während die Ersatzmannschaft im Anstoßquadrat des Spielfelds hin und her sprintete. Die Trainer standen auf dem gelben Gras am Zaun und rauchten. Die erste Mannschaft der Bulldogs hatte im Winter die letzte Saison als Dritter beendet, und sowohl Nachwuchs- wie Ersatzmannschaft hatten ihre jeweilige Meisterschaft gewonnen. In der nächsten Saison sah es gut aus für Fremantle, auch wenn Swann die Spieler nicht beneidete, die jetzt in der Gluthitze des Sommers trainieren mussten.

Danny Yates füllte Swanns Ponyglas, dann seines.

»Wohlsein.«

Sie stießen an und tranken einen Schluck vom bestgezapften Bier in Fremantle. Seit fast zwanzig Jahren stand Yates nun hinter dem Tresen der Clubbar der South Fremantle Bulldogs. Er hatte sich zuvor beim Lokalderby gegen die Old Easts das Bein gebrochen, und weil der Bruch kompliziert gewesen war, hatte er auch seine Arbeit als Maurergehilfe aufgeben müssen. Aus Mitleid war ihm die Bar angeboten worden, und Yates hatte angenommen – und die Entscheidung nie bereut. Zwei Mal täglich reinigte er nun die Bierleitungen, und angesichts der feuchtfröhlichen Wochenenden roch es im Raum nicht übel.

»Noch so'n Banküberfall. Schon gehört?«

Nickend steckte sich Swann eine Craven A an und blies den Rauch in Richtung Teppichboden. »Fünf in weniger als zwei Wochen. Das ist blanke Gier. Oder ein Adrenalinjunkie ...«

»Oder ne arme Sau, die Geld für ne Knie-OP braucht. Der Unterschied zwischen dem Typen und meinem Doc ist doch nur, dass der mich ohne Strumpf übern Kopf ausnimmt.«

»Sparst du immer noch drauf?«

»Der Doc sagt, sie müssen den Oberschenkel noch mal brechen und begradigen. Weil der Knochen schief steht, ist auch das Knie nicht mehr richtig geworden.«

Swann stellte sich eine kreischende Kettensäge über Yates' Bein vor und verzog das Gesicht.

»Tja«, sagte Danny, »und dann soll ich den Scheiß auch noch selbst bezahlen.«

Swann und Yates waren in den Fünfzigern zusammen auf der Highschool gewesen. Sie hatten im selben Club geboxt und sogar gemeinsam ein paar Autos geknackt und Einbrüche gemacht. Als Swann zur Polizei ging, hatte Yates darüber kein Wort verloren, und dafür war ihm Swann heute noch dankbar.

Yates reichte ihm das Telefon und ging zu einem anderen Gast. Swann hatte kein Büro, sondern behalf sich mit Telefonzellen und Münzfernsprechern in verschiedenen Bars. In den Anzeigen, mit denen er seine Dienste bewarb, stand die

Nummer seines Privatanschlusses. Irgendjemand war meistens daheim.

»Hallo?«

»Cameron. Kannst du mir Marion mal geben?«

Swann hörte, dass in der Küche gelacht, dann Eier in einer Metallschüssel verschlagen wurden. Erneutes Lachen. Auf dem Plattenspieler die Rolling Stones. Also war Marion da.

»Frank?«

Dieser Ton in ihrer Stimme. »Alles gut«, antwortete er.

»Du rufst zur rechten Zeit an. Unser Telefon läuft nämlich heiß. Du sollst nach Perth fahren. Zu einem Kerl namens Percy Dickson. Dem Chef der Kaufhausdetektive bei Boans. Er meint, ihr kennt euch von früher. Er würd zu irgendwas gern deine Meinung hören. Und dann noch dein Rockerfreund.«

»Gus Riley? Hat er seine Nummer dagelassen?«

»Er meinte, du wüsstest, wo du ihn findest.«

Warum nur kam immer alles auf einmal? Eigentlich wollte Swann zur Returned and Services League nach Swanbourne und sich über Max Henderson erkundigen, aber das musste nun warten. Genauso wie Gus Riley, der als Sergeant at Arms der Nongs so etwas wie Sicherheitschef des Biker-Clans war. Percy Dickson würde nie anrufen, wenn er sich anders zu helfen wüsste. Swann legte auf und trank aus. Klopfte mit dem leeren Ponyglas auf den Tresen und nickte Yates zu, dann nahm er Zigaretten und Schlüssel.

»Behalt die Kasse im Auge, Danny. Sieht so aus, als würdest du gleich erleichtert werden.«

Während des Telefonats mit Marion waren mehrere Männer hereingekommen und hatten sich an den Tresen gesetzt. Swann kannte sie: Detectives aus Fremantle, der älteste von ihnen hieß Curtis und arbeitete bei der Breaks Squad. Boxernase, schmallippig, verkniffener Mund. Er knöpfte sein Jackett auf und ließ beiläufig die .38er im Holster aufblitzen; daraufhin blickten die beiden jüngeren nervös in ihre Biergläser.

Swann lachte, als er in das Nachmittagslicht hinaustrat. Unter aus dem Sprinkler sprühenden Silberperlen übte der Bulldogs-Nachwuchs das Ballaufnehmen bei nassem Rasen, die Trainer sahen ihnen rauchend und mit Megafonen in der Hand zu.

Am Zusammenfluss von Swan River und Canning River blies der Fremantle Doctor über die seegleiche Wasserfläche. Swann fuhr am Raffles Hotel vorbei, überquerte die Canning Bridge und bog auf den Freeway nach Perth. Jetzt im Sommer war der Wasserstand niedrig, das Wasser bräunlich, brackig und warm, die Luft roch nach einem Gemisch aus fauligen Algen, Guano und heißem Kalkstein. Auch um diese Uhrzeit hatte die Sonne auf Swanns Unterarm noch Kraft. Sein Holden knurrte, als er das Gaspedal durchdrückte: Der EK war siebzehn Jahre alt und fuhr sich eher wie ein Lastwagen als ein Kombi, aber das störte Swann nicht. Seine Zeit der Verfolgungsjagden war vorbei. Gegen all die frisierten Karren, die heutzutage unterwegs waren, hatte er keine Chance. Selbst Marions Datsun 120Y konnte ihn locker abhängen.

Liebevoll klopfte Swann auf das Armaturenbrett. Die Sonne hatte den roten Lack des EK auf Dach und Motorhaube schon ausgebleicht, das Dach war sogar fast rosa, aber technisch war der Wagen in Ordnung. Das ideale Gefährt für einen Mann seines Alters und Metiers. Von diesem Typ fuhren noch viele herum, Ersatzteile waren reichlich vorhanden und billig. Und damit konnte er beim Observieren überall stehen, ohne aufzufallen.

Am frühen Abend war die Hay Street Mall gut besucht, Kauflustige schlenderten über die schattigen Gehwege der Einkaufsmeile und machten einen Bogen um zwei Straßenmusiker, einen Hippie-Schlagzeuger und einen Nachwuchs-Don-McLean mit jaulender E-Gitarre, die auf dem freien Platz vor der ersten Ladenreihe um Publikum buhlten. Dazwischen verkauften zwei alte Nyungar-Frauen blühende Korallenrautenzweige aus gelben Plastikeimern.

Überall an der Straße hingen Fahnen und Banner zur Feier des 150. Jahrestags der Gründung der Swan River Colony. Über die Freiflächen gespannt, flatterten schwarze Schwäne mit roten und gelben Flügeln im Wind. Darunter hockten einige Skinheads auf Bänken oder den riesigen Blumentöpfen, deren Bepflanzung von der Sommerhitze schon verdorrt war.

Louise, die sich in so etwas auskannte, hatte ihm erklärt, die schicke Einkaufsgegend hier sei das Revier der Skinheads, das der Bogans der untere Teil der Wellington Street, und die Nyungars wären überwiegend in East Perth. Wie Besatzer kamen Swann die Skinheads jedoch nicht vor, sie erinnerten ihn eher an die in Fremantle stationierten GIs seiner Kindheit: kahlgeschorene Jungs, viel zu weit von ihrer Heimat entfernt, die schlaff und gelangweilt herumhingen.

»Diese gottverdammte Stadt ist ein Friedhof mit Straßenbeleuchtung«, hatte ein amerikanischer Matrose einmal vor einem Bordell in der Bannister Street beim Falten des *Mirror* gemeint, den ihm Swann verkauft hatte.

Als sich die Glastüren des Boans in der Wellington Street hinter ihm schlossen, stand Swann in der kühlen, vom Summen der Klimaanlagen erfüllten Höhle der Kosmetikabteilung und roch eine Mischung aus Ambra und Azeton. Nur wenige Kunden waren zu sehen. Swann erwiderte den Blick einer jungen Frau mit eleganter weißer Seidenbluse und geblümtem Halstuch, die hinter eine Theke stand und ihn aus Langeweile anflirtete.

Percy Dickson wartete auf dem ersten Treppenabsatz, der zur Damenmodeabteilung führte. Swann kannte den gedrungenen muskulösen Mann mit Stoppelhaar und missmutiger Miene seit fast zwanzig Jahren. Nach seiner Rückkehr aus dem Koreakrieg hatte er es bei der Polizei versucht, aber er war zu impulsiv und eigensinnig, ungeeignet für Teamarbeit.

In seinem Blick fand Swann nichts von dem Unbehagen, das er erwartet hatte. Gleich nach seinem Ausscheiden aus dem Dienst hatte Swann Dickson nach Arbeit gefragt, aber der hatte sich gesträubt. Dickson war nicht nur für die Kaufhaussicherheit bei Boans zuständig, sondern beriet auch die meisten Banken und Perths bessere Juweliere in Sicherheitsfragen. Er hatte behauptet, dass sich Swann schnell langweilen würde, wenn er tagtäglich Ladendiebe und Scheckfälscher festsetzen musste.

Anscheinend hatte ihm Dickson mit seiner Ablehnung wirklich einen Gefallen getan.

Dicksons Büro befand sich neben der Toilette in der Nähe des Treppenhauses: klein, stickig, die Wände mit Monitoren zugepflastert, Kaffeeflecken auf dem abgetretenen Teppich, in der Luft der Muff von Fußschweiß, vollen Aschenbechern und Tütensuppen.

»Willkommen in meiner Kommandozentrale. Setz dich. Aber lehn dich lieber nicht an.«

Swann ließ sich auf dem einzigen Bürostuhl nieder, der unheilvoll ächzte. Die Rückenlehne war angebrochen, die Rollen schienen mit Fleischpastete verklebt.

Dickson wühlte in seinem Verhau, zog eine Videokassette hervor und schob sie in einen unter Papieren und Chipstüten begrabenen Rekorder. Blickte wieder zu Swann. »Ich würd gern wissen, was du davon hältst.«

»Wie immer, Perce, keine überflüssigen Plaudereien.«

»Hab Presslufthämmern im Schädel, Swann. Von der gestrigen Druckbetankung. Ich brauch deine Hilfe. Ist ne heikle Sache.«

»Hast du Bullen gefilmt? Damit musst du zu wem andren.«

»Den Fehler hab ich schon gemacht. Kapitales Eigentor. Während der eine Detective hier war, um das Band anzusehen, blieb der andere unten an der Laderampe, wo sie geparkt hatten, und hat ne Stange Anzüge abgezweigt.«

Dickson fand daran nichts witzig und betrachtete Swanns Grinsen mit Widerwillen und wütend zuckenden Mundwinkeln.

»Sorry, Perce. Wie kann ich helfen?«

»Schau dir das mal an. Mehr will ich gar nicht. Und sag mir, ob du einen von den Kerlen kennst. Die Aufnahme ist von letzter Woche.«

Dickson drückte auf Start, trat einen Schritt zurück und verschränkte die Arme vor der Brust. Er machte ein Gesicht wie jemand, der gleich die Hinrichtung eines geliebten Menschen ansehen würde.

Die Schwarz-Weiß-Bilder waren an den Rändern körnig, aber der Fokus scharf – eine Aufnahme aus der Herrenmodeabteilung, in der das Fischaugenobjektiv einer Deckenkamera die Reihen der Anzugständer und die hochwertigen, in hinterleuchteten Wandregalen liegenden Strickwaren gefilmt hatte. Ein Mann trat ins Bild und ging zum Informationsschalter, wo der Verkäufer das Sortieren der Krawatten unterbrach und aufsah, dann den Besucher zu einem Auslegetisch am Rande des Blickfelds führte.

»Uhren. Der Mistkerl wollte die Uhren sehen. Jetzt kommt's.«

Nun kamen drei jüngere Männer und eine Frau mit Kinderwagen ins Bild, die der Überwachungskamera auswichen und das Gesicht abwendeten. Swann sah, warum Percy Dickson so wütend war. Ohne zu zögern und die ganze Zeit grinsend packten die drei Männer Hemden, Anzüge und Krawatten in den Kinderwagen. Dann legte die Frau eine Decke über die Beute, und sie zogen ab.

»War zu der Zeit jemand hier drin, Perce?«

Dickson schüttelte den Kopf. »Ich kann nicht überall sein. Irgendwer hatte in einer Mülltonne Feuer gelegt, ne Kippe im Abfall. Ich war unten, genau wie –«

»Den, lass mich raten, hat einer der Säcke hier gemeldet.«

»Ja, der ältere der Kerle.«

»Sei mir nicht böse, Perce, aber das ist kein großes Ding.«

»Ist ja nicht alles. Schau dir die nächste Aufnahme an. Von Massitoni, dem Juwelier in der Claremont Street.«

Die Einstellung aus der Herrenmodeabteilung wich Weißem Rauschen, dann kam wieder ein scharfes Bild, diesmal ganz aus der Nähe aufgenommen. Swann erkannte das Innere eines Schmuckladens in der Bayview Terrace in den teuren westlichen Vororten, der exklusivste Juwelier Perths. Aber Swann erkannte nicht nur das. Wieder war der ältere Mann zu sehen: Er stand vor dem Tresen, die Frau an seiner Seite hatte diesmal nur keinen Kinderwagen dabei, dafür eine große Hutschachtel. Und damit versperrte sie dem Verkaufspersonal hinter dem Tresen die Sicht auf die drei jüngeren Männer, die die Auslage mit Ringen und Perlen inspizierten.

»Erkennst du die Klamotten?«

»Anzüge von euch.«

»Jetzt pass auf. Rein technisch ist das erstklassig.«

In den drei Sekunden, in denen sich der Juwelier umdrehte und nach der Goldkette in einem Schränkchen hinter sich griff, glitt einer der jungen Männer, der von der Hutschachtel der Frau verborgen war, auf die Knie, krabbelte um den Tresen herum und streckte die Hand in den Schrank darunter. Wartete dort, bis der Juwelier von einer anderen Frage abgelenkt war, und kehrte zu seinen Kumpanen an der Auslage mit den Ringen und Perlen zurück.

»Der Generalschlüssel?«

»Klar. Gegen meine ausdrückliche Empfehlung.«

Während die zwei den Juwelier auf Trab hielten, leerten die jungen Männer die Schübe mit Ringen und Perlenketten in die Taschen ihrer Anzugjacken und, als diese voll waren, auch in ihre Hosentaschen.

»Ich seh, dass sie die Taschen etwas umgenäht haben.«

»Innerhalb weniger Stunden. Hab mich schon gewundert, warum sie die Jacken in einer Größe geklaut haben und die Hosen eine Nummer größer. Jetzt ist mir's klar.«

Als sie die ganze Auslage leergeräumt hatten, verließen die Diebe den Laden.

»Verdammte Piranhas. Die haben nur noch das Gerippe übrig gelassen.«

Swann knurrte zustimmend, hatte den Blick aber auf den älteren Mann gerichtet, der nun in die Kamera zwinkerte.

»Nach Massitoni haben sie sich Jacobson, Bartholomew und Anderson vorgenommen. Dann zwei Stunden Mittagspause, und weiter ging's mit Carew und Cohen in Fremantle, mit Gardener & Sons in Cottesloe, und zum Schluss kam nachmittags hier die Einkaufsstraße dran – da haben sie Exclusive Opals und D'Angelo Gold leergemacht. Ne richtige Stadtrundfahrt.«

»Und alles Kunden von dir, oder?«

»Jeder. Der Gesamtwert der Beute liegt bei über ner Million. Auf dem Schwarzmarkt kriegen sie ungefähr eine Viertelmillion dafür. Kein schlechter Tagessatz.«

»Davon stand gar nichts in der Zeitung.«

»Wird's auch nicht. Diese Peinlichkeit wollen sich meine Kunden ersparen. Soll außerdem kein anderer auf dumme Ideen gebracht werden.«

Dicksons Stimme war ungewohnt flach und leer geworden. Der ehemalige Sergeant Major sah schwer mitgenommen aus und rang die Hände.

»Und was haben die Leute von der Breaks Squad gesagt?«

»Hab ich doch gesagt. Die sind mit neuen Anzügen abgezogen. Sie wollten auch das Band mitnehmen, aber das hab ich ihnen nicht gegeben. Denkst du dasselbe wie ich?«

»Sieht nach ner abgekarteten Sache aus. Sonst würden sich die Cops doch nicht von Außenseitern so auf der Nase rumtanzen lassen. Und was dich betrifft: Wenn du nicht wenigstens einen Teil der Beute wiederkriegst, war's das, oder?«

Dickson nickte. »Deswegen ...«

»Und was springt für mich dabei raus? Meine Belohnung für einen Namen?«

Swann sah die Summen in Dicksons Augen durchlaufen wie bei einem Spielautomaten. Eine nach der anderen wurde weitergedrückt.

»Für nen Namen zwanzig Prozent. Wenn ich was wiederkriege.«

»Und wenn ich's wiederkriege?«

»Dann knie ich vor dir nieder, Swann. Mit runtergelassenen Hosen.«

»Du hast gefragt, Perce.«

»Alles. Du kannst alles haben. Wenn ich nicht rausfliege.«

Percy Dickson log. Er würde nie mehr als die Hälfte davon

abgeben, aber Swann wusste, dass die Belohnung erheblich sein würde.

»Der alte Knabe da, dieser gepflegte Opatyp. Das ist Barry Cassidy. Soweit ich weiß, ist er in Sydney bei Major Crimes. Und wenn ich mich recht erinnere, ist er ein guter Kumpel von mehreren Detectives hier bei uns.«

Dickson trat gegen ein Tischbein, und durch die Monitorwand ging ein elektronisches Zucken. Erst wurden alle Bildschirme grellweiß, dann schwarz.

Wieder in seinem Holden EK, nahm Swann die Beaufort Street in nördlicher Richtung. Wenn er schon in der Nähe war, konnte er auch noch bei dem Sergeant at Arms der Nongs vorbeischauen. In Swanns Branche war die Bekanntschaft mit Typen wie Gus Riley ein notwendiges Übel.

Rileys Haus lag am oberen Ende der William Street, hinter den italienischen Restaurants, asiatischen Lebensmittelläden und Reisebüros sowie der Moschee, die im letzten Jahrhundert von afghanischen Kamelhändlern erbaut worden war. Es war ein Reihenhaus, das deutlich besser aussah als bei Swanns letztem Besuch. Erstaunlich, was ein frischer Anstrich alles bewirkte. Riley saß auf den Stufen vor dem Hauseingang, trank eine Dose Passiona und rauchte einen Zigarrenstumpen. Er trug schmierige Jeans und Arbeitsstiefel, sein Oberkörper war nackt. Anders als seine Nong-Kumpel, die für Asiatisches nichts übrighatten, bevorzugte Riley japanische Tätowierungen, und seine langen Arme waren vom Halsansatz bis zu den Handgelenken mit Drachen, Dämonen und Comic-Samurais verziert.

»Na, sieh mal an. Willkommen in Schlitzi-Town, Swann. Tut gut, mal nen Weißen zu sehen.«

»Ohne deine weiße Rübe würdest du hier kaum auffallen, mit deinen Mucki-Mangas auf den Armen.«

Riley betrachtete seine tätowierten Arme und spannte dann den Bizeps an, worauf eine Drachendame das Gesicht verzerrte. »Entweder anpassen oder aufpassen, das ist mein Motto.«

»Muss ich draußen vor der Tür bleiben?«

Riley führte Swann in das kühle Innere des Hauses, das sorgfältig in seinen Originalzustand aus der Goldrauschzeit zurückrenoviert worden war: Die Jarrah-Dielen waren auf Hochglanz poliert, der Kalkstein gereinigt, die großen Türen mit reichverzierten Architraven weiß gestrichen. In einem an den Gang angrenzenden Zimmer war ein japanisches Futonbett, an der Wand eine riesige Kalligraphie. Räucherkerzenduft. Ein Mädchen mit rot lackierten Zehennägeln schlief, nackt.

In der Küche holte Riley zwei Dosen Emu Export aus dem Kühlschrank und stellte sie auf den Tisch. Setzte sich, zündete eine weitere Zigarre an und paffte, bis sie zog. Swann steckte sich eine Craven A an und öffnete eine der Dosen.

Für einen Bikie hatte Riley ein hübsches Gesicht. Breite Wangen und ein Wust roter Haare, der eigentlich ein Nachteil war, wenn Riley ihn nicht durch seine landesweit berüchtigten Aktivitäten vergessen gemacht hätte. Rank und schlank wie Charlton Heston unter seinen Affen.

»Hätte nen Job für dich, Swanny. Hab gehört, bei dir zwickt's ein bisschen.« Er grinste, aber der Blick aus den grünen Augen blieb kalt.

Swann schnaubte. »Nett von dir, Gus, aber bei mir ist alles im Lot.«

»Hab die heutige Zeitung gesehen. Hogan, der Rächer mit der Knarre. Scheint, er schießt sich auf dich ein.«

»Quatsch nicht rum.«

»Wunden Punkt erwischt, was? Das Erste, was der neue

Chef vom CIB tun wird, wenn er sich ne hübsche Sekretärin und die zu seiner schicksten Krawatte passende Tapete ausgesucht hat, ist, mich anrufen. Hey Gus, wird er sagen, ich hätte da nen Auftrag für dich. Geht um Swanny und um ne Kettensäge.«

Swann drückte seine Zigarette aus und erhob sich. Nahm sein Bier. Auch das gehörte zum Ritual.

»Hey, Swanny. Komm schon. War nicht so gemeint.«

Swann blieb stehen, jedoch nur, weil Riley noch für ihn nützlich sein konnte, wenn er rausfand, wo Dicksons gestohlener Schmuck war. Allein würde er es nicht schaffen, den Dieben die Juwelen wieder abzunehmen, und die Nongs waren schon seit Jahren gern zu Diensten, um Abreibungen zu verpassen, Schulden einzutreiben oder jemanden abzukassieren.

Rileys Auftritt war ebenfalls Teil des Rituals. Er musste sein Gesicht wahren, schließlich arbeitete er auch für die Polizei. Vor allem aber – und das musste keiner von ihnen erwähnen – erinnerten sich beide noch an ihre erste Begegnung, bei der Swann Riley zusammengeschlagen hatte. Das war in den späten Fünfzigern gewesen, als Swann ganz frisch bei Polizei war. Seine flinken Fäuste hatten sich genauso rumgesprochen wie sein hitziges Temperament, und so schickten ihn einige ältere Officers gern in den Ring. Etwa um eine Bande Halbstarker zu zähmen, die den Besitzer einer Pizzeria in Bayswater terrorisierten und die Gäste einschüchterten.

Der Leiter der örtlichen Wache hatte etwas von der Pizzeria entfernt am Straßenrand geparkt und Swann auf die Schulter geklopft. Swann hatte Zivilkleidung an für den Fall, dass die Sache aus dem Ruder lief. Ungefähr zehn Bandenmitglieder starrten auf den Streifenwagen mit blinkendem

Blaulicht. Sie sahen alle so aus, wie Swann früher selbst ausgesehen hatte – enge Jeans und Stiefel, T-Shirts und Dufflecoats.

Swann blickte links und rechts die Straße hinauf und sah, dass sie leer war. »Wer hat am meisten drauf?«

»Der mit der Donkeyjacke. Der hübscheste von denen, dieses verdammte Söhnchen. Wenn er das Tänzeln anfängt, musst du auf sein Messer aufpassen. Sie haben auch Baseballschläger, und irgendwo in der Straße stehen Flaschen.«

Unter ihrem Geheul und Gebrüll stieg Swann aus dem Wagen. Als er auf sie zuging, sah er Riley in die Augen. Und wandte den Blick nicht mehr von ihm, bis er am Boden lag. Danach ging er auf den Nächsten los, fing sich ein paar leichte Schläge auf den Rücken ein und widmete sich einem Weiteren. Dann gab der Rest Fersengeld, verzog sich in den Park auf der anderen Straßenseite.

Swann stand über Riley und stupste ihn mit dem Fuß an. Riley war klug genug, am Boden zu bleiben. Worte waren nicht nötig.

Danach bekamen Polizisten in Bayswater ihre Pizzas umsonst. Wovon Swann jedoch nicht viel hatte, weil er in Fremantle Dienst tat und kaum nach Perth kam, schon gar nicht in die westlichen Vororte.

»Vielleicht hilft dir das ja.«

Riley griff in seinen Stiefel und warf eine Geldscheinrolle auf den Küchentisch. Das Geräusch beim Aufschlagen war satt.

Swann setzte sich wieder. »Worum geht's denn, Gus?«

»Ich dachte, du hättest davon gehört? Diese Banküberfälle in den letzten Wochen. Die haben meine Maschine dafür benutzt. Die sie mir vorher geklaut haben. Meinen kleinen Liebling. Die verdammte 46er Knucklehead. Und mein Leder haben sie gleich mitgeklaut.«

»Hab davon gehört. Und gedacht, dass du und Ben Hogan ja plötzlich Knatsch habt.«

»Denken kannst du, was du willst. Mir geht's nur ums Geschäft.«

»Schon klar, dass ein Mann in deiner ... Stellung ein Problem hat, wenn jemand mit seiner Maschine Banken überfällt, aber ich kapier nicht –«

»Hör zu, Swanny, ich will einfach mein Bike wiederhaben. Ich hab doch gesagt –«

»Die Banküberfälle. Wer leitet die Ermittlungen?«

»Farquarson. Aber der Scheißkerl verarscht mich. Er hat nicht mal nen Zeugen, aber mir hat er allein in dieser Woche dreitausend abgeknöpft. Und er kommt garantiert wieder. Er behauptet, dass er Druck kriegt, also muss er seinen Chefs das Leben versüßen. Du kennst die Scheiße. Dabei bezahle ich auch Hogan, damit –«

»Davon will ich nichts wissen, Gus. Ich werd sicher nicht in die Schusslinie zwischen dir und Hogan treten. Sorry, aber da kann ich nicht helfen.«

»Komm schon, das sind fünf Dicke. Fast das Jahresgehalt eines Bullen. Und die klauen mein Bike und überfallen damit Banken ...«

»Wirft kein gutes Licht auf dich.«

»Ach ja.«

»Und du willst wirklich nur die Maschine wieder?«

»Absolut.«

»Schweine im Weltall.«

Riley lachte. Makellose Zähne. Der Typ war wirklich eine Nummer. Kam aus einer guten Familie. Hausbesitzer. Fleißiger Autospengler. Und in einer Motorradgang. Speed-Dealer. Mörder.

»Ich lass meine Jungs schon nach ihm suchen, darauf

kannst du Gift nehmen. Der ist so gut wie tot, das steht fest. Aber beim Geschäft zwischen dir und mir geht's nur um mein Bike.«

»Frag Hogan. Der hat überall Kumpel. Und Farquarson ist einer von denen. Fünf Überfälle in nicht mal vierzehn Tagen? Das ist die reine Gier. Entweder der Kerl kriegt den Hals nicht voll, oder er ist bescheuert. Oder …«

Riley nickte und sog an der Zigarre, bis sie glühte, dann hüllte er sich in grauen Qualm. »Ich hab Hogan schon gefragt. Angeblich hat er niemandem grünes Licht gegeben.«

Swann lachte. »Das Wort Hogans. Wer's glaubt. Also, damit hätten wir's doch, oder?«

Swann trank sein Bier aus. Rileys Fleischberge wären sicher ganz nützlich, wenn er herausbekam, wo Percy Dicksons Schmuck abgeblieben war, aber dass er dafür fünf Riesen ablehnen musste, tat weh. Wobei: Ein bisschen hatte sich das schon gelohnt. Er sah Riley an, dass er Zweifel gesät hatte, und dieser Zweifel blühte langsam, aber stetig auf, ganz wie die knospende Chrysantheme auf Rileys Schulter.

Die Sonne glitt über den Indischen Ozean und zog auf der bis zum Ortsrand von Swanbourne reichenden Küstenheide amethyst- und orangefarbene Schlieren hinter sich her. In dem östlichen Vorort von Perth fuhr Swann am Graylands Asylum und der Karakatta-Infanteriekaserne vorbei bis zum Schießstand in den Dünen, wo auch das Gebäude der Returned and Services League stand. Vielleicht hatte er Glück und konnte noch am Cottesloe Beach schwimmen, ehe es dunkel wurde. Wie üblich lagen seine alte Badehose und ein sandiges Handtuch im Kofferraum.

Er hatte Rileys Geld abgelehnt, weil er keinen Mord auf dem Gewissen haben wollte, denn Riley würde den Motorraddieb mit Sicherheit umbringen. Interessant war aber, dass es zwischen Gus Rileys eigenem Mann bei der Polizei und dem Detective aus Sydney, der zum Diebeszug durch Perth animiert worden war, eine Verbindung gab – Detective Inspector Ben Hogan, Leiter der Fraud Squad und Ansprechpartner Nummer eins für alle, die nebenher einen schnellen Dollar verdienen wollten.

Hogans Gier war berüchtigt, aber er war auch schlau und ehrgeizig. Er hatte einen Universitätsabschluss. Er kleidete sich gut und hatte eine gepflegte Frisur. Er war genau die neue Art Cop, den die hohen Tiere nach vorne bringen wollten. Es war Hogan gewesen, der dem Commissioner eingeredet hatte, dass die Consorting Squad die Aufgabe erhalten sollte, den neuen Paragraphen 54B des Police Act durchzusetzen, nach dem öffentliche Versammlungen von mehr als drei Personen ohne behördliche Genehmigung illegal waren. Western Australia war mitten in einem Bergbau-Boom, und die regierende Liberal Party mit ihrem Wunsch, Gewerkschaften und organisierte Aktivisten zu zerschlagen, hatte sich bei der Polizei nach Schützenhilfe umgesehen. Mit dem Segen des Commissioners richteten Hogan und seine Männer ihr Augenmerk nun nicht mehr auf Prostituierte, Motorradgangs und Kriminelle, sondern bekämpften mit Nachdruck »Kommunisten und andere Schweinehunde und Faulpelze«. Sie kamen in Zivil zu unangemeldeten Versammlungen und machten Festnahmen, was den Commissioner, der mit der konservativen Regierung im Einklang stand, zu einem glücklichen und sehr dankbaren Mann machte. Also war Hogan zum Leiter der Fraud Squad befördert worden, als der er seinen zweifelhaften Ruf als korrupter Polizist mit Papierkram und unauffälliger Arbeit vergessen machen konnte, bis er zum nächsten Karrieresprung ansetzte.

Wenn Hogan erst Chef des CIB war, hatte er alle Macht in der Stadt. Ihn zu feuern, wäre dann für jede Regierung und jeden Police Commissioner politischer Selbstmord. Es lohnte sich also, Percy Dicksons Juwelenräuber etwas genauer unter die Lupe zu nehmen. Denn vielleicht konnte sie Swann mit Hogan in Verbindung bringen, der ihnen ja grünes Licht gegeben haben musste.

7

Hoch über der Stadt hielt Gary Quinlivan für Tommaso Adamo die Tür zum Drehrestaurant auf, dann folgte er ihm hinein in die gekühlte Luft. Bei ihrem Treffen vor einigen Stunden hatte Adamo den Tod des Geologen nicht erwähnt; er hatte Gary aus einem anderen Grund zu sich gerufen, und noch bei der Fahrt in dem mit Seide ausgeschlagenen Lift hinauf ins oberste Stockwerk hatte der sich das Grinsen verkneifen müssen. Weil die Sache mit Rosa Gold gut aussah, hatte Adamo beschlossen, Gary unter seine Fittiche zu nehmen und in einige für das Projekt wichtige Einzelheiten einzuweihen. Was das hieß, würde sich bald zeigen.

Der wunderbare Sonnenuntergang über Perth war die perfekte Untermalung für Garys Hochstimmung. Richtung Süden sah man an der Küste entlang bis Kwinana, nach oben in den Norden lief das terrakottafarbene Band der mit Marseiller Ziegel gedeckten Dächer parallel zum Strand bis nach Scarborough, und landeinwärts zog sich der dichte Verkehr, der sich in den Hügeln von Guildford und Greenmount staute, als geschwungenes Lichterband über die gekrümmte Kammlinie der Darling Scarp. Im Vorhof der nahen Stadtverwaltung waren die starken, im Zweiten Weltkrieg installierten Suchscheinwerfer angeschaltet worden, die zur 150-Jahr-Feier als riesige Geburtstagskerzen dienen sollten und in einer Zwillingslichtsäule 10 000 Meter in den Himmel emporstrahlten. An der Mounts Bay Road gingen die bunten Lampen der Swan Brewery an, die abwechselnd ein riesiges Segelschiff aus Kolonialzeiten und das schwarze Schwanenlogo darstellten, und beide beleuchteten die Decks des alten Perth City Showboats, eines Schaufelraddampfers auf dem Weg zum Anleger an der Barrack Street.

In dem Drehrestaurant war Gary schon als Kind mit seiner Mutter gewesen. Sie hatte immer gerne auswärts gegessen und sich dafür auch schick angezogen. Im Tosca und im Plaka in der James Street. Chinesisch im Kunming. Bei besonderen Anlässen im Luis an der Esplanade. In der Oyster Bar immer das Menü: Perlbarsch, Jakobsmuscheln oder Tintenfisch, dann Austern auf viererlei Art und zum Nachtisch Cheesecake.

Beim Gedanken an seine tote Mutter verspürte Gary einen Anflug von Sentimentalität, aber dafür war jetzt keine Zeit.

Adamo, mit Seitenscheitel, cremeweißem Polyester-Dreiteiler und handgenähten italienischen Lederschuhen, blickte durch den Raum. Gary trug sein maßgeschneidertes Zweiknopf-Sakko – hellbraun-bronzemeliert mit schwarzem Schlitz – sowie eine graue Schlaghose. Auch er hatte seine schulterlangen Haare seitlich gescheitelt.

Als Adamo eintrat und zum Lord Mayor schlenderte, öffnete und schloss sich das Meer der konservativen blauen und grauen Anzüge, die alle eine Anstecknadel mit schwarzem Schwan am Revers stecken hatten. Der Lord Mayor, in voller Amtstracht mit der Original-Bürgermeisterkette samt Gehänge von Alexander Forrest aus dem vorhergehenden Jahrhundert, begegnete Adamo mit steifer Höflichkeit und bedankte sich für sein Kommen, ehe er sich abwandte und ein anderes Gespräch begann.

Gary hätte gedacht, dass sich Adamo über die Zurückweisung ärgerte, doch anscheinend störte sie ihn nicht. Adamo trank und rauchte nicht, und obwohl er unter den großen Männern im Raum zu verschwinden schien, erzeugte er einen Freiraum um sich, in den nacheinander Geschäftsleute, Beamte, Politiker und Journalisten traten. In den kurzen Pausen zwischen den Besuchern erläuterte Adamo kurz, wie viel der jeweilige als Mensch, wie viel seine Unternehmen wert waren.

Adamo hatte Gary weder vorgestellt noch erklärt, warum er zu diesem städtischen Empfang eingeladen worden war. Die förmliche Veranstaltung diente nur dazu, den Sponsoren der kommenden Geburtstagsfestivitäten zu danken – das Gemeindefest auf Heirisson Island; die Enthüllung einer von der R&I Bank bezahlten Kopie des Gemäldes *Die Gründung Perths im Jahre 1829* von George Pitt Morison, das eine Frau mit Axt beim Fällen der ersten Kasuarine zeigte; das stetige Ersetzen der fortwährend gestohlenen Flaggen entlang des Causeway und der St Georges Terrace; die anstehende Miss-Universum-Wahl im neuen Entertainment Centre; das Verteilen von 8.500 Baumsetzlingen an Grundschüler und der Mardi-Gras-Umzug mit dem Feuerwerk, beides für nächste Woche geplant.

Die Stimmung im Raum schwankte zwischen Feierlichkeit und Selbstbeweihräucherung; der Staat Western Australia befand sich auf dem aufsteigenden Ast. Die Preise für Gold und Silber stiegen, die Diamantproduktion wuchs; der gesamte Nordwesten schien vor allem aus Eisenerz zu bestehen. Im Zentrum Perths explodierten die Grundstückspreise, insbesondere an der St Georges Terrace, und das zog millionenschwere Investitionen in Neubauten nach sich. Der Optimismus und der kaum verhohlene Opportunismus waren mit Händen zu greifen, zu den jovialen Plauderritualen gehörte fast immer auch das Abklopfen neuer geschäftlicher Möglichkeiten. Doch in einer Stadt, in der alle wichtigen Leute einander kannten, entsprach das der üblichen Beiläufigkeit, mit der Entscheidungen getroffen wurden.

Bei seiner ersten geschäftlichen Unternehmung hatte Gary eine herbe Niederlage einstecken müssen und war sogar bankrottgegangen. Aber in seiner Familie, deren erste Siedler schon 1829 auf der *Parmelia* gekommen waren, war ein altes Sprichwort überliefert: »The first word to rhyme with Western Australia is failure.« Mit Nackenschlägen und Niederlagen musste man hier eben fertigwerden. Schon als Kind war ihm eingetrichtert worden, wie schwer es seine Vorfahren gehabt hatten, wie viele Opfer nötig gewesen waren und dass einige sogar gestorben oder verrückt geworden waren. Doch sie hatten alles gewagt und am Ende gewonnen. Dabei hatten sie sich auch die Hände schmutzig gemacht. Vor dem Goldrausch in den 1890er Jahren hatte seine Familie ihr Vermögen mit Viehzucht in der Region Murchison gemacht, und in letzter Zeit waren dazu einige unter den Tisch gekehrte Einzelheiten ans Licht gekommen. Im Outback hießen auch viele Aboriginals Quinlivan, und in akademischen Kreisen kursierten neue Geschichten über seine Vorfahren und wie sie ihr Land erworben, ihr staubiges Reich nur auf dem Gesetz des Stärkeren errichtet hatten, durchgesetzt mit Lee-Enfield-Gewehren des Kalibers .303.

Doch mit dem Goldrausch zur Jahrhundertwende waren sie alle wieder zurück nach Perth gezogen. Als Alteingesessene hatten sie Unternehmen gegründet, um die Hunderttausende Goldsucher zu versorgen, die in die Stadt kamen und von hier weiter in die Goldfelder zogen, sie wurden Kaufleute und Teilhaber der großen Goldabbauunternehmen. Seither war die Geschichte des Goldes eng mit der Geschichte seiner Familie verknüpft, was er Adamo auch ausführlich geschildert hatte, als er ihn über die Hintergründe seiner Leidenschaft für Rosa Gold unterrichtete.

Gary kannte einige der Geschäftsleute im Raum: Männer, die kaum älter waren als er, in den letzten Jahren jedoch ihr Vermögen verdoppelt, verdrei- und vervierfacht hatten, indem sie in der Stadt alte Gebäude gekauft hatten, sie abrissen und dann die Grundstücke weiterverkauften. Die meisten von ihnen hatten vor kurzem außerdem Geld in den Bergbau gesteckt und Investmentbanken gegründet, was sich auch rasch auf die Politik ausgewirkt hatte. Beide Seiten des politischen Spektrums predigten nun, welche Vorteile sich ergaben, wenn man jungen Unternehmern Freiraum ließ und sie ermutigte, das zu tun, was sie am besten konnten – Geld verdienen. Der neugewählte Oppositionsführer, ein kleiner Mann mit dicken roten Lippen und klug blickenden dunklen Augen, trank laut lachend mit ihnen. Er ließ es sich auch nicht nehmen, Adamo freundlich zu begrüßen.

Nachdem er gegangen war, sagte Adamo: »Den Mann muss man sich warmhalten. Seine Zeit wird kommen.« Auf Garys Antwort, der Mann wirke erstaunlich sympathisch und einnehmend, ganz anders, als man es von Politikern gewohnt sei, schnaubte Adamo verächtlich: Charme sei der beste Ersatz für guten Charakter, das müsse man beim Umgang mit Politikern immer im Hinterkopf haben. Und erst recht bei den Unternehmern hier in ihrer Nähe.

Zu gern hätte Gary diese Gelegenheit genutzt, sich ihnen vorzustellen, aber er tat es nicht, noch nicht. Als er sich einmal von Adamo entfernen wollte, um einen alten Freund seines Vaters zu begrüßen, hatte ihm Adamo die Hand auf den Arm gelegt und zurückgehalten. »Du bleibst besser bei mir.«

Er sei nur wegen Gary hier, schien diese Geste zu sagen – Adamo selbst habe dieses Sehen und Gesehenwerden nicht nötig.

Im Frack Hände schüttelnd und breit grinsend machte der Premier die Runde, und seine Minister taten es ihm gleich. Adamo blickte er kurz an, kam aber nicht zu ihm.

»Keine Sorge wegen dem. Nächstes Jahr ist er weg«, sagte Adamo leise.

Bisher hatte Gary kaum etwas gesagt, nur zugehört, aber diese Prophezeiung erschien ihm zu unwahrscheinlich, um sie unkommentiert zu lassen.

»Das kann nicht sein, Mr Adamo. Er ist gesund, und seine Umfragewerte sind gut, da wär er doch dumm –«

»Bei dem hier«, unterbrach ihn Adamo. »Ruhe.«

Polizeiminister Terry Sullivan schob sich in den freien Raum vor ihnen und gab Adamo die Hand. Seine Augen glitzerten vor Alkohol, seine Krawatte hing schief, und er sprach nuschelnd.

Der Minister tat, als wäre Gary Luft. Sah ihn kein einziges Mal an, sprach über Adamo gebeugt in dessen Ohr. In dem Gespräch ging es um Northbridge, über die Pläne, die Adamo für das Viertel hatte, Sullivans Unterstützung dafür – er täte alles, um ihm zu helfen. Leichte Besorgnis über die steigenden Verbrechenszahlen, die vielen Überdosen, die Banküberfälle. Machte keinen guten Eindruck in einem so wichtigen Jahr.

Als er gegangen war, gestattete sich Adamo ein Lächeln.

»Müssen wir uns Sorgen machen?«, fragte Gary.

Adamo wippte auf seinen Absätzen. »Nein, die wollen nur den Schein wahren. Wenn wir was anstellen, kümmern sie sich drum. Und der da – der weiß alles.«

»Auch über mich. Die Banken?«

Adamo zuckte die Achseln. »Kann sein. Kann gut sein. Er ist Polizeiminister. Sein älterer Bruder war auch Polizist. Er weiß, wie's läuft.«

Über Sullivan kursierten unzählige Gerüchte. »Also stimmt das alles ...«

»Ja, er nimmt Geld. Und ich zahle. Aber nur, weil er will. Für das, was ich will, ist er nicht so wichtig. Die, die ich am meisten brauche, die sind hier, aber sie sind leise wie ich. Wenn die Zeit reif ist, stelle ich dich vor. Ich brauche ihre Hilfe für meine neuen Häuser. Wir brauchen ihre Hilfe für Rosa Gold ...«

»Die Beamten.«

Adamo sah Gary in die Augen und nickte. »Ja, einige von den hohen Politikern kommen und gehen, sie lassen sich bestechen oder auch nicht, aber die Beamten, die haben die wirkliche Macht. Und manche von ihnen mögen Geschenke. Urlaube. Boote. Strandhäuser. Mercedes.«

»Wollen Sie mich nicht vorstellen?«

»Sie sehen dich jetzt, hier mit mir. Sie kennen dich nicht, aber sie werden sich erinnern. Dieser Staat wird sehr reich sein, Gary, und sie werden dafür sorgen. Sie ... und die da ...«

Verachtung lag in Adamos Ton, als er mit einer nachlässigen Handbewegung auf die lauteste Gruppe im Raum deutete: Männer, die an einem mittlerweile von Zigarrenasche bedeckten Flügel Champagner tranken. Garys Helden. Die Geschäftsleute, die am ehesten Garys und Adamos Kleidungsstil teilten – dreiteilige Nylonanzüge mit kurzen Westen, große, spitz zulaufende Kragen, breite Blumenkrawatten und längere Haare. Gary kannte sie alle vom Hörensagen. Die Immobilienentwickler, Bergwerksdirektoren, Finanzjongleure. Gerüchte über eine fragwürdige Vergangenheit, sagenhafte Partys, Verschwendung – strahlende Zukunft. Und alle schon dort, wo Gary noch hinwollte.

»Halt dich von denen fern. Sie werden Geld verdienen und wieder verlieren. Dumme Aufschneider und Betrüger. Wenn du dumm bist, wirst du betrogen, verlierst alles. Aber du bist klug, du hörst zu, du hast Mut ... du wirst viel Geld verdienen, Gary.«

»Danke, Mr Adamo.«

Gary richtete sich auf und betrachtete die Menge, die nun ruhiger wurde, weil der Premierminister aufs Podium stieg. Zum ersten Mal sahen ihn einflussreiche Männer an, hier in diesem stillen Raum an der Seite von Tommaso Adamo. Und Gary hielt den Blicken stand.

8

Wie bei den meisten westaustralischen Ortsgruppen der Returned and Services League, die im Gegensatz zu jenen in den östlichen Bundesstaaten nicht über Lotterieeinnahmen finanziert wurden, sah das Gebäude des Veteranenverbandes in Swanbourne aus wie das Toilettenhäuschen eines verkommenen Dorfsportplatzes: nur angepinselte Hohlblocksteine mit einem rostigen Blechdach und davor ein Parkplatz, der einfach auf die knorrigen Wurzeln von Norfolktannen betoniert worden war.

Swann stellte seinen Wagen zu einem Holden Kingswood, einem Ford Falcon 500, einem Chrysler, zwei gleichen weißen Holden Belmonts und einem Rover. Alle tipptopp gepflegt. Weit und breit kein Mercedes, Datsun oder Toyota.

Er betrat das Gebäude durch eine schwere Stahltür, hinter der völlige Stille herrschte – eine Minute lang. Für einen Montagabend war es sehr voll: gut ein Dutzend Männer, die Köpfe gesenkt, Bierdosen, Darts und Zigaretten in Händen. Die einzige Frau war in dem Raum hinter einem Chromgeländer, das sie von den Männern trennte. Wie alle anderen hatte auch sie nicht aufgesehen, als Swann hereingekommen war, tief versunken im allabendlichen Erinnerungsritual an die Toten.

Jennifer Henderson trug Jeans, Cordjacke und Cowboystiefel. Swann konnte nur dastehen und sie ansehen. Ihr Haar – so schwarz, dass es blau wirkte – ringelte sich auf ihren Schultern. Eine unangezündete Capstan zwischen unlackierten Fingernägeln, in der anderen Hand ein Zippo. Das Knie gegen den Tresen gedrückt, das andere Bein nach hinten ausgestreckt. Die Haltung von jemand, der schon etwas intus hat, aber weiß, wie viel er verträgt.

Eine Glocke wurde geläutet, und gleich darauf wurden die Gespräche fortgesetzt, Zigaretten entzündet, Biere geleert. Jennifer Hendersons dunkelblaue Augen sahen, dass er sie ansah. Keiner der Männer blickte zu Swann, als er an ihnen vorbeiging, obwohl sie ihn sehr genau registrierten. Sie waren routiniert darin, Risiken aus dem Augenwinkel abzuschätzen. Swann hatte während der Schweigeminute gespürt, wie sie ihn sogar mit geschlossenen Augen abschätzten. Die meisten von ihnen waren alt genug, um noch im Zweiten Weltkrieg gekämpft zu haben, und die jüngeren waren Veteranen aus Korea oder Vietnam. Ein paar auch Väter und Söhne.

Jennifer Henderson blickte ihm geradewegs ins Gesicht. Die rein männliche Umgebung schien sie nicht zu beunruhigen. In ihren Augen blitzte etwas, vielleicht eine Herausforderung im Gegenzug für seine heimliche Beobachtung. Die charmante Lücke zwischen ihren Schneidezähnen, sobald sie lächelte. Strahlend weiße Zähne, beinahe wie Perlmutt. »Sie sind spät dran.«

Jennifer nickte dem Barmann zu, einem älteren Mann mit Buddy-Holly-Brille und tätowierten Armen, der ein Glas mit etwas, das wie Frühstückssaft aussah, auf ein Handtuch stellte.

»Salty Dog. Mit Salzrand, ganz nach Vorschrift.« Er blieb stehen, wollte sehen, dass Swann trank. »Die werden mir den Lohn raufsetzen müssen, Jen, weil ich jetzt auch Cocktails mache.«

Swann nahm einen Schluck. Wodka und Grapefruit-Saft, herb, bitter, scharf, fast wie der Blick des Barmanns vor seinem Urteil.

An der anderen Seite des Tresens brüllte jemand: »Machst du uns nen Sloe Screw, Mick, okay? Nee, nen Harvey Wallbanger. Oh nein, lieber nen Sloe Screw Against the Wall.«

»Schmeckt mir«, antwortete Swann, weil der Augenblick nach Taktgefühl verlangte. »Besser als ein Tequila Sunrise.«

Der Barmann warf sich das Geschirrtuch über die Schulter. »Mission erfolgreich.«

Jennifer wartete, bis der Barmann außer Hörweite war. »Kleine Lügen erhalten die Freundschaft, wie?«

»Ich hielt's eher für ein zweischneidiges Kompliment. Aber man hat ja Erfahrung mit so was.«

»Berufsweisheit?«

Swann nahm einen weiteren Schluck Salty Dog, und wieder zog sich alles in seinem Mund empfindlich zusammen. »Lektion Nummer eins für jeden Grünschnabel: Alle lügen, immer. Es kommt nicht drauf an rauszukriegen, was die Lüge ist, sondern die Lügner bei der Wahrheit zu ertappen.«

Jennifer lachte auf, legte dabei eine Hand auf seinen Unterarm. Dann zog sie die Jacke aus und beugte sich vor, um sie auf den Tresen zu legen. Swann erkannte ihren Geruch, frisch und kühl wie eine Brise im Wald. Er sah zu, wie sie die Ärmel ihrer Seidenbluse geradezog, dann über ihre Bluse strich, sich in ihre Gedanken zurückzog. Er bemerkte es an ihren Augen – dem Wechsel von lebhaftem in ein dunkleres, trüberes Blau –, so als könnte sie ihre Aufmerksamkeit nicht die ganze Zeit aufrechterhalten.

Ein Blau für den Tag, eins für die Nacht.

»Ihre Frau klang sehr nett. Marion? Was macht sie so?«

»Gemeindeschwester. Arbeitet bei einem neuen Programm mit. Sie besucht alte Leute daheim, kümmert sich um die Mädchen in den Freudenhäusern, geht zu Kindern, die zu krank sind, um ins Krankenhaus zu kommen, zu den Obdachlosen am Strand. Manchmal geht sie auch auf die Schiffe im Hafen, wenn sie irgendwo aus Asien kommen und Penicillin nötig ist.«

»Muss ganz praktisch sein, in Ihrem Beruf, wenn die Frau viel Kontakt in der Gemeinde hat.«

»Sie meinen, wegen der Informationen? Natürlich. Sie hört, was los ist, und erfährt dabei mehr als viele andere.«

»Und Ihr Gesicht. Man sieht sie kaum noch, aber da sind Narben. Ihre Nase war mal gebrochen ... Sie waren Boxer, genau wie mein Vater.«

Er ließ sie ihr Spiel weiterspielen. Er sah ihr an, dass sie das alles wusste. Dennoch wollte sie sich nicht nur die Zeit vertreiben. Sie beobachtete ihn so genau, wie er sie beobachtete. Aber was wollte sie dadurch an ihm entdecken? Swann hatte ein Alter erreicht, in dem er nicht mehr so tun musste als ob. Er sah sie unverwandt an, ihre weiße Haut und die Sommersprossen auf dem zu ihm emporgewandten Gesicht.

Wie jeder, der die Polizeiausbildung durchlaufen hatte, trat Swann selbstbewusst und ruhig auf. Er hatte das Glück, dass die Menschen sein Gesicht sympathisch fanden.

Aber sie blickte tiefer.

Er war auch jähzornig und hatte Erfahrung mit der Anwendung von Gewalt. Hatte einen Hang zu Melancholie und

Lebensekel. War hochmütig und unbedacht, eine Kombination, die ihn mehr als einmal in die Bredouille gebracht hatte.

Doch bei alldem war er Vater dreier Töchter, und seit dem Fiasko mit einer Geliebten, das beinahe seine Familie ruiniert hatte, ein treuer Ehemann.

»Halbwüchsige Kinder?«, sagte er als Antwort auf ihre Frage. »Hat manchmal auch was. Sie und Max haben nie ...?«

Sie schüttelte den Kopf und verbarg ihre Gefühle hinter einer ruhigen Antwort. »Max wollte keine. Mit ein bisschen über dreißig, noch bevor wir uns kennengelernt haben, hat er sich operieren lassen.«

»Und Sie?«

»Ich wollte auch keine. Und keine Hunde. Deswegen hat Max sie mit sich genommen.« Sie schwieg und knabberte an ihrer Lippe. Aus dem Augenwinkel sah Swann, dass der Barmann eine Kopfbewegung machte, um sie auf einen Neuankömmling aufmerksam zu machen.

»Ah, da ist er ja. Swann, ich dachte, wenn wir uns hier treffen, kann ich Ihnen auch jemand vorstellen. Ich hab keine Telefonnummer von Garth. Garth hat ja auch kein Telefon.«

Swann drehte sich um. Sah einen hochgewachsenen schlaksigen Mann mit strohigen blonden Haaren und misstrauischem, auf ihn gerichteten Blick.

Auf dem Weg zu ihnen wurde der Mann von den Umstehenden mit Handschlägen und Schulterklopfern begrüßt. Er sah Jennifer lange in die Augen. Dann wandte er mechanisch den Kopf und bedachte Swann mit demselben ausdruckslosen langen Blick. Er hatte Schweißflecken unter den Achseln, lange drahtige Arme und kräftige Hände mit Schwielen auf den Knöcheln.

»Was machst du denn hier, Jen?«, fragte er, noch während er Swann in Augenschein nahm.

»Ich wollte dich mit jemand bekannt machen. Ich hab gehört, dass du in der Stadt bist. Swann hier würde gerne ein paar Sachen fragen, und ich dachte, ohne mich würdest du eher nicht ...«

»Richtig gedacht. Ich kenn ihn nicht.«

Seine Stimme war rau. Leer. Er bewegte beim Sprechen kaum die Lippen. Trockene, gesprungene Lippen.

»Garth, das ist Swann. Frank Swann. Er hilft mir, Max' Geschäftspartner unter die Lupe zu nehmen. Ich dachte, du könnest auch dabei helfen.«

»Wie?«

Keine Spur von Neugier in der Stimme. Monoton. Nur das Nötigste, um zu kommunizieren.

»Garth war mit Max in Vietnam. Beim Special Air Service, bis zu seiner Verwundung. Garth ist ... war Max' bester Freund. Er ist zum Bohren draußen im Gebiet von Rosa Gold.«

Auch wenn Jennifer es zu verbergen suchte, verriet es ein Blitzen in ihren Augen. Ihre Überraschung, Verwirrung, Enttäuschung. Darüber, dass ein Mann wie Max Henderson, der es im Leben so weit gebracht hatte, sich ein Wrack wie Garth Oats als Vertrauten ausgesucht hatte.

»Max ist tot, Jen.«

Nichts weiter. Nur ein mechanisches Weiterspringen des Blicks von Swann zu Jennifer, in deren Augen Tränen getreten waren. Sie trank ihr Glas aus, nahm die Zigarette aus dem Aschenbecher, schnippte die Asche ab. »Ich lass euch beiden jetzt allein.«

Ohne Swann anzusehen legte sie in einer tröstenden Geste kurz ihre Hand auf Oats' Brust. Er trat einen Schritt zurück und sah ihr nach, als sie durch die Menge der schweigenden Trinker zur Tür ging.

»Tut mir leid«, sagte er, an niemand gerichtet. Er lenkte den Blick zurück zu Swann und bot ihm die Hand an. »Garth Oats.«

Der Händedruck war kraftvoll und feucht. Als Oats seine Hand losließ, musste Swann der Versuchung widerstehen, sie an seiner Hose abzuwischen. Der Barmann stand schon mit einer geöffneten Dose Emu Export da. Er hob sie über den Tresen, drückte das Bier in Oats' Hand und schloss die Finger. Klopfte ihm kurz auf den Unterarm und ging.

Endlich hatte Swann gesehen, dass Jennifer Henderson Trauer verspürte und so verwirrt war, wie man es von der Frau eines Selbstmörders erwarten konnte. Doch als er den besten Freund ihres Mannes betrachtete, ihn beobachtete, wie er von seinem Bier trank, traf er nur auf einen so leeren Blick in einem völlig sonnenverbrannten Gesicht, dass er das Gefühl bekam, neben einem Geist zu stehen.

Eine Stunde nach Sonnenuntergang war North Cottesloe Beach menschenleer. Über dem Dach des Ocean Beach Hotel stieg der Mond in den Nachthimmel. Das Wasser war kühler, als Swann erwartet hatte, und er schnaufte, als er in die Brandung schritt. Der Seewind war abgeflaut, und die Dünung draußen stieg glänzend und glatt aus der Tiefe. Auf der Eric Street war kaum Verkehr, und zwischen zwei brechenden Wellen hörte Swann Rufe, Lachen, das Klackern von Billardkugeln aus der Bar auf der Rückseite des Hotels. Er schwamm zwischen den Wellen, die sich links und rechts von ihm über dem Riff brachen und hinter seinem Rücken auf den Strand zu rollten. Sein Atem ging wieder ruhig, und seine Haut kribbelte vor Kälte, als er in die Dunkelheit hinabtauchte, in kühlere Schichten kam und in dem immer schwächer werdenden Licht auf seine Fingerspitzen sah. Über sich spürte er den leichten Zug der Strömung, und er schloss die Augen und ließ sich treiben, bis er durch die Luft in der Lunge wieder ganz an die Oberfläche gestiegen war.

Wassertretend hielt er sich aufrecht über Wasser, fuhr sich mit beiden Händen durchs Haar, schnäuzte sich dann und sah einem Containerschiff nach, das wie von den Hafenlichtern angezogen Fremantle ansteuerte. An den Schatten am Strand merkte Swann, wie weit er sich schon vom Ufer entfernt hatte. Er verspürte einen Anflug von Furcht, doch wie schon den ganzen Tag über ignorierte er die Angst und drehte sich um, um über den schwarzen Ozean in Richtung des noch in der Sonne liegenden Afrika zu blicken.

Das Gespräch mit Garth Oats ging ihm nicht aus dem Kopf. Der Mann war keineswegs der psychisch angeschlagene Simpel, als der er sich gab. Vielleicht hatte ihn die Anwesenheit von Jennifer Henderson nervös gemacht. Vielleicht fühlte er sich generell unwohl in der Gegenwart von Frauen. Oats lebte in seinem Auto, einem ramponierten, an den Seiten mit rotem Staub bedeckten Holden HQ Kastenwagen mit schweren Profilreifen.

Swann kannte diesen Typ Mann. Er mied menschliche Gesellschaft und lebte lieber allein im Busch, der Blick immer gehetzt und hungrig wie der eines Wildhundes. Es gab viele von ihnen.

Oats und Henderson waren sich in Vietnam in einer Schlacht begegnet. Oats hatte einem sechsköpfigen Special-Air-Service-Spähtrupp angehört, der eine Viet-Minh-Kompanie auskundschaften sollte und von einem von hinten anrückenden Zug überrascht wurde, als ihr Truppführer gerade die Position für einen Artillerieangriff durchgeben wollte.

Die Viet Minh stahlen australische Minen, die in der südlichen Zone gelegt worden waren, und verlegten sie selbst auf den Straßen in der Nähe von Nui Dat. Dadurch waren schon viele Australier ums Leben gekommen. Bei dem folgenden Angriff auf die Späher des Special-Air-Service-Kommandos waren diese zahlenmäßig hoffnungslos unterlegen. Sie zogen sich sofort zurück, flohen schießend und versuchten unter Zurücklassen allen Gepäcks außer dem Funkgerät und der Waffen dem offenen Feld zu entkommen, Schutz zu finden, sich eine neue Position zu sichern und die Gegenwehr wieder aufzunehmen. Allerdings würde ihnen bald die Munition ausgehen.

Sie waren Futter, wie Oats es ausdrückte, als der Captain ihre Position in der Nähe einer Lichtung durchgegeben hatte, aber der Gefechtslärm und der schwere Regen ihn keine Antwort aus dem Funkgerät hören ließ. Also richteten sie sich darauf ein, zu kämpfen und zu sterben, denn es war klar, dass sie bald umzingelt sein würden. Weil sie nichts zu verlieren hatten, warfen sie eine Leuchtgranate in die Lichtung, deren roter Rauch aber rasch vom Regen zu Boden gedrückt wurde. Doch zu ihrer großen Überraschung hörten sie kurz darauf einen Hubschrauber über sich, und die Maschine wurde immer größer, als sie, so unwahrscheinlich es war, immer weiter auf die Lichtung herabstieg, trotz des Beschusses. Ihr Captain starb vor Oats' Augen an einem Kopfschuss, Oats selbst wurde in die Schulter getroffen, dann noch in die Hand und am Oberschenkel. Trotzdem schaffte er es auf die Lichtung, der flappende Vogel knapp über dem Boden, Querschläger pfiffen von seinen Kufen. Oats kletterte trotz zerschossener Hand und Schulter an Bord, spürte keine Schmerzen mehr, als er nach unten griff und mit Adrenalinkräften einen Kameraden zu sich hinaufzog, den letzten aus ihrem Trupp, der auf den breiten Kufen des Helikopters stehend noch immer feuerte, obwohl ihm die Gedärme bereits wie Würste aus dem Hemd hingen, er feuerte und schrie wie wahnsinnig, als sie in die Wolken stiegen, und dann starb er in Oats' Armen mit einem wahnsinnigen Lächeln, weil er nicht wusste, dass er schon tot war.

Sobald der Gefechtslärm verklungen war, gab es nichts mehr als Taubheit, eine schrille Stille, der Klang des Kriegs. Und dann, unnatürlich ruhig, tief und selbstsicher, eins nach dem anderen, die Worte des Piloten, der ihre Position durchgab, in der Stimme keine Emotion außer seiner Leidenschaft für die Aufgabe, die er zu erledigen hatte, der Bericht an die Basis, dass er auf einem Routineflug zwischen Vung Tau und Nui Dat gewesen sei, um mehrere Offiziere abzuholen, dann aber abgebogen sei, um den Kommandotrupp aufzulesen, die Forderung nach Sanitätern und Ärzten, zehn Minuten bis Eintreffen, das nasale australische Englisch das Allerschönste, das Oats je in seinem Leben gehört hatte, die Hubschrauberkabine nass von Blut, Regen und Eingeweiden, die Windschutzscheibe herausgeschossen, auch der Pilot schon vollkommen durchnässt, Max Henderson mit ruhigem Blick auf die Instrumente, der Hubschrauber wie eine geschmeidige Verlängerung seines langen schlaksigen Körpers, auf dem Weg an die Küste, die hübschen Lichter von Vung Tau, und der Pilot gab erneut ihre Position durch – die Stimme eines Mannes, engelsgleich, hatte Oats gedacht, kurz bevor er das Bewusstsein verlor ...

9

Swann hatte noch seine nassen Shorts an, als er den EK am Straßenrand vor seinem Haus parkte und barfuß und mit nacktem Oberkörper ausstieg. Das feuchte Handtuch ließ er auf der Rückbank liegen, Hose, Hemd und Schuhe samt hineingestopften Socken nahm er mit auf die Veranda. Von drinnen hörte er Schallplattenmusik, die er nicht kannte. Sie war laut und treibend, Louise war also daheim. Aus der Küche kam der Duft scharf gewürzter Koteletts, und sobald er das Haus betrat, schlug ihm dampfige Feuchtigkeit und der Geruch von Shampoo und Seife entgegen, dazu hörte er Marions Summen hinter der Schiebetür.

Er trat in den Dampf und zog den Duschvorhang zurück. Marion blickte ihn unverwandt an, und er küsste sie fordernd.

Sie legte eine warme, tropfnasse Hand auf seine Schulter. Swann küsste sie erneut, wischte Seifenschaum von ihrer Wange und ließ eine Hand über ihr Bein gleiten. Sie schlug sie weg.

»Dad, bist du das?«

Er trat aus dem Badezimmer, als Louise aus der Küche kam. In der einen Hand hatte sie ein Kotelett, in der anderen ein Blatt Küchenrolle. Wie immer auf der Flucht, selbst beim Essen. Sie trug einen Minirock aus Leder, schwarze Strümpfe und Monkey Boots, dazu ein weites weißes ärmelloses T-Shirt. Die Lippen knallrot, die Augen schwarz geschminkt. Ihre kurzgeschnittenen Haare waren hochgegelt.

»Dadadadadada ...«

»An sich singst du ja nicht schlecht, Dad, aber nach Addams Family klingt das nicht. Eher nach Skippy, das Buschkänguru.«

Swann beugte sich zu ihrem Ohr, der einzigen Stelle, an der er sie ohne Gefahr für ihr Make-up küssen konnte.

Sie knuffte ihn fest in den Bauch. »Ich seh schon, wieder ein harter Tag am Schreibtisch, was? Jetzt beeil dich mal. In fünfzehn Minuten ist Abfahrt. Du musst fahren, nur dass du's weißt. Das letzte Mal war Mum dran.«

Swann trat einen Schritt zurück und rieb sich mit leicht

schmerzverzerrtem Gesicht den Bauch. »Hab ich was verpasst?«

»In jedem Fall das Abendessen«, sagte Marion hinter ihm im Gang. »Wenn du nicht ein bisschen Gas gibst. Dusche ist frei.«

»Moment mal«, sagte er. »Wovon redet ihr eigentlich?«

Louise trat vor ihn mit einem Gesichtsausdruck, als würde sie gleich in Tränen ausbrechen, und schlug die Hände vors Gesicht. Dann umarmte sie ihn. »Komm schon, Dad. Heute bist du gefragt. Wir brauchen dich. Mum muss lernen. Sarah ist mit ihrem Kleinen unterwegs, und Blonny ist zu klein. Und von meinen Freunden kann keiner bis zehn zählen, das weißt du genau. Bei unseren ersten Gigs war das auch egal, aber heute Abend sind wir die Hauptband.«

»Alles klar, bin schon fertig.«

Swann tat so, als würde er sich Sand von den Schultern wischen, und kratzte sich noch einmal am Bauch. Sah auf seinen nackten Oberkörper und den flachen Bauch. Knochige Knie. Lange sonnengebräunte Beine, behaarte Schienbeine.

Kopfschüttelnd verzog Louise das Gesicht. »Geh endlich unter die Dusche und zieh dir ne Jeans an. Deine schrottige Wrangler. Ein altes T-Shirt sollte reichen, falls irgendwer mit Bier rumschmeißt ...«

Sie reichte ihm das scharf gewürzte Kotelett, der Knochen mit Küchentuch umwickelt, und verschwand nach hinten.

Swann wusste, dass er sich nicht mehr viel Zeit lassen sollte. Er sah Louise an, dass sie wegen des Auftritts nervös war. Normalerweise hatte seine älteste Tochter vor nichts Angst. Jetzt wurde er auch selbst unruhig.

In dem Lieferwagen, der Louise abholen kam, war für Swann kein Platz; zu viele Verstärker, Gitarren und Kabelkisten. Daher sagte er zu Louise, sie würden sich im Pub treffen. Auf dem Weg dorthin beschloss er jedoch, noch bei Donovan Andrews, einem seiner alten Informanten, vorbeizuschauen, ehe der zu seiner Abendschicht ging.

Die junge Nacht war noch warm, es war nicht einmal ganz dunkel. Ein Wetterumschwung kündigte sich an. Beim Überqueren der Fremantle Traffic Bridge sah Swann, dass hinter den riesigen Torkränen am Hafen eine Regenfront über dem Meer aufzog. Rottnest Island war bereits hinter einem Schleier aufgepeitschten weißen Wassers verschwunden, die Buhnen am Hafen hatte es jedoch noch nicht erreicht. An der Küste war die Zeit der Stürme gekommen, und laut Vorhersage sollte morgen Vormittag in der Region Pilbara ein Zyklon mit Windgeschwindigkeiten von über 200 km/h durchziehen und Regen bis in die Goldfelder und den Wheatbelt bringen. Auch Swanns Holden konnte eine Wäsche vertragen – der Staub von der Schwerindustrie unten in Kwinana hatte sich als feine Schicht auf die Motorhaube gelegt, und durch die Windschutzscheibe sah er nur noch dort, wo die Scheibenwischer hinkamen.

Er bog nach rechts in die Wellington Street, weg von der Küste. Stellte seinen Wagen vor dem ersten Wohnblock ab und vergewisserte sich, dass er wirklich abgesperrt hatte. Bei seinem letzten Besuch bei Andrews war sein unverschlossenes Auto gefleddert worden, das Radio aus dem Armaturenbrett gerissen und die Münzen für die Parkuhren geklaut. Sicher ein paar Jugendliche. Die kleinen Scheißer hatten sogar die Motorhaube geöffnet und seine Batterie mitgehen lassen.

Donovan Andrews wohnte im fünfzehnten Stock von Tower 1, wie er genannt wurde, um ihn von Tower 2 zu unterscheiden – weil es sonst keinen Unterschied gab. Swann hatte keine Höhenangst, aber der Weg von Aufzug und Treppenhaus um die Ecke des Gebäudes bis zu Andrews' Wohnung machte ihn immer etwas nervös. Das Geländer, das ihn von einem Fünfzig-Meter-Sturz in die Tiefe trennte, war nicht einmal hüfthoch. Als er aus dem mit Graffiti verzierten Lift trat, traf die Kaltfront auf die Küste, der Wind fauchte ihn an und ließ Regenrinnen und ihre verrosteten Halter, die sich in die rote Ziegelmauer krallten, knarren und quietschen. Er hatte Andrews' BSA Gold Flash unter einer Baumwollhülle auf dem Parkplatz gesehen, daher wusste er, dass Andrews irgendwo im Gebäudekomplex war.

Andrews war Swanns liebster Informant. Er arbeitete als Küchenhilfe im European Club und machte Sandwiches für die betuchten Kunden, die das schickste illegale Casino in Little Italy besuchten. An den Abenden, an denen er nicht dort arbeitete, verdingte er sich als Spüler in der Zanzibar. Tagsüber schlief er, rauchte Gras und amüsierte sich mit den jungen Müttern aus Tower 1, deren Männer arbeiteten oder im Gefängnis saßen.

Ben Hogan war Stammkunde der Zanzibar. Als Officer in der Fraud Squad hatte er ganz normale Büroarbeitszeiten. Swann hatte sich bei Terry Accardi, seinem Vertrauten beim CIB, erkundigt und erfahren, dass Hogan keinen Urlaub hatte, und das hieß, wo immer er den Mann aus Sydney tagsüber versteckte, er würde sich wohl kaum die Mühe machen, Barry Cassidy auch nachts völlig abzuschirmen. In der langen Tradition inoffizieller Amtshilfe, bei der Cops aus anderen Bundesstaaten zu Besuch kamen, sorgten die Männer vor Ort für Unterhaltung – Mädchen, Schnaps, Glücksspiel. Hogan würde vor Cassidy sicher auch mit seinem Einfluss angeben wollen, ganz egal ob Cassidy offiziell in Perth war oder nicht.

Swann klopfte besonders laut an die billige Sperrholztür. Sie bebte in ihrem Aluminiumrahmen. Mittlerweile hatte es zu regnen begonnen, und der Betonboden, der ihn von dem langen Sturz trennte, war schon feucht und rutschig, und wie immer bei den ersten Schauern im Jahr roch die Regenluft nach Staub, Kalkstein und Eukalyptus. Er kratzte sich die Schuhe auf der Sisalmatte vor der Tür ab, dreht seinen Rücken gegen den Wind und klopfte erneut.

Nur mit einem Handtuch bekleidet, öffnete Andrews die Tür. Er hat fast einen Ständer, was er zu verbergen versuchte, indem er sich etwas nach vorne beugte. »Meine Güte, Detective, ich hab jemand andren erwartet.«

»Das will ich hoffen, Don. Aber muss ich deswegen draußen bleiben?«

In der Einzimmerwohnung roch es nach verbranntem Toast. Auf dem Beistelltisch neben einer Couch, die ihre besten Tage erkennbar hinter sich hatte, stand eine Bong. Die Wände nackt, der abgenutzte Teppich mit einer Spur zwischen Schlafbereich, Küchenzeile und Couch. Der Regen prasselte gegen eine Schiebetür, die auf einen winzigen Balkon führte. Als Andrews in den Schlafbereich ging, schaltete Swann das Neonlicht im Gang an, das zunächst surrte, dann ansprang und ein von toten Insekten gesprenkeltes Licht in den Raum warf.

»Was zu trinken, Detective?«

Swann schüttelte den Kopf. Er war schon seit mehr als einem Jahrzehnt kein Detective mehr, aber Andrews nannte ihn immer noch so. Der Junge brachte nicht viel auf die Reihe, aber Swann hatte immer eine Art väterliche Zuneigung ihm gegenüber verspürt. Wäre er wirklich Andrews' Vater gewesen, hätte er vermutlich anders empfunden, aber immerhin versuchte der Junge stets das Beste aus seiner Situation zu machen, und dem musste man Respekt zollen.

»Oder ne Bong?«

Kichernd schlug Andrews Swann auf die Schulter, dann ließ er sich auf die Couch fallen. Er war in eine alte Jeans geschlüpft und hatte ein ärmelloses Cardinals-Sweatshirt mit Grasflecken übergezogen.

Swann setzte sich auf den grünen Plastik-Gartenstuhl neben der Couch und legte die Hände auf die Knie. Wie üblich hatte sich Andrews die Haare zurückgekämmt, auf dem Gesicht ein neugieriger Ausdruck, etwas getrockneter Speichel in den Mundwinkeln, und er rollte sich eine Zigarette aus White-Ox-Tabak, eine echte Knaststange, wie immer ganz dünn und fest.

»Hast du was über diese Banküberfälle gehört, Don? Hat im European oder in der Bar irgendwer mit Geld um sich geworfen?«

Heute Vormittag war die R&I Bank in Fremantle nach genau demselben Muster und mit derselben Harley als Fluchtfahrzeug ausgeraubt worden, und die Gangster und Cops, die Dons Arbeitsstätten frequentierten, würden sicher von kaum etwas anderem reden. Praktisch eine pro Tag. Alle Radionachrichten fingen mit dieser Geschichte an, und die Titelstorys sowohl des *West Australian* wie der *Daily News* widmeten sich ausführlich dem neuen Akteur in der Kriminellenszene, den sie schon »Biker-Bandit« getauft hatten.

Mit gerunzelter Stirn dachte Andrews nach, soweit sein benebelter Zustand dies zuließ, und versuchte, sich an Namen zu erinnern.

Lieber keine zu komplizierten Fragen.

»Wie gehen die Leute von Armed Robbery damit um? Trauen die sich noch an die Öffentlichkeit?«

Das brachte die erhoffte Reaktion. »Ja«, sagte Andrews. »Tun sie. Von den andren Bullen kriegen sie zwar ganz schön was übergebraten, genauso wie von den Politikern und Anwälten, aber das scheint sie nicht zu jucken.«

»Irgendwelche Gerüchte?«

Andrews hatte Swann zwar gerade alles gesagt, was er wissen wollte, aber zu wissen, was geredet wurde, schadete nie.

»N paar glauben, es ist so ein Kung-Fu-Kerl aus'm Northern Territory. Wer anders meinte, es ist Hogan höchstpersönlich. Der Boss der Zanzibar hat gehört, es ist ein dreizehnjähriger Knirps von nem Wanderzirkus, ein Steilwandfahrer.«

»Gus Riley hat niemand auf dem Schirm?«

Andrew zuckte die Achseln, betrachtete Swann aber mit neuem Interesse. »Du glaubst doch nicht ...«

»Nein, Don, das glaub ich nicht. Die Nongs haben sich mit Ben Hogan überworfen, und mit der Masche kann Hogan sie unter Druck setzen und sich gleichzeitig ins Fäustchen lachen. Was mich auf die Juwelendiebstähle in der letzten Woche bringt.

Andrews schob die Unterlippe vor. »Nö, keine Ahnung. Hab ich nichts von gehört.«

Percy Dickson und seine Auftraggeber hatten ganze Arbeit geleistet und die Sache unter den Teppich gekehrt. Was es nur noch wahrscheinlicher machte, dass sich Hogan in aller Öffentlichkeit vor Cassidy aufplusterte.

Swann beschrieb ein paar der geraubten Schmuckstücke und die vier Beteiligten, insbesondere Cassidy vom CIB in Sydney.

»Klingt wie der Kerl, der letzte Nacht mit Hogan gesoffen hat. Cognac. Zigarren schmecken ihm auch. Hat er große buschige Augenbrauen und ne Hakennase? Und nen Riesenschädel?«

»Das ist er. Wenn du ihn heute Nacht wieder siehst, ruf mich bitte daheim an und sag Bescheid. Gibt auch ne Belohnung.«

»Kann ich machen. Ist ja ganz wie früher.«

»Ja, Don, ganz wie früher.«

Es klopfte leise an der Tür, und Andrews' Augen wurden groß. Swann stand auf und klopfte ihm auf die Schulter. »Ich geh dann mal, Don. Ruf mich an.«

Swann öffnete die Tür und ließ eine junge Frau mit Trainingshose und Bikinioberteil herein. Sie schien nicht im Geringsten überrascht, ihn hier zu sehen. Er zog die Tür hinter sich zu und stemmte sich gegen den Wind.

Der Pub lag in der Nähe der Universität, aber an einem Montagabend waren keine Studenten im Shents, wie das Shenton Park Hotel nur genannt wurde. Swann lehnte sich gegen den Türrahmen, der vom Veranstaltungsraum hinaus auf die dunkle Straße führte.

Der Konzertraum, ein düsterer, verrauchter, fensterloser Schlauch mit niedriger Decke, war brechend voll, und die kleine Sparbüchse, die Louises Band als Kasse aufgestellt hatte, quoll vor Dollarscheinen über. Es schien sich nicht allzu viel geändert haben seit der Zeit, als Swann und Marion ausgegangen waren, um die Bands der frühen Rock'n'Roll-Ära zu hören. Alles so improvisiert wie damals. Die Wirte erhielten die Umsätze an der Bar, und die Band bekam das Eintrittsgeld, wenn sie es selbst an der Tür einsammelte.

Die Stimmung im Raum war gespannt, aber sie war anders, als er sie von früher kannte, nicht so biergeschwängert und aggressiv. Als Jugendlicher hatte Swann oft mit den Musikern Mitleid gehabt. Der Sänger auf der Bühne sang sich die Seele aus dem Leib, die Gitarristen schwitzten über ihren Instrumenten, und der Schlagzeuger drosch mit aller Kraft auf seine Trommeln ein, aber wenn die unvermeidlichen Schlägereien ausbrachen, machte Enttäuschung sich auf ihren Gesichtern breit. Perth war eine Stadt mit vielen sozialen Gruppen und Szenen, und bei den Rock'n' Roll-Konzerten waren Bodgies und Surfies aufeinandergetroffen, um sich zu betrinken, sich zu prügeln und den anderen die Mädchen auszuspannen; junge Frauen in engen Jeans, mit kühlem, wissendem Blick. Ein paar der besten Bands lösten sich wegen der ständigen Schlägereien auf. Niemand wollte sie mehr bei sich spielen lassen, wenn sie einmal den Ruf hatten, dass ihre Anhänger Ärger machten. Das Blut, die zerschlagenen Gläser und die eingeworfenen Fenster waren es nicht wert, nicht einmal in Lokalen wie dem Snakepit.

Swann wurde wieder bewusst, wie viel Glück er gehabt hatte, damals Marion kennenzulernen. Er konnte heute kaum glauben, wie wütend er als Jugendlicher gewesen war, wie schnell er die Fäuste hatte sprechen lassen. In jener Zeit beurteilte man Jungs vor allem danach, wie laut und dreist sie waren. Wie viel sie trinken konnten. Wie schnell sie fahren, wie gut sie kämpfen konnten. Doch wo waren sie heute, seine Freunde aus jenen Tagen? Einige waren im Fremantle Prison gelandet, andere waren zur Handelsmarine gegangen und dann irgendwo im Ausland verschwunden. Und wieder andere waren einfach so verschwunden.

Die Schlagzeugerin nahm hinter ihrem Kit Platz. Mit einem Mal veränderte sich die Atmosphäre im Saal, das Reden wurde leiser, die Gäste drängten sich nach vorne, um näher an der schwarzen Bühne zu stehen. Gläser wurden geleert, Zigaretten ausgedrückt. Plötzlich schien der ganze Raum wie elektrisiert.

Louise stand neben dem Sänger, einem großen, unglaublich dünnen jungen Mann in Lederkluft – in der er mit Sicherheit schwitzen würde. Swann wusste nur, dass er Justin hieß und Louise ihn an der Uni kennengelernt hatte, ehe er abgebrochen hatte. Sie hielt Justin für okay, vor allem wenn man seine Kindheit bei Pflegefamilien und in Heimen bedachte.

Sorgen machte Swann aber die Schlagzeugerin. Man sah schon auf den ersten Blick, dass sie an der Nadel hing. Penny und Louise waren seit der Highschool miteinander befreundet, und Swann kannte ihren Vater, der in der Nachbarschaft einen Lebensmittelladen betrieb; er schien ein anständiger Mann zu sein. Marion war außerdem mit Pennys Mutter bekannt, die sich alle Mühe gegeben hatte, aber laut Marion mittlerweile verzweifelt war. Penny war mit sechzehn von daheim ausgezogen und hatte sich danach nie mehr bei ihren Eltern gemeldet. Sie wussten nicht einmal, wo ihre Tochter wohnte, und mussten die Adresse über Marion von Louise erfragen. Andere Dinge konnte Marion ihnen gar nicht erzählen: Pennys unstillbares Verlangen nach Drogen, für die sie sich das Geld gelegentlich auch auf dem Strich verdiente.

Dass Louise mit Heroinsüchtigen und Prostituierten befreundet war, beunruhigte Swann nicht allzu sehr. Er war stolz auf seine Tochter, weil sie zu ihren Freunden hielt, sich dabei aber nicht von ihnen herunterziehen ließ.

Die anderen Bandmitglieder sahen Louise an, und sie nickte und leitete mit einem harten, lauten und dreckigen Bass-Riff das erste Stück ein. Gleich darauf stürzte sich Justin auf das Mikro und begann zu heulen. Penny trug mit wilden Tritten auf die Basstrommel und mit Beckenwirbeln zum Sound bei, aber im Zentrum der Musik stand Louise, die hin und her wippte und die anderen dirigierte. Swann lächelte stolz, als er in ihren Bassläufen die typischen Rock'n'Roll-Strukturen entdeckte, die er Louise als Kind vorgespielt hatte – Stücke von Screamin' Jay Hawkins, Johnny Devlin oder Howlin Wolf, nur viel schneller gespielt und alles mit dem großen Gehabe und den schlechten Manieren dessen, was sie heute eben Punk nannten. Aber es gefiel ihm genauso wie den Jungen vor der Bühne, die nun wie eine einzige kompakte Masse im Takt auf und ab hüpften.

Oben auf der Bühne war die erste Nummer nahtlos in die nächste übergegangen, ein etwas langsameres Stück mit einem Ska-Rhythmus, worauf die Skinheads im Publikum erst mit dem Kopf nickten und dann zu tanzen anfingen. Swann richtete die ganze Aufmerksamkeit auf seine Tochter, die den Bass um ihren Hals ganz tief hielt, ihn fast auf den Oberschenkeln spielte und auf den Saiten dunkle Läufe anschlug. Und manchmal ließ sie den Blick durch den Rauch und über die Köpfe der Tanzenden bis zur Tür schweifen, wo sie ihn fand, ihm in die Augen sah und Swanns stolzes Grinsen mit einem Lächeln erwiderte.

10

Einen Fuß über den anderen geschlagen, lehnte Gary Quinlivan an der Wand und öffnete seine Bierflasche. Mit Jeans und Cowboystiefeln hatte er sich dem Anlass entsprechend angezogen. Er zündete sich eine Zigarette an und trank einen Schluck Bier, der ihm sogar eiskalt wie Chemieplörre vorkam. Er verstand nicht, wie jemand mit einem Rest Geschmackssinn so etwas trinken konnte, aber an der Bar hingen zu viele Glatzen herum, als dass er ohne aufzufallen ein Glas Weißwein hätte bestellen können. Da war es einfacher, auf die Pranke des Trottels mit nacktem Oberkörper zu deuten, der neben ihm stand.

Er hatte sich fest vorgenommen, nicht aufzufallen, tat aber genau das – auffallen. Schon dass er an der Wand lehnte, im unablässigen Gewoge der Menge bloß dastand, war viel zu cool. Das Trio auf der Bühne war gut, sie spielten eigene Stücke, die nicht allzu offensichtlicher Abklatsch waren. Gerade als er meinte, den bassgetriebenen Sound von Gang of Four zu erkennen, wechselten sie das Tempo, und er hörte etwas ganz anderes. Dann glaubte er, Anklänge an die Saints oder den Rockabilly-Sound der Cramps zu hören, doch plötzlich spielten sie etwas viel Komplexeres, fast wie die frühen Pere Ubu oder den fröhlichen Hardcore der Buzzcocks, nur besser. Die Texte waren insgesamt gut. Schlau wie von The Fall, aber besser auf den energischen Beat abgestimmt, der ihn an eine andere von ihm geschätzte Band aus Perth erinnerte, The Scientists, und der jetzt die Hütte zum Kochen brachte. Sogar der Türsteher nickte und klopfte im Takt mit der Hand auf den Türrahmen.

Quinlivan spürte, wie ihm ein kleiner Schwall Schleim und Pulver den Hals hinabrann, der letzte Rest dessen, was er draußen auf dem Parkplatz geschnupft hatte. Seine Knie wurden weich, und er hob den übergeschlagenen Fuß und stellte ihn neben den anderen. Er war kaum älter als die jungen Leute um ihn herum, aber er war ihnen Jahrzehnte voraus. Ihm gefiel der Gedanke, dass sie vor dem Konzert wahrscheinlich mit ihren Geschwistern Fischstäbchen, Erbsen und Pommes gegessen hatten, während er, Gary Quinlivan, mit der Grauen Eminenz der Mafia von Northbridge auf einem Empfang gewesen und dabei dem Premierminister und anderen Männern vorgestellt worden war, die in der Stadt das große Rad drehten. Und von dort war er zum Abendessen ins Haus seines Vaters im gutbürgerlichen Claremont gefahren, auch wenn er weder hier noch dort etwas gegessen, sondern nur ein wenig Weißwein getrunken, gelächelt und zugehört hatte. Sein Vater konnte anstrengend sein, aber wenn Gary etwas geschnupft hatte, entspannte sich ihr Umgang, denn dann war es Gary weniger wichtig, auf seiner

Meinung zu beharren, und er war insgesamt umgänglicher und entsprach eher dem Sohn, den sich sein Vater wünschte.

Sein Vater war Richter am District Court, und er lebte für seine Arbeit, auch wenn seine Gesundheit inzwischen nachließ. Trotz seines Wohlstands lebte er bescheiden, und seit seine Frau vor zwei Jahren an Brustkrebs gestorben war, hatte sich seine Frugalität sogar verstärkt. Dass die Schande, die Garys Probleme verursacht hatten, zu ihrem Leid beigetragen hatte, war unausgesprochen geblieben, obwohl sein Vater ihm seither deutlich reservierter begegnete und sich auch nur beiläufig nach Garys derzeitigen Unternehmungen und dem offensichtlichen Reichtum erkundigte, der bei seiner Vergangenheit doch etwas erstaunlich war. Aber vermutlich würden ihm weder sein Vater noch dessen Freunde je verzeihen, dass er bei seinen ersten geschäftlichen Gehversuchen als junger Immobilienentwickler mit seiner Firma pleitegegangen war und bei seinem Bankrott einige von ihnen viel Geld verloren hatten.

Dabei spielte es keine Rolle, dass Gary Immobiliengeschäfte im Blut hatte, genau wie Goldgeschäfte. Schon Garys Großvater hatte die Parzellierung einiger der besten Vororte Perths verantwortet. Orte wie Mount Lawley, Inglewood, City Beach, Scarborough, Nedlands und Dalkeith waren unbewohnt gewesen, bis sein Großvater in den 1920er Jahren dort gebaut hatte. In Garys Augen schlug nicht er, sondern sein Vater aus der Art. Der hielt den Justizdienst für eine wichtige Aufgabe und hatte nie verstanden, warum sein eigener Vater den Wunsch verspürte, ein Reich aufzubauen – ein Wunsch, der in Gary weiterlebte.

Aber dann spielte es eben keine Rolle. An Vergebung dachte Gary sowieso nicht. Er bemerkte vielmehr, dass seine Füße ohne sein Zutun im Takt mitklopften, und er spürte, dass auch ihn die Musik mitgerissen hatte, das Zusammenspiel von Bass und Schlagzeug zu einem industriellen Dröhnen angeschwollen war und nun auf einen Höhepunkt zulief, Hammer, Zange, Amboss, dazu die Glissandos der Lead-Gitarre, die sich dazwischenschoben und wieder verebbten.

Zum ersten Mal betrachtete er die Schlagzeugerin genauer, die, von Dunkelheit umgeben, nur mit geschorenem Schädel im grellen Spotlight dasaß. Er blickte in ihre Augen, entdeckte eine nur zu vertraute Dumpfheit, eine schwarze Corona um einen schwach funkelnden Stern. Er fragte sich, woher ihr High kam, und beschloss, sie nach dem Konzert kennenzulernen. Sie schien ganz anders als er, doch kam sie ihm gleichzeitig so vertraut vor, vereint in der Anbetung der Gottheit reinsten Verlangens.

11

Die kopfsteingepflasterte Gasse parallel zur William Street stand voller Mülltonnen, um sie herum verstreut lag Abfall. Büschel von Bougainvillea klammerten sich an die Latten eines alten Jarrah-Zauns. Auf der Rückseite der Bars und Striplokale hatte Wilder Wein alle Mauern überwuchert, nur die Türen und vergitterten Fenster waren freigeschnitten. Aus Asbestplatten von eingestürzten Dächern hatten Obdachlose ihre Unterschlupfe gebaut; gefüllt mit schmutzstarrenden Decken und Plastiktüten voll Kleidung und Büchern, waren die Behausungen gerade groß genug, dass ein Trinker hineinkrabbeln konnte. Leere Flaschen billigen Weins und Fusels lagen entlang des Zauns am Boden. In dieser Gasse schliefen die Straßenkinder, die es satt hatten, aus den Parks und Unterführungen weiter nördlich vertrieben zu werden. Nachts war es hier so dunkel, der Gestank von Urin und Abwässern so streng, dass auch die Streifenpolizisten sie gern vermieden.

Am Himmel die ersten Anzeichen von Dämmerung, zerklüftete Wolken zogen, vom Nordwestwind getrieben, graue Regenschleier hinter sich her. Swann hatte nach Louises Auftritt daheim angerufen und erfahren, dass Donovan Andrews seine »Sie-sind-hier«-Nachricht hinterlassen hatte. Danach hatte er mit Gus Riley telefoniert und im Tausch für einen Teil der Belohnung und das Versprechen, die Suche nach der Harley zu übernehmen, schlagkräftige Unterstützung organisiert. Zuletzt hatte er versucht, Percy Dickson zu erreichen, der aber nicht ans Telefon ging.

Das war vor zwei Stunden gewesen. Swann ließ eine Zehn-Cent-Münze in den Schlitz des Münzfernsprechers am Ende der Gasse fallen. Diesmal hob Dickson beim zweiten Klingeln ab.

Swann machte es kurz. »Der Kerl, über den wir gestern gesprochen haben, ist noch hier. Ein Informant von mir hat ihn mit Hogan und ein paar Detectives in der Zanzibar gesehen.«

Die Nachricht beeindruckte Dickson wenig. »Ich weiß, dass er noch hier ist. Der Scheißkerl ist sogar mit richtigem Namen unterwegs. Ein Kumpel bei Qantas hat mir gesteckt, dass er morgen nach Hongkong fliegt. Also eigentlich heut Vormittag, in ein paar Stunden. Und das kann nur heißen –«

»Dass er dein Zeug noch hat. Und es dort verkaufen will.«

»Und was soll mir die Info bringen, wenn ich nicht weiß, wo das Zeug ist? Ohne Tatverdacht kann ihn ja nicht am Flughafen festnehmen lassen. Ich hab mir in der Nacht alles Notwendige besorgt. Morgen am Flughafenparkplatz knöpf ich mir die Schweine vor.«

»Lass den Quatsch, Perce. Die wissen doch gar nicht, dass wir hinter ihnen her sind. Die haben die Nacht durchgesoffen. Das Zeug wird hier irgendwo in der Nähe sein, und ich glaube, dass es im Koffer ist, fertig gepackt, dort wo Hogan Cassidy versteckt hat. Cassidy wird vom kommenden Boss des CIB zum Flugzeug eskortiert. Da kannst du's dir abschminken, dass du sie hochnimmst.«

»Hast du nen bessern Plan, Mann?«

»Es geht nur ums Geld, Perce. Überlass es mir.«

»Es geht um meinen verdammten Ruf, Swanny. Entweder du wartest auf mich oder –«

Swann legte auf und ging zurück in die dunkle Gasse hinter der Zanzibar. Eine kühle, klare Dämmerung zog auf. Er stellte sich in den Türrahmen eines chinesischen Restaurants, knöpfte seine Jeansjacke zu und wartete rauchend. Er hörte, wie innen Mahjong-Steine auf Resopaltische gelegt wurden, und roch die Nelkenzigaretten, deren Rauch ein Abluftventilator in die Gasse blies. Von seiner Position aus konnte er die Hintertür der Zanzibar beobachten. Noch immer viel Betrieb: Köche in karierten Hosen machten Zigarettenpause, Roadies schleppten Verstärker und Ausrüstung raus. Die Vordertür des Clubs lag an der William Street, aber Swann wusste, dass Polizisten, die hierherkamen, immer zur Hintertür hinausgingen.

Kurz vor Schichtende waren schon zwei Uniformierte eingetroffen und hatten an der Hintertür kostenlos etwas zu essen bekommen. Jetzt schaufelten sie Lasagne in sich hinein und tranken Bier. Die Tradition der Polizistenspeisung an der Hintertür war so alt wie der Club selbst, und wenn es regnete, aßen die Officers sogar auf Milchkisten sitzend in der Küche. Heute jedoch standen sie unter sternklarem Himmel und flachsten mit den Köchen und ein paar jungen Prostituierten aus den Bordellen in der William Street.

Swann sah, dass einer der Uniformierten seinen Teller auf

den Deckel einer Mülltonne stellte und nach seiner Mütze griff. Er setzte sie auf und rückte sie zurecht, dann nahm er den Teller wieder und aß weiter. Swann wusste, was das hieß, und drückte sich tiefer in den Türrahmen. Ein höherrangiger Polizist war im Anmarsch, und der Uniformierte war von innen gewarnt worden. Trinken im Dienst war das eine, aber in der Öffentlichkeit die Polizeimütze abzunehmen etwas ganz anderes.

Im nächsten Moment kamen Hogan und Cassidy aus der Küche, musterten die Uniformierten von oben bis unten und ließen sie salutieren, dann machten sie sich mit den jungen Prostituierten davon.

Swann schnippte seine Zigarette weg und folgte ihnen.

An der Beaufort Street überfuhr Hogans brauner Ford LTD eine rote Ampel und bog nach Norden in Richtung Mount Lawley, dann nahm er die Walcott Street hinaus in die Vororte. Swann blieb mit dem Holden hinter einem weißen Mini, der mit seinen zwei streitenden Insassen über beide Spuren schlingerte. Er rauchte beim Fahren und hielt nach Telefonzellen Ausschau. Es dauerte nicht lange, und der Ford bog nach rechts in die Glenroyd Street und fuhr in die Auffahrt eines weißen, holzverschalten Hauses. Gleich darauf gingen die Scheinwerfer aus.

Mit einem Blick auf die Hausnummer fuhr Swann vorbei, machte kehrt und fuhr zurück zur Telefonzelle an der Ecke Walcott und Forrest Street. Von dort rief er zuerst Gus Riley an und berichtete von Hogans Versteck, dann telefonierte er mit Percy Dickson. Anschließend ging er zu Fuß zurück zu dem Haus in der Glenroyd Street. Die Straße war ruhig und grün, und er konnte problemlos in einen schattigen Garten schlüpfen, von wo er einen guten Blick auf das Haus hatte.

Darin waren die Lichter angegangen, leise drangen Musik und Gelächter heraus. Er sah auf die Uhr und verkniff sich eine Zigarette; die vorderen Zimmer des Hauses in seinem Rücken waren nicht sehr weit entfernt.

Er musste nicht lange warten. Ein Achtzylinder, dem Klang nach ein Ford Fairmont, pluggerte langsam die Walcott Street hügelabwärts. Swann sah ihn mit ausgeschalteten Scheinwerfern und ausgekuppelt vorbeigleiten und vor dem Haus halten, in dem Hogan und Cassidy verschwunden waren. Vier kräftige Männer stiegen aus, streckten sich und schoben sich Baseballschläger und Hämmer unter die Dufflecoats und weiten Flanellhemden. Einer schlich zu einer Seite des Hauses, duckte sich kurz unter den Fenstern zur Auffahrt und verschwand nach hinten. Die drei anderen zogen Sturmhauben über und steuerten in Keilformation direkt auf die Eingangstür zu. Gus Riley – er war der einzige, den Swann erkannte – blieb im Fahrzeug und duckte sich tief in den Sitz, falls ein beunruhigter Nachbar oder ein Jogger vorbeikam.

Swann hielt den Atem an, als die Haustür krachend aufflog. Hogan musste eigentlich seine Dienst-.45er dabeihaben, aber in den nächsten Sekunden wurden keine Schüsse abgegeben. Und die Tür wurde wieder geschlossen.

Nun trat Swann aus seinem Versteck im Garten und zündete sich eine Zigarette an. Er nickte Gus Riley zu und lief zu den Straßenlampen in der Walcott Street.

Little Italy stand in Flammen. Noch ehe Swann den Hügel der William Street erreicht hatte, konnte er die sengende Hitze spüren, den Brand riechen, den Qualm, das Lodern. Wie alle anderen Autos auf dem Weg in die Stadt musste er zwei Mal den Feuerwehrfahrzeugen Platz machen. In der Roe Street gegenüber den Eisenbahngleisen brannte ein ganzer Block, und das Feuer war auch schon auf die Lake Street und am Russell Square auf die Parker Street übergesprungen. Es war das größte Feuer, das Swann je in der Stadt gesehen hatte, und der Wind trieb Asche und Glut wie chinesische Lampions durch die Luft und bis in die Vororte. Ampeln und Straßenbeleuchtung waren abgestellt, zu sehen waren nur rote Flammenzungen, grellweiße Blitze von Explosionen und von Scheinwerfern angestrahlter dichter schwarzer Qualm.

Swann schaltete das Radio an und erwischte die Nachrichten der ABC. Er hörte den Live-Reporter vor einer Geräuschkulisse aus splitterndem Glas, Sirenengeheul und weiteren Explosionen berichten, dass das Feuer in der Roe Street gelöscht sei. Die Läden, Lagerhallen und Häuser, die einst als Bordelle gedient hatten, seien jedoch verwüstet, ihre Bewohner über die Fußgängerbrücke auf die Gleise evakuiert. Die Brandursache sei unbekannt, es sei aber klar, dass der Nordwestwind das Feuer immer wieder anfache. Unklar sei bislang auch, ob jemand zu Schaden gekommen sei. Aber alle seien geschockt, wütend, verängstigt. Am Bahnhof standen schon Gaffer, die das Unglück möglichst nah sehen wollten. Die Feuerwehr konzentrierte sich darauf, ein weiteres Übergreifen der Flammen zu verhindern, und ließ gelöschte Häuser vorerst noch schwelen.

Swann sah auf die Uhr und überlegte, wie er am schnellsten durchs Stadtzentrum käme. Er war mit Percy Dickson und Gus Riley auf dem Parkplatz des Raffles Hotel verabredet. Alle Häuser in der Roe Street und fast der ganze Block dahinter gehörten Tommaso Adamo, dem Paten der Northbridge-Mafia. Falls es Brandstiftung war, dann war es entweder ein feindseliger Akt ihm gegenüber oder Versicherungsbetrug.

Swann entschied sich für den Freeway über den Fluss. Am Raffles stand schon Gus Rileys Lieferwagen, und sobald Swann geparkt hatte, trat Percy Dickson aus dem Schatten einer nahen Mülltonne. In der einen Hand hielt er eine kleine Aktentasche, in der anderen eine kleine .25er, die er auf Riley richtete. Genau wie Gus ignorierte Swann die Waffe; stattdessen versuchten sie, auf der Ladefläche von Gus' Wagen mit Hammer, Stemmeisen und Meißel das Schloss eines schweren Koffers zu knacken. Schließlich brach es, und Swanns Finger begannen, die Säume, Krägen und Taschen der darin liegenden Hemden und Hosen abzutasten, während Riley mit einem Schnappmesser das Futter des Koffers aufschlitzte.

Percy wurde immer aufgeregter, als sie den Inhalt des gefledderten Koffers auf ein Tablett legten, auf dem es auch im Dämmerlicht immer mehr funkelte. Außerdem fanden sie Bargeld, Rollen von Zwanzigern und Fünfzigern. Swann und Gus legten sie auf einen separaten Stapel. Als sie fertig waren, ließ Percy Dickson mit zufriedenem Gesichtsausdruck die Finger durch die Goldketten, Diamantringe, Perlohrringe und Anhänger gleiten.

»Für eine Inventur ist keine Zeit, Perce. Cassidy ist nicht so blöd, was auf eigene Rechnung zu verhökern. Es sollte alles da sein.«

Percy Dickson schniefte. »Sieht so aus. Hier ist die Belohnung.« Demonstrativ hielt er die Aktentasche nicht Gus hin, der näher stand. Swann ließ sie aufschnappen, nahm die Hälfte der Scheine heraus und steckte sie in seine Jacke. Dann reichte er die Tasche an Gus weiter, der drei Geldrollen aus dem Koffer dazusteckte. Dann zwinkerte er Swann zu. »Meine arme Knucklehead. Verdammt, die ist Prio eins.«

»Geht klar. Es sei denn, das Feuer geht auf deine Kappe.«

Riley lachte. »Wenn der Preis stimmt, bin ich für alles zu haben. Aber Tommaso hat inzwischen eigene Fachkräfte fürs Grobe. Der importiert die Arschlöcher schon aus Kalabrien. So was gehört zu deren Alltagsgeschäft.«

Die drei Männer blickten auf Flammen, die über der Stadtsilhouette züngelten. Braune Schlieren hingen wie Fragezeichen über dem Fluss.

»Warst du das etwa, Perce? Um unsern guten Ben Hogan auszuräuchern?«

Dickson überhörte die Ironie in Swanns Worten. »Dein Rockerkumpel hat recht. Schon seit Monaten will Tommaso sein Roe-Street-Projekt im Stadtrat durchkriegen. Jetzt hatte er wohl keinen Nerv mehr für Denkmalschützer. Bald renovieren die uns die Stadt unterm Arsch weg, Swanny.«

»Die machen noch ganz anderes mit unseren Ärschen, wenn wir hiermit erwischt werden.« Swann stopfte Cassidys Kleidung, Papiere und Pass zurück in den Koffer. »Schmeiß das auf dem Weg in die Stadt von der Canning Bridge. Was die Aussagen deiner Kunden gegenüber den Bullen betrifft, so wurde das Zeug nie wiedergefunden. Ansonsten erfährt Hogan davon, und dann kommt er garantiert zu dir.«

»Darauf hast du mein Ehrenwort, Swanny.«

Und dann geschah etwas, womit Swann nie gerechnet hätte. Völlig aus dem Nichts verzog Percy Dickson das Gesicht zu einem Lächeln. Scharrte seltsam mit den Füßen. Und wären seine beiden Hände nicht voller Diebesgut gewesen, hätte er vielleicht sogar salutiert.

12

Gary Quinlivan wurde von Staubsaugergeräuschen hinter der dünnen Wand geweckt. Bis auf das spärliche Licht, das durch die Schlitze und Lücken in den Bambusjalousien in den Raum drang, war es um ihn dunkel. In der Luft der Geruch von Hund und Zigarettenasche. Er zwinkerte und rieb sich die Augen, dann fiel ihm ein, dass er mitten in der Nacht mit taubem Arm aufgewacht war. Er hatte ihn mechanisch angehoben und sich auf den Rücken gedreht. Danach war wieder Blut in die kribbelnde Gliedmaße geflossen und er in den tiefen Heroinschlaf zurückgefallen.

Er hatte keine Ahnung, wie spät es war, und es war ihm auch egal. Es war Dienstag, mehr brauchte er nicht zu wissen. Ein Tag vor seinem Abflug nach Malaysia. Er hatte auch keine Lust, sich die Umgebung genauer anzusehen. Das Mädchen war schlampig, wie die meisten Junkies. Mit der Matratze auf dem Boden und den überall verstreuten Kleidungsstücken ließ sich schwer sagen, wo das Bett aufhörte und der Boden anfing. Der Staubsauger saugte, saugte, saugte. Albern. Die Vorstellung einer mürrischen Hausfrau, die nur saugte, damit ihr Leben weniger leer war. Die ihr Drecksloch saugte und putzte, damit sie überhaupt was zustande brachte. Was für erbärmliche Leben manche Menschen führten. Seltsam.

Eine der guten Seiten von Heroin war, dass es ihm Türen zu Welten öffnete, die er sonst nie kennengelernt hätte. Wie die des Mädchens zum Beispiel. Schlagzeugerin in einer Punkband. Sie war gut im Bett, selbst so dicht, wie sie gewesen war. Auf H konnte Gary stundenlang vögeln, ohne zu kommen. Er war unten ganz wund, obwohl er sie und sich sogar aus Spaß rasiert hatte. Der Sex war prima gewesen, aber am geilsten fand er es, wenn er und die Frau nackt waren und er sie nagelte, bis ihr die Lust in die Augen trat.

Sie hatte einen ganz anderen Hintergrund als er, aber sie waren geistesverwandt. Sie wollte, was auch er wollte – sie war eine Gefährtin, mit der er sein Ding machen konnte. Sie hatten alles genau besprochen. Sie hatte auch selbst ein paar Ideen gehabt, dazu eine Perücke für ihren Kahlschädel. Sie hatte sich für ihn verkleidet und perfekt ausgesehen. Ein junges Pärchen auf Urlaub in Kuala Lumpur. Alles bezahlt. Das H in einem Koffer mit doppeltem Boden. Als Bezahlung würde sie auch etwas Stoff bekommen. Sie könnte für ihn ein bisschen dealen. Für ihn wären Musiker und ihr Umfeld ein attraktiver neuer Markt jenseits der Schickeria, die er bereits bediente.

Er wollte sie rufen, aber sein Hals war trocken, es kam nur ein Krächzen heraus. Er stand auf. Nach dem langen Liegen waren seine Knie wacklig, sein Kopf wattig.

Sobald er sie sah, wusste er, dass etwas nicht stimmte. Mit dem Gesicht unter dem Tisch, der Körper zwischen den Beinen eines Stahlrohrstuhls, wohin sie gekrabbelt war, ehe sie gegen die Küchenwand geknallt und ohnmächtig geworden war. Auf dem Tisch ihr Spritzbesteck. Sein Grammpäckchen sauber gefaltet daneben. Im Aschenbecher eine heruntergebrannte Zigarette, der Gestank eines angesengten Filters. In der Küche grelles Morgenlicht. In einer Schüssel neben der Spüle geschmolzene Eiscreme.

Sie hatte sich also nicht beherrschen können – während er schlief, hatte sie das Päckchen aus seiner Jeans geholt. Es war unverschnitten. Er nahm nie verschnittenes Zeug. Sie war nur den Dreck von der Straße gewohnt, zehn Prozent rein. Aber sein Stoff war hundert Prozent rein. Sie hatte sich das Zehnfache ihrer normalen Dosis gesetzt. Ein Wunder, dass sie es überhaupt noch auf den Boden geschafft hatte.

Er ging zu ihr und fühlte ihren Puls. Nichts. Ihre Haut war kalt und wächsern. Er schloss ihre blauen Augen. Legte eine Hand auf ihre nackten Schultern, ließ sie über ihren nackten Rumpf gleiten, massierte ihren Rücken. Er wollte sie umarmen. Er wollte sie in den Arm nehmen. Er wollte ... er wollte irgendetwas spüren. Er wusste, dass er etwas spüren sollte. Aber er war taub. Er war immer taub. Bis auf das Verlangen.

Er richtete sich auf und zog einen Stuhl unter dem Tisch hervor, unter dem sie lag. Zündete sich eine Zigarette an und starrte auf seine Hände. Wieder überflutete ihn Verlangen. Er öffnete das Päckchen und schüttete sich etwas von seinem Inhalt auf das Handgelenk. Schniefte. Zog wütend an der Zigarette und drückte sich die Knöchel in die Augen. Wollte sich zum Weinen bringen. Schaffte es nicht.

13

Swann erwachte mit Jennifer Henderson vor Augen, ganz nah bei sich. Ihr Ambraduft verflüchtigte sich langsam im zitronigen Morgenlicht. Er erinnerte sich nicht, warum sie in seinem Traum erschienen war und was sie getan hatten. Er blickte an sich an hinab, die nackten Beine um die Decke gewickelt, und sah, dass er erregt war. Er schloss die Augen, wollte sehen, ob der Traum noch da war, aber weniger um ihn festzuhalten, sondern mit dem Wissen, dass es beim letzten Mal genau so begonnen hatte. Gespräche, unverbindliches Flirten, zufällige Berührungen, was ihn nach und nach den Kopf hatte verlieren lassen.

Er zuckte überrascht, als er spürte, dass er auf die Stirn geküsst, etwas in sein Ohr geflüstert wurde. Marion kniete neben dem Bett. Ohne zu fragen, warum er zusammengezuckt war. Sie hatte schon früh herausgefunden, dass sie vorsichtig sein musste, wenn sie ihn weckte, vor allem wenn er angespannt war. Ein oder zwei Mal hatte er auch um sich geschlagen.

Swann erwiderte den Kuss, nahm ihre Hände, wollte sie zu sich ins Bett ziehen.

»Alles in Ordnung?«, fragte er.

Sie sah ihn amüsiert an. Sagte mit einem entschuldigenden Ton in der Stimme. »Cameron hat deinen Ersatzrevolver im Besenschrank gefunden.«

»Weil er was gesucht hat?«

»Seine Unterhose. Sarah hat seine alte weggeschmissen.«

»Klingt nach meiner Tochter.«

»Du riechst nach Rauch. Warst du bei dem Brand?«

»Ich hab's mir angeschaut, mit ungefähr fünftausend anderen Gaffern.«

»Hat man bis hier gerochen. Es hat gerußt wie eine alte Dampflok. In den Blöcken leben viele Leute, die ich betreue. Die werden jetzt auf der Straße hocken. Ich werd heute sicher länger arbeiten und mich um sie kümmern, vielleicht wurde ja jemand verletzt. Wir müssen sie auch irgendwo unterbringen.«

»Kann ich irgendwie helfen?«

»Vielleicht. Ich red mal mit meinem Chef.«

Er küsste sie noch einmal und strampelte die Decke von den Beinen. Er hatte nur wenig geschlafen. Als er heimgekommen war, hatte es schon gedämmert, erste Sonnenstrahlen hatten über den bläulichen Steilhang gespitzt. »Bin gleich so weit.«

Gestern Nacht hatte Swann dreitausendsechshundertfünfzig Dollar eingestrichen. Mehr Geld, als er im letzten halben Jahr verdient hatte, steckte da drüben in seiner Hosentasche. Er wollte Marion überraschen, sie in ein Restaurant einladen und vorher vielleicht noch in eine Bar.

Dass Jennifer Henderson in ihm eine Saite anschlug, war nur ein Grund mehr, aus dem Vertrag auszusteigen. Außerdem war sie in Trauer, er wollte das nicht ausnutzen. Es konnte tausend Gründe haben, warum ein Mann wie Max

Henderson sich das Leben nahm, und dass er keinen Abschiedsbrief geschrieben hatte, war auch nicht weiter ungewöhnlich. Nicht einmal die Hälfte aller Selbstmörder tat das. Nach Jennifers Schilderung hatte er erst in aller Ruhe seine Hunde gefüttert und sich dann erschossen. Das klang nicht nach der Kurzschlusshandlung eines rasenden Betrunkenen. In Fällen wie diesem war sogar oft das die eigentliche Botschaft: keinen Abschiedsbrief zu hinterlassen.

Swann hatte sich vorgenommen, heute Vormittag den Auftrag zurückzugeben, sobald er in der Leichenhalle gewesen war und seine Neugier befriedigt hatte. Er hätte sich den Fall auch genauer angesehen, wenn Jennifer mit ihrer Vermutung, dass Max' Selbstmord etwas mit seiner Arbeit für Rosa Gold zu tun hatte, nicht so unsicher gewesen wäre. Außerdem hatte sie seine Fragen nicht ganz offen beantwortet. Sie hatte ihm nicht gesagt, warum Max' Beratertätigkeit etwas mit der Entscheidung zu tun haben könnte, oder ob der Selbstmord in Wirklichkeit nicht doch Mord war. Sie klammerte sich an einen Strohhalm, so wie das Hinterbliebene häufig tun. Wollte einen Sinn in etwas finden, worin selten einer zu finden war.

Swann ging in die Küche, wo Cameron bedröppelt über einer Tasse Tee saß. Ihm gegenüber am Küchentisch war Sarah mit tränengeröteten Augen. Swanns Pistole lag zwischen der Milchflasche und der Weetabix-Packung. Er nahm sie, zog das Magazin heraus und sah, dass sie geladen war.

Sarah funkelte ihn giftig an, und Swann hob abwehrend die Hände. Die Pistole baumelte an seinem kleinen Finger. Er war mit Feuerwaffen großgeworden, genau wie Marion als Tochter eines Detectives. Swanns Stiefvater hatte mit einem geladenen Gewehr neben dem Bett geschlafen und immer eine kleinkalibrige Luger mit sich geführt, ganz egal wohin er ging, auch zu den Auseinandersetzungen der Hafenarbeiter, von denen es immer reichlich gegeben hatte. Ein oder zwei Mal waren nachts sogar Kugeln durch ihr Wohnzimmerfenster ins Haus gepfiffen.

Swann hatte sowohl das Gewehr seines Stiefvaters als auch das Jagdgewehr von Marions Vater geerbt, das er in Öltuch gewickelt versteckt in seinem Kleiderschrank aufbewahrte. Im Schulterholster unter dem Jackett trug er seinen ehemaligen Dienstrevolver, einen .38er Smith & Wesson mit Stummellauf, und in seinem Stiefel steckte eine Pistole Kaliber .32. Den zweiten .38er hatte er im Besenschrank deponiert, und seine Töchter wussten, dass sie die Finger davon lassen mussten.

»Und?«, fragte Sarah angriffslustig. »Willst du mir was sagen?«

Swann und Cameron begannen gleichzeitig zu sprechen. Ihre Blicke trafen sich. Swann legte die Waffe auf den Kühlschrank. Dann beugte er sich zu Sarah hinunter und küsste sie auf die Wange. »Tut mir leid, mein Engel. Ich dachte, ich hätte sie gut versteckt.«

»Ich hab doch schon gesagt, dass es mir leid tut«, warf Cameron mit dünner Stimme ein. »Ich wusste doch nicht, dass sie geladen war. Ich hab nur Quatsch gemacht.«

Marion legte die Hände auf Camerons Schulter. »Hier im Haus musst du immer damit rechnen, dass Waffen auch geladen sind, Cameron. Wir vergessen einfach ab und zu, dass das, was wir für normal halten, nicht unbedingt für andere gilt. Oder, Frank?«

»Ja, das stimmt«, pflichtete Swann bei. Er sah durch die Fliegentür in den sonnenüberfluteten Garten. Er hatte nichts vor außer sich in der Leichenhalle von Darren Plant bestätigen zu lassen, dass Max Henderson sich selbst getötet hatte. Danach stand nur noch das Treffen mit Jennifer Henderson an, bei dem er ihr die unangenehme Mitteilung machen musste. »Ziemlich warm heute. Hat wer Lust auf Schwimmen? Fahren wir doch zum South Beach, und unterwegs essen wir einen Happs.«

Sarah sah ihn misstrauisch an. Dann rieb sie sich die Augen, nickte kurz und ergriff Camerons Hand. Der Junge hätte vor Erleichterung beinahe losgelacht. Ihr erster Streit.

»Lässt du was springen?«, fragte Marion.

Swann zog eine Rolle Geldscheine aus der Hosentasche und warf sie ihr zu. Sie wog sie in der Hand und lächelte. »Siehst du, was ich gemeint habe, Cameron? Was wir für normal halten ...«

In den vier Jahren seit ihrer letzten Begegnung hatte Darren Plant einen ordentlichen Rettungsring um die Hüften bekommen. Schnaufend stapfte er die Stufen zum Archiv hinauf, und Swann folgte ihm in genau dem Abstand, bei dem er nicht auf die dargebotene Arschfalte blicken musste. Plant war mittlerweile vom Hilfsarbeiter in einen Verwaltungsposten aufgestiegen, so dass er dem Anblick und den Gerüchen der Leichenhalle nicht mehr ausgesetzt war. Auch die Uniform aus weißem Overall und Gummistiefeln war verschwunden. Stattdessen trug er nun eine braune Nylonhose, die gut ein, zwei Nummern hätte größer sein können, und ein kurzärmliges weißes Hemd mit Krawatte. Dazu Schweißbänder an den Handgelenken. Und Flipflops.

Mit einem fleischigen Arm hielt Plant ihm die Tür zum Archivraum auf. Sein Gesicht war puterrot, seine Brust hob und senkte sich wie nach einer Höchstleistung. »Verdammter Scheiß. Mist.« Plant zerrte an der Krawatte und zwängte zwei Finger zwischen Haut und Hemd.

»Pass bloß auf, Darren. So ne Krawatte ist wie ne Schlinge. Je mehr du ziehst, desto enger wird sie.«

Darren riss an seiner Krawatte, bis er sie über den Hals ziehen konnte, und warf sie auf den nächsten Tisch. »Bloß wegen der höheren Besoldungsstufe. Kleiderordnung für alle über Bürobotenniveau. Also sogar für mich.«

»Für die Schuhe gibt's aber keine Vorschriften, oder?«

Beim Blick auf seine Flipflops fielen Plant die Haare ins Gesicht. »Noch nicht. Obwohl das ja gar keine Flipflops sind, oder? Die sind aus Amerika. Mit Fußbett. Waren auch nicht billig.«

Plant strich sich die Haare wieder hinter die Ohren und wischte sich mit einem Slazenger-Schweißband übers Gesicht. Dann zündete er sich eine Zigarette an. Hielt Swann die Schachtel hin. »Wie auch immer. Ne Winfield?«

Swann schüttelte den Kopf. Zog die Aktenmappe, auf die Plant mit einem Nicken gedeutet hatte, unter der Krawatte heraus und nahm sie vom Tisch.

»Dann lass ich euch zwei mal allein. Hab gestern nach deinem Anruf kurz drin geblättert. Gab nicht den geringsten Anlass für eine Obduktion. Auch die Polizei hat sich nicht weiter drum gekümmert, nachdem die Todesursache offiziell feststand. Ich kann mich aber an die Frau erinnern. Die war wirklich hübsch.«

»Das Kompliment geb ich gern weiter, Darren. Als du sie gesehen hast, wie hat sie da auf dich gewirkt? Ihren geistigen Zustand mein ich.«

»Nach dem, was ich gehört hab, hat sie ihn gefunden. Das dürfte kein schöner Anblick gewesen sein. Sie war hier, um das Opfer zu identifizieren, wegen der Formalitäten. Das ist immer noch meine Aufgabe. Wir hatten den Körper abgedeckt, damit sie nicht sah, dass wir die Leiche geöffnet hatten. Sie konnte nur das Gesicht sehen. War aber rücksichtsvoll von ihm, dass er ein Gewehr mit Kaliber .22 genommen hat. Diese Schusswunden, na, damit kennst du dich ja aus ... Egal, wir standen hier auf der anderen Seite des Eintrittskanals. Wir hatten den Augapfel entfernen müssen. Sie war absolut ruhig. Hatte eiskalte Hände. Sie hat sich bei jedem von uns persönlich bedankt. Danach hat sie die Leiche schon abholen können.«

»Fehlt noch was an Unterlagen?«

»Nur ein paar Blutuntersuchungen. An den Organen war gar nichts auffällig. Scheinbar war er völlig gesund. Körperlich jedenfalls. Der Geist ist nicht unser Job.«

»Danke, Darren.«

Plant seufzte, als er mit schlappenden Flipflops die Treppe hinabstieg. Hinter ihm fiel die schwere Stahltür scheppernd ins Schloss.

Nichts an dem Obduktionsbericht ließ auf anderes als einen »Tod infolge eines Unglücksfalls« schließen – ein einzelner Gewehrschuss in den Kopf. Keine Anzeichen eines Kampfes. Keine Verletzungen. Hendersons Finger hatte noch immer den Abzug gehalten. Die Kugel, die aus seinem Gehirn entfernt worden war, war ein Kaliber .22, dieselbe wie bei seinen Hunden. Die Fotos zeigten ihn mit fast unversehrtem Gesicht, nur um sein explodiertes Auge sah man Schmauchspuren. Er wirkte friedlich, schien wie so viele erleichtert über den Tod. Er hatte etwas Alkohol im Blut gehabt. Gegessen hatte er kaum etwas. Ein großer, kräftiger Mann. Unwahrscheinlich, dass er sich nicht gewehrt hätte.

Swann hatte sich bereits bei Terry Accardi von der Homicide Squad erkundigt, und der hatte ihm bestätigt, dass es keine weiteren Ermittlungen geben würde. Jennifer Henderson hatte auch nicht darauf bestanden. Als Swann sie angerufen hatte, um ihr mitzuteilen, dass ihr nächstes Treffen vermutlich auch das letzte war, hatte sie erregt und misstrauisch geklungen – und damit seine Vermutung bestätigt, dass sich hinter ihrer kühlen Gefasstheit Verletztheit verbarg und sie sich irgendeine Art von Rache wünschte, nicht anders als die meisten Reichen, die es gewohnt waren, stets ihren Willen durchzusetzen.

Jetzt saß sie auf der teuren, an allen Lehnen, Sitzflächen und Kissen aufgeschlitzten Ledercouch und schluchzte. Um sie herum lagen die Scherben zerschlagener Amphoren, Vasen und Schalen, die auf – nunmehr umgeworfenen – alten japanischen Tischen gestanden hatten. Holzmasken waren zertreten, Gemälde zerschnitten. Außerdem stank es nach Benzin. Wer immer das Haus der Hendersons verwüstet hatte, er wollte es eigentlich noch in Flammen aufgehen lassen.

Die Schneise der Verwüstung war mit viel Gewalt, aber auch ganz methodisch gezogen worden. In den Räumen im ersten Stock waren die Matratzen aufgeschlitzt und regelrecht ausgeweidet. Der begehbare Kleiderschrank im Schlafzimmer war leergeräumt. In den Gängen türmten sich Kleidungsstücke und Papier. Alles mühsame Arbeit, für die Kraft, Ausdauer und einiges an Zeit nötig gewesen war. In Max Hendersons Arbeitszimmer waren die Gipswände mit einem Hammer oder Brecheisen aufgehackt und bis zum Boden aufgerissen worden, die Teppiche lagen in Bahnen aufgerollt in den Zimmerecken. Hendersons Schreibtisch war aufgebrochen worden, sein Inhalt im ganzen Raum verteilt. Auch hier Benzingestank.

Die Eindringlinge waren über die Hintertür hereingekommen. Eine der rosafarbenen Bleiglasscheiben war eingeschlagen, ein im Vergleich zum verheerten Inneren nur kleiner Schaden. Der Kühlschrankinhalt lag auf dem Küchenboden, die Hängeschränke waren nicht nur leergeräumt, sondern auch von den Wänden gerissen worden, man hatte sogar den Putz abgeschlagen, um Zugang zu den darunterliegenden Ziegeln zu erhalten.

Eine Flasche Cognac war unversehrt geblieben, und Jennifer Henderson hatte sich schon davon bedient. Sie hielt sie am Hals, saß in gekrümmter Haltung, rauchend, Swanns Blicken und Fragen ausweichend. Sollte er jemand für sie anrufen? Hatte sie Freunde, bei denen sie bleiben konnte? Sie schüttelte erst den Kopf, als er verkündete, er würde zu ihren Nachbarn gehen und die Polizei rufen. Er war bestürzt über die Wut, die in ihren Augen aufblitzte. Über die Wut und die Klarheit darin.

Zu den Nachbarn ging er dennoch: ein älteres Ehepaar, beide weißhaarig, beide in den gleichen roten Trainingsanzügen für den Sport in ihrem Fitnessraum. Sie hatten nichts gehört, niemanden und nichts gesehen. Aber natürlich, sie würden bei ihr bleiben, bis die Polizei käme. Beim Anblick des Wohnzimmers entgleisten ihnen die Gesichtszüge. Oben in Max Hendersons Arbeitszimmer sammelte Swann alle Unterlagen ein, die er fand, Landkarten vom Rosa-Gold-Areal, die offizielle Abmarkung des Geodäten, die Luftaufnahmen und primären geologischen Kennziffern.

Er ließ Jennifer und ihre Nachbarn inmitten des zerstörten Erdgeschosses zurück. Es war erst Nachmittag, so dass ihm noch Zeit blieb, um ins Company House zu fahren und einen Blick ins Handelsregister zu werfen. Und herauszufinden, wer hinter Rosa Gold steckte.

Swann parkte in der King Street und ging von hier, stets auf der Schattenseite, zur St Georges Terrace. Dort staute sich der Verkehr von Hamersley House hinauf bis zum Kings Park und hinab zur Esplanade, nur die Flaggen, die zur 150-Jahr-Feier der Kolonisation von Westaustralien zwischen den Häusern angebracht waren, bewegten sich flappend im Nachmittagswind. Die Stadt Perth war aus dieser Straße erwachsen, aus nichts als kleinen Hütten mit Mauern aus Flechtwerk auf einem kleinen Hügel mit Blick auf die spiegelglatte Mounts Bay. Nun war dieses Zentrum zur Betonschlucht geworden, durch die der Meereswind rauschte wie ein Sturzbach zwischen Felsen. Dennoch war es in der Sonne stechend heiß. Anwälte und Geschäftsleute gingen in Zweier- und Dreiergruppen auf dem schmalen Fußweg, Fliegenschwärme auf den weißen Hemden. Überall war Baulärm zu hören, das Stampfen von Rammen und dröhnende Presslufthämmer, die sich durch die Bodenplatten aus Travertin fraßen. Dazu der Dieselgestank, der Geschmack kalkigen Staubs.

Im Company House war es still und kühl. Das alte Kolonialgebäude mit Kolonnaden aus Donnybrook-Stein und aufwändig geschnitzten, mit schwarzen Zierspitzen aus Eisen versehenen Holztüren war wie alles zu jener Zeit durch das Goldrausch-Geld finanziert worden. In der Eingangshalle stand die Statue eines ausgemergelten Bergmanns, der eine Spitzhacke über einem Felsen schwang. Seine Augen waren blicklos, der Mund verkniffen. Durch das zerrissene Hemd waren die Rippen zu sehen, die genagelten Stiefel waren rissig und klafften knapp über der Sohle auf. Swann erinnerte sich an das Zitat über Hendersons Schreibtisch. *Ich und meine Männer leiden an einer Krankheit des Herzens, die sich nur mit Gold heilen lässt.*

Als junger Detective der Vice Squad war Swann in Kalgoorlie stationiert gewesen und hatte viele Bergleute kennengelernt. Ein eigener Menschenschlag. Manche tauchten nur auf, wenn der Goldpreis das Schürfen lohnte, für andere war die Goldsuche Lebensinhalt geworden. Die Erde um Kalgoorlie war hart und rot, gegraben wurde dort per Hand. Es gab keine kühlen Flüsse, in denen man Gold waschen konnte. Stattdessen verlegte man sich aufs Windsichten, wobei die rote Erde in die staubige Luft geworfen wurde. Tagsüber brannte die Sonne herab, nachts war es bitterkalt. Fliegen krabbelten einem in Augen, Nase und Mund, nur um an ein bisschen Flüssigkeit zu gelangen. Die meisten Goldschürfer schienen nicht ganz richtig im Kopf; Bushies, die nur in die Stadt kamen, wenn sie mussten. Die Bergleute, die unter Tage im harten Fels arbeiteten, waren wie die Bergleute überall. Sie arbeiteten schwer und lebten wild. Trugen viel Geld in die Bars und Bordelle von Kalgoorlie und hielten mit überdurchschnittlich vielen Schießereien und Messerstechereien die Polizei auf Trab. Viele von ihnen verschwanden einfach. Und überall in der Gegend gab es aufgelassene Gruben. Ideale Verstecke für eine Leiche, falls jemand nicht mehr auftauchen sollte.

Er trat an einen Schalter zu einer alten Frau mit grünem Serge-Kostüm und Schildpattbrille, die ihn aus kühlen grauen Augen musterte. Hinter ihr stand eine ganze Wand begehbarer Aktenschränke. Er schob ihr den Notizzettel, auf dem er »Rosa Gold« notiert hatte, über den Tresen und wartete, während sie den Trennbalg zwischen den Regalen zur Seite schob und einen Gang mit Aktenfächern betrat. Sie stieg auf eine Rollleiter, zog eine rechteckige Pappschachtel heraus und blickte auf das Etikett auf dem Rücken. Dann kam sie zurück, reichte Swann die Akte und deutete mit der offenen Hand auf die Arbeitsnischen an der gegenüberliegenden Wand. Die ganze Zeit über hatte sie kein Wort gesprochen, und als er ihr dankte, hallte seine Stimme laut durch den Saal, genau wie seine Schritte auf dem Weg zu den Arbeitsplätzen.

Er zündete sich eine Zigarette an und legte sie in den Aschenbecher, der auf den Schreibtisch mit Kasuarinenfurnier geschraubt war. Dann öffnete er die Akte und stellte fest, dass sie nur wenige Blätter in einem beigen Umschlag enthielt. Swann interessierte sich vor allem für eines. Dem Gesetz nach musste jede in Western Australia registrierte Firma in der im Company House aufbewahrten Akte die Namen ihrer Direktoren offenlegen. Das erste Aktenblatt gab an, dass Rosa Gold im August 1978 ins Handelsregister eingetragen worden war. Das zweite Blatt verriet ihm, dass die Direktoren ursprünglich geplant hatten, Rosa Gold schon im November 1978 an die Börse zu bringen, dies aber nicht getan hatten. Das war eigenartig.

Als Nächstes sah er ein Hochglanz-Wertpapierprospekt mit einer kleinen Luftaufnahme des Rosa-Gold-Gebiets und seine Lage auf einer Karte von Western Australia. Darunter standen in kleiner Schrift einige Absätze über die vielversprechenden Bodenproben; dabei wurde auch Max Henderson als »weltberühmter Geologe« genannt, der die Brekzienbildung auf dem Land von Rosa Gold entdeckt hatte und nun selbst weitere Probebohrungen durchführen wollte, um den Nachweis von – da sei er ganz zuversichtlich – »erheblichen Goldvorkommen zu erbringen«. Auch ein Termin für den Börsengang mit einem Emissionspreis von fünf Cents pro Aktie war angegeben. Aber der Prospekt war offensichtlich nie an private und institutionelle Investoren verteilt worden, weil Rosa Gold, soweit Jennifer Henderson wusste, immer noch eine Gesellschaft mit beschränkter Haftung im Besitz ihr nicht näher bekannter Direktoren war.

Den Namen der Brokerfirma kannte Swann allerdings: Ganz unten auf der Seite stand in goldgedruckten Lettern Capitol Services, Hay Street, Subiaco. Auch der betreuende Broker war namentlich genannt – Dennis Gould. Auf dem nächsten Aktenblatt fand Swann dann, wonach er gesucht hatte. Als er die Namen der Direktoren las, die mit Schreibmaschine auf das billige Papier getippt waren, stieß er einen Pfiff aus. Das Deckengewölbe des hohen Raums schien den schrillen Ton noch zu verstärken, was die Archivarin dazu veranlasste, ihm über ihre Brillengläser einen missbilligenden Blick zuzuwerfen.

Leo Marrone. Tommaso Adamo. Bradley Farquarson. Ron Bevans. Bernard Isaacs. Benjamin Hogan. Ein Who's Who aus Northbridge-Mafiosi und korrupten Polizisten, plus zwei Wettbetrüger aus dem Rennzirkus. Mit jedem von ihnen war er bereits aneinandergeraten, zuletzt mit dem Pferdetrainer Bernie Isaacs, der einen Vollblutwallach verkauft hatte, den ihm ein Mandant von Swann anvertraut hatte. Nur einen Namen auf der Liste kannte er nicht. Gary Quinlivan. Ein weiterer war ausgestrichen, verborgen unter einem verschmierten schwarzen Tintenfleck.

Swann faltete den Wertpapierprospekt und steckte ihn sich in die Tasche. Die Namen der Direktoren notierte er in seinem Notizbuch und klappte es zu. Dann nahm er seine Zigarette, zog daran und sah dem blauen Rauch nach, der sich zur ockergestrichenen Decke ringelte.

Vor allem der Name Ben Hogan verursachte bei Swann ungute Gefühle. Hogan war der neue Boss des alten Purple Circle. Wenn ein korrupter Polizist so hoch hinauf gelangte, hatte er bei allem seine Finger im Spiel. Dass auch Hogan im Firmenvorstand war, lieferte ein gewichtiges Indiz für Jennifer Hendersons Verdacht gegen Rosa Gold. Von

Marrone und Isaacs ganz zu schweigen: Das waren Halsabschneider.

Damit hatte Swann aber ebenfalls einen Grund, die Sache mit Rosa Gold weiterzuverfolgen, denn jetzt bestand die Aussicht, Belastungsmaterial gegen Hogan zu sammeln, ehe es zu spät war und er CIB-Chef wurde. Doch davon würde er Jennifer nichts erzählen. Sie sollte sich möglichst von Rosa Gold fernhalten.

Ihm war nun alles klar, es lag vor ihm im Registerauszug: immer dieselbe Masche, die übliche Abzocke mit einer wertlosen Ramschaktie, die erst künstlich hochgejubelt und bei einem bestimmten Kurs plötzlich abgestoßen wurde. Beim Börsengang der Gesellschaft würden die Direktoren über Strohmänner viel eigenes Geld in den Markt pumpen. Dann schoss der Aktienkurs in die Höhe, die Spekulationsblase stieg auf. Schnell würden unseriöse Broker gutgläubigen Idioten den Floh ins Ohr setzen, der Kurs ginge weiter durch die Decke. Irgendwann, wenn sich ihr Gewinn verdrei- oder -vierfacht hatte, würden die Direktoren und ihre Kumpels schließlich verkaufen, der Aktienkurs würde in den Keller rauschen und die Betrogenen auf einem wertlosen Papier sitzenbleiben.

Seit Jahren zockten viele Westaustralier mit dieser Art Aktienbetrug ahnungslose Investoren ab und scheffelten selbst ein Vermögen. Vielleicht hatte Max Henderson nicht gewollt, dass sein Name mit so einem Unternehmen in Verbindung gebracht wurde. Vielleicht hatte er gedroht, so dass der Börsengang verschoben oder sogar abgesagt werden musste. Vielleicht hatte er gar nicht gewusst, wie gefährlich seine Auftraggeber waren, auch wenn das eher unwahrscheinlich war. Die Verwüstung des Hendersonschen Hauses ließ vermuten, dass Max noch etwas in petto hatte, irgendein

Druckmittel. Wenn jene, die das Haus zerlegt hatten, nicht das gefunden hatten, wonach sie suchten, dann war auch Jennifer in Gefahr.

Swann ging zurück zum Tresen der Archivarin und deutete auf das maschinengeschriebene Blatt in der Rosa-Gold-Akte. Zeigte auf den ausgestrichenen Namen.

»Wissen Sie vielleicht, wie ich mehr darüber rausfinden könnte?« Er stellte die Frage so freundlich, wie er konnte, doch der Blick der Frau blieb ausdruckslos.

»Dürfte ich fragen, mit welcher Berechtigung Sie diese Nachforschungen anstellen?«

Sie musterte ihn von Kopf bis Fuß, und obwohl er ordentlich gekleidet war, empfand er ihre Geringschätzung. Sinnlos, sich zu verstellen. Sie hatte ihn schon als Privatdetektiv erkannt. »Ich arbeite für einen Mandanten, der diese Firma einer eingehenden Prüfung unterzieht. Soweit ich informiert bin, ist es gesetzlich vorgeschrieben, dass alle Direktoren –«

Sie unterbrach ihn. »Darum kümmere ich mich bereits. Das heißt, einer unserer Vorstände kümmert sich darum. Sie sind mittlerweile der Dritte, dem dies auffällt, und Ihren beiden Vorgängern habe ich dasselbe beschieden. Wir werden die Firma anschreiben und sie auffordern, die fehlende Dokumentation nachzureichen und zugänglich zu machen. Wobei – wenn Sie die Firma einer eingehenden Prüfung unterziehen, könnten Sie sich ja auch direkt an sie wenden?«

Die auf der Nasenspitze sitzende Schildpattbrille reckte sich zu ihm empor. Solche kleinen Triumphe versüßten ihren Tag. Beim Lügen ertappt, erwiderte Swann ihre Bemerkung mit einem kurzen Lächeln, dankte ihr höflich und ging. Er würde sie wohl noch einmal brauchen, da war er fast sicher.

Vor dem Company House strahlte eine grelle Sonne vom farblosen Himmel. Der Kondensstreifen eines Flugzeugs schwebte wie eine Feder über der bläulichen Hügelkette im Osten. Swann zündete sich eine Zigarette an und bückte sich, um sich einen Schnürsenkel zu binden. Dabei hörte er, wie sich die schwirrenden Fliegen um seine Schulter versammelten. Er scheuchte sie fort.

Es war nur ein kurzer Gang durch das Geschäftsviertel bis zu seinem Parkplatz. Er blickte auf die verspiegelten Fenster der Geschäftstürme und fragte sich, hinter welchem wohl die falschen Büroräume der Fantasiefirma Rosa Gold lagen und ob man dort wusste, dass er hinter ihnen her war.

14

Peter Henning zog das Stethoskop heraus und legte es dem Pferd ans Herz. Rum Punch zitterte und warf unaufhörlich den Kopf hin und her. Dabei regnete der Speichel des Wallachs auf Hennings Schultern. Unvermittelt begann Rum Punchs Puls zu rasen, gleich danach war er kaum zu spüren, und im nächsten Moment schoss er wieder in die Höhe und war so schnell, dass Henning die Schläge fast nicht zählen konnte.

Der Trainer, Bernie Isaacs, stand dicht hinter Henning, zu dicht. Doch Isaacs bewegte sich selbst dann keinen Millimeter, als Henning einen Schritt zurücktrat, das Stethoskop losließ und es an seinem Hals baumeln ließ: Er blieb, mit in seinen Gürtel eingehakten Daumen, einfach stehen und betrachtete den Arzt mit kindlichem Staunen.

»Ihrem Pferd geht's nicht gut. Ich werde eine Blutprobe nehmen müssen.«

Isaacs verzog das Gesicht und legte den Kopf schief. »'türlich ist er außer Puste, Doc. Er hat grad die 2400 mit drei Längen gewonnen. Der Mistkerl gibt einfach immer alles.«

Henning hatte das Rennen vom Hochstand der Rennrichter aus verfolgt. Drei Längen Vorsprung, dabei hatte der Jockey Rum Punch nicht mal flott gemacht. Dazu ein Dienstagsrennen, bei dem es nicht viel zu holen gab. Für Henning lag es auf der Hand, dass die Buchmacher geschröpft werden sollten. Oder der Totalisator manipuliert.

Henning ging um Isaacs herum und holte eine Spritze aus seiner Arzttasche. Isaacs gab sich keine Mühe mehr, gute Miene zu machen. »Wenn Sie damit fertig sind, zeig ich Ihnen noch was. Was Sie überhaupt nicht bemerkt haben.«

Henning zog etwas Blut in die Spritze und verschloss die Nadel mit einem Korken. Dann steckte er die Probe in eine Plastiktüte und verstaute sie sicher in der abgegriffenen Ledertasche.

»Nur zu.«

Isaacs bückte sich und packte das Pferd am Hinterlauf, fuhr mit einer Hand über die Sehnen am Fesselgelenk und drückte so fest zu, dass die Adern an seinen Unterarmen hervortraten. Das Tier warf den Kopf zurück und versuchte wild schnaubend nach vorne auszuweichen. Isaacs hielt es fest.

»Was soll das denn werden?«

»Schauen Sie her, Doc. Die Beugesehnen sind im Arsch. Der Mistkerl ist so gerannt, dass er sich selbst fertiggemacht hat. Der muss einschläfert werden. Auf der Koppel bringt mir ein Wallach doch nichts. Schauen Sie ...«

Henning beruhigte zunächst das Pferd, bevor er sich in den Gefahrenbereich begab. Das arme Tier hatte wieder zu zittern begonnen, es stampfte und schlug nach den beiden Stallburschen aus. Pferde waren von Natur aus sensibel, aber Rum Punch ging es eindeutig nicht gut. Er rollte mit den

Augen. Die Zunge hing ihm aus dem Maul. Was immer ihm Isaacs gegeben haben mochte …

Er bückte sich und betastete den Sehnenabschnitt zwischen Huf und Fessel. »Hier fehlt ihm nichts, eher schon …«

Es war zwecklos, Andeutungen fallenzulassen, solange er die Ergebnisse der Blutprobe nicht hatte. Er würde Isaacs mit Vergnügen der Rennleitung melden. Der Mann war eine Schande für den Pferdesport. Schüchterte seine Jockeys ein. Drohte angeblich auch Rennrichtern. Setzte kurz vor Wettschluss hohe Summen auf Außenseiter. Mit dem Buchmacher Ron Bevans ziemlich dicke.

Bei Rum Punch war in einer halben Stunde furiosen Wettens vor dem Rennen die Siegquote von 12:1 auf 2:1 gefallen. Dabei war der Jockey nur Durchschnitt. Geringes Handicap. Schlechte Form. Und dann drei Längen oder mehr Vorsprung.

»Man muss ihn einschläfern, Doc. Das ist doch unmenschlich. Sie sehen ja selbst, wie er leidet.«

»Äußerlich fehlt ihm nichts, Isaacs. Führen Sie ihn weg. Ich krieg morgen die Ergebnisse, dann wird sich die Rennleitung bei Ihnen melden.«

Isaacs beugte sich zu ihm. Er roch aus dem Mund. Der Blick hasserfüllt. »Mit dem alten Maloney gab's nie solche Probleme. Dieser Doc wusste noch, was er zu tun hatte.«

»Der fand Sie sicher ebenfalls ganz prima, Mr Isaacs. Wahrscheinlich ist er deswegen nach Tansania ausgewandert.«

»Oh, ein kleiner Klugscheißer. Das wird sich rumsprechen, dafür sorg ich.«

»Wollen Sie mir etwa drohen, Isaacs?«

Isaacs grinste schief. Legte den Kopf wieder zur Seite. Wie ein Jack Russell Terrier, nur ohne den intelligenten Ausdruck.

»Oder nee, da hab ich mich getäuscht. Nicht klug, nur 'n kleiner Scheißer.« Er wandte sich an die beiden Stallburschen. »Jimmy, Baz, los jetzt. Bringt den Mistkerl raus auf den Anhänger. Vor dem achten haben wir noch was zu feiern.«

Henning klopfte und streichelte dem Pferd den Hals, rieb den knöchernen Höcker über seinen Augen. Die Pupillen waren immer noch geweitet, die Augen rollten. Das Tier konnte den Blick nicht fokussieren.

Neben der alten Uhr an der Wand schrillte eine Glocke. Die Lautsprecher begannen zu knistern, als die Vorbereitungen zum nächsten Rennen anliefen: Die Pferde wurden in den Lärm der Menge hinausgeführt, Buchmacher plärrten aus der Wetthalle, immer weiter stieg die Spannung, genau wie Henning es von seinen Rennbahnbesuchen als Kind kannte. Während sein Vater am Führring gebannt die Vorstellung der Pferde verfolgt hatte, versuchte er, dessen Kritzel auf den Racecards zu entziffern – vergebens, denn Vater hatte seine Aufzeichnungen zur Form der Pferde so verschlüsselt, dass kein anderer Wetter damit etwas anfangen konnte, falls er sie verlor. Vater war nicht dumm, er betrieb sogar eine eigene kleine Super- und Baumarktkette, aber sein »System« brachte ihm, soweit Henning wusste, nie etwas ein, außer immer neuer Hoffnung. Wetten war wie glauben, hatte sein Vater gesagt und dabei jenes Glitzern im Blick gehabt, das Henning so sehr mochte, »und der Glaube eines Mannes ist mehr wert als hundert Meinungen«. Kerzengerade dastehend, den Hut im Nacken, eine Selbstgedrehte in der Hand – so sah Vater zu, wie Wetten platziert, Geld über den Tresen geschoben wurde, und wartete gespannt auf den letzten Ansturm vor Wettschluss und das, wie er sagte, »bisschen Besondere« – was vor allem wohl seinen Glauben an das eigene zweifelhafte System bewahren sollte.

Wenn sein Vater gewusst hätte, was er jetzt wusste, nach nur einem Monat als Rennbahnveterinär und den unter der Hand zugeflüsterten, zynischen Bemerkungen einiger Rennrichter über den Wettbetrieb. In letzter Zeit, hatte man ihm erklärt, stand man immer auf der Verliererseite, gehörte zu den Verarschten, wenn man keinen speziellen Draht zu den Trainern und Jockeys hatte und Insidertipps bekam. Kein System, auch kein noch so genaues Beobachten der Pferdeform konnte es an Effektivität mit einem Wink aus gewissen Kreisen, den kleinen Absprachen zwischen Rennstallbesitzer, Buchmacher, Trainer und Jockey aufnehmen. Wegen Leuten wie Isaacs war der ganze Wettbetrieb ein abgekartetes Spiel.

Und trotzdem, dieses Glitzern im Blick seines Vaters. Es fehlte ihm. Unter seinen Fittichen zu stehen und zu ihm aufzublicken. »Schau auf das Besondere, Junge. Ich verlass mich auf dich. Du bringst mir Glück.«

Henning nahm seine Arzttasche und machte sich auf den Weg zur Treppe, die ihn zu den Rennrichtern im Hochstand brachte. Rum Punch war zweifellos gedopt. Wenn er es beweisen konnte, käme das seinem Vater zugute, genau wie all den betrogenen Wettern da draußen.

»Doc, kommen Sie, schnell. Es geht um Rum Punch – er lahmt ganz plötzlich. Bitte, Doc.«

Henning drehte sich um und sah Isaacs' Stallburschen Jimmy. Er hatte Tränen in den Augen. Beinahe schluchzend flehte er Henning an und zog ihn am Ärmel hinaus auf den Parkplatz.

Schon bevor sie am Anhänger waren, hörte er das Pferd. Rum Punch lehnte gegen eine Wand, unfähig, sich aufzurichten oder hinzulegen. Beide Hinterläufe waren an der Fessel gebrochen. Glatt durchgebrochen. Das Tier schnaubte und stöhnte vor Schmerzen. Ein Stück Kantholz lehnte wie zufällig am Hinterrad.

Henning stellte seine Tasche ab, holte eine weitere Spritze heraus und zog aus einem klaren Glasbehälter eine braune Flüssigkeit auf.

»Wo ist Isaacs?«, fragte er den Jungen, dem die Tränen über die Wangen liefen.

»Da oben.«

Er deutete auf den hinteren Teil der Tribüne, den Bereich für Mitglieder. Rennen Nummer acht war mittlerweile gestartet. Nasale Kommentare nuschelten aus den Lautsprechern. Die Menge wurde laut. Mit einem Bier in der Hand und einem Siegergrinsen im Gesicht prostete Isaacs ihm zu.

15

Reggie Mansell war genau dort, wo Swann ihn vermutet hatte – am Bartresen des Great Western Hotel, schwer beschäftigt mit einem Gin Tonic und einem Kreuzworträtsel. Seine kurzen Beine baumelten von einem Barhocker, von einem Zigarillo stieg eine Säule parfümierten Rauchs senkrecht zur Schmuckdecke aus Pressblech hinauf. Im Obergeschoss des Great Western, zur Zeit des Goldrausches in den 1890er Jahren erbaut, war einst das größte Bordell der Stadt betrieben worden. Das Bordell gab es nun nicht mehr, aber sonst war die Bar – abgesehen von etwas neuer Wandfarbe und einigen europäischen Schnapsflaschen in kräftigen Blau- und Grüntönen – unverändert geblieben.

Schockiert bemerkte Swann, wie ausgezehrt Reggies sommersprossige Unterarme waren. Schon seit Monaten hatte er seinen alten Freund nicht mehr gesehen. Er legte die Hand auf Reggies gekrümmte Schulter, und als er die Knochen spürte, bemühte er sich, sein Erschrecken zu überspielen.

»Detective! Auch durstgeplagt?«

Das erste Wort hatte er so laut ausgesprochen, dass es der Barmann in der Nähe mitbekam. Swann nickte, dann nahm er sich einen Barhocker. Es ließ sich einfach nicht ignorieren. »Meine Güte, Reggie. Du hast ganz schön abgenommen. Was ist –«

Reggie lachte keckernd, und Swann hörte das Rasseln in der Lunge, die Kurzatmigkeit. Die plötzliche Röte im Gesicht, das Wasser, das in Reggies blaue Augen einschoss. Swann hatte sofort ein schlechtes Gewissen. Während der Royal Commission, als ihm viele den Rücken zugekehrt hatten, hatte Reggie stets zu ihm gehalten. Seine Verbindungen als Vorsitzender der Civil Liberties Association waren eine wichtige Hilfe gewesen. Swann wusste, dass er ihm sein Leben anvertrauen, mit allen Sorgen zu ihm kommen konnte. Doch hiermit war Reggie nicht zu ihm gekommen.

»Schon gut, Detective. Der Säuferhattrick. Lungenemphysem, Lungenkrebs und fortgeschrittene Leberzirrhose. Sie geben mir noch ein Jahr, wenn's gut läuft …«

Swanns Drink kam, aber er sah ihn gar nicht an. Stattdessen suchte er den Blick des Barmanns, der schuldbewusst den Kopf senkte. Reggie lachte. »Der gute Thomas! Immer wieder hat er versucht, mir Claytons unterzujubeln. Dieses Zeug, das man trinkt, wenn man nicht trinkt. Aber einen echten Säufer wie mich kann man damit nicht locken. Gin ist einfach durch nichts zu ersetzen, was, Thomas? Obwohl ich ihn stark im Verdacht hab, dass er bei mir immer ein bisschen knausrig ist. Noch einen Doppelten, bitte – und, Thomas, ich pass auf!«

Reggie kippte den Rest seines Drinks, wischte sich mit

dem Handrücken über den Mund und beobachtete, wie der Barmann den nächsten mixte. Zur Beruhigung zog er an seinem Zigarillo, legte ihn dann in den Aschenbecher, von wo wieder eine blaue Rauchsäule zur Decke stieg. Er hob sein leeres Glas zu einem ironischen Toast. »Am Ende kommt hier keiner lebend raus, Detective. Obwohl ich dir das nicht unbedingt sagen muss.«

Im Laufe der Jahre war Swann schon einigen Alkoholikern begegnet, er selbst eingeschlossen. Bei den meisten gab es tief im Innern einen Kern große Traurigkeit, eine erloschene, nur noch erinnerte Wut. Aber Reggie war anders. Er trank, weil er gerne trank und gerne betrunken war. Er wurde nie lüstern, weinerlich oder bitter. Immer bewahrte er seine Fasson, wurde nur immer mehr er selbst.

»Wie sieht's mit den Schmerzen aus? Und bei wem bist du in Behandlung?«

»Bei einem echten Gentleman, einem Dr. D'Aeth. Unglaublich, der Name, aber wahr. Wird sehr empfohlen. Ein Calvinist. Sogar ein echter. Wir passen zusammen wie die Faust aufs Auge. Schon seltsam, die Wege des Herrn.«

Swann hatte Reggie fragen wollen, was er über die Broker wusste, die den Börsengang von Rosa Gold betreuten. Reggie kannte die Branche wie seine Westentasche, auch wenn er nach und nach alle Brücken dorthin abgebrochen hatte. Aber jetzt war offenkundig nicht der richtige Zeitpunkt dafür.

Doch als hätte er seine Gedanken gelesen, fragte Reggie: »Und woran arbeitest du gerade? Wenn ich kann, helf ich gern. Würd mich auch ein bisschen ablenken, mein lieber Freund.«

Dass der Barmann hinter dem Tresen hervorgetreten war, merkten sie erst, als es im Raum dunkler wurde, weil er in der

Tür stand. Er war ein großer Mann und warf entsprechend viel Schatten. In der Ferne war eine Polizeisirene zu hören, die näher kam. Auf dem Gehweg hatten sich Leute versammelt, die sich wegen der Sonne die Hand über die Augen hielten und die Straße hinaufblickten. Der Barmann wandte sich an Swann und Reggie und fuhr sich dabei mit den Fingern über das stoppelige Kinn. »Noch'n Banküberfall. Die R&I, gleich drüben in der Francis Street. Angeblich ein Kerl auf ner Harley. Ist grad über die William Street abgehauen.«

Der Typ hat Nerven, dachte Swann. Überfällt mit Gus Rileys Motorrad eine Bank und fährt auf der Flucht auch noch an Rileys Haus vorbei. Mittlerweile sechs Banken in vierzehn Tagen.

Swann zog den Börsenprospekt aus der Tasche, faltete ihn auf und reichte ihn Reggie. Der zwickte die Augen zusammen. »Rosa Gold, so, so. Im August eingetragen, Börsengang für November geplant. Sind wohl von der schnellen Truppe ...«

»Ist aber nichts passiert. Jedenfalls sind sie nicht an der Börse notiert.«

Nachdenklich wiegte Reggie den Kopf hin und her. »So was kommt vor. Entweder kriegen die Investoren kalte Füße, oder die Firma beschließt, es mit eigenem Kapital zu versuchen. Rosa Gold kenn ich nicht, aber Capitol ... die sind ordentlich, haben einen guten Ruf. Das waren die Broker meines Vaters. Obwohl sie heute nur noch institutionelle Anleger betreuen. Der Junge, der den Börsengang betreuen sollte ...« Reggie setzte das Lächeln, mit dem er immer ankündigte, gleich ein Geheimnis preiszugeben. »Der arbeitet nicht mehr für sie. Aber wir sind verwandt. Ich weiß nicht, ob's dafür eine genaue Bezeichnung gibt, aber er ist der Neffe eines Vetters von mir. Vielleicht hast du schon mal von ihm gehört. Er wurde bei einem Einbruch bei ihm daheim übel zugerichtet. Ja doch, das war genau um die Zeit, im November letzten Jahres!«

Reggie zog den Bleistiftstummel aus der Jacke und kritzelte eine Adresse auf ein Stück Papier. »Er lebt in Subiaco. Meinem Vetter gehört der ganze Block und der halbe Vorort dazu. Hast du was dagegen, wenn ich mich einklinke? Mit nach Subi fahre? Ich würde dort dann in irgendeinem Hotel auf dich warten.«

Swann packte Reggie am Unterarm, um ihn zu stützen. Früher war Reggie ein massiger, schwerer Mann gewesen, wie Swann aus Erfahrung wusste, weil er ihn einmal betrunken und ohnmächtig über die Schulter gelegt eine Treppe hatte hochtragen müssen. Doch jetzt war Reggie leicht und zerbrechlich, alles Schwere schien von ihm abgefallen. Allerdings verzog er das Gesicht vor Schmerz, als er sich auf die Füße stellte und schlurfend zur Tür ging.

Als er die Rokeby Road in Subiaco passiert hatte, nahm Swann den Fuß vom Gas und suchte nach den Hausnummern der Art-Deco-Häuserzeile zu seiner Linken. Er sah das Miramar und fuhr in die Auffahrt, wo er hinter einem Triumph TR-7 Cabrio parkte. Die Sonne stand schon tief im Westen, und die Stuckfassade des Miramar wurde vom schwindenden Licht in zartes Rosa getaucht.

Er stieg die rissigen Stufen hinauf, in deren Ritzen schon Ableger des vom Rasen herübergewanderten Lampenputzergrases sprossen. Die Wasserflecke auf den Mauern sahen aus, als wäre am Gebäude Blut herabgeflossen. Er zündete sich eine Zigarette an und ließ den Hals im Hemdkragen kreisen. Trotz des kühlen Luftzugs fühlte er sich verschwitzt und schmutzig. Er hatte gute Lust, Feierabend zu machen und sich auf ein Bier zu Reggie zu gesellen. Wie jeden Nachmittag, wenn die Lust auf einen Drink am größten war, verbannte Swann das Bild einer Bar aus seinem Kopf und ersetzte es durch die Vorstellung, wie er bei Sonnenuntergang ins Meer tauchte, das kühle Wasser auf der Haut spürte und ihm die Meeresbrise den Kopf frei blies.

Bei Hausnummer zwölf klopfte Swann an die Tür. Während er wartete, blickte er über den ungepflegt wuchernden Rasen auf die Rückseite des King Edward Memorial Hospital. Er klopfte noch einmal und warf seine Kippe in den Aschenbecher an der Treppe. Aus den Wohnungen ringsum roch es nach Lammkoteletts und Apfelkuchen. Nachrichten kamen aus dem Radio, ein jazziges Saxophon. Eine Sperrkette wurde bewegt.

Er war nur einen Schritt entfernt, dennoch schob er instinktiv den Fuß in den Spalt zwischen Tür und Türpfosten. Gleich darauf spürte er durch den Schuh, wie die Tür zugedrückt und sein Fuß gequetscht wurde. Jetzt erst fiel ihm der neu gestrichene Türrahmen um das Schloss auf, und er bemerkte das splittrige Holz, wo die Tür aufgebrochen worden war. Er lehnte sich mit der Seite gegen die Tür.

Einen Meter vor ihm stand ein junger Mann in der Diele, der sich mit einer Hand auf eine Gehhilfe stützte. In der anderen hielt er einen .32er Colt und zielte auf Swann. Seine blauen Augen waren geweitet, die Waffenhand zitterte. Als das Zittern auf den ganzen Arm übergriff, lehnte er sich gegen die Wand und packte die Waffe auch mit der zweiten Hand. Aber nicht einmal so bekam er das Zittern unter Kontrolle.

Swann hob beide Hände, tat, als ergebe er sich, und trat einen Schritt von der Tür zurück. Es war nie gut, wenn eine geladene Waffe auf einen gerichtet war, aber am schlimmsten war es, wenn sie ein blutiger Amateur in Händen hielt. »Ich bin Frank Swann. Reggie Mansell hat mir Ihre Adresse gegeben. Ihr Onkel, soweit ich –«

»Onkel Reggie?« Dennis Gould ließ die Waffe sinken, legte eine Hand wieder auf die Gehhilfe und stieß sich von der Wand ab. Schlurfte mit der Gehhilfe aus der Diele. Swann folgte ihm ins Wohnzimmer, ein düsteres Durcheinander aus zerknautschter Wäsche und Bierflaschen. Von der Küchenzeile wehte der Geruch abgestandenen Essens herüber. Die Tür zum Schlafzimmer stand offen. Neben dem ungemachten Bett stand ein Stahlgestell, wie es alte Menschen beim Toilettengang benutzen.

»Entschuldigen Sie die Unordnung. Meine Zugehfrau kommt erst am Wochenende.«

Auf die Gehhilfe gestützt, ging Gould von Fenster zu Fenster und zog die Rollos auf. Die Nachmittagssonne fiel schräg in den Raum. Auf dem niedrigen Tisch neben der Ledercouch lag eine weitere Pistole, eine langläufige .38er Special, dazu eine Schachtel Patronen, deren Inhalt auf dem Tisch verstreut war. In Gedanken sah Swann den betrunkenen Gould, wie er spätnachts grübelnd dasaß, die Pistole in beiden Händen wiegend.

Gould ließ sich auf die Couch sinken und hob das linke Bein mit der Hand neben sein rechtes. Er bemerkte, dass Swann ihn dabei beobachtete.

»Ich kenne Sie. Sie sind der Cop von der Royal Commission. Reggie hat mir von Ihnen erzählt.«

Swann setzte sich auf einen wackeligen alten Bugholzstuhl und beugte sich vor. »Stehen Sie Ihrem Onkel nahe?«

Gould nickte. »Früher schon. Hab ihn aber länger nicht gesehen. Meine Schuld.«

»Was ist mit Ihrem Bein passiert?«

Gould verzog das Gesicht. Noch immer hatte er den .32er Colt in der Hand. Ob er ihn überhaupt einmal weglegte?

»Eines Abends kamen drei Typen hier rein. Haben einfach die Tür eingetreten. So um diese Zeit, bei Sonnenuntergang. Sie hatten Sturmhauben auf. Ich war grad duschen. Einer von ihnen hatte einen Hammer dabei. Einen ziemlich großen.«

Swann nickte. Sie hatten sich ein Bein vorgenommen und das andere aufgehoben.

»Einer hat mich gewürgt, bis ich ohnmächtig wurde. Als ich wieder zu mir kam, lag ich auf dem Küchentisch. Sie hatten mir ein dreckiges Geschirrtuch in den Mund gestopft und meine Nase mit ner Wäscheklammer zugezwickt. Dann haben sie mir mit dem Hammer die rechte Kniescheibe zertrümmert. Anschließend den Knöchel. Diese Schmerzen, da wird mir jetzt noch schlecht –«

»Haben sie was gesagt?«

Gould war noch jung, Ende zwanzig, aber in dem abnehmenden Licht sah er aus wie ein alter Mann. Eine silberne Haarsträhne hing über seiner linken Schläfe. Hübsches Gesicht, blass. Nur die Lippen hatten etwas Farbe. Die Zunge weiß und fleckig. Er sprach wie nach einem Schlaganfall. »Mussten sie nicht. Ich wusste, worum's ging.«

»Rosa Gold?«

Gould sah ihm zum ersten Mal in die Augen. Wandte den Blick aber gleich wieder ab. Enttäuscht. »Sie sind nicht hier, um mir zu helfen.«

Eine Feststellung, keine Frage.

»Kommt drauf an, was Sie mit helfen meinen.«

»Rache. Ich will *Rache*. Aber das Bein hier. Das ist im Arsch. Ich dachte, Onkel Reggie hätte –«

Swann schüttelte den Kopf. Zündete sich eine Zigarette an.

Wartete. Ließ den Rauch in das schwindende Licht entweichen. So viel Wut. Und kein Ventil. Das alles lief nur auf eine einzige Sache hinaus. »Sie wissen, dass Ihr Onkel krank ist? Wahrscheinlich todkrank?«

Er sprach ganz ruhig, den Blick stets auf Gould gerichtet, der sich abwenden musste. »Kann ich auch eine haben?«

Swann reichte ihm die Schachtel Craven A. Wahrscheinlich hatte der Junge keine Zigaretten, weil er seine Wohnung nicht mehr verließ. Die Zugehfrau ging auch für ihn einkaufen.

»Reggie hat nie was gesagt, aber er könnte vermutlich Hilfe brauchen.«

Gould lachte. »Ich und Hilfe? Was kann ich schon groß ...« Er ließ den Satz unbeendet, weil ihm Swanns Nachricht sein eignes Selbstmitleid klargemacht hatte.

»Er wird jede Hilfe brauchen, die er kriegen kann. Nähere Verwandte hat er keine. Und er schätzt Sie.«

Gould blickte auf sein Bein, nahm einen tiefen Zug von der Zigarette. Nickte. Begriff, was Swann meinte, gab aber keine Antwort. Wenn er sich um Reggie kümmerte, täte es beiden gut.

»Was das andere betrifft, Rosa Gold. Vielleicht kann ich doch helfen, allerdings nicht so, wie Sie's gern hätten. Ich arbeite für die Frau von Max Henderson. Der Geologe, der Rosa Gold beraten hat. Er hat sich letzte Woche umgebracht ... erschossen.«

Gould starrte verkrampft auf den .32er Colt. Legte ihn vorsichtig auf den Couchtisch. »Reden Sie weiter.«

»Sie scheint zu glauben, sein Selbstmord hat irgendwas mit Rosa Gold zu tun. Ich war grad im Company House und hab mir das Handelsregister angesehen. Ich weiß, dass Sie als Broker den Börsengang betreut haben. Ich kenne alle Direktoren außer einen. Ich würde von Ihnen gern mehr über ihn erfahren. Und ich möchte wissen, warum man Sie zum Krüppel geprügelt hat.«

Swann las aus seinem Notizbuch die Namen der Direktoren vor. Gould blickte ihn verwundert an, senkte den Blick nicht. »Dieser andere Direktor von Rosa Gold. Der im Register fehlt. Das ist … war … Max Henderson. Er hatte genau den gleichen Anteil wie alle anderen. Je nachdem, was im Testament steht, könnte jetzt seine Frau in den Vorstand aufrücken.«

»Jennifer Henderson?«

»Genau. Ich kann mir nicht vorstellen, dass sie ihren Anteil auf die Schnelle verkaufen will. Nach allem, was ich gehört habe, hat Rosa Gold enormes Potenzial. Deswegen gab's auch keinen Börsengang.«

»Das lag nicht an Ihnen? Aber warum hat man Sie dann zusammengeschlagen?«

Swann zündete eine weitere Zigarette an und reichte sie an Gould weiter. Beim Wort »zusammengeschlagen« hatte er wieder zu zittern begonnen. »Danke. Haben Sie was zu trinken? Meine Zugehfrau …«

Swann schüttelte den Kopf. Er wollte die Flasche Grant's im Auto für später aufheben, wenn er Reggie zum Besuch bei seinem Neffen raufbrachte. Die beiden hatten offensichtlich einigen Nachholbedarf.

»Ich war nicht immer Broker. Onkel Reggie hat mir den Job besorgt. Ich bin aus der Air Force geflogen. Wegen dem Saufen. Liegt irgendwie in der Familie. Aber Onkel Reggie war immer wichtig für mich. Was er getan hat. Als Broker lief's ganz gut bei mir, ich hatte mir einen guten Kundenstamm aufgebaut, bis die Seniorpartner mit Rosa Gold zu mir kamen. Das war ganz offensichtlich Scheiße, die Pump-

and-Dump-Masche, die immer mehr um sich greift, seit die Erzpreise nach oben schießen. Na egal, ich bekam Druck, sollte Rosa Gold an meine Mandanten verhökern. Lauter institutionelle Investoren. Das große Geld. Aber ich hab mich geweigert. Wenn die Aktien in den Keller rauschen, sobald die Direktoren und ihre Kumpels Kasse gemacht haben, würde am Ende ja auch ich als Arschloch dastehen. Da hab ich zu meinem Boss gesagt, dass ich das nicht mache –«

»Und gedroht, zur Börsenaufsicht zu gehen, wenn sie's selber täten.«

Gould nickte. »Sie wollten, dass ich den Schwanz einziehe. Wobei die Börsenaufsicht auch nur ein Papiertiger ist. Aber ich glaube, bei Capitol hat niemand ... tja, vorher hat da wohl noch kein junger Broker nicht getan, was sie verlangt haben.«

»Und irgendwie ist das den Direktoren von Rosa Gold zu Ohren gekommen. Woher wussten die, dass Sie mit Auspacken gedroht hatten?«

Gould sah ihm direkt ins Gesicht. In seinen Augen glomm plötzlich Feuer. Nun erkannte Swann Reggie in ihm, sah, dass sich hinter den weichen, kindlichen Zügen eine ungeahnte Stärke verbarg. »Ich hab's ihnen selber erzählt. Einem der Direktoren. Einem jungen Typen. Mein Vater kannte seinen Vater, Judge Quinlivan. Der Vorname fällt mir grad nicht ein. Die anderen Direktoren haben ja ihren Ruf weg. Ich dachte, er ist der beste ... hab geglaubt, wir wären auf derselben Wellenlänge.«

Swann sah in sein Notizbuch. »Gary Quinlivan?«

Gould nickte und zog wieder an der Zigarette. Stieß den Rauch durch die Nase aus. Die Hände zitterten immer noch.

Swann erhob sich und warf Gould die Schachtel zu. Die Sonne war unter die Baumkronen gesunken, und mit dem

Verschwinden der letzten Strahlen war die Wohnung plötzlich in Dunkelheit getaucht. Es sah nicht danach aus, als würde Swann heute noch zum Schwimmen kommen. Er nahm den .32er Colt und die .38er Special vom Couchtisch und stopfte sich die Patronen in die Hemdtasche.

Gould sagte nichts, saß nur da, den Oberkörper über seine Hände gebeugt.

16

Gary Quinlivan legte die Nase so nah an das Billardqueue wie möglich und visierte damit die Ecktasche an. Sogar den Kalk an den Fingern seiner Führhand und an der Queuespitze roch er. Die lila Halbe lag hinter einem Wall aus mehreren Vollen, die Weiße nah der Mitteltasche zehn Zentimeter vor der Bande. Langsam ließ er das Queue ein, zwei, drei Mal auf die Weiße zugleiten, ehe er sie gegen die Bande jagte, von wo sie im 45-Grad-Winkel abprallte und die lila Halbe streifte, so dass sie, sanft angestoßen, in die Ecktasche rollte.

Leo Marrone johlte und schlug mit der flachen Hand auf den Tresen. Seine beiden Gorillas grinsten, und der jüngere mit den makellosen Zähnen und strahlend blauen Augen nickte dazu anerkennend. Der größere wandte sich gleich darauf wieder dem Flipper zu, den er kräftig bearbeitete. Seine massige Figur spiegelte sich in der schmierigen Plexiglasfront mit Bildern von Barbarella und Conan.

Es war Garys Paradestoß; sehr kontrolliert, in gewisser Weise aber auch ein Glückstreffer. Er gelang nur ein von zehn Malen, und er brachte ihm nur dann etwas, wenn er den Gegner verunsicherte, wovon man in diesem Fall nicht ausgehen konnte. Gary kannte seinen Gegner nicht, aber ihn umgab eine Aura von souveräner Lässigkeit. Er war klein und schlank, wohl um die vierzig Jahre, einer von vielen Männern und Frauen, die auf Barhockern sitzend zugesehen hatten, wie Marrone die drei vorherigen Partien deutlich gewonnen hatte.

Allerdings spielte Marrone nicht selbst, sondern ließ den kleineren Gangster mit kaltem Blick für sich antreten. Der junge Kalabrese spielte ruhig und klug. Er gewann all seine Spiele, ließ es dabei aber nicht leicht aussehen. Gary begriff seine Taktik schnell. Bei einem vorbereitenden Stoß stieß er den Spielball mit geschlossenen Augen, wenn er eine Kugel versenken wollte, behielt er sie offen. Drei Partien in Folge, Einsatz jeweils fünftausend. Der Unterlegene war ein Anwalt nach einem Tag bei Gericht. Er hatte die Ärmel hochgekrempelt, die Krawatte über die Schulter gelegt. Sein Gesicht war vom Alkohol gerötet, der Blick schon etwas glasig, die Niederlage erwartbar. Fünfzehntausend Dollar Miese in fünfzehn Minuten. Anschließend gab er Marrone die Hand und ging hinaus in die Nacht. Ein Zocker. Ein Verlierer.

Dann trat ein kleiner Mann in Latzhose vor und legte eine Münze auf den Pooltisch. Mit seinen kräftigen Unterarmen und kurzgeschorenen Haaren wirkte er wie ein Arbeiter, unter dem linken Auge hatte er eine einzelne Träne tätowiert. Er nahm ein Queue, das er kurz auf der Handfläche balancierte und wieder weglegte; ergriff gleich ein anderes, rieb Kreide auf dessen Spitze.

Und wartete mit ausdrucksloser Miene.

Die fünfzehntausend lagen neben Marrone auf dem Tresen. Der Billardsaal der Zanzibar war voll, aber keiner der Zuschauer und Clubbesucher würde Marrones Geld anrühren.

Auf einmal rief Marrone »Fünfzehntausend« und schnippte beiläufig mit der Rechten in Richtung des Geldbündels. Seine schwarzen Augenbrauen, dünn wie eine Peitschenschnur, waren hochgezogen.

Der Mann nickte und legte die Kugeln ins Dreieck. Nichts ließ darauf schließen, dass er das Geld hatte. Nichts an Marrones Miene ließ darauf schließen, dass das ein Problem sein könnte. Auf den Gesichtern einiger Umstehender machte sich Besorgnis breit, andere bekamen gierige Blicke.

Gary fragte sich, ob dem Mann klar war, worauf er sich einließ, ob er wusste, wer Marrone war. Vielleicht war er erst aus dem Osten hergekommen, oder er war ein Bergarbeiter aus dem Norden. Gary empfand Sympathie für ihn, bewunderte, wie ruhig und entschlossen er das Dreieck von den ausgerichteten Kugeln hob und wartete.

Wenn er verlor, schuldete er Marrone fünfzehntausend Dollar. Und wenn er die nicht hatte, würde Marrone ihn eine Menge Drecksarbeit erledigen lassen.

Gary sah zu Marrone, entdeckte einen neuen Ausdruck in dessen Augen. Ein inneres Leuchten, aber auch ein erkennbares Blitzen. Marrone bemerkte Garys Blick, und der Ausdruck wurde hart. Er nickte dem Kalabresen zu und bedeutete ihm, Gary das Queue zu reichen.

Marrone hatte Gary mehr oder weniger gezwungen, mit ihm auszugehen. Er war Tommaso Adamos wichtigster Dealer und rechte Hand, und heute Abend war er in Begleitung seiner Schläger vor Garys Apartment aufgetaucht. Alle trugen dasselbe Parfüm. Ganz beiläufig hatte Marrone Gary erklärt, dass er ausgehen wolle. Umziehen brauche er sich nicht, er solle gleich mitkommen, raus zum Auto. Marrone konnte nicht anders. Bei allem, was er sagte, schwang unterschwellig eine Drohung mit, und man musste an seinem Blick ablesen, was er eigentlich meinte. Adamo hatte angedeutet, er wolle Gary stärker einbinden, es gebe eine Aufgabe für ihn, die über seine Rolle bei Rosa Gold und seinen Heroinhandel hinausginge. Aber selbst als er das Apartment verlassen hatte und auf den Parkplatz getreten war, wusste Gary nicht, ob Marrone ihn zum Feiern mitnehmen oder draußen in den Bergen verscharren wollte.

Der Latzhosenträger lochte drei Halbe ein, dann aber blieb der Spielball ungünstig zwischen Bande und drei Vollen liegen. Er übersprang die Volle und erwischte seine Halbe, verfehlte jedoch die Mitteltasche.

Gary hatte sein Queue nicht aus der Hand gelegt. Billard um fünfzehntausend Dollar zu spielen behagte ihm überhaupt nicht. Und dass ihm das Geld gar nicht gehörte, machte die Sache nur schlimmer. Er wollte Marrones Geld nicht verlieren, auch wenn der so tat, als wüchse es auf Bäumen.

Er musste sich konzentrieren, das Starren der Menge genauso ausblenden wie die Wärme seiner Achselhöhlen, die schweißigen Hände. Er rieb seine Knöchel und die Queuespitze mit Kreide ein, blies den überschüssigen Kalk ab. Beugte sich über den Tisch und versenkte eine leichte Kugel in der Mitteltasche. Außer der schwarzen lagen nun noch sechs Kugeln auf dem Tisch. Vier davon gehörten Gary. Eine weitere lochte er am gegenüberliegenden Tischende ein, und die Weiße kam zu ihm zurück.

Er fing einen Blick seines Gegners auf, der ihn offenkundig aus dem Konzept bringen wollte. Diese Gefängnistätowierung unter dem Auge. Er sah Gary voll Hass und Verachtung an, als hätte er kein Recht, in seiner Nähe zu sein. Er kam eindeutig von auswärts, wieder so ein Neunmalkluger aus dem Osten, der keinen blassen Schimmer hatte, wie es hier im Westen zuging.

Heute Abend war zwar keiner von Garys Privatschulkumpels hier, genauso wenig wie an irgendeinem anderen Abend, aber das hieß nicht, dass sie alle brave Buben waren. Das Leben in den besseren Vororten war langweilig, deswegen suchten die Jungs von dort nach Abwechslung. Die meisten von Garys Mitschülern hatten Drogen ausprobiert und Autos geklaut, ohne dass sie erwischt worden wären. Gary war mit seinen Banküberfällen noch einen Schritt weiter gegangen, aber auch da war er nicht der Einzige.

Er ignorierte den verächtlichen Blick seines Gegners und lächelte ihm zu. Umso besser, wenn ihm der Mann keinen Respekt entgegenbrachte. Vielleicht glaubte er ja, dass man allein durch harte Arbeit und gutes Benehmen reich wurde. Gary wurde von allen unterschätzt. Was ihm nur recht war.

Aber der Stoß missglückte, die Weiße prallte in einem zu spitzen Winkel von der Bande ab, rollte mit zu viel Schwung ans Tischende. Die Halbe knallte in die Tasche und prallte wieder zurück.

Gary hörte den kollektiven Seufzer, dann Stille. Auch wenn viele insgeheim Schadenfreude empfinden durften, wagte keiner zu lachen. Es war Leo Marrones Geld, das auf dem Tisch lag. Der Knacki in der Latzhose war wieder am Spiel, lochte zwei Halbe ein und machte kurzen Prozess mit der Schwarzen, die er nach einem lässigen Blick über die ganze Tischlänge in der gegenüberliegenden Ecke versenkte. Die Weiße prallte zurück und blieb liegen.

Langsam ging Gary zur Wand und stellte das Queue ins Regal zurück. Er wollte weder Marrone noch den Latzhosenmann ansehen und schon gar nicht die Geldübergabe. Für eine Sekretärin, Krankenschwester oder einen Polizisten war es ein doppeltes Jahresgehalt.

Aber er erinnerte sich, warum er hier war. Es war eine Art Test. Er ging zu seinem Gegner und schüttelte ihm die schwielige Hand. Zuckte gegenüber Marrone die Achseln und setzte sich neben ihn. Marrone flüsterte ihm aus dem Mundwinkel zu: »Kein Problem, Gary. Aber ich verlier nicht gern.«

Er schlug Gary auf die Schulter, atmete kurz durch und griff nach seiner Brieftasche. Zog ein Geldbündel heraus. »Nein, ich verlier nicht gern. Nimm dein Queue, Gary. Einmal ist keinmal …« Er klopfte mit den Knöcheln auf den Tresen. »Doppelter Einsatz, oder, Toastbrot? Doppelter Einsatz.«

17

Die tiefhängenden Wolken rochen nach Regen. In Küstennähe fuhr Swann von der Salvado Road ab, von wo es nur noch ein kurzes Stück bis zu Jennifer Hendersons Haus war. Bereits aus hundert Metern Entfernung sah er ihre Möbel am Straßenrand, aufgestapelt unter den Laternen. Schon standen zwei Schnäppchenjäger mit beladenen Anhängern davor. Er bog in die Auffahrt ein, sah ihren silbernen Karmann Ghia auf dem überdachten Stellplatz.

Ein alter Mann im Overall, der ein Mahagoniregal auf einen verbeulten Pritschenwagen hievte, musterte ihn argwöhnisch als möglichen Rivalen. Kopfschüttelnd ging Swann an dem teuren Mobiliar vorbei. Vieles war stark beschädigt, das war trotz der Dunkelheit erkennbar, aber einige Stücke schienen noch heil. Möbel im Wert von Tausenden Dollar waren wie Müll auf die Straße geworfen worden. Manches davon gefiel ihm, Dinge, die er selbst hätte reparieren können. Zum Beispiel den alten japanischen Lackaltar. Doch den hatte der Alte jetzt ganz schnell für sich in Beschlag genommen.

Von einem Kranz winziger Motten umschwirrt, stand Jennifer vor der Eingangstür. Sie hielt ein Glas Wein in der einen, eine Zigarette in der anderen Hand. Hatte sie den gesamten

Inhalt ihres Hauses nur rausgeschmissen, weil sie es sich leisten konnte? Oder hatte sie einen anderen Grund? Ihr Blick verriet nichts.

Swann folgte ihr ins Haus. Bis auf Max Hendersons Lehnstuhl war alles leergeräumt. Nichts als glänzender Dielenboden und staubige Stiefelabdrücke dort, wo Möbel hinausgetragen worden waren.

Er folgte ihr durch das dunkle Haus auf die Terrasse, auf der ein schmiedeeiserner Tisch stehengeblieben war. Der dunkle Nachthimmel schien die Wolken noch tiefer zu drücken. Die Luft war still, selbst als die ersten Tropfen warmen Regens aus dem Norden herabfielen, staubige Erde aufspritzen ließen und auf das Blechdach zu trommeln begannen.

Sie zog einen Stuhl unter dem Tisch hervor und bedeutete ihm, sich zu setzen. Dabei wich sie seinem Blick aus. Sie waren sich beide des trockenen Fleckens in ihrer Nähe bewusst, dort unter der Kasuarine, wo Max Henderson seinem Leben ein Ende gesetzt hatte.

Es gab durchaus eine Erklärung, warum Jennifer Henderson ihr Geld buchstäblich zum Fenster hinauswarf. Sie war in Trauer. Sie hatte keine Angehörigen; keine Eltern, Geschwister oder Kinder. Ihr Zuhause, ihr Heiligstes, war verletzt worden. Nur dass außer der Trunkenheit auch noch ein diamantgleiches Funkeln in ihren Augen zu sehen war.

»Sie sind auf mich wütend.« Ein leises, rauchiges Kratzen in der Stimme.

»Sie haben nicht gesagt, dass Max Teilhaber von Rosa Gold war. Sie wussten also, mit wem er sich eingelassen hatte.«

»Ja.«

»Aha?«

»Deswegen habe ich Sie gebraucht.«

»Wenn Sie glauben, dass ich Sie schützen kann, dann haben Sie keine Ahnung, wer Tommaso Adamo, Leo Marrone und Ben Hogan sind. Oder Bernie Isaacs. Mit ihrem ganzen Fußvolk. Männer, die über Leichen gehen, nur um weiter nach oben zu kommen. Nur um überhaupt beachtet zu werden.«

»Ich will diese Leute nicht herausfordern. Ich will nur, was Max wollte. Was ihm zusteht.«

»Und das wäre?«

»Die Schürfrechte auf dem Land. Die sind eine Stange Geld wert. Max hat sie an Rosa Gold übertragen.«

»Können Sie die Rechte irgendwie zurückverlangen? Haben Sie etwa von denen was –«

»Ich will nur, was Max zusteht. Er hat das geologische Gutachten geschrieben und die Sache ins Rollen gebracht. Und Rosa Gold die Rechte auf unserem sehr wertvollen Land angeboten ...«

»Hätte das die anderen nicht misstrauisch machen müssen? Der Interessenkonflikt? Der geologische Berater verkauft die Schürfrechte auf einem Land, das er eigentlich begutachten soll?«

»Ja, aber nur, wenn er dafür Geld gewollt hätte. Doch das wollte er nicht. Er wollte einen Anteil an der Firma, einer von acht gleichberechtigten Direktoren werden. Und nicht nur das, er hat sogar eigenes Geld reingesteckt, unsere gesamten Ersparnisse, um mit dem Bohren anzufangen. Um zu bestätigen, was seine ersten Proben vermuten ließen.«

Wolken schoben sich vor den Mond. Jennifer Hendersons Augen lagen im Schatten, die Lippen um ihren leicht geöffneten Mund nachtschwarz.

»Es geht also um Geld. Die Wiederbeschaffung Ihrer – von Max' Investition. Warum haben Sie das nicht gleich gesagt?«

Der Mond kam hinter den Wolken hervor. Sie ließ sich Zeit, schien einen Impuls zu unterdrücken. Jeden Augenblick konnte sie es aussprechen – das, was alle irgendwann aussprachen. *Die Einzelheiten gehen Sie nichts an. Ihr Job ist, nachzuforschen, Information zu beschaffen.* Doch jetzt würde Swann zum ersten Mal antworten: Nein, in diesem Fall ist es mein Job, am Leben zu bleiben.

»Ich will nicht, dass Sie mich deswegen ... geringschätzen. Dass Sie denken, mir geht's nur ums Geld. Aber wir haben auf unseren gesamten Besitz Hypotheken aufgenommen, und –«

Swann äußerte eine Vermutung. »Und alles läuft auf Ihren Namen. Warum?«

Die Antwort kam wie aus der Pistole geschossen.

»Es ist ein gefährlicher Beruf. Als Geologe arbeitet man in abgelegenen Gegenden. Max war manchmal mehrere Monate weg, in Papua-Neuguinea, in Äquatorialafrika. Auf den Philippinen. In wilden, gesetzlosen Regionen. Er hatte schon öfter Malaria und wär auch beinah daran gestorben. Typhus hatte er auch schon, einmal sogar Cholera. Max hielt es für vernünftig, unser Haus, unser gesamtes Vermögen auf mich zu überschreiben, als Vorsichtsmaßnahme, falls er nicht mehr zurückkäme.«

»Und als er in den Ruhestand trat, haben Sie nicht mehr daran gedacht, das zu ändern?«

»Schauen Sie mich nicht so an. Deswegen habe ich es Ihnen nicht erzählt. Es geht nicht ums Geld. Auf dem Gebiet von Rosa Gold wird eins der größten Bergwerke entstehen, die dieses Land gesehen hat. Max hat das bei seiner ersten Inspektion dort erkannt. Es ist genau die Art Land, die er seit Papua-Neuguinea immer gesucht hat. Sein gelobtes Land.«

»Und der achte Firmenanteil – läuft der auch auf Ihren Namen?«

»In gewisser Weise ja. Er ist im Besitz von Henderson Pty Ltd. Wir haben diese Firma gegründet, schon vor ein paar Jahren, um die Schürfrechte und anderes zu verwalten, was Max über die Jahre angesammelt hat. Jetzt bin ich ... bin ich das einzige Vorstandsmitglied.«

»Dann gehört Ihnen auch der Rosa-Gold-Anteil?«

»Ja.«

»Nur zur Sicherheit: Wissen die anderen Direktoren von Rosa Gold darüber Bescheid?«

»Nein. Sie kannten nur Max. Ich bin ziemlich sicher, dass er mich mit keinem Wort erwähnt hat.«

»Was bedeutet, dass er sich der möglichen Gefahr bewusst war. Aber warum haben Sie sich überhaupt eingekauft? Er hat Ihr gesamtes Vermögen als Sicherheit hinterlegt.«

Jennifer Henderson lachte. »Sie haben offensichtlich keine Ahnung, wie Goldsucher ticken. Geld spielt da keine Rolle. Es geht um die Suche. Die Jagd. Die Hoffnung ... Offiziell läuft unser Vermögen auf meinen Namen, aber erworben wurde alles durch Max' harte Arbeit. Ich habe mich da nie eingemischt.«

»Aber warum hat er die Mine dann nicht selbst aufgebaut? Um damit dann zu einem großen Unternehmen zu gehen? Die jetzigen Direktoren von Rosa Gold sind doch alle Amateure. Betrüger. Heroinschmuggler. Wenn es ihm ernst gewesen wäre ...«

Sie nickte. Sah ihn seltsam, beinahe traurig an. »In einem größeren Unternehmen wär er an den Rand gedrängt worden. Das ist ihm sogar schon mal passiert. Er hatte Gold entdeckt und dann mit ansehen müssen, wie andere den Profit einstrichen. So zwielichtig die Direktoren von Rosa Gold sind, er dachte, dass er als einziger Profi sie leiten könnte. Er suchte eine neue Herausforderung. Im Goldbergbau ist man nicht zimperlich, und da schadet es nicht, ein paar harte Hunde mit an Bord zu haben.«

»Max wurde nicht ermordet. Er selbst hat sich erschossen. Ihre ursprüngliche Aussage, Ihre Vermutung mir gegenüber, dass sein Tod was mit Rosa Gold zu tun hätte ...«

Swann ließ den Satz unvollendet, und Jennifer griff ihn nicht auf. Aber ihr Blick änderte sich, wurde dunkler, wie umwölkt.

»Ich weiß, dass ich damit völlig überfordert bin. Und ich weiß, dass Sie mich unmöglich schützen können. Auch, dass es für Sie gefährlich wird. Aber ich werde meinen ... unseren Anteil nicht verkaufen.«

»Dann könnte es Ihnen genauso gehen wie ihm.«

Er sah ihr in die Augen. Sie funkelte ihn an, aber das Feuer in ihrem Blick reichte nicht aus, ihre Unruhe, die lauernde Angst zu überstrahlen. Swann hielt dem Blick stand, bis sie sich umdrehte, ans Ende der gepflasterten Terrasse ging und mit dem Rücken zu ihm, beide Arme um sich geschlungen, stehenblieb.

»Es tut mir leid. Es ist alles so schwierig. Ohne Max. Ich möchte doch nur wissen, was los ist. Wie es mit dem Projekt weitergeht. Sie haben nie zurückgerufen. Und als ich es weiter versucht habe, wurde mein Haus auseinandergenommen.«

»Vielleicht erfahren wir nie, ob Max bedroht wurde, bevor er starb. Aber *Sie* wurden bedroht. Oder jemand hat nach etwas gesucht, das Max hatte. Aber was es auch war, Max' ... Max' Entscheidung, Sie allein zurückzulassen – die macht es doch sinnlos, dass Sie weitermachen. Mein Rat ist, ziehen Sie einen Schlussstrich, haken Sie die Sache ab, gehen Sie weg von hier.«

Ihre Stimme war leise, kaum mehr als ein Flüstern, als sie sich wieder zu ihm umwandte. Mondlicht fiel auf ihre Hände, ihr Gesicht lag im Dunkeln. »Ich würde nur gerne wissen, was die anderen denken. Was sie planen. So was ist doch Ihr Job, oder? Ich bin keine Gefahr für sie. Ich möchte die Sache nur zu Ende bringen, für Max. Das ist vielleicht etwas verrückt, aber es ist so.«

Swann schwieg. Kein Privatdetektiv würde diesen Auftrag auch nur mit der Zange anfassen, wenn er wüsste, um wen es ging. Für kein Geld der Welt. Er sah Jennifer Henderson eindringlich an. Erkannte, dass es ihr ernst war. Aber es war ihm unbegreiflich. Selbstverständlich gab es Dinge, für die man sein Leben opfern konnte, aber der Traum eines Mannes, der einen verlassen hatte, ohne auch nur einen Abschiedsbrief zu hinterlassen, gehörte nicht dazu.

»Und ich verspreche Ihnen, ab jetzt ganz ehrlich mit Ihnen zu sein. Von diesem Augenblick an.«

Wenn Swann den Auftrag sausen ließ und ging, dann würde Jennifer Henderson getötet werden.

»Was hatte Max als Nächstes vor? Bevor er sich ...«

Die Frage überraschte sie. Ein Lächeln huschte über ihr Gesicht. »Ich weiß nur, dass es in den nächsten Tagen eine Vorstandssitzung geben soll. Im Büro eines Goldhändlers in der James Street. In Northbridge.«

»Chisholm Gold. Kenn ich. Gegenüber dem Great Western Hotel. Dieser Chisholm war mal Polizist.«

»Ja. Max hat von ihm erzählt. Was denken Sie?«

»Sie haben nie einen der anderen Direktoren getroffen? Weder Hogan noch Marrone? Adamo oder Isaacs?«

Sie schüttelte den Kopf.

»Die wissen gar nichts von Ihnen?«

»Nur das, was sie aus meinen Kleiderschränken, Kommoden oder Küchenschubladen erfahren haben.«

»Die anderen werden Ihnen wahrscheinlich anbieten, Sie auszuzahlen. Sie sollten zustimmen, denn damit wären Sie nicht mehr unmittelbar in Gefahr. Aber Sie müssen sie vertrösten. Sagen Sie, dass Max' Testament noch nicht eröffnet ist und es ein paar Wochen oder Monate dauert, bis alles offiziell wird. Aber dann, sagen Sie, trennen Sie sich nur zu gern von Ihrem Anteil. Bis dahin wär es allerdings am einfachsten, wenn Sie im Vorstand blieben. Einverstanden?«

»Einverstanden. Und was dann?«

Bis dann musste es Swann geschafft haben, dass Jennifer Henderson den Ernst der Lage begriff und genau das tat – ihren Anteil verkaufen und die angebotene Summe nehmen, egal wie hoch sie war.

»Das sehen wir, wenn's so weit ist. Auf alle Fälle aber darf keiner uns zwei zusammen sehen. So, und jetzt fangen wir am besten wieder von vorne an. Erzählen Sie mir doch mal von der ersten Tour ins Gebiet von Rosa Gold. Sagen Sie mir, was Max dort gesehen hat. Was jetzt da draußen passiert. Sagen Sie mir alles.«

»Darüber sollten Sie am besten mit Garth sprechen. Er gehört zum Bohrteam, das Max zusammengestellt hat. Wahrscheinlich ist er schon wieder draußen. Eigentlich hatte ich gehofft, dass er Ihnen das alles schon bei der Begegnung neulich erzählt.«

»Mr Oats ist alles andere als gesprächig. Wie kann ich ihn erreichen? Wie hat Max Kontakt gehalten?«

»Gar nicht. Ich werd Sie hinbringen müssen. Der Ort ist abgelegen und gut versteckt. Garth kommt nur in die Stadt, wenn er die Erzproben ins Prüflabor zur Perth Mint bringt. In den letzten Monaten war Max meistens draußen auf dem Feld und hat die Bohrungen überwacht, die Gesteinsproben ausgewertet und sich um die Laborlieferungen gekümmert. Also, ich werd Sie da hinbringen müssen.«

Ein hoffnungsvoller Blick. Dann wandte sie sich ab. Sie war nicht mehr die entschlossene, kontrollierte Frau, die sie noch vor wenigen Minuten gewesen war.

Der Regen hatte aufgehört, und im Westen erhob sich ein einzelner funkelnder Stern. Das Schuppendach glänzte im Mondlicht. In den Ästen der Kasuarine begann ein Flötenvogel zu singen, langsam, melodisch, doch kein zweiter stimmte in den Gesang ein. Irgendwo im Norden überschwemmte ein Zyklon die ausgedörrte Inlandswüste, das Land von Rosa Gold. Auch Garth Oats war irgendwo da draußen, bei einer Bohranlage, die hunderte Meter tief ins Gestein schnitt.

Der Flötenvogel stellte den Gesang ein und huschte über den wolkenfleckigen Nachthimmel.

18

Heiß und laut war es am Mittwochmorgen in Fremantle: Lärmend trieb der kräftige Südost aus der Wüste den Abfall durch die Rinnsteine und verlangte den kreischenden Möwen einiges ab, wenn sie zur Mülldeponie nach South Fremantle wollten. Swann parkte seinen alten EK um die Ecke von Papa Luigi's in der Market Street und machte sich zu Fuß auf den Weg in die High Street. Er folgte einer frischen Blutspur auf dem Gehweg, die mit münzgroßen Flecken begann und in einer langen Schliere vor einem in die Wand zurückversetzten Schaufenster endete. Ehe er Culley's Bakery betrat, warf er etwas Kleingeld in den Gitarrenkoffer einiger Hippie-Straßenmusiker, die davor auf dem Gehweg spielten.

Jennifer Henderson beglich eine Rechnung ihres Mannes bei Miragliotta's, dem alten Herrenschneider an der Ecke von High und Adelaide Street, und vom Schaufenster der Bäckerei konnte Swann sie dabei beobachten. Er hatte angerufen und sich nach ihr erkundigt, und sie hatte von einem Mann in einem parkenden Auto berichtet, nur ein kleines Stück vom Haus der Hendersons entfernt. Nach dem Überfall auf ihr Haus wäre es durchaus verständlich, wenn sie nervös war, aber um sicherzugehen, gab es nur eine Möglichkeit. Swann hatte sie gefragt, ob sie etwas in der Stadt zu erledigen hätte, und sie hatte bejaht: Sie müsse Max' Schneider in Fremantle bezahlen. Swann hatte ihr vorgeschlagen, dorthin zu fahren und dabei darauf zu achten, ob ihr jemand folge. Er würde sie dann dort treffen.

Swann bestellte sich das berühmte Culley's-Mohnbrötchen, belegt mit Käse und Salat, dazu extra weißen Pfeffer und eine Tasse Tee. Allmählich wurde der Verkehr in der High Street dichter. Er nippte an seinem Tee, während er auf das Sandwich wartete und den Gehweg im Auge behielt. Er sah niemanden, der ihm verdächtig vorkam. Die Hippies dudelten einen Bob-Marley-Song, der eher Kunden der Bäckerei abschreckte, als Zuhörer anlockte. Zwei ältere Italiener mit identischen Hüten saßen rauchend an einer Bushaltestelle, ein paar Schüler der John-Curtin-Highschool fuhren auf Rollerskates vorbei. Swanns Meinung nach schadete es nichts, wenn Jennifer Henderson Angst hatte: Damit – und vielleicht auch wegen des Gesprächs gestern Abend – schätzte sie die Situation realistischer ein. Außerdem musste er an seine eigene Sicherheit denken. Jetzt, da klar war, dass Hogan und Adamo bei Rosa Gold die Finger im Spiel hatten, musste er herausfinden, ob man ihn und Jennifer zusammen gesehen hatte.

Swann ging zum Tresen, um seine Bestellung zu holen, und setzte sich neben die alten Männer an die Bushaltestelle. Es war nicht nötig, dass er sich versteckte. Er wickelte das Brötchen aus dem Wachspapier und biss hinein. Das

Brot war gut wie immer. Schon sein ganzes Leben hatte er bei Culley's Brot geholt. Er beugte sich nach vorne, damit kleingeschnittener Salat, Karotten- und Zwiebelschnitzel zwischen seine Füße auf den Boden fallen konnten. Zwei Möwen flogen engere Kreise. Ein junger Obdachloser mit zerzaustem rotem Haar und unstetem Blick schlurfte heran und bettelte einen der alten Männer um eine Zigarette an; der gab sie ihm widerwillig und ließ sich auch noch breitschlagen, sie anzuzünden. Der Obdachlose war in schlechter Verfassung, die Füße gesprungen und gelb. Trotz der Hitze trug er einen langen Mantel. Er schlurfte weiter und streckte seine Hand den Hippie-Straßenmusikern entgegen. Sie gaben ihm ein paar Münzen. Gute Jungs.

Mit einem Anzug in der Hand trat Jennifer Henderson aus dem schmalen, zwischen einem Friseursalon und einem Buchladen gelegenen Ladeneingang. Sie blieb kurz stehen und setzte die Sonnenbrille auf, sah sich um und entdeckte Swann, ließ den Blick aber gleich weiterschweifen. Ging los, bog um die Ecke und lief weiter in Richtung städtisches Parkhaus im Queensgate Building. Swann aß zunächst weiter, doch als ihr niemand folgte, warf er das Wachspapier in den Müll und schnippte den Hippie-Musikern im Vorbeigehen noch etwas Kleingeld in den Gitarrenkoffer. Ein paar italienische Jungs lungerten in der Nähe seines Wagens in der Market Street herum, alle in der Uniform der Freo Rocks: schwarze Stiefel, enge schwarze Jeans und Muscle Shirt. Die Gang war ein Grund, warum es nachts in Fremantle gefährlich war, aber sie mochten australische Autos und nickten, als er seinen Holden-Schlüssel herauszog und an ihnen vorbeiging.

An den Fremantle Markets bog Swann in die Parry Street, fuhr am Ende der Markthalle wieder links und nahm dann gleich die erste rechts: Hier, in der Henderson Street, lag die Ausfahrt des Parkhauses. Kurz davor nahm er seine Sonnenbrille von der Sonnenblende und ließ den Wagen in die Parkbucht vor der Polizeidienststelle rollen, von wo er die Ausfahrt auf der anderen Straßenseite im Blick hatte. Er kurbelte das Fenster herunter und wartete, ohne sich um den wachhabenden Officer am Empfang neben sich zu kümmern, der ihn durch das vergitterte Fenster argwöhnisch beäugte.

Dann rollte Jennifers Karmann Ghia aus dem Parkhaus und bog nach links in die Henderson Street ein. Swann stieß zurück, rangierte mit dem Heck zur Polizeidienststelle und drehte sich so, dass er die Straße überblickte. Nach Jennifer verließen zwei Fahrzeuge das Parkhaus, aber weder der alte Morris noch der Kombi waren wahrscheinliche Kandidaten. Swann wartete, dann sah er, wonach er gesucht hatte: Der weiße Holden VB Commodore war ein typisches Flottenfahrzeug, ein Mietwagen vielleicht. Sein Fahrer war ein großer bärtiger Mann in einem braunen Hemd. Swann kannte ihn nicht, aber er konnte ihn gut sehen, als er sich beim Ausfahren vorbeugte und etwas am Radio einstellte.

Der Karmann Ghia war nun schon zurück auf der High Street und bewegte sich auf die Ampel an der Hampton Road zu. Swann setzte sich zwei Fahrzeuge hinter den Commodore, der Jennifer folgend erst links an dem Seniorinnenheim abbog, dann auch über die Brücke hinüber nach North Fremantle fuhr. Der Fahrer sah aus wie ein Polizist, verhielt sich im Auto jedoch wie ein Zivilist: Er hielt sich an alle Geschwindigkeitsbeschränkungen und blinkte bei jedem Spurwechsel.

Swann überkam ein mulmiges Gefühl. Angesichts von Jennifer Hendersons Geschäftspartnern war der Fahrer des Commodore entweder ein weiterer Privatdetektiv oder ein

Auftragskiller. Falls ein Kopfgeld auf sie ausgesetzt war, dann müsste man es nach Selbstmord oder Unfall aussehen lassen, und Hogan würde die Ermittlungen leiten oder zumindest darauf Einfluss nehmen. Aber vielleicht würden sie auch kein Risiko eingehen wollen. Schließlich konnte ein Auftragskiller mit militärischer oder polizeilicher Ausbildung die Sache genauso erledigen. Jemand, der schnell und zuverlässig arbeitete und nicht mit der Sache rumprahlte, wenn er betrunken war oder im Gefängnis saß. Einer, der Mord als eine Art Beruf betrachtete, aber nicht unmittelbar zu einer kriminellen Organisation gehörte, die ihre Schläger eher dafür brauchte, um andere in Angst und Schrecken zu versetzen.

Aber vielleicht zeichnete er alles in zu düsteren Farben? Es war denkbar, dass der Fahrer des Commodore nur den Auftrag hatte herauszufinden, wohin Jennifer Henderson ging und mit wem sie sich traf – damit ihre Vorstandskollegen frühzeitig herausbekamen, was sie mit ihren Firmenanteilen vorhatte.

Beim Fahren – vor ihm lag nun Rottnest Island, dahinter der bis zum Horizont völlig flach wirkende Indische Ozean – notierte sich Swann das Nummernschild des Commodore, der sich noch immer ein paar Fahrzeuge hinter dem Karmann Ghia hielt. Doch als sie Peppermint Grove erreichten, blickte der Fahrer auffällig oft in Seiten- und Rückspiegel. Hatte sich Swann verraten? Er bemerkte, wie sich der Fahrer nach unten beugte, und plötzlich begriff er: Es war kein Radio gewesen, das der Mann beim Verlassen des Parkhauses angestellt hatte.

Swann schaltete sein CB-Funkgerät ein, aber es war zu spät. Er hörte schon Sirenen und konnte nur noch zusehen, wie der Commodore links in eine Seitenstraße abfuhr und nach Cottesloe verschwand. In Swanns Rückspiegel tauchten zwei Zivilfahrzeuge mit aufgesteckten Blaulichtern auf.

»Wir haben jetzt Sichtkontakt«, hörte er den Fahrer des ersten Wagens sagen. Das Auto überholte ihn, zog auf seine Spur, schnitt ihn und dirigierte ihn an den Seitenstreifen. Der zweite Wagen, auch ein weißer Holden Kingswood, stellte sich knapp hinter seinen EK. Swann schaltete das CB-Funkgerät ab und stellte eine andere als die Polizeifrequenz ein. Im hinteren Fahrzeug sah er Ben Hogan und zwei weitere bekannte Gesichter.

Ehe er mit ungutem Gefühl aus dem Auto stieg, zog Swann seine Brieftasche aus der Innentasche des Jacketts. Verdammt. Dass Hogan hinter ihm her war, konnte nur eins bedeuten. Er bedachte Percy Dickson mit einem stillen Fluch. Drückte noch schnell den Verriegelungsknopf, ehe er die Wagentür zuschlug. Der Zündschlüssel steckte noch in der Zündung, doch im Chassis des Holden war ein Zweitschlüssel versteckt. Auf keinen Fall wollte er sich im Auto sitzend erschießen lassen, damit sie ihm eine Waffe auf den Schoß werfen und etwas unterschieben konnten.

Auf der Straße war genug Verkehr, so dass es Zeugen geben würde, außerdem mussten die anderen Fahrzeuge nun bremsen, um die drei stehenden Autos zu umfahren. Wenn sie Anstalten machten, auf ihn zu schießen, dann würde Swann deutlich zu erkennen geben, dass er unbewaffnet war. Ruhig dastehend, hob er beide Hände in die Höhe und versuchte, mit möglichst vielen Insassen der vorbeifahrenden Autos Blickkontakt herzustellen.

Hatte der Fahrer des Commodore Swann früh bemerkt und dann seine Detective-Kumpels informiert? Oder war es einfach ein dummer Zufall gewesen?

Hogan schlenderte gemächlich um Swanns EK. Während

er sich das Sakko zuknöpfte, blickte er ins Wageninnere. Er hatte ein blaues Auge und eine aufgeplatzte Lippe, die dort genäht war, wo die Zähne ausgeschlagen waren. Als Hogan die verriegelten Türen des Holden bemerkte, zog er ein verächtliches Gesicht. Swann blickte auf die Hände, nicht in die Gesichter der fünf um ihn versammelten Detectives. Er wollte wissen, was sie ihm unterjubeln würden. Sie rückten zusammen, ließen aber eine Lücke, durch die Hogan schlüpfen konnte.

Durch die Männer vor den Blicken der Verkehrsteilnehmer geschützt, überraschte Hogan Swann mit einem Schlag auf den Solarplexus und versetzte ihm im Zurücktaumeln noch einen Aufwärtshaken ins Gesicht. Zusammengekrümmt lehnte sich Swann gegen die Autotür, wodurch er vor den Schlägen der anderen weitgehend sicher war. Nur Hogan erreichte ihn mit Tritten an Rumpf und Kopf. Swann bemühte sich, nicht zu Boden zu gehen, damit sie ihn nicht packen konnten. Geschlagen werden war immer noch besser, als dass sie ihm etwas heimlich zusteckten, selbst wenn er es später auf der Dienststelle kaum verhindern konnte. Er ertrug die Tritte gegen die Rippen und ins Gesicht, während die anderen Hogan gegen den Verkehr abschirmten. Flackernde Blaulichter, aber kein Klicken von Handschellen. Nur Tritte, Tritte, noch mehr Tritte.

Als Hogan fertig war, beugte er sich herab und sprach leise in Swanns Ohr. »Wie hab ich mich auf diese Aussprache gefreut, Swanny. War längst überfällig. Dein Kumpel Percy Dickson hatte heut nen schlimmen Unfall. Wundert mich eigentlich, dass du's noch nicht weißt. Die Scheiß-Bikies, die du geschickt hast, sind die nächsten ... dich heb ich mir bis zum Schluss auf.«

Swann ließ das Blut aus seiner Nase auf den Asphalt tropfen. Wahrscheinlich wieder gebrochen. Er spuckte Blut und Speichel. Aber sonst war nicht viel kaputt. Er hatte schon üblere Prügel bezogen. Hogan quasselte weiter, leiernd und monoton, weil er verhindern wollte, dass seine Lippe wieder aufplatzte. Hogans Mund war so nah an Swanns Ohr, dass er nur Hände und Füße anspannen musste, um Hogan beim Aufrichten die Schulterspitze ins Gesicht zu rammen.

Er hörte Hogans Schrei, spürte Zähne am Schlüsselbein, dann stand er wieder aufrecht und mit erhobenen Händen da, blickte auf den stehenden Verkehr, in die Gesichter der glotzenden Autofahrer, die auf Grün warteten. Hogans Lippe war wieder aufgeplatzt, Blut rann ihm übers Kinn. Sie standen einander gegenüber, die jungen Detectives unschlüssig, was sie tun sollten.

Hogan sagte kein Wort, stieß keine weiteren Drohungen aus, was bedeutete, dass er nicht allen Officers traute. Aber sein Blick sprach Bände. Purer Hass lag darin. Hass und Wissen. Er zückte seine Handschellen und ließ sie aufschnappen.

19

Gary Quinlivan legte wie befohlen den Sicherheitsgurt an. Grinsend ließ Marrone auch seine Gurtschnalle einrasten. Gary fragte sich, warum Marrone ausgerechnet diesen alten Land Cruiser mit verbeulten Stoßstangen und Radläufen voller rotem Staub gewählt hatte, wo er doch viel Besseres im Angebot hatte. Immerhin standen auch Triumphs, Mustangs, Porsches und Alfa Romeos auf dem Hof seines Gebrauchtwarenhandels. Sogar ein roter Maserati.

Der ganze Ausflug zur Perth Mint war für Garys Geschmack zu ereignisreich verlaufen. Erst hatte er geholfen, das Bargeld aus Marrones Büro zu dem alten Toyota zu tragen, einen etwa dreißig Zentimeter hohen Stapel gebrauchter Scheine, die durch Marrones automatischen Zähler gelaufen und zu Fünftausender-Bündeln geschnürt worden waren. Zweihunderttausend Dollar hatten unter einer Sackleinentasche im Heck gelegen.

Dann war die alte Karre nicht mal angesprungen, und einer von Marrones Automechanikern hatte kommen und ihnen mit einem tragbaren Ladegerät Starthilfe geben müssen. Noch schlimmer für Garys Nerven war jedoch, dass Marrone auf dem Weg zur Münzprägeanstalt zwei Mal angehalten und dabei auch noch den Motor abgestellt hatte. Das erste Mal, um Zigaretten zu kaufen, das zweite Mal, um von einem Automechaniker in Subiaco Schulden einzutreiben. Als Gary sich danach erkundigte, bei wem der Mann Schulden hatte, zuckte Marrone nur die Achseln und sagte: »Bei einem Freund. Geh du rein.«

Marrone parkte ein Stück von der Werkstatt entfernt und erklärte Gary, was er zu sagen hatte. »Der Mercedes von Mr Jeremy Harper ist schlecht repariert worden. Er hat drei Mal höflich gebeten, das Geld für den Austauschmotor zu erstatten, und Sie haben nicht mal zurückgerufen. Jetzt möchte ich das Geld, das Sie ihm schulden, persönlich abholen.«

Gary lachte. Das war doch ein Witz, oder? Klar, man wollte ihn testen, und klar, er hatte fünfundvierzigtausend Dollar von Marrone beim Billard verloren. Aber dabei war es um etwas anderes gegangen. Gary glaubte nicht mehr, dass er Marrones Geld wirklich verspielt hatte. Er hatte vielmehr den Verdacht, er sei reingelegt worden, zwischen Marrone und dem Arbeiter mit Latzhose habe eine Verbindung bestanden, so dass das ganze Geld, das Marrone ihm ausgehändigt hatte, umgehend an ihn zurückgeflossen war. Nur um Gary unter Druck zu setzen. Um rauszufinden, wie er tickte.

Gut, wenn es ein Test war, dann würde er es eben tun. Die Chance, Mitglied von Marrones Team zu werden, wollte er nicht verstreichen lassen. Er war zwar nicht der Schlägertyp, aber probieren konnte er's ja.

Wie zu erwarten, lachte der Mechaniker Gary bloß ins Gesicht. Der drahtige ältere Mann mit roten Haaren und sommersprossigen Unterarmen legte nicht mal den Steckschlüssel zur Seite oder wischte sich die schmierigen Hände ab. Er wandte Gary einfach den Rücken zu und arbeitete weiter.

Als Gary Schritte hörte, trat er zur Seite. Der Mechaniker zog eine Mutter an, schielte dabei unter der Achsel nach hinten und sah Marrones auf Hochglanz polierte Schuhe. Drehte sich ganz langsam um, hielt beide Hände in die Höhe.

Marrone musste kein einziges Wort sagen. Die einen kannten ihn als Geschäftsmann, andere als eine Art Vermittler.

Nun wischte sich der Mechaniker den Schmutz von den Händen, ging in seinen kleinen Büroverschlag und kam mit einem Scheck zurück, den er Marrone hinhielt. Der schüttelte den Kopf. Ließ den Mann den Scheck Gary reichen. Dabei fiel immer noch kein Wort.

Marrone wartete, bis sie wieder im Land Cruiser waren und der Motor ächzend und leiernd ansprang. »Respekt musst du dir verdienen, Gary. Was dafür tun, dir einen Namen machen.«

Gary antwortete nicht. Es war schlimmer als gedacht. Adamo hatte Marrone nicht nur aufgetragen, Gary zu zeigen, wie es lief. Er sollte ihn auch einbeziehen, ihn Dinge tun lassen. Dinge, bei denen Gary zweifelte, ob er sie tun konnte.

Und noch einen dritten Umweg hatte es auf dem Weg zur Perth Mint gegeben, auch wenn dafür der Motor nicht abgestellt werden musste. In der James Street trat Marrone plötzlich auf die Bremse, legte für ein besseres Handling einen niedrigeren Gang ein und fuhr von der Straße auf den Gehweg. Gary spreizte sich mit beiden Füßen im Fußraum ein, stützte die Hände aufs Armaturenbrett, spannte den Kiefer an. Grunzend riss Marrone das Lenkrad herum und rammte den ersten einer Reihe von Tapeziertischen, auf denen Protestierende Unterschriften sammelten. Krachend splitterte Holz, wie ein aufgeschreckter Vogelschwarm stob ein gelber Wirbel von Flugblättern durch die Luft. Der Motor jaulte noch, als Marrone eine junge Frau erblickte, die nicht zur Seite gesprungen, sondern mit dem Holzstab ihres Schildes zwischen den Beinen stehengeblieben war – ob aus Trotz oder vor Schreck erstarrt, konnte Gary nicht sagen.

»Wie viele stehen hier überhaupt rum? Diese Scheißbullen machen einfach ihren Job nicht! Da sind doch mehr als drei Leute versammelt, also müssen sie die alle verhaften.«

Marrone riss das Lenkrad herum, so dass er die junge Frau mit dem rechten Kotflügel rammte. Dumpf wie ein Hammer, der auf Fleisch schlägt. Statt auf das Auto zu fallen, stürzte sie in den Zaun. Ihre Freunde schrien auf, doch im nächsten Moment war Marrone wieder auf der Straße und bog mit quietschenden Reifen in die Roe Street, ohne auch nur in den Rückspiegel zu schauen.

In der Münzprägeanstalt quittierte Gary dann das Gold, das er – wie er nun bei der Übergabe von Marrone erfuhr – mit Adamos Geld bezahlte. Seine Nerven flatterten noch, vor allem weil er einen Fetzen zerrissenen Jeansstoffs an der noch etwas stärker verbeulten Stoßstange entdeckte. Dennoch gelang es ihm, sich an der Rezeption im Foyer beim Ausfüllen der Dokumente auf die Schnelle einen Namen einfallen zu lassen. Zum Glück fragte niemand nach einem Ausweis.

Marrone klopfte mit den Schuhen auf den Boden und pfiff einen Kiss-Song, dessen Titel Gary nicht einfiel. Als das Geld vom Tresen genommen wurde, zündete sich Gary eine Zigarette an und betrachtete die sepiafarbenen Fotos von Goldsuchern beim Windsichten in uralten trockenen Flussbetten, aufgegebenen staubigen Gruben und Grubendirektoren mit mächtigen Koteletten und Krawatten draußen in den Goldfeldern; ein Panorama zeigte den Blick von der Perth Mint auf die seichte Flussschlinge im Süden des heutigen Geschäftsviertels Perth Water noch vor dem Bau der Adelaide Terrace: Kolonialzeitvillen in einem Meer von Kapveilchen, dahinter unzählige schwarze Schwäne auf dem seegroßen Swan River.

Hinter den Kalksteinmauern der Prägeanstalt war es angenehm kühl und still, nur aus der Münzpresse war das Zischen einer Metallstanze zu hören, die im hinteren Gebäudeteil betrieben wurde. Dann gingen klappernd Türen auf, und ein kleiner Wagen rollte heran. Marrone begrüßte den Wachmann mit Namen und gab ihm die Hand. Sobald Gary unterzeichnet hatte, schob der Wachmann den Wagen hinaus in die grelle Gluthitze bis zum Heck des Land Cruiser. Gary sah zu, wie das Gold eingeladen wurde, hörte die Blattfedern des Wagens ächzen, als die glänzenden Kilobarren in Dreierreihen aufgestapelt wurden.

Die Gießerei lag in einer schmalen Straße parallel zu den Gleisen am Vorortbahnhof Midland Junction. Links und rechts davon waren ein Autoverwerter und ein Abschleppdienst, auf beiden Grundstücken hechelten Hunde an schweren Ketten. Die Gießerei war nur eine Wellblechbaracke mit hohen Wänden und Pultdach. Alle Fenster und Dachluken waren geöffnet, Hitze flirrte über dem rostigen Metall. Auf dem Parkplatz davor lagen Säcke mit Sand und zerbrochene Terrakotta-Gussformen.

Marrone öffnete die Doppeltüren der Baracke und wies Gary an, mit dem Heck des Land Cruiser ranzufahren. Im Inneren war es dunkel, es roch nach gebranntem Ziegel und Propangas, der Raum erfüllt vom Zischen des Gasfeuers. Auf der anderen Seite sprach Marrone mit einem dicken Mann, der nur einen Lederschurz über der Unterhose trug. Schweiß rann ihm vom kahlen Schädel, seine Augen waren gerötet. Er öffnete die Heckklappe des Land Cruiser und warf einen Blick hinein, dann trugen sie zu dritt die Goldbarren zu einem Eisentisch.

Der Mann zog sich lange Lederhandschuhe an, und mit einer Greifzange lupfte er den Deckel einer Feuergrube an, die in einem Erdhaufen versenkt war. Tiefrotes Licht erfüllte die Gießerei. Der Klang des brennenden Gases erinnerte Gary an die Düsen eines Flugzeugs, die trockene Hitze schien das Innere seiner Nasenlöcher zu versengen. Marrone tippte ihm auf die Schulter, und beide gingen durch die Doppeltür zurück ins Freie. Die fast vierzig Grad draußen kamen Gary nun fast kühl vor. Sie sahen zu, wie der Mann mit der Zange drei Goldbarren packte und in die Feuergrube legte.

»Du bleibst hier und passt auf. Lass ihn keine Sekunde aus den Augen.«

Zehn Minuten später kam Marrone mit zwei Dosen TaB zurück. Gary ließ das kühle Aluminium über Stirn, Nacken, Gesicht rollen.

»Wie lang dauert's, die Barren zu schmelzen?«, fragte er Marrone.

»Zu lang.«

Gary starrte auf das Feuerloch in der Baracke. Die Hitze war wie eine Wand, doch der kahlköpfige Mann war offenbar unempfindlich gegen die sengende Glut: Er stand einfach neben dem Schmelzofen und las wie ein Geschöpf der Hölle im roten Feuerschein Zeitung.

»*Lasciate ogni speranza, voi ch' entrate* ...«

»*Cosa*? Was?«

Gary lachte. »Das ist Dante. Ein italienischer Dichter. Aus dem *Inferno*. Lasst alle Hoffnung fahren, ihr, die ihr hierher kommt ...«

»Das versteh ich selber. Woher war er?«

»Florenz.«

»Sprichst du Italienisch?«

Misstrauen in Marrones Blick. Was konnte Gary mitbekommen haben?

»Nein.«

»Du solltest es lernen. Aber Italienisch wie in Cosenza, Nordkalabrisch, oder wenigstens Neapolitanisch. Nicht den Scheiß aus Florenz.«

»Ich dachte, du kommst aus Sizilien?«

»Ich komm aus Osborne Park, du Idiot. Adamo spricht Kalabrisch.«

»Okay, ich werd's versuchen. Sollen wir mal reingehen und schauen?«

Marrone nickte, und Gary folgte ihm in die Baracke. Der Glatzkopf im Lederschurz war wieder in die langen Handschuhe geschlüpft. Er hob den Deckel, holte ein glühendes Gefäß heraus und trug es rasch zu einer ramponierten Asbestmatte. Gary konnte nicht anders als nach Luft schnappen, als der geschmolzene Barren in eine Terrakottaform floss und er in diesem harten roten Licht die Schönheit des flüssigen Goldes erblickte.

Und mit diesem Anblick wurde Rosa Gold für ihn real.

Er dachte an das glänzende Metall, das auf dem Gebiet von Rosa Gold in der Erde steckte. Wofür es stand, was er damit anfangen konnte. Wie ein Blitz durchzuckte ihn das Verlangen danach.

»Das sind unsere Gussformen«, erklärte Marrone. »Sie sind aus Ton, Graphit und etwas Kies. Sobald sie abgekühlt sind, brechen wir sie auf. Das Gold sieht dann wie Schwemmgold aus.«

»Und dann?«

»Dann bringst du's zur Mint und verkaufst es ihnen unter Adamos Namen. Das Geld, das du dafür kriegst, ist dann sauber. Gewaschen.«

Der Mann trug das Gefäß zurück zur Feuergrube, das Zischen wurde leiser. Mit der Zange legte er drei weitere Kilobarren in das Gefäß und schloss den Deckel.

»Und was soll ich sagen, wo Adamo das Gold gefunden hat? Auf dem Land von Rosa Gold?«

»Nein, verdammt! In der Stadt gibt's tausend Idioten mit Metalldetektoren, die was aufschnappen könnten. Die brauchen wir nicht mal da in der Nähe. Außerdem kannst du das Gold nicht auf einmal unter die Leute bringen. Nur nach und nach, Stück für Stück. Was schaust du so blöd?«

Gary setzte ein Lächeln auf. Jetzt begriff er, warum er hier war. »Da gibt's bessere Möglichkeiten. Banken, Offshore-Konten ...«

Marrone lachte und schlug Gary auf die Schulter. »Höchste Zeit, dass du selbst auf was kommst. Also, willkommen im Team, Waschbärchen. Ich muss los, aber du kannst den Toyota haben. Und pass auf diesen Affen auf. Dass er nichts verkleckert und alles wieder zurück in den Kübel legt. Wenn er versucht, was zu klauen, dann warte, bis er nicht aufpasst und zieh ihm was Schweres über die Rübe. Steck seine Birne in den Scheißofen. Der hat über tausend Grad, da funktioniert sein Holzkopf wie'n Streichholz.«

Gary dachte an die Frau, die Marrone mit dem Land Cruiser angefahren hatte. Er wollte auf keinen Fall am Steuer dieses Wagens erwischt werden, schon gar nicht mit fünfundzwanzig Kilo Gold auf der Ladefläche. »Was mach ich mit dem ganzen Zeug?«

»Wenn der Typ fertig ist, wiegst du's. Und sieh zu, dass du dich nicht verzählst. Wenn du alles beisammen hast, und zwar bis aufs letzte Gramm, bringst du's nach Northbridge zu Chisholm. In den Safe. Und wenn was fehlt, prügelst du's aus dem Kerl raus. Falls du ihn dabei umbringst, wär mir das auch egal.«

Gary sah zu dem Mann, der neben dem glutheißen Ofen Zeitung las. Er musste Marrones Drohungen gehört haben. Gary selbst wollte in wenigen Stunden in den Flieger steigen, aber davon konnte er Marrone nichts sagen – denn dann würde er Garys Kopf in den Ofen stecken.

Das Dante-Zitat vorhin war ein Scherz gewesen. Gary hatte ein bisschen mit seiner Bildung prahlen wollen, aber das war ein Fehler gewesen. Jetzt bekam er die Worte nicht mehr aus dem Sinn. *Lasciate ogni speranza ...*

20

Um nicht umzukippen, kauerte sich Swann in eine Ecke seiner Zelle und drückte die schwitzenden Schultern links und rechts an die Wand. Er war allein, der Raum still, karg, erfüllt nur vom Gestank kalten Schweißes und alter Pisse. In den anderen Zellen des East Perth Lockup saßen vor allem Betrunkene und Obdachlose, und jedes Mal, wenn Polizisten in die Nähe kamen, begannen sie wütend zu lärmen und zu toben, schmeichelnd zu rufen und zu zischen oder ihre Entzugsschmerzen aus sich herauszubrüllen.

Swann beugte sich vor und legte den Kopf in die Hände, um den Schwindel in den Griff zu kriegen, richtete sich jedoch gleich wieder auf. Er wollte lieber ruhig wirken, gefasst, so als hätte er seine Würde bewahrt. Denn sie würden es darauf anlegen, ihn zu brechen, um das, was käme, plausibler, wie eine logische Folge aussehen zu lassen.

Anfangs hatte Swann sich gewundert, dass Hogan gar nicht versucht hatte, seine Identität zu verschleiern, sondern ihn erst unter dem lauten Getrappel seiner Mannen durchs Foyer der Central Police Station geschubst und gezerrt hatte, ehe er ihn in die Zelle warf. Er hätte gedacht, dass Hogan ihn gleich in eine Vorstadtwache verfrachten und das, was mit ihm passieren sollte, heimlich und nicht vor so vielen Zeugen stattfinden lassen würde.

Jetzt begriff er, warum.

In der Central Perth Police Station war Schichtwechsel gewesen, mit dutzenden Uniformierten und Detectives, die zum Dienst kamen oder auf Streife gingen. Während der Papierkram erledigt wurde, hatte Hogan Swann sogar neben der Aufnahme mit dem Gesicht zur Wand festgehalten.

Der ehemalige Chef von Perth Central, Superintendent Frank Swann, an seiner alten Wirkungsstätte, jedoch verhaftet und blutig geschlagen wegen Widerstands gegen die Staatsgewalt, dem offensichtlich vorgeschobenen Anlass der Festnahme.

Im Hauptquartier der Western Australia Police verbreitete sich die Nachricht seiner Festnahme wie ein Lauffeuer. Schon steckten Klatschmäuler und lose Zungen ihre Köpfe zusammen. Auf einigen Mienen Besorgnis, einige ungläubig dreinblickende Bekannte. Männer und Frauen, die Swann vor nicht allzu langer Zeit salutiert hatten, bis er als Ratte tituliert aus dem Dienst geworfen worden war.

Der wachhabende Sergeant war Swann unbekannt, also konnte er bei ihm nichts erreichen. Er hatte gehofft, dass irgendwer irgendwem etwas flüstern würde, der wiederum jemand anderem Bescheid gab, der schließlich Marion anrief.

Fehlanzeige.

Hogan kostete die Erniedrigung voll aus. Wollte, dass alle sie mitbekamen. Ein ehemaliger Großer, ganz tief gefallen. Keiner der ihren mehr, sondern einer von der anderen Seite des Gesetzes. Er wollte allen in der Truppe demonstrieren, was einem blühen konnte. Und was ein Mann mit einem letzten Fünkchen Stolz täte, um Scham und Schmach zu beenden.

Sie hatten Swann weder Gürtel noch Schnürsenkel abgenommen, wie eigentlich vorgeschrieben.

Jetzt konnte er nichts tun außer warten. Warten auf das, was kommen würde. Bis die Dunkelheit kam, bis es Nacht wurde, bis sie in den frühen Morgenstunden zu ihm schlichen und ihn hängten. Und es dann als Akt der Verzweiflung hinstellten.

Swanns Nase blutete noch immer leicht, doch er versuchte nicht, die Blutung zu stillen. Er spürte, wie das Blut über sein Kinn in den Kragen rann. Sein Bedürfnis nach einer Zigarette war fast so groß wie seine Übelkeit. Ihm war weiterhin schwindlig. Vielleicht eine Gehirnerschütterung. Er kannte das Gefühl von früher. Wenn er den Kopf bewegte, schwankten die Wände leicht nach links und rechts, der Boden hob und senkte sich.

Ein eigenartiger Klang, ganz in der Nähe. Der Ton völlig falsch. Sein eigenes Lachen klang wie Bellen. Er sah sich, auf seinem Beobachtungsposten im Sumpf, die Neubausiedlung im Blick. Wie er gelangweilt und unruhig zugleich vor sich hin lamentiert hatte. Im Vergleich zu seiner jetzigen Lage hatte er da eigentlich nichts zu beklagen gehabt.

Percy Dickson, dieser Trottel.

Swann vertrieb den Gedanken an ihn aus seinem Kopf. Suchte stattdessen Trost an den kühlenden Mauern, atmete tief, um sich zu beruhigen. Er musste mit seiner Kraft haushalten. Wach bleiben. Alles Essen und Trinken ablehnen, weil es vergiftet oder mit Drogen versetzt sein konnte. Er musste bereit sein, auszurasten. So viel Lärm zu machen wie möglich, in seiner Zelle, der letzten im Gang. Äußerste Gewalt anzuwenden. Wenn er einen von ihnen töten konnte, war Selbstmord keine mögliche Erklärung mehr, dann würde man Fragen stellen. Was sie in seiner Zelle gewollt hatten, so spät in der Nacht ...

Schritte näherten sich, zwei verschiedene dem Klang nach. Ein Paar Schuhe mit Ledersohlen, das andere Polizeistiefel, deren schweres Pflatschen und Quietschen ihm auch nach all den Jahren vertraut in den Ohren klang. Ein Detective und ein Uniformierter vielleicht?

Swann erhob sich, doch stehend wurde der Schwindel stärker, und er musste sich mit einer Hand an der Wand abstützen.

Zwei würden nicht reichen, so leicht würde er sich nicht geschlagen geben.

Der Eisendeckel über dem Guckloch wurde zur Seite gedreht, dahinter wurde ein blauer regloser Blick sichtbar. Um das Guckloch herum hatte jemand einen Penis und zwei dicke Hoden gezeichnet. Der kalte blaue Blick starrte genau durch die Eichelöffnung, ein alter Versuch von Gefangenen, sich über den Blick der Schließer lustig zu machen. Swann starrte zurück, wartete, hörte, wie der Schlüssel vom Gürtel des Wachhabenden gelöst wurde, der Schließzylinder sich drehte. Er straffte sich, hob die Hände und machte sich bereit, nach vorne bis an die Tür zu springen, um gleich hinter die Reichweite ihrer Schlagstöcke zu kommen, sich gleich auf die Augen, den Hals, den Nacken zu stürzen.

Die schwere Tür wurde aufgezogen. Er hörte das Knarren der Stiefel. Gemurmel. Grotesk starker Aftershave-Geruch mischte sich in den Muff. Dann entfernten sich die Stiefel zurück in den Gang, die Schritte des Schließers begleitet vom Flüstern und Flehen nach Zigaretten, Decken, einer menschlichen Stimme, die irgendjemand das Gefühl geben sollte, er wäre noch nicht von der ganzen Welt vergessen.

Polizeiminister Terry Sullivan betrat mit erhobenen Händen die Zelle. Er rümpfte die Nase über den Gestank und Swanns Anblick, das blutverschmierte Gesicht, das besudelte Hemd, die geballten Fäuste.

»Dazu ist kein Anlass, Frank. Ich hab gehört, dass du hier drin bist. Nicht auf mein Betreiben, natürlich. Setz dich. Zigarette?«

Die Zellentür blieb offen, und Swann lauschte weiter, ob sich Schritte näherten.

»Da kommt keiner mehr, Frank. Ist ne Privatveranstaltung, nur du und ich. Fürs Erste jedenfalls. Je nachdem, wie wir klarkommen.«

Swann nahm die angebotene Zigarette und beugte sich vor, um sie sich anzünden zu lassen. Dabei schien ihm der Schwindel in die Augäpfel zu schwappen. Trotzdem sah er, dass Sullivans Gesicht fahl und abgekämpft war.

»Schläfst du schlecht, Sullivan? Sind die Umfragen so beschissen?«

»Lassen wir den Quatsch, Frank.«

»Bist du gekommen, ums mir noch mal reinzureiben? Mir deine Besorgnis mitteilen? Willst du was ausbügeln?«

»Du siehst nicht grad gut aus, Frank, wenn ich das sagen darf. Wir hatten früher unsere Schwierigkeiten miteinander ...«

Swann grunzte nur, weil er den Kopf nicht bewegen wollte. Sullivans Gesicht schien sich wie ein Kaleidoskop ständig zu verschieben, hinter dem Vorhang aus Zigarettenrauch in lauter Schlieren aufzulösen. Doppelt und dreifach hatte er ihn vor Augen, den selbstgefälligen Blick, das grimmige Lächeln, die Segelohren, die fast rechtwinklig vom Schädel abstanden.

»Ruf meine Frau an. Sag ihr, wo ich bin.«

»Das kann ich nicht tun, Frank. Aber ich kann was anderes. Ich kann dich hier rauslassen. Setz dich endlich, bevor du mir zusammenklappst.«

Swann nahm auf der Pritsche Platz. Sullivan blieb stehen und sah auf die Uhr.

»Weiß Hogan, dass du hier bist?«

Sullivan schüttelte den Kopf. Der Polizeiminister hatte an Swanns Entlassung aus dem Polizeidienst tatkräftig mitgewirkt, hatte seine Unterschrift unter die Dokumente gesetzt und vor der Royal Commission gegen ihn ausgesagt.

»Ich hab so meine Bedenken gegen unseren guten Detective Inspector Hogan. Ich bin mal ganz offen, Frank. Ich hab das Gefühl, dass Ben kein Teamplayer ist. Dass er viel zu viel für selbstverständlich hält. Zum Beispiel, dass er befördert wird. Aber davon abgesehen möcht ich dir ein Angebot machen. Weißt du, Ben scheint sich auf einmal für Bergbau zu interessieren, und ich hab da was gehört ...«

Swann spürte, dass Sullivan ihn abtastete, nach Hinweisen suchte.

»Und was hat das mit mir zu tun?«

»Zunächst mal bist du ihm auf die Zehen gelatscht. Und da könnte ich dir behilflich sein.«

»Von Hogans Geschäften weiß ich nichts.«

»Mag sein. Aber auch dem kann ich abhelfen.«

Sullivan faltete die Hände unter seiner Nase zu einem Dach, eine seltsame Geste, die Nachdenklichkeit anzudeuten schien, eine Gebetshaltung. Aber aus seinem Blick sprach Berechnung, ein Funkeln von unterdrückter Wut.

»Nicht nur wegen Hogan mach ich mir Sorgen. Er hat da ein Bergbaugeschäft am Laufen, unter dem Namen Rosa Gold. Leo Marrone und Tommaso Adamo hängen auch mit drin. Dazu Bernie Isaacs und noch ein paar andere.«

»Und du nicht. Die glauben, dass du nach der nächsten Wahl weg vom Fenster bist und sie dich nicht mehr brauchen. Aber du möchtest da auch dabei sein.«

Sullivan ließ die Hände sinken, sah auf seine Handflächen, rieb mit dem Daumen über die Nägel. Dann blickte er Swann in die Augen.

»Das Feuer gestern, das waren alles Häuser von Tommaso. Angeblich gab es Zeugen. Vor allem eine, die auch ausgesagt hat. Ne Lesbe, die sich für ne Anarchistin hält. Mit so viel Bürgersinn, dass sie beim Büro des Premierministers anruft. Und sagt, dass sie nicht zur Polizei geht. Hat ihren Namen nicht genannt, aber behauptet, dass sie Fotos hat. Ich will, dass du mir diese Fotos besorgst. Oder was anderes Handfestes, das mir weiterhilft. Ich hab außerdem gehört, dass Bernie Isaacs wieder Dinger dreht, Rennen manipuliert. Den nimmst du dir ebenfalls vor. Ich will Beweise, gerichtsfähige Beweise.«

»Und Hogan?«

»Um den kümmre ich mich. Aber damit das klar ist: Wenn

ich nichts Verwertbares über Isaacs oder Adamo bekomme, bist du sofort wieder hier drin. Du bist der Einzige, bei dem ich sicher sein kann, dass er nicht zu Hogan geht. Auch Adamo soll keinen Wind davon kriegen. Soll ne Überraschung werden.«

Sullivan trat zur Seite und winkte Swann zur offenen Tür. »Du als Erster. Ich komm in ein paar Minuten nach. Alles schon erledigt. Du bist auf Kaution raus, mit richterlicher Verfügung. Kann aber jederzeit revidiert werden, einfach so.« Er schnippte mit den Fingern.

Swann erhob sich, und im Aufstehen stieg auch die Übelkeit in ihm hoch. Er ging zur offenen Tür, jeder Schritt wie auf Watte, als ob er durch einen Traum spazierte. Er setzte einen Fuß mit Bedacht vor den anderen.

Der wachhabende Sergeant am Empfang sah gar nicht auf, als Swann an ihm vorbeiging, ganz in seine Papiere vertieft. Swann trat durch den Haupteingang ins Freie. Die geschwungene Glasfront der Perth Central Police Station kam ihm wie eine auf die Vororte gerichtete Satellitenschüssel vor. Das grelle Licht und die Hitze warfen ihn beinahe um. Eine Hand um das Geländer geklammert, wich er den Blicken der Polizisten aus, die an ihm, mit blutigem Gesicht und besudeltem Hemd, vorbei das Gebäude betraten. Auf der Flussseite des Langley Park gab es Trinkwasserbrunnen. Ehe er Marion anrief, musste er sich etwas sauber machen.

»Swann!«

Er sah auf: Jennifer Henderson. Sie trug eine Sonnenbrille, und trotz der Hitze wirkte sie kühl, mit ausdrucksloser Miene neben ihrem Karmann Ghia stehend. Swann schlurfte auf sie zu.

21

Peter Henning wischte mit einem Tuch über die verschwitzte Flanke des Pferdes, tastete mit Zeigefinger und Daumen über das feine braune Haar und schob die Nadel in die Vene. Der Geruch der Stute war eigenartig, als ob sie etwas Giftiges ausschwitzte. Isaacs stand wieder einmal zu dicht bei ihm und verfolgte seine Tätigkeit mit selbstgefälligem Schweigen. Ein weiteres Rennen mitten in der Woche, geringes Preisgeld, dennoch war Dandy Mandy bei einem 1200-Meter-Sprint mit drei Längen Vorsprung durchs Ziel gegangen. Und die anfängliche Siegquote von 60:1 war wegen der hohen Summen, die kurz vor Wettschluss noch gesetzt wurden, auf 20:1 zurückgegangen.

Vor dem Lauf hatte Henning zwei junge Männer und eine junge Frau, die er als Isaacs Tochter erkannte, dabei beobachtet, wie sie von Buchmacher zu Buchmacher trabten und Siegwetten über fünftausend Dollar platzierten. Statt wie die Rennleitung und andere Offizielle das Rennen vom Richterturm am Geläuf zu verfolgen, war er in der Wetthalle bei den Buchmachern geblieben und hatte ihre Mienen beobachtet, als Dandy Mandy einlief. Sie sahen ganz und gar nicht glücklich aus. Fluchten und verdrehten die Augen, vor allem wenn sie zu Ron Bevans sahen, den am engsten mit Isaacs verbandelten Buchmacher. Doch Bevans schüttelte nur den Kopf und gab vor, genauso betroffen zu sein wie sie. Aber Henning hatte aufgepasst, bei ihm waren keine Wetten auf Dandy Mandy platziert worden.

Seit dem gestrigen Vorfall mit Rum Punch hatte Henning über Isaacs Erkundigungen eingezogen. Von einem Rennrichter hatte er erfahren, dass die Versicherungssumme für Rum Punch um die fünfzigtausend Dollar betragen musste. Das erklärte, warum Isaacs seinen eigenen Wallach niederknüppelte. Er wollte das Versicherungsgeld, obwohl

Henning nicht wusste, warum. Denn eigentlich sollte Rum Punch bei den großen Winterderbys auf feuchtem Boden antreten, bei denen schon sein Vater Sir Keith mehrfach gewonnen hatte.

Das ergab keinen Sinn. Henning hatte von der Rennleitung verlangt, Isaacs' Burschen zu befragen, die gesehen haben mussten, was Isaacs mit dem Kantholz getan hatte. Doch sie hatten behauptet, sie wüssten von nichts. Angeblich war Rum Punch beim Einsteigen in den Anhänger ausgerutscht. Und Isaacs hatte sie ausgelacht. Noch unglaublicher war, dass das Labor die Blutproben, die Henning von Rum Punch genommen hatte, mit negativem Ergebnis zurückgeschickt hatte.

Was schlicht unmöglich war. Das Pferd war eindeutig gedopt gewesen.

Jetzt stand Isaacs wieder hinter ihm und schnaufte ihm in den Nacken. Roch nach Bier und Schweiß. Ließ Henning nicht aus den Augen, als er die Spritze versiegelte, vorsichtig in ein Probentütchen aus Plastik steckte und in die Arzttasche legte.

Wenn es sich irgendwie vermeiden ließ, würde Henning sich nicht direkt mit Issacs anlegen. Deswegen ignorierte er auch Isaacs' sarkastische Kommentare und Drohungen, während er ihm überallhin folgte. Ein Pferdetrainer hatte das Recht, bei der Untersuchung nach dem Rennen anwesend zu sein, also konnte er Isaacs nicht wegschicken. Aber er saß am längeren Hebel. Henning war sicher, dass auch Dandy Mandy gedopt war. Alle Anzeichen sprachen dafür. Die Unruhe. Schaumiger Speichel. Der eigenartige Chemiegeruch.

Kein Geringerer als Sir Irvine Lee-Hastings, der Leiter der Western Australian Racing Federation, hatte Henning gestattet, die Proben persönlich ins Labor zu bringen und den Prüfprozess zu überwachen.

Henning warf einen Blick auf Isaacs und stellte erfreut fest, dass sein Schweigen die gewünschte Wirkung hatte. Isaacs kochte. Stand mit in die Hüften gestemmten Händen stocksteif da. Mit eingezogener Wampe. Die dunklen Augen schleuderten Blitze.

Henning lächelte höflich. »Sie können sie wegbringen. Ich bin fertig.«

Isaacs winkte einem seiner Burschen. Sah zu, wie Henning die Metallschnalle der Arzttasche zuschnappen ließ. Die Tasche aufhob, seinen alten Hut aufsetzte und sich auf den Weg zur Tür machte.

Draußen war es sonnig und warm. Der Großteil der Zuschauer war noch auf den Tribünen. Das letzte Rennen war gestartet. Von oben waren Geschrei und Anfeuerungsrufe zu hören, der leiernde Kommentator wurde schneller und lauter. Auf dem Parkplatz war der Asphalt noch feucht von dem Regenschauer kurz zuvor, und vom nahen Fluss wehte Henning Algengeruch an. Das Labor lag in der Stadt, und wenn er sich beeilte, konnte er dort sein, ehe es schloss. Er blickte auf die Uhr, um sich zu vergewissern, dass die Zeit reichte, zog die Sonnenbrille aus seiner Jackentasche und blieb stehen.

Der reservierte Stellplatz, auf dem er seinen Rover geparkt hatte, war leer. Eine autoförmige trockene Stelle, obwohl es erst vor einer halben Stunde geduscht hatte. Als er Schritte hörte, drehte er sich um und bekam den Schlag mit dem Montiereisen voll ins Gesicht. Er fiel wie ein Stein zu Boden. Asphaltkörnchen, nur wenige Zentimeter vor seinen Augen. Wuselnde Ameisen. Ein Zahn. Blut. Dunkelheit.

22

»Sie machen das nicht zum ersten Mal, oder?« Jennifer Hendersons Mund war nahe an Swanns Ohr, so nah, dass er den Gin in ihrem Atem riechen konnte, den scharfen Wacholderduft. »Ich war Krankenschwester in Vietnam. In Vung Tau stationiert. Dort hab ich auch Max kennengelernt.« Ihre Stimme war leise, beinahe kindlich. Wie weggetreten.

»War er Ihr Patient?«

»Max? Nicht nur einmal. Ich war ein schüchternes junges Ding, aber er war ziemlich oft verletzt. Nicht immer aufgrund des Diensts. Er war ziemlich wild, jedenfalls nach ein paar Drinks.«

Nach dem Säubern der Abschürfungen, die Hogans Stiefel verursacht hatten, trug sie Jodlösung auf und klebte Pflaster auf die tieferen Wunden um Swanns Nase und Stirn. Sie waren in einer der Immobilien, die sich die Hendersons als Geldanlage angeschafft hatten, eine Erdgeschosswohnung in der Broome Street, Cottesloe. Linoleumböden, Formica-Oberflächen, der übliche Westinghouse-Herd. Einfache Bambusjalousien und beige Wände. Der Fernseher in einem Metallrahmen festgeschraubt. Den Hendersons gehörte das ganze Haus mit acht Wohnungen.

Swann saß still auf einem Küchenstuhl. Ihm war weiter schwindlig. Der aufgeschürfte Nacken sandte noch immer Schmerzsignale an sein Hirn. Er hörte, wie Jennifer den Deckel der Waschmaschine öffnete. Sie hatte ihm das Hemd ausgezogen und im Schnellwaschgang gewaschen. Jetzt hängte sie es draußen auf. Die Wäschespindel begann zu knarren, als sich der Wind im Hemd verfing. In der Sonne würde es bald getrocknet sein. Die Blutflecke würden wohl nicht ganz rausgehen, meinte sie, aber sie könnte ihm eins von Max' Hemden leihen.

Swann fuhr zusammen, als ihre Finger über seine nackte Schulter strichen. Sie drückte ihm ein Glas Whisky in die Hand und nahm auch selbst eins. Dann setzte sie sich ihm gegenüber auf einen weiteren Küchenstuhl und lächelte ihn wehmütig an.

Als Swann den Commodore verfolgt hatte, der wiederum ihr nachgefahren war, hatte sie die Blaulichter bemerkt und dann gesehen, wie die Zivilfahrzeuge ihn rauswinkten. Sie war um den Block zurückgefahren, hatte seine Verhaftung beobachtet und war ihnen danach in die Stadt gefolgt. Sie fragte nicht, warum er geschlagen worden war, entschuldigte sich nun aber, dass sie nicht versucht hatte, ihn freizubekommen. Aber, sagte sie, sie sei nicht sicher gewesen, weil Swann ja gemeint habe, sie dürften nicht zusammen gesehen werden.

Er versicherte ihr, dass sie klug gehandelt hatte, während er überlegte, was die neue Lage für ihn bedeutete. Er würde Sullivan bei Laune halten müssen, wenn er nicht wieder ins Kittchen wandern wollte. Sullivan wusste nichts von Jennifer und ihrer Verbindung zu Rosa Gold – wenn, dann hätte er dieses Wissen schon gegen Swann verwendet. Sullivan wollte etwas in die Hand bekommen, das er gegen die Direktoren von Rosa Gold verwenden konnte – ganz egal was und wie er darankam. Dass er Swann engagiert hatte, war jedoch ein deutliches Anzeichen für seinen schwindenden Einfluss. Und ein zutiefst zynischer Akt: Er konnte Swann fallenlassen, sobald er ihn nicht mehr brauchte, und kein Hahn würde danach krähen.

Swann trank seinen Whisky aus und ließ den Kopf kreisen. Eine Welle der Übelkeit überflutete ihn. Er legte die Hand auf sein Glas, als Jennifer sich aus dem Tumbler nachschenkte. Dieses blassblaue Leuchten in ihren Augen, das von ganz weit her zu kommen schien, aus einem Ort der Zufriedenheit, den es nicht mehr gab.

Swann beugte sich vor. »Der Kerl, der das mit mir gemacht hat, hat nur eine alte Rechnung beglichen. Das hat nichts mit Rosa Gold zu tun. Aber jemand hat Sie verfolgt. Sah mir nach Profi aus.«

Sollte sie irgendwelche zärtlichen Gedanken gehegt haben, als sie ihn medizinisch versorgt, sich dabei vielleicht auch an die Pflege von Max erinnert hatte – nun waren sie verflogen. »Das Auto, das mich, wie Sie sagen, verfolgt hat. Haben Sie den Fahrer gesehen?«

»Er ist nicht von hier. Aber ich hab ihn verloren.«

»Und er muss mich ebenfalls verloren haben. Zum Glück. Sonst hätte ich nicht hierherkommen können. Ich fühle mich sicher, zum ersten Mal seit ...«

Sie ließ den Satz unbeendet. Ihr Blick richtete sich nach innen. Welche schlimme Erfahrung es auch war, an die Jennifer dachte, sie blendete alles andere aus.

»Dieser Ausdruck in Ihren Augen«, sagte er fragend. »Den kriegen Sie ganz schön oft.«

Er vermutete, dass sie ihm gleich von dem Schock erzählen würde, ihren Mann tot im Garten zu finden. Oder vom Anblick ihres verwüsteten und zerstörten Hauses. Ihren Erinnerungen an die Zeit als Krankenschwester im Krieg.

Endlich würde sie es aussprechen, und danach konnten sie offen miteinander reden. Er würde zuhören. Sagen, dass sie von hier weggehen musste, Rosa Gold vergessen – dass das Geld, um das sich ja alles drehte, es nicht wert war, dafür zu sterben.

»Sie wollen's wirklich wissen? Ich fühl mich zum ersten Mal sicher seit ... seit ich Sie getroffen habe.«

Sie lachte, neugierig auf seine Reaktion, belustigt und

selbstbewusst, mit einem schelmischen Funkeln im Blick. Die perfekten Dreiecke ihrer Schneidezähne blitzten, zwischen den Vorderzähnen war eine winzige Lücke.

»Versteh ich nicht.«

»Ich will nur sagen, dass ich Ihnen vertraue, Frank Swann. Das ist ein Kompliment.«

»Jetzt, wo ich außer Gefecht bin!«

»Vielleicht. Oder weil ich den ersten Schritt gemacht habe ...«

»Welchen ersten Schritt?«

»... weg von meinem Zuhause.«

»Der erste Schritt in ein neues Leben.«

»Sie haben eine schwere Gehirnerschütterung – ich seh's an Ihrem Blick. Erst in die Wanne, dann ins Bett.«

Sie war nicht ganz bei sich. Angetrunken. Er würde es ihr sagen, wenn sie wieder nüchtern war. Sagen, was sie begreifen musste.

Swann erhob sich mit wackligen Knien. Ihn schwindelte, er hatte das Gefühl, sich übergeben zu müssen. Sofort war sie bei ihm, stützte ihn mit einer Hand an seinem Bizeps. »Oder soll ich Ihre Frau anrufen, damit sie Sie abholt?«

Sie wusste selbst, dass das nur eine rhetorische Frage war. Dass er das nicht wollte.

Es war nichts zwischen ihnen, aber es fühlte sich anders an.

Genau wie beim letzten Mal.

»Danke, dass Sie mich zusammengeflickt haben. Aber jetzt muss ich los, einen Freund besuchen. In einer anderen Sache.«

Sie ließ ihn gehen, als hätte er sie gebissen.

Unter den Kranken und Verletzten in den Kassenpatientenzimmern des Royal Perth Hospital fiel Swann mit seinem zerschlagenen Gesicht nicht weiter auf. Hier, in diesem Krankenhaus, hatte er Percy Dickson, der unter falschem Namen eingeliefert worden war, schließlich aufgestöbert. Wie bei Dennis Gould hatte man Dicksons Bein mit einem Hammer kaputtgeschlagen. Das gleiche Bein, an Kniescheibe und Sprunggelenk zertrümmert. Das andere unversehrt, falls man es später noch brauchte.

Swann stand am Fußende von Dicksons Bett. Percy versuchte erst gar nicht zu sprechen. Swanns blaues Auge blieb ebenso unerwähnt wie die gebrochene Nase, der immer noch sichtbare Stiefelabdruck auf der Stirn, die Jodflecken im Gesicht. Percy war ein alter Soldat, der über so was nicht sprach. Er hatte selbst starke Schmerzen. Sein ganzes Bein war eingegipst. Die Augen dunkel, umwölkt, eingesunken.

Allein der Schock bei dem, was Dickson zugestoßen war, konnte tödlich sein. Dazu die Furcht, dass noch Schlimmeres drohte, und die Wut, weil er wusste, dass die Angreifer damit davonkamen. Mit verkniffenem Mund berichtete Percy endlich von den zwei Männern mit Sturmhauben, die ihn vor seiner Tür überrascht hatten, ihn mit einer Pistole an der Schläfe ins Haus gezwungen, gefesselt und bearbeitet hatten. Er hatte ihnen nicht mehr gesagt, als sie ohnedies wussten, deswegen hatten sie ihm Kniescheibe und Sprunggelenk zertrümmert. Sie hatten bereits gewusst, dass die gestohlenen Juwelen wieder bei ihren Besitzern waren. Einer der Juweliere hatte es – aus Ahnungslosigkeit und gegen Dicksons ausdrücklichen Wunsch – gegenüber Männern der Robbers Squad erwähnt.

Percy behauptete, er habe den Gangstern nichts verraten, aber Swann wusste, dass das nicht stimmte. Wie sonst hätte Hogan so schnell auf seine Spur kommen können? Oder erfahren, dass Swann Bikies angeheuert hatte? Doch diese Überlegungen behielt Swann für sich. Es hatte keinen Zweck, Percy mit der Nase auf das zu stoßen, was er getan hatte, nämlich Swann in die Sache reinzuziehen.

Aus der er nun nicht mehr herauskam. Hogan hatte geplant, ihn im Gefängnis zu töten, dessen war er sicher. Nun musste Swann ihm immer einen Schritt voraus sein und Sullivan bei Laune halten, sonst würde das trotzdem geschehen. Inzwischen würde Hogan sicher wissen, dass Sullivan seine Entlassung angeordnet hatte und Swann auf freiem Fuß war. Er würde eins und eins zusammenzählen. Noch konnte Sullivan Hogans Beförderung aufschieben, aber nur, solange er Minister war. Es ging das Gerücht, dass es innerhalb eines Jahres zu Neuwahlen kommen und das jüngere Labor-Team einen Erdrutschsieg landen würde. Bis dahin würde Hogan Sullivan kaum brüskieren wollen und Swann selbst töten, obwohl er vermutlich bereits einen Haftbefehl gegen ihn in der Tasche hatte und Vorbereitungen traf. Aber Hogan könnte Swann auch leicht von einem Killer Adamos töten lassen, dann die Ermittlungen übernehmen und sie im Sand verlaufen lassen. Weder Adamo noch Marrone würden eine Sekunde zögern, wenn sie erfuhren, dass er sich für Rosa Gold interessierte.

Hogan dürfte davon ausgehen, dass Swann Percy besuchte. Er konnte nicht länger bleiben. Er nickte ihm zum Abschied zu, aber der alte Soldat war noch nicht fertig.

»Wenn du schon hier bist«, zischte Percy, »dann solltest du auch mal mit meinem Bettnachbarn reden. Hatte auch nen Unfall. Nur dass die Ursache bei ihm Bernie Isaacs war, Hogans Kumpel. Hogans Heldenfriedhof, so könnte man diese beschissene Station nennen. Red mit ihm. Ich hab ihm von dir erzählt. Hat nichts mit Juwelen zu tun, aber es könnte ein Auftrag für dich rausspringen.«

Swann schob die Vorhänge auf den schallgedämpften Schienen zur Seite und sah, dass ein Mann in Percys Alter keinen Meter entfernt im nächsten Bett lag und zuhörte. Sein graues Haar war sorgfältig gescheitelt, aber er hatte denselben gehetzten Blick. Sein Kiefer war gebrochen und jetzt mit Stahlplatten fixiert. Ein Unterarm war eingegipst. Eine Abwehrverletzung.

Swann warf einen Blick auf die Krankenakte, die an einer Schiene hing. Im selben Moment begann der Mann zu sprechen, undeutlich durch seine mit Stahlplatten zusammengeklemmten Zähne nuschelnd.

»Ich bin Peter Henning. Chefveterinär am Ascot Racecourse und in Belmont Park. Und bei den Trabern in Gloucester Park. Ich bräuchte Ihre Hilfe. Ich wurde zusammengeschlagen, auf dem Parkplatz von Ascot. Ich hab's der Polizei gemeldet, und es wird eine Untersuchung durch die Rennleitung geben, aber ... na ja, Sie können sich sicher denken ...«

Swann hörte aufmerksam zu, wie der Mann seine Geschichte erzählte, haarklein und in allen Einzelheiten. Bernie Isaacs schröpfte also seine Versicherung, genau wie Tommaso Adamo. Und genau wie Hogan die Leute schröpfte, indem er bei diesem Juwelenraub mithalf. Dazu seine langjährigen Verbindungen ins Drogengeschäft, das von Adamo und Marrone organisiert wurde. Isaacs, Marrone, Adamo und Hogan – alles Direktoren von Rosa Gold. Alle bereit, ihr ganzes Vermögen dafür einzusetzen. Und dabei jeden aus dem Weg zu räumen, der ihnen in die Quere kam. Was immer bei Rosa Gold vor sich ging, es war wichtig genug, dass Sullivan an die verschlossenen Türen klopfte. Es passte zu keinem der Rosa-Gold-Direktoren, sich bei seinen Geschäften so sehr zu exponieren und solche Risiken auf sich zu nehmen. Unorganisierte Kriminalität war nicht ihr Ding, es sei denn, es ging um sehr viel Geld.

23

Das Gestrüpp am Fuß des Mount Eliza roch nach Anis und von der Sommerhitze gebackener Erde, jenseits des Freeway stieg Smog in den Himmel. Swann saß auf einer Parkbank und wartete auf Donovan Andrews. Die Sonne war hinter dem Granitobelisken des War Memorial Cenotaph versunken, die Esplanade lag bereits im Schatten. An einer Landungsbrücke des Barrack Street Jetty hatte sich eine Traube kolonialzeitlich gekleideter Menschen versammelt: Männer in Kniebundhosen, Frauen mit Hauben. In der Menge war irgendwo auch der Prince of Wales – der zukünftige König von Australien –, der bei der Nachstellung der ersten Landung in der Mounts Bay Ehrengast war. Swann hatte Fotos von ihm in der Morgenzeitung gesehen, auf denen er am Strand von einem schönen Fotomodel geküsst wurde. Er schien sich nicht daran gestört zu haben.

Swann rauchte beim Warten, auch wenn er wenig schmeckte, und sah der kleinen Jolle zu, die sich mit Tuchsegel und Passagieren in altmodischer Kleidung durch die Brandung an die Mole kämpfte. Von der Menge am Ufer hob Jubel an, dann etwas anderes – Buhrufe und Pfiffe, verstärkt durch ein Megafon. Aus dem Schatten mehrerer Bäume in der Nähe des Supreme Court löste sich eine Gruppe Nyungars, etwa zwei Dutzend Personen, und ging rasch über die freie Fläche. Vom Flussufer kamen ihnen Polizisten entgegen, die in der Überzahl waren und sie in kurzer Zeit umzingelt hatten. Ein Nyungar trug eine Fahne, ein anderer ein Banner. Sie versuchten, zum Prince of Wales zu gelangen, wurden aber abgehalten. Unausgesetzt Buhrufe und Pfiffe. Die Jolle landete an, und zwei Männer in Soldatenkostümen trugen einen älteren Mann mit Dreispitz durch das seichte Wasser ans Ufer. Der Union Jack flatterte am Heck des Bootes, inmitten des Grüppchens Protestierender wehte die Fahne der Aboriginals, aufgepflanzt am grasigen Uferstreifen.

Die Teilnehmer der Gedenkfeier waren gezwungen, sich hinter den Polizeikordon zurückzuziehen – ein Flecken Stadt, an den die Mounts Bay noch geschwappt war, bevor die Bucht hier zur Landgewinnung für den Freeway-Bau mit Schutt aufgefüllt worden war. In Swanns Kindheit war der Langley Park noch ein Flugfeld gewesen, am Ufer hatte es Landungsstege und Arme-Leute-Hütten gegeben. Damals war der Fluss eine große Verkehrsader gewesen, auf der Güter von und zum Hafen von Fremantle transportiert worden waren. Das Kraftwerk in East Perth hatte schmierige Braunkohle verfeuert, am Claisebrook Creek stand stinkende Schwerindustrie, und die Abwasser von Burswood ließen grüne Algenteppiche auf dem Fluss sprießen. Am Ende von Hay Street und Murray Street standen heruntergekommene Mietshäuser, in denen oft ganze Familien nur einen Raum bewohnten. Und in East Perth war es nicht anders gewesen.

Swann wandte sich um, als er das tiefe Knurren von Andrews' BSA Golden Flash hörte. Andrews fuhr über den Rasen zur Bank, stellte den Motor ab, klappte den Ständer aus und schob das Helmvisier nach oben. Ohne sich um das Geschehen am Ufer zu kümmern, schlug er Swann auf die Schulter, ließ sich auf die Bank plumpsen, streckte ihm grinsend die offene Hand entgegen.

»Meine Info hat was gebracht, oder, Detective?«

Swann legte einige Geldscheine in die Hand, und Donovan ließ sie augenblicklich in der Lederkluft verschwinden.

»Hab ich nicht anders erwartet, Don.«

»Herrgott, was ist mit deinem Gesicht passiert?«

»Genau darüber wollt ich mit dir reden.«

»Oh, Shit. Dann war meine Info doch nicht ganz ideal.«

»Hat nichts damit zu tun, Don. Geht um was anderes.«

Andrews sah nervös umher. »Weißt du, dass Marrone vor ein paar Monaten hier nen Informanten von Hogan plattgemacht hat? Einen, den Hogan mit einkassierten Bullendrogen beliefert hat? Wurde da drüben in seiner Karre gefunden, total verbrannt, reinste Grillkohle.«

»Keine Sorge, da gibt's keine Verbindung zu mir. Oder zu dir.«

Andrews verströmte leichten Schweißgeruch, die Füße ohne Socken in den Stiefeln, seine Lederkombi ungewaschen. Er schüttelte den Kopf. Dann hielt er sich den Handrücken vor den Mund und rülpste leise. »Gibt nur grad so ne komische Stimmung überall. Das Scheißfeuer hat halb Little Italy abgefackelt. Irgendwas ist los. Das größte Ding seit Jahren, aber keiner spricht drüber. Weder die Cops *noch* die Szene. Ist alles erst zwei Tage her, aber alle scheinen's schon vergessen zu haben.«

»Genau darüber wollt ich reden, Don. Wenn du was über den Brand hörst, will ich's wissen. Außerdem könntest du dich umhören, was Hogan und Tommaso Adamo so treiben. Und Leo Marrone. Bevans und Isaacs. Auch Farquarson.«

»Uiuiui, Detective. Bisschen Extraknete wär schon super, aber ... na ja, früher warst du noch selber bei der Truppe, da hattest du mehr Macht im Kreuz.

»Willst du mir Ratschläge geben, Don?«

Swann klang schärfer als beabsichtigt, seine alte Polizeimasche, um Leute wie Donovan in die Schranken zu weisen.

Unbeeindruckt zuckte Andrews die Achseln. »Aus demselben Grund, warum du mir früher Ratschläge gegeben hast. Du kannst gern noch immer so tun, als wären wir Bulle und Spitzel, das wär schon okay für mich …«

Andrews' Bedenken waren berechtigt, auch wenn er sie so unbedarft aussprach.

»Ich muss nur was im Auge behalten«, sagte Swann. »Mit Observieren verdien ich jetzt meine Brötchen.«

»Ich mein ja nur …«

»Früher war's anders, Don, stimmt schon. Also vergiss es.«

Andrews nickte, wirkte aber nicht überzeugt. Swann ließ den Blick über die Stadt unter ihnen schweifen, wo die langen Abendschatten der Gebäude sich wie Arme ins Land streckten. Das schwarze Areal von Little Italy schwelte weiter, ein ganzer Block nur noch verkohltes Holz und graue Haufen, Asche und Schlacke, die von der Meeresbrise umhergeweht wurden. Auf der St Georges Terrace landeinwärts und auf dem Freeway über die Narrows Bridge war viel Verkehr: Pendler auf dem Heimweg in die Vororte. Die Möwen nahmen die umgekehrte Richtung und flogen von der Küste und den Müllkippen zurück in die Stadt, wo sie sich zu tausenden auf den Rasenflächen versammelten und zu ihren Schlafplätzen begaben.

Was er ebenfalls tun sollte.

Nur zu gern wäre Swann seinem eigenen Rat gefolgt, hätte am liebsten vergessen. Alles vergessen. Als er bemerkte, dass die kolonialzeitliche Jolle unter ihrer Felsklippe wieder vom Ufer ablegte, musste er Donovan Andrews recht geben: Perth selbst war gut im Vergessen.

In Dennis Goulds Wohnung roch es nicht besser als bei Swanns letztem Besuch. Schimmel, Asche, schmutzige Wäsche. Swann gegenüber saßen Gould und Reggie auf der

Couch und hielten beide ein Glas Jameson in der Hand. Sein demoliertes Gesicht übersahen sie geflissentlich. Swann hatte ihnen die Geschichte dazu erzählt, allerdings die Verkrüppelung Dicksons ausgespart – er wollte Gould nicht zusätzlich beunruhigen.

Vor ein paar Minuten hatte Swann mit Marion telefoniert und mitgeteilt, er würde nicht heimkommen. Außerdem hatte er sie vorgewarnt, dass sie Besuch von der Polizei bekommen dürfte – und hinterher sicher etwas Unordnung im Haus hätte. Von seinen Verletzungen hatte er nichts gesagt, genauso wenig, wann er zurückkäme. Das Letzte, was er riskieren wollte, war, dass Hogan ihn daheim bei seiner Familie schnappte. Und wenn sein Wagen nicht vor dem Haus stand, würde Hogan ihn wohl auch woanders suchen. Außerdem musste er sich erst einmal in Ruhe überlegen, wie er bei Rosa Gold weiterkam.

Gould hatte sich in der Zwischenzeit ans Telefon gehängt und Informationen über Gary Quinlivan ausgegraben, der als einziger Direktor für Swann ein unbeschriebenes Blatt war. Swann hörte Gould zu, aber es fiel ihm schwer, sich zu konzentrieren oder überhaupt nur die Augen offen zu halten.

»Gegen Gary Quinlivan«, fuhr Gould fort, »wurde 1977 bei einer Immobilienprojektentwicklung in Yanchep ermittelt. Er hatte Schulden in Höhe von gut anderthalb Millionen. Einige der Investoren gaben an, Freunde der Familie zu sein. Er hat dann bankrott erklärt. Am Ende gab's eine außergerichtliche Einigung.«

Hustend beugte sich Reggie vor. Selbst in diesem Dämmerlicht strahlten seine blauen Augen. »Der dürfte eigentlich gar nicht in den Vorstand von Rosa Gold eintreten, wenn er vor so kurzer Zeit Insolvenz angemeldet hat.«

»Allerdings«, sagte Gould bitter. »Aber wen schert denn heute so was?«

Reggie tätschelte den Unterarm seines Neffen, sein Blick ruhte auf dessen verkrüppeltem Bein. Die beiden hatten sich inzwischen mehrmals getroffen, genau wie Swann gehofft hatte.

»Damit stellt sich die Frage«, sagte Reggie, »aus welchem Grund Quinlivan mit am Tisch sitzt? Womit ist er nützlich?«

Dennis Gould nippte an seinem Whisky. »Vielleicht liegen seine Fähigkeiten vor allem im Finanziellen?«

»Aber hier geht's doch um was anderes als die üblichen Penny Stocks? Die wollen doch keine Ramschaktien hochjazzen, um sie dann abzustoßen, wenn der Kurs gestiegen ist, oder?«, sagte Swann. »Wenn stimmt, was wir erfahren haben, dann kratzen alle anderen Direktoren möglichst viel Geld zusammen, richtig viel. Wir wissen, wie die anderen ihr Geld machen, aber was ist mit Quinlivan? Wenn er ein gleichberechtigter Partner ist, was unternimmt er dann, um seine Beteiligung so zu erhöhen?«

»Familienvermögen?«

Reggie schüttelte den Kopf. »Ich kenn den alten Quinlivan. Er war Richter und hat durchaus Geld, aber reich ist er nicht, und er spendet auch einiges für wohltätige Zwecke. Außerdem hab ich gehört, dass sein Sohn bei ihm noch immer in Ungnade ist, weil er Freunde der Familie ausgenommen hat. Gebrannter Papa ... Ich glaub nicht, dass Judge Quinlivan seinem Sohn auch nur einen Cent geben würde.«

»Könnten wir irgendwie an den Richter rankommen?«, fragte Swann. »Wenn er so korrekt ist, wie du sagst, dann –«

Reggie schüttelte den Kopf. »Möglicherweise, wenn die Zeit reif ist. Aber bislang ist alles legal, auch wenn der junge Quinlivan keinen guten Umgang hat. Wenn zutrifft, was mir zu Ohren kommt, dann ist Rosa Gold drauf und dran, eine richtige Bergbaugesellschaft zu werden.«

»Aber was ist mit der Brandstiftung?«, fragte Gould. »Den Prügeln? Dem Juwelenraub …«

»Das sind die normalen Geburtswehen des Kapitalismus beim Betreten von Neuland, Dennis. Trotzdem, irgendwas ist faul.«

Nachdem Dennis seine Kontakte in der Brokerszene angerufen und erfahren hatte, dass in der Gerüchteküche nichts Neues über Rosa Gold köchelte, hatte Reggie mit einem altem Freund telefoniert, der nun CEO bei einem der größten Bergbauunternehmen der Welt war – Plantagenet Lewis Australia. In den 1890er Jahren von jungen englischen Adeligen gegründet, die ins Land gekommen waren, um ihr Glück zu machen, war PLA von Anfang an im Goldgeschäft tätig gewesen. Heute betrieb PLA eine der weltgrößten Goldminen, die Super Pit in Kalgoorlie. Außerdem besaß PLA Minen in Südafrika, den USA und Kanada, auf den Philippinen, in Papua-Neuguinea und Westneuguinea.

Das Gespräch zwischen Reggie und dem CEO Barry Nichols war so lange nett und freundschaftlich verlaufen, bis Reggie den Namen Rosa Gold erwähnte. Schlagartig war Nichols verstummt. Dann war er misstrauisch geworden, beinahe wütend. Für wen Reggie arbeite? Was habe er über PLA und Rosa Gold gehört? Das Telefonat hatte damit geendet, dass Nichols Reggie geraten hatte, seine Nase nicht weiter in die Sache reinzustecken, andernfalls würde ihre Freundschaft Schaden nehmen.

Swann legte die Karte des Abbaugebiets von Rosa Gold auf den Couchtisch. Das gesamte Gebiet umfasste ungefähr vierzig Quadratkilometer Granitböden im Mulga-Buschland, etwa achtzig Kilometer westlich von Big Bell in der Nähe des Städtchens Cue und gut sechshundert Kilometer nordöstlich von Perth. Reggie notierte sich die Gebietskoordinaten und die Nummern der angrenzenden Claims. Weitere Informationen konnte er dann vom Bergbauministerium erfragen. So wie Barry Nichols reagiert hatte, wäre es interessant zu erfahren, ob die angrenzenden Claims in letzter Zeit den Besitzer gewechselt hatten – ob Rosa Gold das umliegende Land aufkaufte oder andere, größere Unternehmen die Finger danach ausgestreckt hatten.

Swann hatte noch eine letzte Frage an Dennis Gould. »Sie haben doch schon mal Startkapital für neue Bergbauunternehmen eingesammelt, die dann an die Börse gehen sollten. Angenommen, die Investoren wollen Rosa Gold in Privatbesitz halten und den Bergbaubetrieb mit eigenem Geld starten – wie viel bräuchten die dafür?«

Goulds Glas war leer, aber er griff nicht nach der Flasche. »Das wär nicht nur ungewöhnlich, sondern beinahe unmöglich, jedenfalls wenn die Lagerstätte etwas größer ist. Selbst bei einer kleinen Lagerstätte bräuchte man ein paar Millionen. Allein die Bohrungen kosten ein Vermögen, und dann braucht man die ganze Ausrüstung, wenn die Grube in Betrieb geht. Der Transport. Genehmigungen. Kleine Aufmerksamkeiten für Beamte und Minister. Personalkosten. Deswegen versuchen die meisten Unternehmen, sich das Geld an der Börse zu beschaffen. Aber wenn die Lagerstätte ergiebig scheint – das heißt, wenn die geschätzte Fördermenge im Boden hoch ist, was von den Probebohrungen abhängt –, dann müsste man ein großes Bergwerk bauen und unterhalten, und das würde mehr Geld kosten, als die Leute hinter Rosa Gold aufbringen könnten, so reich sie auch sind. Und aus einem weiteren Grund gehen Unternehmen an die Börse: So können sie sich nicht nur Geld besorgen, sondern auch das Risiko auf verschiedene Schultern verteilen, denn es kann ja sein, dass die Grube doch nicht so ergiebig ist wie gedacht.«

Swann zündete sich eine Zigarette an und dachte nach. Dann meinte er: »Wenn Rosa Gold also bis jetzt nicht an der Börse ist, dann müssen sie überzeugt sein, eine echte Goldgrube zu haben. Das heißt, ich muss irgendwie an die Proben kommen, um das zu bestätigen.«

»Na, viel Glück dabei«, erwiderte Gould. »Das Labor, das die Proben untersucht, befindet sich in der Perth Mint, und die ist entsprechend gut gesichert. Bei Materialtransporten schicken die großen Unternehmen bewaffnete Wachleute mit ins Labor. Und in der Münzanstalt selbst ist die Sicherheit genauso hoch. Bewaffnete Wachen. Kameras. Alles. Das Bergbaugeschäft beruht auf Diskretion, das ist das A und O.«

»Und auf Gerüchten«, fügte Reggie hinzu. »Na, und fröhlich gezockt wird da auch.«

»Ja, stimmt. Aber jeder, der da ernsthaft Geld reinsteckt, passt auf, dass das nicht überhandnimmt. Und die Direktoren von Rosa Gold scheinen ganz gut darin, die Sache nicht an die große Glocke zu hängen. Aber hat Jennifer Henderson, als Ehefrau von Max, denn keine Kopie der Probenergebnisse?«

Swann schüttelte den Kopf. »Sie weiß nur, dass ihr Mann geglaubt hat, die Grube könnte gut drei Millionen Unzen schwer sein. Rosa Gold war Max Hendersons Baby. Ich hab das Gefühl, dass sie sowieso gegen die ganze Sache war und sich möglichst rausgehalten hat.«

»Schlaue Frau, wie's scheint.«

Mit einem bitteren Blick auf sein zertrümmertes Bein gab Dennis Gould seinem letzten Satz zusätzlich Gewicht. Reggie tätschelte ihm wieder den Unterarm und füllte sein Glas auf. Swann bot er die Flasche nicht an.

Swann trank nicht, weil ihn immer noch schwindelte. Auch der Kopf tat ihm weh, das linke Auge war völlig zugeschwollen, und der Rücken der gebrochenen Nase schmerzte. Mehrere Rippen waren geprellt, vielleicht sogar angebrochen. Er stand auf, schwankte, fing sich aber, indem er sich auf eine Stuhllehne stützte, und wartete, bis das Schwindelgefühl abebbte. Reggie bemerkte es, schwieg aber, reichte ihm die gefaltete Karte und sein Notizbuch und ging mit ihm zur Tür. »Meine Wohnung. Gibt auch ein Gästebad. Wir fahren mit deinem Wagen.«

Swann wartete, bis sich Reggie von Gould verabschiedet hatte. Morgen früh würde Swann Marion von Reggies Wohnung aus anrufen. Und danach Jennifer Henderson. Er musste mit Garth Oats sprechen.

24

Zwecklos, jetzt weiter schlafen zu wollen. Swann richtete sich auf und nahm, auf der Couch sitzend, den Kopf zwischen die Hände. In der Nacht waren die alten Ängste wiedergekehrt; die Unruhe in der Brust, das Chaos im Kopf, die Stimme im Inneren, die ihm sagte, was er ohnedies wusste. Die Abwärtsspirale, in der Gould sich befand, gefangen in Zweifel und Selbstmitleid. Swann kannte sie. Dort wollte er nicht wieder hineingeraten.

Das beste Gegenmittel – Konzentration auf den Gegner.

Aber was vermochte er gegen Hogan, Adamo und die anderen?

Swann schlüpfte in Hose und T-Shirt, dann kreiste er mit den Schultern. Das erste Licht des Morgens spitzte durch die Jalousien. Swann ging in die Küche, um Leitungswasser zu trinken. Ihm nach trottete Mutt, Reggies reinrassige Englische Bulldogge, die sogar bei Hundeschauen Preise gewonnen hatte, allerdings lange bevor Reggie sie von seiner verstorbenen Schwester übernommen hatte. Nun war die Hundedame zittrig vor Alter – und Unruhe. Swann füllte Wasser in Mutts Schüssel und blieb stehen, als sie trank. Ihr Schlabbern hallte durch das weitgehend leere Haus: Offenbar hatte Reggie schon begonnen, sich seines Besitzes zu entledigen. Die früher vollgestopften Räume erinnerten Swann jetzt an Hotelzimmer, funktional, aufs Nötigste reduziert. Erkennbar die Lücken an Wänden, wo früher Bilder gehangen hatten. Die afghanischen Teppiche waren verschwunden. Mutt wusste, dass etwas vor sich ging, und sie folgte Swann ins Wohnzimmer, wo er in Socken und Schuhe schlüpfte.

Das Telefon klingelte. Marion. Swann wusste es sofort. »Diese Frau hat wieder angerufen«, sagte sie. Unterdrückter Ärger in der Stimme.

»*Das reicht*«, sagte Swann.

Bisher hatte Hogan keinen Anlass gehabt, Swann und Jennifer Henderson in Verbindung zu bringen, doch inzwischen war sein Telefon bestimmt angezapft.

Doch Marion sprach weiter auf ihn ein, mit immer lauterer Stimme, und er begriff, dass es schon zu spät war. Wenn Hogan mitgehört hatte, wusste er es jetzt. »Schon zum dritten Mal heute. Bei den ersten beiden Malen hab ich ihr gesagt, dass du nicht hier bist, dass sie nichts von dem Kram erzählen soll, sondern mir ihre Nummer geben, damit ich sie zurückrufen kann, aber sie hat einfach aufgelegt. Es war Abend, und sie war betrunken. Sie meinte, sie wollte nur wissen, ob mit dir alles in Ordnung ist, wegen der Schläge und der Gehirnerschütterung. Davon wusste ich überhaupt nichts. Sie sagte, sie macht sich Sorgen. Ich hab ihr gesagt, dass sie nicht am Telefon drüber sprechen soll. Dann wollte sie mich treffen. Aber ich hab gesagt, dass ich sie nicht sehen will. Dass ich ihre Nachricht weitergebe. Und das tu ich jetzt, von der Telefonzelle an der Market Street, ungekämmt, nur in Flipflops und meinem Kimono ...«

Die Umstände ganz bewusst erwähnt, um ihn zu erinnern.

»Sie kann nichts dafür. Sie kennt die Regeln nicht.«

Doch mit ihrem Anruf hatte Jennifer Marion in Gefahr gebracht. Marion hatte selbst Bekannte bei der Polizei, und sie würde diese Kontakte nutzen, wenn Swann etwas zustieß. Sie würde sich in dieselbe Lage bringen, in der er jetzt war.

»Ich würd dich gern was fragen. Du hast deine Schützlinge aus den verbrannten Wohnblocks erwähnt. Kannst du mit ihnen in Kontakt treten? Aber ganz diskret.«

»Die dürften auf der Straße sitzen. Oder in irgendwelchen Notunterkünften. Ich könnte sie aber finden. Geht's um wen Speziellen?«

»Ich hab von einer jungen Frau gehört, die sich irgendwie für Wohnungen engagiert, einer Anarchistin.«

»Mattie. Sie engagiert sich für alles. Weg mit dem BH, weg mit der Bombe, alles zurückgeben. Du klingst ziemlich ernst.«

»Offenbar hat sie behauptet, dass sie in der Brandnacht was gesehen hat und Fotos hat. Du musst ihr sagen, dass sie die Klappe halten muss. Und du musst sie irgendwo verstecken. Bring sie zu Brett. Oder besser noch, sag ihr, sie soll sich ganz verkrümeln und rüber in den Osten.«

»Keine Sorge, ich glaub, ich weiß, wo ich sie finde. Sie braucht ihr Methadon. Ich pass auf.«

»Ich werde ein, zwei Tage weg sein. Ich hinterlasse eine Nachricht bei Reggie.«

Ohne dass Marion die Frage stellte, konnte er sie durch die Telefonleitung spüren. *Mit ihr?*

»Tu das, Frank. Ich liebe dich. Und erklär's dieser Frau.«

Ein besonderer Unterton in der Stimme. Sorge, aber auch Wissen. Hatte sie etwas von Jennifer Henderson aufgeschnappt? Spürte sie es bei ihm? Die Furcht, dass es bei allem nicht nur um den Rachedurst korrupter Polizisten ging?

»Ich lieb dich auch«, sagte er. Und meinte es mehr denn je.

Nach dem Auflegen nahm er sein Notizbuch. Was Max Henderson auf dem Land von Rosa Gold auch gefunden haben mochte, es hatte zu seinem Selbstmord geführt. Swann musste in die Wüste fahren und es selbst herausfinden.

Er wählte die Nummer von Jennifers Wohnung in Cottesloe, aber niemand ging ran. Winselnd stupste ihn Mutt ans Bein. Swann fuhr der Hündin mit allen Fingern durchs raue Fell und kraulte sie hinter den Ohren. Sie trottete seitwärts wie eine Krabbe zur Tür.

»Okay, gehen wir.« Er nahm die Leine vom Garderobenständer neben dem Fenster. Reggie fiel das Spazierengehen schwer, die Ärmste konnte sicher Abwechslung von der Wohnung gebrauchen.

Die Sonne war noch nicht über die bläuliche Hügelkette im Osten geklettert. Die Oberfläche des Swan River wirkte wie Gelee. Am Ende der Mole hatten Männer ihre Angelleinen weit ins Wasser hinausgeworfen; mit ihren Lebendködern gingen sie wahrscheinlich auf Mulloways. Swann und Mutt spazierten an der Flutkante entlang, wo der Sand festgebacken und hart war. Drei Pelikane saßen auf dem Bugspriet einer Jacht, die an der Mole festgemacht hatte. Auf den weißen Wänden der Reichenvillen sah man die schlammigen Fußabdrücke von Wasserratten, die sich von den Früchten überhängender Obstbäume ernährten. Im brackigen Flachwasser dümpelten Quallen. Auf dem sandigen Boden gleich nach der Flutkante zeichnete sich der Umriss eines Plattkopfs ab. Knapp unter der Wasseroberfläche glitzerten die silbrigen Flanken von Meeräschen vor dem Seegras.

Mutt schnupperte an einem alten Tau, an Styroporbrocken und Kugelfischkarkassen, die im Sand herumlagen. An ihrer faltigen Schnauze hingen Speichel und Queller, den sie wegen des Salzes ableckte. Dann bellte sie die Pelikane auf der Jacht an. Weithin schallte ihr Gekläff durch den Morgen und ließ die Vögel mit lautem Flügelschlag abheben und auf das letzte verbliebene Stück Buschland von Point Resolution zufliegen.

25

Mit der ersten Tankfüllung kamen sie vierhundert Kilometer weit durch den ganzen Wheatbelt bis ins Outback nach Paynes Find. Das Getreide hatte schon hoch gestanden, war erntereif gewesen, und unterwegs waren ihnen nur Traktoren begegnet, die von den kleinen Siedlungen mit Kornspeichern in die endlosen Weizenfelder fuhren.

Jennifer erwachte, als sie die Raststätte erreichten. Bis dahin hatte sie auf dem Beifahrersitz geschlafen, mit einem Strohhut über den Augen, den Kopf ans Fenster gelehnt, die langen Beine schräg unter dem Armaturenbrett ausgestreckt und die Hände in den Ärmeln einer langen Baumwollbluse versteckt.

Er hatte sie von ihrer Wohnung in Cottesloe abgeholt. Sie hatte bereits gepackt und war frisch geduscht und angezogen, aber erschöpft, mit müdem Gesicht und tiefen Ringen unter den Augen. Zwei Taschen und eine Kiste mit Tellern, Töpfen und Emaillebechern, Teebeuteln und Pulverkaffee in pastellgrünen Tupperware-Behältern standen bereit. Dazu ein Zwanzig-Liter-Kanister mit Wasser. Max' Standardausrüstung bei seinen Wüstentouren, dazu ein paar persönliche Extras: Milch und Zigaretten in einem kleinen Karton, ungeöffnete Flaschen Seagram's Gin und Jameson, ein Glas

Disprin-Tabletten –« alles, was es in ihrer Wohnung an Nahrung und Vorräten gab.

Der Ostwind aus der Wüste war kräftig und trocken. Jennifer trank hin und wieder etwas Wasser, wollte aber nicht reden, sondern nüchterte langsam und mit geschlossenen Augen aus. Sie fuhren mit heruntergekurbelten Fenstern dahin, erklommen mit dem Holden EK die granitenen Tafelberge und rollten hinab in die ausgewaschenen Senken, in denen im Winter die Pisten weggespült werden konnten. Ein Zyklon hatte frühen Regen in die Wüste gebracht, und einige Senken waren noch feucht, doch die von der Sonne festgebackene rote Fahrbahn war schon wieder staubig. Links und rechts lagen überfahrene Kängurus, an denen Krähen vorsichtig herumpickten, die geplatzten Reifen von Road Trains und braune Glasscherben von zerschlagenen Bierflaschen ergänzten die Straßenrandmarkierung.

Swann fuhr rauchend, während sich seine Unterarme in der Sonne röteten und er die Augen auf die lange flache Fahrbahn gerichtet hielt, die in einer flirrenden Fata Morgana zu enden schien.

Wie von Swann beauftragt, hatte Jennifer gestern Abend Gary Quinlivan angerufen. Sie hatte ihm mitgeteilt, dass sie Max' Beteiligung nicht verkaufen könne, weil das Testament nicht rechtskräftig sei, aber verkaufen würde, wenn alles geregelt wäre – sie interessiere sich nicht für Bergbau. Quinlivan hatte das mit offenkundiger Genugtuung aufgenommen. Vor dem Auflegen hatte Jennifer gebeten, Gary Quinlivan möge sie doch zur nächsten Vorstandssitzung von Rosa Gold einladen, damit sie auch den anderen Direktoren sagen könne, was sie eben Gary erklärt habe. Quinlivan hatte entgegnet, sie solle sich als herzlich eingeladen betrachten, ihre erste Jahreshauptversammlung finde am Wochenende in den Räumen von Chisholm Gold statt. Dann hatte er scherzend hinzugefügt, dass die Firma aber sicher bald einen eigenen Büroturm haben würde.

Swann hatte selbst noch ein kurzes Telefonat erledigt und im Büro des Polizeiministers angerufen. Unglücklicherweise war Sullivan im Haus, nicht beim Golfen oder auf der Rennbahn. Sobald die Sekretärin Swann durchgestellt hatte, polterte er los. Die Visitenkarte, von der Swann diese Nummer habe – das sei keine Du-kommst-aus-dem-Gefängnis-frei-Karte. Kein Freifahrtschein, keine Lizenz zum Rumtrödeln und Faulenzen. Bei der nächsten Verhaftung würde sie ihm gar nichts nützen. Er, Sullivan, wolle Belastungsmaterial zu den Direktoren von Rosa Gold, etwas Handfestes, und zwar dalli.

Swann erwiderte, er habe einen Hinweis, dass Isaacs und Bevans Rennen manipulierten, außerdem suche er die Aktivistin und Zeugin mit der großen Klappe. Er würde sich melden. Sullivan lachte. Das wolle er auch geraten haben. Entweder er liefere in den nächsten achtundvierzig Stunden Beweise, oder er fände sich im Handumdrehen in der Zelle wieder, und zwar für den Rest seines Lebens.

Mit Betonung auf Rest.

Swann hatte nicht vor, Sullivan die Aktivistin zu bringen, sollte er sie überhaupt finden. Er wollte sie nicht ans Messer liefern, auch wenn er den Polizeiminister irgendwie zufriedenstellen musste.

Vielleicht ließ sich auf Tommaso Adamos ausgedehnter Rinderzucht westlich von Cue, ganz in der Nähe des Rosa-Gold-Claims, etwas entdecken? Adamo hatte die Ländereien gekauft, nachdem Max Henderson Rosa Gold die Schürfrechte beschafft und damit weitere Explorationen ermöglicht hatte. Adamos Station lag nicht weit von Big Bell entfernt, einer Ortschaft, die im Goldrausch Anfang des 20. Jahrhunderts zehntausende Goldsucher und dann auch Prostituierte angelockt hatte. Soweit Swann erkennen konnte, gab es auf der Station keinen Grubenbetrieb, selbst wenn es ein offenes Geheimnis war, dass Adamo über angebliche Goldfunde auf seinem Land schmutziges Geld wusch. Swann fragte sich, was es sonst noch auf Adamos Land geben mochte, das zu Max Hendersons Tod geführt haben konnte. Adamo und Marrone dealten im großen Stil mit Marihuana und Heroin, und auf einem so großen Gelände gab es reichlich Platz für Pflanzungen und sogar eine Flugzeugstartbahn.

Die Straße führte schnurgerade durch rotes Buschland nach Norden. Die gleichmäßig über die Ebene verteilten, knorrigen Bäume – Mulgas, Kasuarinen, Kurrajongs – waren uralt, schwarz und verkrüppelt, ihr spärliches Laub graubraun, ihre Früchte klein, hart und bitter. In wenigen Monaten schon würde der Winterregen kommen und das Land aufblühen lassen, in einen Teppich aus rosafarbenen und weißen Wüstenblumen verwandeln, dazwischen die lila Tupfer des Flannel Bush, die Grevilleen und Mulla-Mullas, doch bis dahin schien es noch weit.

Die Sonne sank in Richtung Horizont, mildes Licht legte sich über das Land. Ein Keilschwanzadler nutzte den Aufwind vor einem roten Steilhang zur Kaninchenjagd. Fern am Horizont tauchten schattengesprenkelte Granitfelsen auf. In den Ästen von Quandongs und Mulgas krächzten Krähen. Swann quälte den alten Holden bis auf 140 km/h, und sie nahmen den letzten Streckenabschnitt in Angriff. Seit fast zwei Stunden hatten sie kein anderes Fahrzeug gesehen. Der Wind blies so kräftig durch die heruntergekurbelten Fenster, dass eine Unterhaltung kaum möglich war, also genossen sie die kühle Brise auf Armen und im Gesicht.

Während der Wagen eine langgezogene Steigung emporfuhr, den Rand des Horizonts überwand und dann in die heraufziehende Dunkelheit hinabrollte, überlegte Swann, was die kommende Nacht bringen würde. Es bestand wenig Aussicht, das Camp von Rosa Gold schon vor Einbruch der Nacht zu erreichen. Als er in Kalgoorlie stationiert war, hatte Swann oft in der Wüste kampiert und gelernt, dass die erste Nacht die schwierigste war – diese eigenartige Ruhe nach dem Geratter eines ganzen Tages im Auto. In dieser Stille waren Stimmen kilometerweit zu hören, sie verrauschten erst in der unendlichen Weite des Landes. Wenn man am Lagerfeuer saß und sich die Dunkelheit über einen senkte, fühlte man sich beobachtet, auch wenn über hunderte Kilometer kein anderes Licht zu sehen war. Die Kälte kam so schnell, dass man sich mit dem Anziehen beeilen musste. Ohne Grund flüsterte man plötzlich, nur weil man das Gefühl hatte, jemand könnte lauschen.

Und dieses Mal würde er mit Jennifer Henderson allein sein. Schon schob sich eine erste Verlegenheit zwischen sie.

Vor ihnen am Horizont tauchten helle Flecken auf, die Lichter von Cue. Doch sie täuschten. Als sie ankamen, war Cue still und verlassen. Die Tankstelle am Ortsrand war geöffnet, auch der Pub aus der Goldrauschzeit hatte auf. Davor standen ein paar Männer in Unterhemden, Arbeiter von der nahen Day-Dawn-Mine, rauchten und tranken.

Plötzlich fühlte sich Swann müde. Seine Augen brannten von der gleißenden Helle des Tages, vom Mangel an Schlaf. Seine Gesichtshaut war vom Wind ausgetrocknet und spannte. Der Hals schmerzte vom vielen Rauchen. Die gebrochene Nase tat weh. Sie tankten und gingen in den Pub.

26

Gary Quinlivan sah, dass das Anschnallzeichen aus war. Er klappte seine Sitzlehne ganz nach hinten und zündete sich eine Zigarette an. Das Flugzeug hatte die Wolkendecke durchbrochen. Im Norden des Northern Territory, dem Top End, hatte die Regenzeit schon begonnen. Die Wolken unten waren schwer und grau, massig wie Gletscher, immer wieder waren Donnerschläge in der Boeing zu hören, Blitze zu sehen. Der Donnerstagsflug von Singapur nach Darwin war ausgebucht gewesen, aber er hatte noch einen Standby-Platz bekommen. Sein Trip war besser verlaufen als erhofft, die geplanten zwei Nächte in Kuala Lumpur hatten sich auf eine Übernachtung und einen Vormittag verkürzt. Die meisten Passagiere rauchten; es waren asiatische Geschäftsleute und ein paar Touristen auf dem Heimweg. Die vielleicht auch etwas nervös waren. Aber nicht so nervös, wie Gary es hätte sein sollen.

Es war nur ein kurzer Flug, also sollte er allmählich in die Gänge kommen. Er stand auf, tat, als müsste er gähnen, und warf einen Blick auf seine Sitznachbarn. Keiner nahm auch nur Notiz von ihm. Das Schlimmste hatte er schon hinter sich, den Grenzübertritt nach Malaysia durch den Zoll in Singapur. Er trug einen strohfarbenen Leinenanzug und weiße Schuhe aus geprägtem Leder. Vielleicht ein bisschen zu auffällig, aber er fühlte sich optimistisch. Schade, dass das Mädchen nicht dabei war, Kuala Lumpur hätte ihr gefallen.

Schlingernd lief er den Gang entlang zu den Toiletten und verriegelte die Tür. Dann betrachtete er sich erst einmal im Spiegel, fuhr sich mit einer Hand durchs Haar und wischte sich mit einem Papierhandtuch die Nase ab. Anschließend kniete er sich auf den Boden, ließ einen Finger unterhalb des stählernen Waschbeckens entlanggleiten und ertastete die Schrauben. Er zog einen kleinen Schraubenzieher aus der

Hosentasche und schraubte die vier Schrauben der Stahlplatte heraus, die die Rohrleitungen abdeckte. Das Motorengeräusch wurde ein wenig lauter, als er die Platte abnahm. Er erhob sich, knöpfte das Sakko auf und hob sein Hemd über die Hüften. Dann taste er nach dem Anfang des weißen Isolierbandes und begann, es zu lösen, indem er es festhielt und sich in dem engen Raum auf dem Absatz um sich selbst drehte. Immer wieder sah er sich dabei kurz selbst im Spiegel, als sonnengebräunten verzückten Derwisch. Sechs Meter Isolierband wickelte er so von seinem Rumpf, dann zog er die fünf Päckchen ab, die an seinen Hüften klebten. Die Haut auf dem Bauch war gerötet, schweißig, wund.

Es klopfte an die Tür, aber er achtete nicht darauf. In den Toiletten gab es keine Kameras. Er kniete sich wieder auf den Boden und klemmte die Päckchen zwischen die Rohrleitungen, drückte sie fest, damit sie sich nicht durch die Vibrationen lösten. Er legte die Abdeckplatte wieder an und schraubte sie fest. Das Isolierband schlang er um zwei Finger seiner Linken, bis alles stramm aufgewickelt war, dann presste er es zu einem kleinen Klumpen und steckte ihn in die Sakkotasche.

Als er wieder an seinem Platz war, war der Getränkewagen schon vorbeigekommen. Mist, einen Drink hätte er jetzt gut vertragen. Aber es war noch Zeit für eine weitere Zigarette, ehe das Anschnallzeichen wieder aufleuchtete und sie durch die Wolken zum Landeanflug ansetzten. Er saß auf seinem Sitz und blickte aus dem Fenster, hielt Ausschau nach einem Blitz. Dann öffneten sich die Wolken, und unter ihm lag Darwin im grauen Regen.

Er zog den Klumpen Isolierband aus der Tasche und stopfte ihn in den Spalt zwischen den Sitzen. Nun war er sauber, der Zoll würde nichts finden.

Die Taxifahrt in die Innenstadt dauerte knapp zwanzig

Minuten. Der Taxifahrer, ein stark tätowierter Thursday Islander, wollte plaudern, also plauderte Gary Quinlivan mit ihm, zumindest so viel, dass der sich nicht ärgerte. Der Mann hatte schon in Western Australia gearbeitet, Schienen für eine der Erzgruben verlegt. Er rauchte Bidis, dünstete Bier aus und stank nach gebratenem Speck. Von sich sprach Gary nicht, er ließ nur den anderen vom Regen und der kommenden Trockenzeit schwafeln.

Er bat den Mann, ihn an der großen Mall abzusetzen, wo er das Postamt aufsuchte und das Päckchen abholte, das er postlagernd an sich selbst geschickt hatte. In der Post suchte er eine ruhige Nische und öffnete die Sendung. Die Verpackung warf er in den Müll, den Führerschein und das offene Ticket von Qantas steckte er ein.

Wieder draußen, schlang er die Tasche über die Schulter und sah sich sorgfältig um, damit sein Taxifahrer nicht sah, wie er ein anderes Taxi zurück zum Flughafen nahm. Dessen Fahrer war nicht zum Plaudern aufgelegt, sondern ließ Gary einfach am Terminal aussteigen. Es war noch üppig Zeit bis zum Abflug. In der Abfertigungshalle reservierte er sich mit seinem offenen Ticket einen Sitz für den nächsten Flug von Darwin nach Perth. Auf dem Flugschein war keine Flugzeugnummer angegeben, aber Gary hatte sich informiert und wusste, dass die Maschine, mit der er gekommen war, nach dem Putzen und Betanken als Nächstes auf einem Inlandsflug nach Perth eingesetzt werden würde. Mit neuen Piloten und anderen Flugbegleitern. Möglicherweise gab es unter den Passagieren welche, die mit ihm ins Land gekommen waren, aber sie würden nicht wissen, dass er nun unter anderem Namen reiste.

Gary nahm auf dem von ihm gewünschten Sitz im Heck des Flugzeugs Platz. »Ist am sichersten«, hatte er mit der jungen Frau am Check-in gescherzt. Er hatte sich in der Toilette frisch gemacht und etwas Parfüm aufgelegt. Dieser Flug würde erheblich länger dauern, und er hoffte, ein wenig Schlaf zu finden. Vielleicht nach dem Mittagessen. Irgendwann würde er dann in dieselbe Toilette gehen und seine Päckchen holen. Zwei Kilo reiner Stoff. Wenn er es richtig anstellte, konnte er sich damit ein hübsches Stück von Adamos Kuchen abschneiden.

Mit seinen regelmäßigen Einkünften aus den Casinos und Bordellen, dem allmählich reif werdenden Gras auf seinen Plantagen und dem üblichen Heroinhandel hatte Adamo seinen Anteil am Startkapital für Rosa Gold schon beisammen. Und wenn er das Versicherungsgeld für den Brand in Northbridge bekam, hätte er auch genug Geld, um die Grube in Betrieb zu nehmen. Auch die anderen beschafften sich die nötigen Mittel. Jetzt, mit diesen zwei Kilo, bar bezahlt mit dem, was nach Hogans Anteil von der Beute aus den Banküberfällen übrig geblieben war, konnte Gary Quinlivan als gleichberechtigter Partner neben den anderen am Tisch Platz nehmen. Er hatte einen vertrauenswürdigen Käufer an der Hand, und ein halbes Kilo würde er behalten, um es den reichen Schnöselsprösslingen, die er kannte, zu verkaufen. Und ein bisschen für sich behalten.

Das Flugzeug hatte abgehoben, ohne dass er es bemerkt hatte. Weder beim eigentlichen Kauf noch beim Zoll war er besonders nervös gewesen, doch jetzt überrollte ihn die Müdigkeit wie eine Welle. Wie lange hatte er nicht mehr geschlafen? Seit er aufgewacht war und das tote Mädchen entdeckt hatte, an deren Namen er sich nicht einmal mehr erinnerte.

Heroin hatte wirklich was Gutes. Damit blieb das Gewissen rein.

27 Die Dunkelheit schien aus den auf dem Land liegenden Schatten herauszuwachsen. Swann fuhr von der Piste ab und steuerte auf eine Gruppe hoher Kurara-Sträucher zwischen Büschen krautiger Sukkulenten zu. Die Salzpfanne, die sie gerade durchquert hatten, war von australischem Queller gesäumt. Hinter ihnen hatten die Reifen des EK eine dunkle Naht auf der Salzfläche hinterlassen, in der sich die hellsten Sterne des mondlosen Himmels und das diffuse Licht der Milchstraße spiegelten.

Die Luft war frisch und kalt, der Boden nach dem jüngsten Regen von der Tageshitze festgebacken. Swann ging einige Schritte durch die Dunkelheit und sammelte abgebrochene Äste ein, von Silbereichen oder Akazien vielleicht, er wusste es nicht. Jennifer Henderson hatte die Sandelholzzweige, die sie für ein Feuer im Windschatten des Wagens aufgeschichtet hatte, schon entzündet, und ihre Campingmatte unter niedrigen Ästen ausgerollt. Süßlicher Sandelholzduft hing in der Luft.

Im Pub von Cue hatten sie kurz etwas gegessen; Lammeintopf mit Kartoffelpüree und Karotten, dazu ein paar Gläser Emu Bitter. Swann hatte zwei Tage nicht mehr richtig geschlafen, und sein vom Fahrtwind ausgetrocknetes Gesicht spannte wie unter einer starren Papiermaske. Jennifer Henderson hatte sich in der Damentoilette des Pubs ein wenig frisch gemacht, ihre Haare gebürstet und die Frisur wieder geordnet, aber in den rotgeränderten Augen hatte der heiße staubige Nachmittag seine Spuren hinterlassen.

Sie reichte ihm einen zur Hälfte mit Whisky gefüllten Emaillebecher und goss sich etwas Gin ein. Lächelnd stießen sie die Becher aneinander. Das Feuer zwischen ihnen loderte hoch, und für einen Augenblick erschien ihm Jennifer Henderson wie in Feuer gehüllt, eine Hinduwitwe auf ihrem Feuerthron, von Flammen verzehrt und dennoch ein Lächeln auf dem Gesicht.

Swann streckte seine nackten Füße in Richtung der äußeren Bröckchen Glut in der sandigen Bodenkuhle, ließ knackend den Hals kreisen und fuhr sich mit der Hand durchs Haar.

Sie war eine angenehme Begleiterin. Nach Cue, während die Nachtluft schon abkühlte und der Duft der Myrtenheiden und harzigen Kiefern stärker wurde, hatten sie bereits beim Fahren etwas gescherzt, wenn der Wagen in der Dunkelheit am Rand der staubigen Sandpiste hin und wieder ins Schwimmen geraten war. Jedes Mal, wenn sie befürchtete, es könnte einen Unfall geben, hatte sie mit der Hand seinen Arm ergriffen. Vermutlich ihr erstes Lachen seit einiger Zeit. Er hatte nicht gedacht, dass sie so unbeschwert sein würde. Vor seinen Augen entstand ihr Bild als achtzehnjährige Krankenschwester – ein Mädchen vom Land mit einem Sechziger-Jahre-Bob, dem niedlichen Spalt zwischen den milchweißen Schneidezähnen und porzellanblauen Augen: schon erfahren im Umgang mit Leben und Tod, doch ganz überrascht von den Märkten Saigons, mit ihren Freundinnen staunend am Bug eines Sampans auf dem Mekong.

Jetzt, mit den tanzenden Schatten, wirkten ihre Lider schwer, einige störrische Strähnen schwarzen Haars hingen ihr ins Gesicht, während sie ihm von Max erzählte, wie sie sich kennengelernt hatten – an jenem Ort in ihrer Erinnerung, an den Swann sie geführt hatte.

Swanns Kopf schmerzte, ein stetes Pochen, wie von einem Dorn, der ihm bei jeder Kopfbewegung tiefer in den Nacken getrieben wurde. Das Flackern des Feuers verwirrte ihn. Er brauchte Schlaf, konnte seinen Blick fast nicht mehr fokussieren, ließ sich fallen. Aber er hörte zu, aufmerksam, und nicht nur, weil er gefragt hatte.

Jennifers Geschichte lieferte ihm den Grund für das gelegentliche Aufblitzen von Härte in ihren Augen, ihre Ansichten über Menschen, Männer. Ihren ersten Mann Steve, ebenfalls ein Veteran des Special Air Service, hatte sie in Melbourne geheiratet. Er war lustig und charmant gewesen – solange er nüchtern war. Wenn es ihr zu viel wurde, verließ sie ihn, aber er fand sie immer wieder. Jedes Mal ging sie weiter weg, war länger frei, aber wer ständig den Rückspiegel im Auge behalten musste, war nicht wirklich frei. Schließlich fuhr sie ohne zu schlafen durch die Nullarbor-Wüste.

»Weil du wusstest, dass auf der anderen Seite Max war?«

Sie zögerte kurz, dachte über eine Lüge nach.

»Ja, wir hatten Briefkontakt. Ich wusste, dass er da war. Und ja, ich hab ihn eine bescheuerte Lage gebracht. Gleich am Anfang.«

»Er hat dich bei sich aufgenommen.«

»Er hat auf mich aufgepasst, einen ganzen Tag und eine Nacht lang. Als ich aufgewacht bin, war Steve da. Er wusste von Max.«

»Max hat ihn abgefertigt –«

»Schon, aber irgendwie anders. Keine Ahnung, wie er das gemacht hat. Es gab kein Gebrüll, nicht mal einen Wortwechsel. Es war eben erst dunkel geworden, und sie standen beide in der Auffahrt. Alles geschah nur mit Blicken. Wie ein Schattentanz. Steve wusste es, ohne dass ein Wort fiel, irgendwie ... Er stieg wieder in seinen Triumph, und seither hab ich nichts mehr von ihm gehört.«

»Erinnert mich an das, was Garth von seiner ersten Begegnung mit Max erzählt hat.«

Und jetzt ist er nicht mehr da, kann dich nicht mehr beschützen.

Das Gespräch war schneller an diesen Punkt gelangt, als

Swann lieb war. Er hatte unbeschwert plaudern wollen, ihr Zeit lassen, sich zu entspannen. Dann erst hatte er geplant, ihr prekäres inneres Gleichgewicht zu stören – indem er Dinge ansprach, die sie noch einmal über ihr weiteres Engagement bei Rosa Gold nachdenken lassen sollten. Vielleicht vom Tierarzt der Rennbahn erzählen, der mit gebrochenem Kiefer im Krankenhaus lag; oder von dem Wallach, dessen Hinterläufe mit einem Kantholz zertrümmert worden waren; von Percy Dicksons zerschmetterter Kniescheibe. Dass Gewalt für einige einfach ein Mittel zum Zweck war, manche Grausamkeit sogar genossen.

Das Lagerfeuer war heruntergebrannt, und während er auf dem Gesicht und der Brust noch seine Wärme spürte, spürte er am Hinterkopf bereits die empfindliche Kälte der Wüstennächte, die sich wie ein eisiger Mantel um seine Schultern legte.

Die nächste Frage kam völlig unerwartet. »Frank, hast du je dran gedacht, dir ... dir was anzutun?« Ihr Mund ein dunkler Schlitz, die tiefblauen Augen unergründlich.

Er konnte nicht sofort antworten. Schüttelte den Kopf. Das ging sie nichts an. Er spürte Ärger aufsteigen, Zornesröte in sein Gesicht treten. Doch dann überkam ihn ein anderes Gefühl – der Wunsch, ihr alles zu erzählen. Dinge, die er bislang nur Marion anvertraut hatte. Und es war verständlich: Jennifer versuchte nur, Max zu begreifen. Swann hatte ihr ja dieselbe Geschichte erzählen wollen, nur mit anderen Figuren.

Er berichtete ihr vom Mord an Ruby Devine, der folgenden Untersuchungskommission, welchen Preis er dafür bezahlt hatte. Von der Furcht, seine älteste Tochter sei deswegen ermordet worden, von seiner Affäre, wegen der er beinahe seine Frau, seine ganze Familie verloren hatte. Wie er Nacht für Nacht schlaflos und mit geladener Waffe in der Hand dagesessen war und gehofft hatte, es käme endlich einer durch die Tür, damit er sie nicht mehr auf sich richten müsste.

»Tut mir leid, das geht mich eigentlich gar nichts an. Du bist ja ganz blass geworden.«

Sie klang besorgt, aber ihre Augen blickten fragend. Sie wollte ihm vertrauen, das spürte er, aber noch verriet sie ihm nicht alles.

»Der Polizist, der dich gestern zusammengeschlagen hat. Gehörte der auch zu denen, die dich nach dem Mord an der Bordellbetreiberin umbringen wollten?«

»Ja.«

Plötzlich fiel Swann auf, dass das Gespräch in eine ganz andere Richtung lief. Doch dann dachte er: Warum denn nicht? *Sie soll das wissen.* Auch deswegen war er hier. Saß neben ihr und blickte in diese unergründlichen Augen. »Der Mann heißt Ben Hogan. Und er ist auch im Vorstand von Rosa Gold. Das gestern hatte zwar nichts mit Rosa Gold zu tun, aber mit ihm sollte man nicht –«

»Ich weiß, dass du mich deswegen hierher gebracht hast. Nicht weil ...«

Beinahe wär es ihr rausgerutscht, aber er hatte es auch so verstanden. Ihre Augen funkelten im orangen Feuerschein, aber der Zorn machte sie nur schöner. Eine kleine Rußspur neben ihrem Mund, die leicht geöffneten Lippen, die leichte Erregtheit durch den Alkohol, ihre blassen Hände, die beim Anzünden einer Zigarette leicht zitterten und dann seinen Becher wieder mit Whisky füllten. Ihr Blick in seine Augen.

Stunden später erwachte Swann aus einem traumlosen Schlaf. Er wusste nicht, wie viel Uhr es war, und so blickte er zur einzigen Lichtquelle – das Feuer war zu einem Kohlehaufen heruntergebrannt. Jennifer war noch wach und starrte in die grelle Glut. Sie nippte an ihrem Gin, schluckte, wischte sich mit dem Handrücken über den Mund, unbeobachtet. Er sah etwas genauer hin und entdeckte, dass sie weinte, den Tränen ihren Lauf ließ: auf ihrem Gesicht kalte glänzende Spuren, die ihren unergründlichen Augen entsprangen.

28

Das Morgenkonzert der Wellensittiche und Zebrafinken in den Kurara-Sträuchern war ein an- und abschwellendes Tschilpen. Die Piste führte sie nun nach Süden, und von einer Anhöhe aus sahen sie weit vor sich Wulga Rock aufragen. Unter dem roten Granitmonolithen schlängelte sich das von Bäumen gesäumte Band eines Flusses. Die Luft war klar, ungetrübt bis zum Horizont, blaue Kühle lag auf dem Land.

Die Sonne stieg schnell, und bald war der ganze Busch in mildes Honiggelb getaucht. An den ersten Felsausläufern des Monolithen mussten sie wegen eines Riesenwarans bremsen. Seines Platzes an der Spitze der Nahrungskette gewiss, lag die große staubüberzogene Echse züngelnd mitten auf der Fahrbahn. Langsam fuhr Swann um das Tier herum, dann beschleunigte er wieder. Wo die Piste erst befestigt worden war, war sie etwas breiter, aber stellenweise gab es tiefe Spurrinnen, was auf Schwerlastverkehr schließen ließ.

Schließlich verließen sie die Hauptpiste, und Swann musste den Holden im ersten und zweiten Gang langsam über Bodenwellen und durch Rinnen und Bachbetten steuern. Links und rechts von sich sahen sie im Busch nun größere Gruppen von Kängurus und Emus, einmal auch zwei Füchse mit staubigem rotem Fell und eine Wildkatze, die sie aus dem Gestrüpp neben einem Termitenhügel und umgeben von einer Wolke Fliegen anstarrte.

Die Sonne stand nun fast im Zenit über dem topfebenen Land. Die Emusträucher, Myrtenheiden und gelegentlichen Grüppchen von Sandelholzbäumen waren fast gleichmäßig verteilt, so dass man meinen konnte, durch einen Obstgarten zu fahren. Weil die Piste immer wieder um Termitenhügel und Granitbrocken führte, war es schwer zu sagen, in welcher Richtung sie unterwegs waren. Und weil Büsche und Bäume Swanns Sichtlinie überragten, sah er auch nicht in die Ferne. Sie waren in Weideland, und so entdeckten sie ab und zu kleine Herden wilder Ziegen, manchmal lagen frische Kuhfladen auf der Fahrbahn. Als die Piste eine sandige Rampe hinaufführte, sah Swann die hohen Wipfel von Rotem Eukalyptus vor sich. Jennifer Henderson legte eine Hand auf seinen Unterarm und deutete mit der anderen nach Westen. »Gleich sind wir da. Die Furt da im Flussbett, die kenne ich.«

Swann steuerte den Holden langsam durch eine Gruppe Gimlet-Eukalypten, als er beim Umfahren eines Baumes Garth Oats auf der Uferböschung entdeckte. Er zielte mit einem Gewehr direkt auf Swanns Kopf. Oats hatte nur eine kurze Cargo-Hose an und einen Armee-Sonnenhut auf dem Kopf. Sein Oberkörper war schweißüberströmt. Swann nahm sofort den Fuß vom Gas und legte beide Hände aufs Lenkrad.

Oats stierte sie mit leerem Blick an. Seine Lippen waren trocken und gesprungen, seine Haut tiefbraun. Er verschwand hinter der Uferböschung, und sie folgten ihm. Auf der anderen Seite des trockenen Flussbetts war eine mit Stolleneingängen übersäte Granitwand zu sehen, in die auch ein LKW-Wendeplatz geschlagen worden war, sowie zwei blaue

Überseecontainer und ein kleines, mit Planen überdachtes Camp.

Garth Oats schien nicht allzu glücklich über ihren Besuch. Er bot Swann und Jennifer an, auf zwei umgedrehten Milchkisten neben dem fast heruntergebrannten Feuer Platz zu nehmen. Dann nahm er die Patronen aus dem Gewehr, steckte sie in seine Hosentasche und hängte die Waffe an den abgestorbenen Ast eines Sandelholzbaums. Swann roch den süßen, aromatischen Duft des Sandelholzes auch im Lagerfeuer. Oats kratzte die oberste Schicht Asche von der Glut, warf ein wenig Zunderholz auf den Kohlenrest und blies ihn an, bis Flammen hochschlugen. Oats' Arme waren von Schnitten und Kratzern übersät, auf einem Ellbogen dicker roter Schorf. Er wedelte die Fliegen von der Wunde, doch sie ließen sich gleich wieder darauf nieder, und er wedelte erneut.

»'tschuldige den dramatischen Auftritt, Jen, aber vor ein paar Tagen ist hier ein Kerl rumgeschlichen. Ich war Emus jagen und hab ihn bei der Rückkehr im Camp erwischt, wie er die Container aufbrechen wollte.«

Die beiden Messingschlösser an den Containertüren waren Swann nicht entgangen. »Was ist denn drin?«

Jennifer antwortete. »Halbierte Bohrkernabschnitte. Die andere Hälfte geht zur Probe nach Perth.«

»Wie kommen sie dahin?«

»Die bring ich selbst hin«, sagte Oats. »Mein Wagen steht hinter dem Fels. Aber jetzt erst mal nicht. Für den Fall, dass dieser Kerl wiederkommt.«

»Du hast geglaubt, ich wäre er?«

Zum ersten Mal blickte Garth Oats Swann ins Gesicht. Gab keine Antwort.

»Hatte er dunkle Haare? Schnauzbart?«

Oats' Blick verriet ihm, dass er recht hatte. Nun wandte Oats den Blick gar nicht mehr von ihm, was Swann irritierte. »Er hat Jennifer verfolgt«, sagte er. »Vorgestern.«

Zu Swanns Überraschung lachte Oats auf. »Fixes Kerlchen, das! Sein Pick-up steht immer noch da, wo ich ihn angezündet hab. Hab ihm ne Flasche Wasser gegeben und losgeschickt. Er hat noch gefragt, ob er vorher mein Funkgerät benutzen darf. Eine Stunde später kam schon ein Hubschrauber übers Camp geflogen, ganz tief. Der hat ihn wohl aufgegabelt.«

Swann dachte kurz nach. »Glaubst du, er kam von Adamo und den anderen?«

Oats lachte erneut, aber nicht amüsiert. Dann setzte er wieder die leere, abweisende Miene auf. »Glaub ich nicht. Die waren schon alle hier im Camp, noch als Max da war. Wir haben ihnen alles gezeigt, den ganzen Betrieb erklärt.«

»Wer war's dann? Irgend 'ne Idee?«

»Der hatte ne militärische Ausbildung, da bin ich sicher. Hat nicht viel geredet, aber er wusste, wie's ist, in ne Waffenmündung zu schauen.«

»Vielleicht von der Bundespolizei? Das würd den Hubschrauber erklären. Allerdings – warum sollten die sich für eure Erzproben interessieren?«

Mit einem Schürhaken angelte sich Oats den Teekessel und stellte ihn nach einem kurzen Blick zu Jennifer auf den roten Staubboden. Nahm die Zange, die neben dem Feuer lag, und goss Tee in drei angeschlagene Emaillebecher. Swann hielt ihm eine Zigarette hin. Oats nahm sie, zündete sie mit Swanns Zippo an, ließ es zuschnappen und sog den Rauch tief in die Lungen.

»Hat er rausbekommen, was drin ist?«

Oats schüttelte den Kopf. »Das Einzige, was er nicht hatte, war'n Bolzenschneider. Er hat versucht, die Schlösser mit nem Reifenheber aufzustemmen, aber die sind solide. Er war dabei, sie aufzusprengen, als ich kam. Liegt ja genug Sprenggel rum. Hat einfach ein paar Stangen genommen und wollte die Türen in die Luft jagen.«

Swann sah genauer in den nächsten Stolleneingang, aus dem ein lautes Summen kam. Entdeckte einen Coolgardie-Safe. Neben dem simplen Fleischkühlschrank lag ein Haufen Emufedern.

»Wo ist die Bohranlage?«

Oats nickte in Richtung Felswand. »Hinterm Hügel.«

»Wie viele Leute arbeiten da?«

»Wir bohren nicht mehr, seit dem mit Max. Wir warten auf Geld von den andren. Und nen größeren Bohrer.«

Oats schnippte Asche von seiner Zigarette ins Feuer. Dann ging er zur Ecke des nächsten Containers, wo er ein Loch gegraben hatte, und ließ den Stummel hineinfallen.

»Jen meint, du willst alles mal anschauen.«

»Stimmt. Ich hätte noch ein paar Fragen.«

Oats spuckte zwischen seine Füße auf den Boden. Nickte. Er nahm zwei mit einer Schnur aneinandergebundene Feldflaschen und hängte sie sich um den Hals. Packte das Gewehr und lud es wieder. »Warte da drüben beim Felsen. Ich muss noch mit Jen was besprechen.«

Swann nahm seinen Hut und die Sonnenbrille und ging aus dem schmalen Schattenstreifen in den Glast der Mittagshitze. Er blieb am Fuß des Felsens stehen und sah zu den beiden hinüber. Oats war völlig still, Jennifer flüsterte ihm mit gebeugtem Kopf etwas zu, kleine, stoßweise Sätze, kaum zu verstehen.

Doch einen Halbsatz Jennifers konnte er deutlich heraushören. »Sag ihm, was du willst ...«

Oats nickte, und dann überraschte er Swann. Streckte den Arm aus und strich ihre eine Haarlocke aus dem Gesicht, legte ihr die Hand in den Nacken, zog sie zu sich.

Die Umarmung war kurz gewesen. Aber der Trost gespendet. Jennifer Henderson drehte sich zu Swann, der den Blick immer noch auf sie gerichtet hatte.

Dann kletterte Swann hinter Oats die Graniterhebung hinauf. Der Fels war übersät von ausgetrockneten Namma-Löchern, wo das Regenwasser Eintiefungen ins sonnengebleichte Gestein gegraben hatte, überall lagen Wallaby-Kot, Gewölle, angenagte Knochen, Zähne. Plötzlich blieb Oats stehen. Bedeutete Swann, still zu sein, indem er die Hand waagrecht hielt und sie mit nach unten gerichteter Handfläche langsam auf und ab bewegte. Unter ihnen sonnte sich ein Bungarra auf dem Fels, zwei oder drei Schritte vor seinem schattigen Nest unter abgebrochenen Granitplatten. Es war ein großer alter Waran, über einen Meter lang, mit dickem Bauch und abgeplattetem schuppigem Schwanz. Er öffnete ein Auge und verfolgte, wie sie um ihn herumgingen. Dann öffnete er das zweite Auge und blickte ihnen nach.

»Der mag dich, Garth, das merk ich schon«, sagte Swann.

»Hat auch allen Grund dazu«, erwiderte Oats. »Er ist hier der Chef. Im Winter muss er sich mit Kaulquappen aus den Namma-Löchern begnügen. Aber im Sommer bring ich ihm Ziegen, die zieht er dann den Felsen rauf in seine Höhle.«

Beim Weitergehen huschten kleinere Echsen über das Gestein. Erkennbar an der runden Schädelform und den großen Fangzähnen im intakten Unterkiefer, lag der sonnengebleichte Kopf sowie Fellfetzen und die Klauen einer Riesenkatze in einem trockenen Namma-Loch. »Hast du ihm auch die gebracht?«, fragte Swann.

»Letztes Jahr«, antwortete Oats. »Hab sie unten am Fluss

erschossen, neben dem Tümpel, den ich gegraben hab. Das Biest hat meinen Hund getötet. Ihm die Kehle durchgebissen, ehe ich ihr ne Kugel reinjagen konnte.«

»Kleiner Hund?«, erkundigte sich Swann.

Oats schüttelte den Kopf. »Groß.«

Sie erreichten das Ende des Granitfelsens und traten auf den hartgebackenen roten Wüstenboden. Oats wies Swann auf die Schlangenspuren dicht am Fuß des Felsens hin, außerhalb des Sichtfelds des Keilschwanzadlers, der ihnen seit Verlassen des Camps folgte.

»Der da oben kennt dich wohl auch«, sagte Swann und hob den Blick zu dem großen Vogel, der auf der Thermik über dem heißen Granit dahinsegelte.

»Sie«, korrigierte Oats. »Sie brütet hinter dem Hügel da drüben. Ich lass ihr auch immer was zukommen. Ziegen gibt's hier mehr als genug. Manchmal auch ein Kamel. Ich nehm nur die Rückenstücke, den Rest lass ich ihr und den wilden Hunden.«

Nun sah Swann die Bohranlage auf der nächsten Granitinsel, die wie ein Walbuckel aus der roten Wüste ragte. Die kleineren Brocken am Ende sahen beinahe aus wie eine Walfluke.

»Auf dem Walfelsen da?«, fragte Swann.

Oats lachte. »Ja, der da.«

»Die Anlage ist ziemlich klein. Wie viele Leute?«

»Nur Max und ich. Sie schafft fünfzig Meter Tiefe, was für Probebohrungen reicht. Aber sobald mehr Geld da ist, brauchen wir, wie gesagt, ne neue. Und ein richtiges Bohrteam.«

Entgegen Swanns Erwartung gingen sie nicht weiter zur Bohranlage. Stattdessen folgten sie einem trockenen Bachlauf, einem Abfluss des nächsten Granitfelsens, der sich mit seiner glatten Flanke aus dem Wüstensand hob. An seinem

Fuß standen einige grüne Myalls, und hinter dem kleinen Hain waren Höhlen erkennbar. Oats führte Swann hinauf auf das erste Sims des glattpolierten Hügels, der aus abgestuften Gesteinsschichten zu bestehen schien. Swann hatte wenig Ahnung von Geologie, doch er wusste, dass dieser Fels zu den ältesten Formationen der Welt gehörte – Gondwanagestein, verwittert nach Millionen von Jahren unter sengender Sonne, unzähligen eisigen Nächten. Es war eigenartig, aber in der Mitte des Weges, auf dem Oats ihm vorausging und der sich an der Wand der großen, sich in der Wüste auftürmenden Granitwelle emporschlängelte, schien der Pfad über glatteres Gestein zu führen.

Sie erreichten ein weiteres Sims, fast ein Felsbalkon, fand Swann. Und dann erblickte er die große Höhle, die von unten nicht zu erkennen war. Oats trat ein, Swann folgte. Innen war es ungewöhnlich hell, und Swann sah sofort, dass auf einem kleineren Absatz an einer Felswand jahrelang ein Lagerfeuer gebrannt haben musste, weil dahinter eine glatte geschwärzte Kuhle aus dem Fels herausgeschmolzen war. An den Wänden ringsum waren verblasste ockerfarbene Streifen um die makellosen Handabdrücke von etwa einem Dutzend Kindern gezogen. Der Höhlenboden war von getrocknetem Schaf- und Ziegenkot übersät, in eine Ecke hatte man Patronenhülsen und Glasscherben gekehrt. Oats reichte Swann eine der Flaschen, die er sich um den Hals gehängt hatte, und Swann trank einen Schluck warmes Wasser. Dann gingen sie wieder hinaus auf den Felsbalkon und ließen den Blick über das Land schweifen, dessen unendliche Weite vor ihnen ausgebreitet lag. »Wunderschön«, meinte Swann. »Aber war's das, was du mir zeigen wolltest?«

»Nope.«

Swann folgte Oats erst die Simskante entlang, dann zwischen den Felsbrocken hinab, bis sie wieder das Meer aus rotem Sand erreichten, auf dem die Spuren von Emus und Kängurus, Schafen und Ziegen sowie gelegentliche Wischer eines Eidechsen- oder Waranschwanzes und die Windungen von Schlangen zu sehen waren. Windgeschützt würden diese Spuren monatelang sichtbar bleiben. Ihre eigenen Fußabdrücke waren als gerade Linie hinter den Felsen zu erkennen. Unter dem aufgeregten Schnirren von Zebrafinken lief Oats mitten durch ein Dickicht aus dornigen Wait-a-whiles etwa einhundert Meter weit in den Busch hinein. Plötzlich streckte er die Hand nach hinten aus und legte sie Swann auf die Brust, um ihn zu stoppen. »Vorsicht!«

Vor ihren Füßen befand sich ein Grubenschacht, senkrecht nach unten in den festgebackenen Boden getrieben und nur von per Hand abgesägten Ästen eines Roten Eukalyptus eingefasst. Swann schüttelte den Kopf. Unter einer dünnen Staubschicht war der Boden hart wie Beton. Das war mörderische Arbeit gewesen. Er konnte noch die Spuren einer Spitzhacke, die Kratzer eines Schaufelblatts erkennen, mit denen der Schacht in Handarbeit ausgehoben worden war.

Oats spuckte in den Schacht. »Max' Vater Clarrie hat das Loch in den späten Dreißigern gegraben.«

»Loch trifft's aber nicht ganz, oder, Garth?«

»Ist nur'n Loch. Da ist nichts drin.«

Swann sah Oats an. Auf seinen bitteren Gesichtsausdruck. »Dann war alles umsonst?«

»Hat ihm nur die Gesundheit ruiniert. Das bisschen, das noch übrig war. Siehst du die Grünsteinschichten da unten?«

Swann beugte den Kopf über den Schacht.

»Er hat sich am Grünstein da orientiert, der Schicht mit ner Quarzader drin. Dieser kleine Bereich hier ...« Oats schlug mit der Hand einen kleinen Kreis um sie. »Max' Dad hat das als vulkanischen Schlot erkannt. Es gab einen konischen Hügel hier, eine Kappe aus Grünstein, Granit und Quarz. So ein Schlot ist nur ein Auslass für geschmolzenes Gestein, das von unten aus der Erde nach oben geschoben wird. Extrusionen wie die sind ein gutes Zeichen ... diese sogenannten brekziierten Gesteine gibt's hier überall in der Gegend.«

»Also hat er am Schlot entlang in die Tiefe gegraben?«

»Mit Schaufel und Spitzhacke. Dann musste er den Fels mit nem Vorschlaghammer sprengen, immer wieder faustgroße Stücke rausschlagen. Danach hat er jeden per Hand zerkleinert, in nem alten Trankessel von nem Walfänger, und mit Zyanidlösung zu Brei vermischt. Dazu hat er Quecksilber gegeben, um das Gold vom Zyanid zu trennen. Und schließlich hat er das Ganze erhitzt, damit das Quecksilber ausdampft.«

»Scheißjob.«

»Der Quecksilberdampf hat seine Lungen ruiniert. Und das Graben sein Kreuz. Und dann war das Loch nicht ergiebig. War nur ein bisschen Silber drin, das reichte grad, die Kosten zu decken.«

Swann starrte in den Schacht und versuchte sich vorzustellen, wie es gewesen sein musste – hier in der Sommerhitze zu graben, Gestein zu zermahlen, das Ausbrennen der lebensgefährlichen Substanzen.

»Warum hat er aufgehört?«

Oats nickte, so als habe er die Frage erwartet. »Clarries Frau, Max' Mutter. Die hat sich eines Tages mit Zyanid das Leben genommen. Der Steinmann da hinten ...«

Oats deutete auf die aufgeschichteten Steine auf dem Scheitel der Granitwelle. »Max war da erst vier. Sie liegt in

Cue auf dem Friedhof. Clarrie und Max haben die Steine hier selbst zum Denkmal aufgeschichtet. Gab damals ja die große Wirtschaftskrise.«

Swann kannte diese Geschichten von Entbehrung und Tragik, die untrennbar mit dem Bergbau verbunden waren. Hunderttausende hatten sie erlebt – Männer und Frauen, die nach Westaustralien gekommen waren, um ihr Glück zu machen, dann aber scheiterten. Ihre Geschichten waren im triumphalen Getöse von Unternehmen und Regierungen untergegangen. Was ein Mann, seine Frau und ihr Sohn, genauso wie unzählige andere Menschen wie sie, begonnen hatten, war längst vergessen. Aber hier war es anders. Denn jetzt, nach all den Jahren, war Max Henderson wenige hundert Meter entfernt auf etwas Großes gestoßen.

»Jennifer hat mir erzählt, dass Max' Vater in der Nähe von Cue, bei Day Dawn, Land besessen hat. Warum ist er überhaupt hierhergekommen? Die Gruben dort sind doch immer noch aktiv.«

»Ach, das hat sie dir erzählt? Aber nicht den Grund?«

Oats' Stimme hatte einen seltsamen Unterton bekommen. Fast herausfordernd. Swann sah ihn an. Wartete, dass er fortfuhr. Aber Oats wich seinem Blick aus. Erst als ein Schatten über sein Gesicht huschte, ein Anflug von Zorn, ergriff er das Wort. »Okay, er hatte da Schürfrechte.« Oats spuckte erneut in den Schacht. »Aber er war allein. Man hat ihn rausgedrängt. War damals nicht allzu schwierig. Gab nen Haufen abgebrannter Scheißkerle, die für ein bisschen Bares alles gemacht haben. Für ein paar lumpige Kröten haben sie ihm die Unterschrift abgepresst. Ihm gedroht, eine Hand abzuhacken. In der Wirtschaftskrise. Ein Mann mit Frau und Kind, der nur einen Arm hatte, war da so gut wie tot.«

»Hat das Land denn was hergegeben?«

»Oh ja. Das tut's heute noch, wie du ja grad gesagt hast. Gehört alles denselben Gangstern. Die haben sich sämtliche kleinen Schürfgebiete untern Nagel gerissen. Die armen Schweine wie Max' Dad, die die Drecksarbeit gemacht hatten, wurden alle rausgedrängt.«

Swann rauchte seine Zigarette bis zum Filter herunter. Oats stand schweigend neben ihm. Fast wie ein Trauernder an einem offenen Grab.

»Deswegen wollte Max die Schürfrechte für das Land und dann einen Anteil an Rosa Gold. Weil sein Vater hier untergegangen ist. Weil seine Mutter hier gestorben ist.«

»Schätz ich mal.«

»Warum erzählst du mir das alles, Garth?«

»Damit du uns verstehst. Max, Jennifer, mich.«

»Okay, kapiert. Aber Jennifer ist doch neben der Spur. Max hat sie mit allem alleingelassen. Und du bist hier draußen, da bist du ihr keine Hilfe.«

Oats gab keine Antwort, verriet mit nichts, dass er ihn gehört hatte.

»Erzähl mir was von Max«, sagte Swann. »In den Monaten, bevor er sich umgebracht hat, warst du doch mit ihm hier im Outback.«

Oats schüttelte den Kopf. Er hatte ein schiefes Lächeln im Gesicht, seine Augen wanderten unruhig hin und her.

»Hat Max was gesehen, was er nicht sehen sollte? Oder du?«

Stirnrunzelnd bedachte Oats seine Antwort. »Klar. Hier wird geschmuggelt. Keine zwanzig Kilometer von hier ist ne Landebahn. Einmal im Monat kommt ein Flieger aus'm Norden. Eine Beech Baron mit Langstreckentanks. Die trifft sich hier mit ner kleinen Cessna aus'm Süden, die auch dahin zurückfliegt. Wir haben sie mehr als einmal gesehen.«

»Hat Adamo jemand hier draußen stationiert?«

»Nein. Hier gibt's zwar ein oder zwei Pflanzungen, aber die Pflanzen kriegen Tröpfchenbewässerung. Für die Brunnen haben sie Windmühlen. Hier kommt nie jemand her. Aber das dürfte sich bald ändern. Die Pflanzen sind allmählich erntereif.«

»Du hast von Max als Hubschrauberpilot erzählt. Als Held. Hatte er hier auch was Heldenmäßiges vor?«

Oats biss die Zähne zusammen. In seinem Blick flackerte Schmerz auf. Wie so viele Männer, die sich nichts anmerken lassen wollten, kämpfte er mit seinen Gefühlen. Swann fiel ein, dass Max Henderson auch seinen besten Freund im Stich gelassen hatte. Auch ihm keinen Brief hinterlassen hatte.

»Hat er sich dir anvertraut? Gesagt, wie's ihm ging, als ihr euch zum letzten Mal gesehen habt?«

»Nein, hat er nicht. Außerdem sollten wir jetzt wieder zurück.«

Die Sonne war hinter dem Felsen verschwunden, ein tiefes Leuchten schien aus dem Land selbst zu kommen, jeder Stein, jeder Busch und jeder Baum von innen heraus zu strahlen. Die einzigen Geräusche waren das Summen der Fliegen und das leise Schnattern der Zebrafinken in einem nahen Dickicht. Da war es wieder, das Gefühl, dass man beobachtet wurde, wenn das Buschland still wurde und sich auf den Abend vorbereitete.

29

Auf dem Boden liegend, erwachte Swann in der ersten Dämmerung. Auch in Perth war die Morgenluft kühl, und im Zylinderputzer-Strauch vor dem Haus sang ein Honigfresser. Swanns Leintuch hatte sich um seine Beine gewickelt, der Schlafsack war vom roten Wüstenstaub gesprenkelt. Im Schlafzimmer nebenan hörte er Jennifer im Schlaf mit den Zähnen knirschen. Davon war er geweckt worden. Sein rechtes Bein und die Hüfte taten ihm immer noch weh vom unablässigen Treten aufs Gaspedal, sein Rücken war steif.

Die Fahrt von Cue zurück hatte zwölf Stunden gedauert. Jennifer war in der Dunkelheit trinkend neben ihm gesessen, anfangs still, später, mit zunehmender Trunkenheit, hatte sie begonnen, leise mit dem Radio mitzusingen, dann von ihrer Kindheit erzählt und nach seiner gefragt. Sie waren in den frühen Samstagmorgenstunden angekommen. Er hatte eigentlich nur heim zu sich gewollt, sich neben Marion ins Bett legen, aber das ging nicht. Er war vom Fußweg zu Jennifers Mietshaus in den Garten gegangen und hatte sich dort schnell ausgezogen und mit dem Schlauch abgespritzt. Sein Haar roch noch nach Sandelholzrauch, und wenn er die Augen schloss, sah er als Nachbild die Straße, die unter ihm nach hinten durchlief.

Anschließend hatte er Jennifer in ihre Wohnung gebracht und ins Schlafzimmer begleitet, dann ihr Gepäck hereingeholt. Erst jetzt entdeckte er das Päckchen Sprenggel, das zusammen mit dem schmutzigen Geschirr in der Milchkiste lag. Garth Oats hatte zwar gesagt, im Camp von Rosa Gold läge eine Menge Sprengstoff herum, aber Swann hatte nichts davon bemerkt, und er konnte sich auch nicht erinnern, beim Laden des Autos so ein Päckchen gesehen zu haben. Er hob es heraus, wog es in der Hand: nicht schwerer als ein Päckchen Kerzen und genauso groß. Einzig der rote Gefahrenaufkleber auf der Stirnseite verriet den Inhalt. Swann nahm das Sprenggelpäckchen wieder mit hinaus und versteckte es unter dem Fahrersitz des Holden.

Nun verließ er die Wohnung, schloss leise die Tür hinter sich. Stieg in den Wagen und fuhr nach Girrawheen zum Haus von Marions Cousin Brett. Marion war ein Einzelkind, und ihr Vater hatte den langen Arbeitstag eines Detectives gehabt, deswegen hatte sie viel Zeit bei ihren Cousinen und Cousins verbracht, zum Teil sogar wochenlang bei ihnen gelebt, wenn er an einem großen Fall arbeitete oder sich nach einer schlimmen Sache erst einmal beruhigen und mit einer mehrtägigen Zechtour die Bilder in seinem Kopf ertränken musste. Er hatte das immer als Mordsurlaub bezeichnet.

Brett, Marions nächster Verwandter, war vom selben Schlag wie sie. Zeitweise hatte er zu einer verbotenen Motorradgang gehört und war wegen Autodiebstählen im Gefängnis gesessen. Sein Vater, der in South Fremantle Pferdeställe betrieben hatte, war eine lokale Unterweltgröße gewesen. Das war so in Marions Familie: Einige arbeiteten für das Gesetz, andere dagegen. Aber das spielte keine Rolle. Familie ging immer vor.

Swann hatte Brett immer gemocht. Er war wild, zu unabhängig für die rigide Hierarchie der Biker, aber es war klar, dass er Marion wie eine Schwester liebte. Er war seinen eigenen Weg gegangen, genau wie es Swann wohl getan hätte, wäre er nicht Marions Vater begegnet.

Er parkte vor Bretts Haus. Der Seitenstreifen davor war verdorrt, der Briefkasten rostig, und im Vorgarten stand der Flughafer kniehoch. Das Haus war wie alle anderen in der Straße ein flacher Backsteinwürfel, der auf einem kleinen quadratischen Grundstück auf Sandboden stand.

Brett öffnete die Tür und verzog das Gesicht zu einem Grinsen. Seit Swanns letztem Besuch schien er ein paar Zähne verloren zu haben. Bretts Augen waren gerötet, sein Gesicht sonnenverbrannt, das dichte schwarze Haar war im Nacken so lang, dass es auf den blassen Schultern lag. Schwarze Jeans. Barfuß. An den Handgelenken schwere silberne Armreifen. In einer Hand eine Schale voll matschiger Cornflakes. Milchspuren auf dem Schnurrbart.

Swann folgte ihm durch das muffige Hausinnere nach hinten auf die Terrasse. Der blanke Zementboden strahlte Hitze ab, die darin enthaltenen Quarzkristalle glitzerten in der Sonne. Zwischen Flughafer und Kresse standen ein paar verdorrte Topfpflanzen. Eine Gruppe Mittagsblumen im grauen Sand. Bretts selbstangebauter Hanf reckte die smaragdgrünen Knospen über ein paar Faserzementplatten.

Marion und eine junge Frau saßen Tee trinkend an einem Plastiktisch. Marion erhob sich, und Swann küsste sie. Während er den Druck ihrer Wange an seiner gebrochenen Nase spürte, den Zitrusduft ihres Haars roch, wurde ihm bewusst, dass er sich nahezu auf sie gestürzt hatte – nur um sie zu küssen und ihr den besorgten Blick zu nehmen.

Als er sich zu ihnen an den Tisch setzte, ließ sie erst seinen Arm nicht los und streichelte ihn dann immer wieder am Rücken. Sie saßen der jungen Frau gegenüber, die von ihrer Zärtlichkeit fast peinlich berührt wirkte.

»Das ist Mattie. Mattie, Frank.«

Mattie hatte ein rundliches Gesicht, in dem sich ein gewisser Groll festgesetzt zu haben schien. Nicht ganz zu unrecht: Erst vor kurzem hatte der Premierminister erklärt, Menschen wie Mattie seien Staatsfeinde, Kommunisten, Gammler und als Fortschrittsgegner eine Gefahr für das Gemeinwesen.

Die Einschränkung des öffentlichen Versammlungsrechts in Western Australia mittels Paragraph 54B war wegen Menschen wie Mattie und Gewerkschaftern, die sie unterstützten, geschaffen worden, und Swann vermutete, dass ihr leicht gehetzter Blick nicht zuletzt daher rührte, dass sie schon einiges gesehen hatte. Mattie wirkte nicht wie jemand, der sich alles gefallen ließ, und Swann verzichtete auf jedes Geplänkel.

»Marion hat gesagt, dass du mir vielleicht helfen kannst. Ich hab erfahren, dass sich nach dem Brand in Northbridge jemand anonym an das Büro des Premierministers gewandt hat. Warst du das?«

Misstrauisch blickte Mattie zu Marion. Die nickte. »Ja, das war ich. Ich hab denen gesagt, ich geh zur Presse.«

»Bist du?«

Sie sah ihn an, als sei er nicht ganz bei Trost.

»Magst du mir erzählen, was du gesehen hast?«

Sie straffte die Schultern und spannte den Kiefer an, aber als sie sich eine Zigarette drehte, zitterten ihre Finger.

»Ich bin Fotografin. Schon seit einiger Zeit dokumentiere ich das Leben in der Innenstadt. Das wahre Leben. Die Bands. Die Menschen. Die Straßen. Mit einer Dichterin, die ich kenne, wollte ich ein Buch drüber machen.«

»Was hast du denn gesehen?«

»Ein paar Freunde von mir, na ja, vor ein paar Wochen haben wir aufgehört, Miete zu zahlen. Haben die Schlösser ausgetauscht, die Häuser besetzt, so als Kommune. Hat aber nicht lang gehalten.«

»Ihr habt die Schlösser ausgetauscht, obwohl ihr wusstet, wer der Vermieter ist?«

»Ja. Wir wussten auch, was er mit der Gegend vorhat. Es war unsere Art von Protest. Der National Trust hielt unsere Häuser für bedeutungslos. Fand unsere Art zu leben unpassend. Diese Fatzkes.«

»Und dann?«

»Die Dichterin, mit der ich zusammenlebe, wurde überfallen. Die haben die Tür eingetreten und gedroht, sie zu vergewaltigen. Sie am Boden festgehalten und sich über sie lustig gemacht. Gesagt, dass sie dafür zu hässlich ist.«

»Warst du dabei?«

»Nein. Aber ich weiß, wer's war. Jeder weiß es. Leo heißt der. Wir nennen ihn immer Cleo, weil er sich immer so übel aufgeckt und rausputzt. Er war vorher schon ein paar Mal da.«

»Hast du Leo auch in der Brandnacht gesehen?«

»Ich hab angefangen, dem Kerl zu folgen, wenn er in der Gegend war. Ihn bei seinen Geschäften in der James Street fotografiert. Wenn er von den Läden das Schutzgeld kassiert hat und damit zu seinem Boss Adamo gefahren ist. Dann hab ich angefangen, die Fotos zu fotokopieren, hab Flugblätter gemacht und an Mauern und Laternenpfosten geklebt.«

»Oh Gott. Kennt er dich?«

»Er war mal mein Dealer, als ich noch drauf war. Aber ich war immer auf der Hut. Wegen dem Projekt, an dem ich arbeite, weiß ich, wie man heimlich knipst, unbemerkt Aufnahmen macht.«

»Und in der Brandnacht …«

»Na ja, er war ja schon öfter da. Er wollte uns raushaben. Deswegen ist er mit seinem Schlägertrupp angerückt. Aber unser Mietvertrag lief noch ein paar Monate, und so haben wir uns geweigert auszuziehen. Wir wussten von Anfang an, was die vorhatten. Wir wussten ja, warum sie die Wohnungen an unser Kollektiv vermietet haben, statt andre Mieter zu nehmen. Sie dachten, wir würden die Häuser verranzen lassen, aber stattdessen haben wir alles in Schuss gehalten. Erst recht, als wir von den Plänen des Stadtrats erfahren haben, der neue Büroblocks wollte. Die wollten uns rausschmeißen, damit sie die Wohnungen vor die Hunde gehen lassen konnten. Oder gleich selber kaputtmachen. Damit der Stadtrat keine andre Wahl mehr hatte, als den Abriss zu genehmigen. Verdacht kam bei uns auf, als wir plötzlich keine Drohungen mehr kriegten. Wir haben nachts Wachen aufgestellt, in verschiedenen Schichten, die aufpassen sollten, was auf den Straßen passiert. Und dann ist es passiert, genau als ich Wache hatte.«

»Was hast du gesehen?«

»Cleo und seine Macker sind in einem alten Land Cruiser angerollt und haben alle Vordereingänge mit Benzin übergossen.«

»Hast du das fotografiert?«

»Ja, bis Cleo mich gesehen hat. Dann haben sie's angezündet. Wir hatten ein Frühwarnsystem installiert, so ne Art Schiffshorn in jedem Haus, die Dinger, mit dem sie Regatten starten. Also hab ich in mein Horn geblasen, und dann haben die andren in ihre Hörner geblasen und zugesehen, dass sie aus den Häusern kamen, über die Zäune und auf die Straße. Die meisten von uns hatten schon ihre Taschen gepackt, wir hatten ja so eine Ahnung. Wenn wir nicht so gut vorbereitet gewesen wären, hätt es vielleicht Tote gegeben.«

Swann zündete sich eine Zigarette an und betrachtete Mattie durch den Rauch. Eine intelligente Frau, aber auch etwas durchgeknallt. Die Frage war, wie sehr durchgeknallt. »Warum hast du im Büro des Premiers angerufen? Sag, was genau hast du zu denen gesagt?«

Sie sah weg. »Ich hab gesagt, ich würde Bilder von den Typen aufhängen, die das getan haben. Ich wollte, dass der Premierminister davon erfährt.«

»Wo sind die Fotos?«

»Die hab ich noch nicht entwickelt. Meine Dunkelkammer ist abgebrannt, mit allem, was drin war.«

»Sind sie noch in der Kamera.«

»Na ja, ich kann sie ja schlecht in ein Fotogeschäft oder ne Drogerie bringen.«

»Frank ...«

Swann sah Marion an und schüttelte den Kopf. Wenn er bei Überwachungen Fotos machte, entwickelte er sie selbst daheim im Badezimmer, aber diese Fotos wollte er nicht mal in der Nähe seiner Familie wissen.

»Würdest du mir den Film geben?«

»Warum sollte ich? Was wollen Sie überhaupt damit?«

Er sah ihr in die Augen, ohne zu antworten. Er würde sie nicht anlügen. Wenn er Sullivan den Film gab und sie dann nicht komplett aus dem Spiel lassen konnte, würde er sie noch größerer Gefahr aussetzen. Schließlich wandte sie den Blick ab und sah Marion an. »Wenn ihr mir Fotopapier und die Chemie besorgt, kann ich sie auch hier entwickeln.«

Swann zuckte die Achseln, drückte die Zigarette aus und erhob sich. Überflüssig zu sagen, in welcher Gefahr sie schwebte. Sobald die Fotos entwickelt waren, würde er einen Teil von Percy Dicksons Geld nehmen und Mattie in den Bus nach Sydney setzen. Ohne Rückfahrschein.

Swann küsste seine Frau erneut, genoss die lange Umarmung. Ihr Blick verriet ihm, dass sie auf Mattie aufpassen würde.

An der Tür gab er Brett die Hand. »Eine Frage, Brett. Arbeitet dein Bruder Darryl immer noch an der Rennbahn?«

»Ascot oder Belmont?«

»Ascot.«

»Ja, tut er. Lebt aber vor allem von Daddys gutem Ruf. Kann das Wetten einfach nicht lassen. Aber immerhin arbeitet er, für nen Trainer. Willst du mit ihm reden? Samstag in einer Woche ist er wieder draußen. Ich mach was aus.«

Swann dankte ihm, dann ging er durch den Vorgarten zu seinem Holden. Flughafer und Unkraut streiften seine Unterschenkel. In der Luft der Geruch von heißem Staub. Auf seinem zerschlagenen Gesicht stach die Sonne wie Stacheldraht. Aber die Benommenheit ließ allmählich nach. Ein Schritt nach dem anderen.

30

Bereits beim ersten Pferderennen in der Swan River Colony 1833 in South Beach hatten Gary Quinlivans Vorfahren ein eigenes Pferd am Start, doch das zu erwähnen war zwecklos. Genauso wie die Bemerkung, dass einer seiner Vorfahren dazu beigetragen hatte, Ascot, die Rennbahn auf der lehmigen Niederung an einer der schlangengleichen Flussschlaufen des Swan River, zum Spielplatz des Adels zu machen, nur damit diese Leute ihre Liebe zu Vollblütern ausleben konnten, mit denen Garys Familie auch die Britische Armee in Indien, ihre Kavallerieoffiziere im Burenkrieg und sogar im Ersten Weltkrieg versorgt hatte.

Denn Tommaso Adamo interessierte sich nicht für Pferde, das war offensichtlich. Und so beobachtete Gary, wie Adamo Marrone beobachtete und an ihm dieselbe Schwäche wahrnahm, die Gary beim Billard erspürt hatte: das Aufblitzen von Unbesonnenheit in den normalerweise stumpfen Augen.

Gary hatte getan, was man von ihm verlangt hatte, nichts weiter. Er hatte zwanzigtausend Dollar von Tommasos Bargeld genommen und gesetzt und war mit vierzehntausend sauberen Dollar zurückgekommen, samt den zerrissenen Wettscheinen und Auszahlungsbelegen für die Steuer. Ron Bevans hatte beim Platzieren der Wetten geholfen, sie in der Wetthalle auf die Buchmacher verteilt, die mit ihren Beuteln, Kreidetafeln und ins Genick geschobenen Fedoras einander misstrauisch beäugten. Die Verliererwetten waren bei Bevans, die hohen Siegwetten bei anderen Buchmachern gesetzt worden.

Aber Leo hatte danach weitergemacht, mehrere zehntausend Dollar von seinem Geld gesetzt, ohne viel zu gewinnen. Was ihm egal zu sein schien, denn er kam immer wieder zu Tommaso und bat um mehr, strapazierte dessen Nachsicht. Selbst nachdem ihm Gary erklärt hatte, dass eine ansteigende Zielgerade auf dem Geläuf schwächere Pferde erschöpfen sollte, was bedeutete, dass man sein Geld vernünftigerweise auf die besseren Steher setzte. Dennoch bevorzugte Marrone weiter Außenseiter mit geringen Ausgleichsgewichten. Begeistert feuerte er sie an, wenn sie aus der Startbox schossen und zu Beginn problemlos in Führung gingen, manchmal sogar bis zur letzten Kurve führten, aber seine gute Laune verflog, als sie auf den letzten Metern unweigerlich von den Stehern überholt wurden.

Es fühlte sich gut an, neben Tommaso Adamo zu sitzen und ihn zu beobachten, wie er alles beobachtete: dass sich die Haupttribüne aus viktorianischer Zeit immer mehr füllte, je bedeutender das Rennen, je höher die Preisgelder und je größer die Wetteinsätze wurden, dass die Anfeuerungsrufe auf der Tribüne lauter, dass das goldene Licht, das den smaragdgrünen Turf und die Rennfarben der Pferde und ihrer Jockeys leuchten ließ, immer milder wurde.

Gary war noch niemand begegnet, der Tommaso Adamo ähnelte, dessen Würde keinerlei Bekräftigung oder Bestätigung bedurfte. Er sprach leise, und für einen alten Mann bewegte er sich sehr sicher und bestimmt. Seine Direktheit konnte einen jedoch aus der Fassung bringen. Adamo war nicht Machiavelli, fand Gary, sondern der Fürst. Seine kühlen Feststellungen und Anordnungen gaben Gary das Gefühl, im Vergleich sei er nur ein Prätendent. Und dennoch umwehte Tommaso Adamo ein Hauch von Leichtigkeit. Wer in seiner Gegenwart war, wirkte glücklicher als ohne ihn. Das galt auch für Gary.

Es hatte einfach Charisma, und genau das wünschte sich Gary auch für sich. Und er würde es brauchen, um dahin zu gelangen, wo er hinwollte.

Gary wartete, bis Marrone wieder losgezogen war, um noch mehr Geld zu verschleudern. Dann beugte er sich vor und legte die Hände auf die Oberschenkel, aber Adamo ergriff vor ihm das Wort. »Willst du nicht wetten?«

»Ich seh keinen Sinn darin.«

»Der Sinn, Gary, liegt darin, dass man etwas umsonst haben will. Die Leute, die etwas für umsonst wollen, das sind die, von denen wir leben.«

Gary ließ den Blick durch die volle Wetthalle schweifen, hörte das schrille Gelächter, sah die bunten Hüte, die vollen Champagnergläser, Trauben von Menschen, immer aufgekratztere Männer und Frauen. Aber es steckte mehr dahinter, wie Adamo andeutete: Es war durchaus eine Gelegenheit, sich zu vergnügen, doch wie immer hatte Adamo den Kern der Sache erfasst.

»Möchtest du denn auch etwas für umsonst, Gary?«

»Ich bin wie mein Vater. Er hat Geld, aber er ist in der großen Wirtschaftskrise aufgewachsen. Alte Gewohnheit ...«

»Dein Vater ist ein kluger Mann. Mein Vater hatte diesen Fehler. Immer wollte er etwas für umsonst. Wegen unserer Familienehre musste ich ... wie sagt man ... ihn austauschen.«

»Ja, austauschen ... ihn ersetzen.«

»Denkst du auch so über deinen Vater, Gary? Stellst du dich gegen ihn?«

Gary spürte, dass ihn die Frage ablenken, ihn von Adamos

Ziel wegführen sollte. »Darauf bauen wir doch, oder? Bei all unseren … Geschäften. Auf Leute, die etwas für umsonst haben wollen. Die bisherigen Börsengänge.«

»Aber nicht bei Rosa Gold.«

»Nein, nicht bei Rosa Gold. Das gehört uns.«

Gary spürte, wie sich Adamos Körper straffte. Nicht physisch, aber plötzlich lag eine andere Stimmung in der Luft. Er blickte die Treppe hinunter und sah den Polizeiminister seinen Hut in Richtung Adamo schwenken. Er bahnte sich seinen Weg durch die Menge zu ihnen hinauf auf die Haupttribüne.

Adamo flüsterte etwas Italienisches. Es klang wie einstudiert. »*Lichate u spittu*. Bei dem da läuft der Freifahrtschein ab.«

Der schweißüberströmte Sullivan musterte Gary von Kopf bis Fuß. Es war die stumme Aufforderung, beiseite zu treten. Aber Gary rührte sich nicht.

31

Auf dem Betonboden des Pferdestalls saßen Swann und Darryl auf umgedrehten Blechkübeln einander gegenüber. Es roch nach Heu und Pferdmist. Darryl machte Rauchpause zwischen den Rennen, würde aber gleich wieder das nächste Pferd satteln und das gelaufene absatteln müssen.

»Was Sie da fragen, Mr Swann … da frag ich mich schon, lohnt sich das überhaupt?«

Darauf war Swann vorbereitet. Er streckte seinem Gegenüber einen Fünfzig-Dollar-Schein entgegen. Darryls Augen blitzten kurz auf, dann setzte er wieder seine alte, cool-gelangweilte Miene auf. Vielleicht wollte er so seine schmächtige Statur vergessen machen, vielleicht auch nur seine Schwäche fürs Wetten. Swann kannte Darryl noch als kleinen schüchternen Jungen, der seine Zeit am liebsten mit Pferden verbracht und sie oft zum Schwimmen an den Strand geführt hatte.

»Danke, kann ich brauchen. Bin wirklich abgebrannt. Musste heute in nem Pferdeanhänger herfahren, mit nem scheißnervösen Wallach in der Kiste.«

Niemand käme von allein auf die Idee, Darryl könnte Bretts älterer Bruder sein. Darryl war nicht ganz eins sechzig, während Brett sogar größer als Swann war. Darryls ganzes Gesicht schien sich auf seinen bitteren Mund zu konzentrieren. Seine Haut hatte die Farbe von Tabak, seine Augen waren blutunterlaufen und, ganz wie bei seinem Vater, voller Häme.

»Ja, das mit dem Tierarzt hab ich gehört. Haben alle hier. Der Typ hat sich mit Isaacs angelegt. Und der musste dann was klarstellen.«

Darryl sprach ohne das geringste Mitgefühl. Möglicherweise hatte er sogar etwas damit zu tun gehabt? Immerhin hatte der Tierarzt gegen ungeschriebene Gesetze verstoßen. »Dieser Stoff. Was ist das?«

»Keine Ahnung, wie das heißt. Galopperkoks? Jedenfalls sollte man's nicht allzu oft geben, soweit ich weiß. Bei Hunden funktioniert's auch.«

»Machen das alle?«

»Mein Boss nicht. Nicht oft. Nur bei besonderen Gelegenheiten.«

Auch hier kein Ansatzpunkt. Swann fiel Bevans ein. Vielleicht musste sich Darryl mit den anderen Buchmachern gut stellen?

»Mir hat der Tierarzt erzählt, dass Isaacs und Bevans sich zusammengetan haben. Ein großes Ding gedreht.«

Darryl rieb sich mit einer erstaunlich großen Hand über sein kleines Kinn, zupfte nachdenklich an seinen Koteletten. »Hab ich auch gehört. Da hat die Hälfte der Bookies richtig geblecht. Sie meinen also, Isaacs und Bevans stecken dahinter? Irgendwelche Beweise?«

»Das wollte der Tierarzt den Leuten verklickern, bevor er zusammengeschlagen wurde. Und nicht nur, dass sie geschröpft worden sind. Er hat auch gesehen, wie Isaacs' Laufburschen die Wetten platziert haben. Bei allen außer Bevans.«

In Darryls Augen trat ein hämisch-vergnügter Ausdruck. Er stand bei den meisten Buchmachern in der Kreide, und mit dem, was ihm Swann eben serviert hatte ...

»Ich werd's weitergeben. Die werden die Dreckskerle nicht mehr aus den Augen lassen. Verdammt, ich biet ihnen an, dass ich die selbst überwache. Und wenn's noch mal passiert und die andren rauskriegen, dass es stimmt ... dann möcht ich nicht in der Haut von den beiden stecken.«

Swann sah auf die Uhr. Draußen verkündete ein Ansager unter anschwellendem Jubel und aufgeregtem Klatschen Platzierungen und Gewinnquoten des letzten Rennens. Wieder ein großer Erfolg für die Buchmacher. Darryl sprang auf, warf seine Zigarette auf den Betonboden und zerdrückte die Kippe mit einer Drehung seiner Stiefelspitze. Neben Swann sitzend waren sie beide gleich groß gewesen. Darryl hielt ihm die Hand hin. Sein Blick verriet, dass Swann diese Beobachtung besser nicht laut aussprach, auch nicht im Scherz.

Swann saß neben Minister Sullivan auf einem Platz am Gang in der obersten Reihe der Haupttribüne, den zuvor ein Bewacher des Ministers geräumt hatte. Fünf Reihen unter sich sah er die akkurat gescheitelten Haare von Tommaso Adamo, der in einem gebügelten weißen Hemd mit bis zu den Ellbogen heraufgerollten Ärmeln neben einem unbekannten jungen Mann saß. Vermutlich kein Italiener, eher britischer Herkunft.

Das also war der Grund, warum Sullivan ein Treffen auf der Rennbahn verlangt hatte. Swann war durch den Seiteneingang reingekommen und hatte Adamo erst entdeckt, nachdem er sich gesetzt hatte. Swann begriff, dass er nicht zufällig auf diesem Platz saß. Es war nur eine Frage der Zeit, bis Adamo sich umdrehte und sie beide zusammen sah. Tommaso Adamo kannte Swann, wusste über ihn Bescheid wie über alle Detectives, vor allem die aktiven; er kannte ihre Vorlieben und Schwächen, ihren moralischen Kompass. Es war sein Geschäft, das zu kennen.

»Nicht grad der schlauste Ort für ein Treffen.«

Sullivan grunzte und nippte an seinem Emu Bitter. Offenbar nicht in bester Laune.

»Ich nehm an, du hast Tommaso schon gebührend begrüßt.«

»Wurde das Scheißfeuer jetzt gelegt oder nicht?«

»Es wurde gelegt.«

»Dieser Scheißspaghetti. So ein verdammtes Arschloch.«

»Es gibt Zeugen, die haben gesehen, dass es Marrone und seine Leute waren.«

»Gibt's Beweise? Hast du die Fotos?«

Swann hatte bei der Herfahrt über die Frage nachgedacht. »Nein, es gibt keine Fotos. Das war Quatsch.«

»Wo find ich die Zeugin? Ich brauch die Adresse.«

Swann schüttelte den Kopf. Er sah die weißen Knöchel auf der Bierdose, spürte, wie die Umsitzenden Sullivans Ärger mitbekamen. Swann beugte sich vor, so als blicke er in seine Rennzeitung.

»Denk doch mal nach, Sullivan. Wenn du Tommaso die Zeugin lieferst, ist sie tot. Willst du wirklich unbedingt bei Rosa Gold mitmachen? Gibt's denn keine anderen Wege? Irgendwas mit den Genehmigungen?«

Sullivans wütender Blick verriet alles. Das war das Ressort des Premierministers, außer seiner Reichweite. Noch.

»Ich will die verdammte Adresse.«

»Kein fester Wohnsitz. Seit dem Brand, dank Leo Marrone und seinen Gorillas. Hab gehört, sie schläft im Kings Park auf den Bänken. Hat mir aber nicht verraten, auf welcher. Sie wollte auch nach Osten ... Vielleicht ist sie's schon.«

»Dann den Namen.«

»Der bringt dich auch nicht in den Vorstand von Rosa Gold.«

»Dann bist du am Arsch, Swann. Die Kaution wird widerrufen. Zurück ins Loch. Scheißeinsam, wenn man da stirbt.«

Was immer Tommaso Adamo zu Sullivan gesagt hatte, Sullivan war tief getroffen. Der Minister wurde immer lauter, ohne sich darum zu scheren, wer was mitbekam.

»Entweder sie oder du, Swann. Kapiert?«

»Ich besorg dir den Namen. Aber ich brauch Zeit.«

»Den Namen und die Adresse. Andernfalls war's das bei dir.«

Als sich Swann erhob, um zu gehen, sah er Leo Marrone die Tribüne emporsteigen. Auch Leo würde ihn erkennen, was der Minister wohl ebenfalls einkalkuliert hatte. Ein Zeichen, wie entbehrlich Swann für Sullivan war. Kein gutes Omen.

Das nächste Rennen wurde gestartet. Die Zuschauer um sie herum sprangen auf, hielten sich Ferngläser vor die Augen, reckten Wettzettel in die Höhe, begannen zu rufen. Aber Swann hörte nichts. Er mischte sich unter sie, drängte sich in die nächste Reihe. Leo Marrone hatte Sullivans Zorn bemerkt und konnte sich das Grinsen nicht verkneifen.

Als das Rennen vorbei war, schloss sich Swann den Wettern an, die von der Tribüne in die Wetthalle gingen. Unter dem Deckengewölbe hallten Gespräche und Gelächter wider, summend wie ein Bienenschwarm. Nur ein paar Tauben schliefen im Gebälk.

32

An Ben Hogan vorbei griff Gary Quinlivan nach einem Sao-Cracker mit Gurkenscheibe und Käsewürfel. Auf dem Tisch standen eine Kanne Kaffee und zwei Flaschen Riesling, die Gary mitgebracht hatte. Der alte Chisholm hatte seinen Kühlschrank mit Bier gefüllt, vor allem große King-Brown-Flaschen, und zwei davon geöffnet, die nun schäumend neben Kaffee und Wein standen. Gary hatte ihn gebeten, im Kühlschrank etwas Platz für den Wein zu schaffen, aber Chisholm hatte nicht reagiert. Nun stand er neben der Tür und behielt die Treppe im Auge, während sie sich anschickten, die Sitzung zu eröffnen.

Chisholm, ein ehemaliger Polizist, hatte das Vertrauen von Hogan und Farquarson. Er kontrollierte regelmäßig, ob seine Räume verwanzt waren, und dieser Sitzungsort verlieh Rosa Gold einen respektablen Anstrich. Chisholm handelte mit Gold, auch mit gestohlenem oder auf fremdem Grund gefundenem, und er verwahrte es in einem begehbaren Safe, der sich am Ende des Bürotrakts neben den Toiletten befand. Nur zu gern hätte Gary einmal hinter die schweren Stahltüren geblickt. Er wusste, dass Adamos Barren in dem Safe lagen, angeblich aber auch die Hälfte aller gestohlenen Juwelen der Stadt, und es hieß, Adamo miete ihn, wenn er sein Heroin bunkern musste. Nie käme es bei Chisholm zu einer Razzia durch die örtliche Polizei, ohne dass man sich höflicherweise telefonisch ankündigte.

Hogan und Farquarson bedienten sich von dem Bier und gossen etwas davon in identische Löwenbräu-Krüge. Farquarson war ein höherer Officer von der Robbers Squad, aber er machte auf Gary keinen allzu hellen Eindruck. Farquarson schien kaum von ihm Notiz zu nehmen, wenn er anwesend war. Hogan war der Jüngere von beiden, aber Farquarsons Vorgesetzter, und mit seinem gutgeschnittenen grauen Anzug und einer passenden Krawatte hätte er auch als Anwalt durchgehen können. Sein Haar war frisch geschnitten, die helleren Stellen um den Haaransatz im Nacken verrieten die kürzliche Rasur. Der sauber gekämmte Seitenscheitel verlieh ihm ein jungenhaftes Aussehen. Anders als Farquarson, dessen zerfurchtes Gesicht verriet, dass er jederzeit einen Wutausbruch hinlegen konnte, wirkte Hogan, als habe er sich in der Hand – trotz der genähten Lippe und dem blauen Auge.

Aber Gary wusste, dass Hogan von einer Sekunde auf die andere aus der Haut fahren konnte. Der Mann wurde immer gieriger, obwohl er sich jetzt schon eine ordentliche Scheibe von der Beute aus den Banküberfällen abschnitt. Hogan hatte, was Garys Mutter als tückischen Blick bezeichnet hätte: intelligent, aufmerksam, charmant, auch wenn er oft eine grimmige Miene aufsetzte.

Und heute war Hogans Miene besonders grimmig. Gary hatte keine Ahnung, was Hogan in der vergangenen Woche zugestoßen war, aber die Ausstrahlung des Mannes machte ihn nervös. Auch Marrone und Adamo, der am Kopfende des Tisches saß, machten ihn seit kurzem nervös. Marrone hatte Gary mehrmals angelächelt, doch das fand er keineswegs beruhigend, obwohl sie gestern zusammen auf der Rennbahn gewesen waren. Marrone hatte Gary auf Adamos Anweisung ins Vertrauen gezogen, doch das hatte nichts an Garys ungutem Gefühl geändert. Selbst wenn Marrone lächelte, suchte sein Blick nach Schwächen.

Nach dem Rennbahnbesuch hatte Gary einen großen Teil seines Stoffs an den einzigen Dealer verkauft, der nicht zum Syndikat der Italiener gehörte – an Robby Barns. Von Adamo beliefert, war das Gebiet von der nördlichen Innenstadt bis nach Balcatta und Wanneroo Marrones Revier. Fremantle gehörte Adamos Vettern – Fischern, die mit ihren Booten zu verabredeten Treffen mit vorbeifahrenden Schiffen hinaus in internationale Gewässer fuhren. Robby Barns kontrollierte einen Großteil von Belmont sowie den Südosten. Sein Bruder, ein hochrangiger Polizist, gab ihm Rückendeckung. Unter der Bedingung, anonym zu bleiben, hatte Gary seine Ware unter Wert an Barns verkauft.

Gary hatte jedes Recht, gleichberechtigt mit den anderen am Tisch zu sitzen. Er hatte die verabredeten zweihunderttausend aufgetrieben, die notwendig waren, um sich einen Anteil an Rosa Gold zu sichern. Aber schon wieder lächelte Marrone ihn an, während er am Kaffee nippte, und der Anblick ließ Garys Puls schneller schlagen. Heute Vormittag hatte er Marrone die übliche Menge abgenommen, um sie an seine Dealer in den westlichen Vororten weiterzuverkaufen. Es hätte nur Verdacht erregt, wenn er die Bestellung storniert hätte. Gary fragte sich, ob Marrone von den Überdosen heute Nacht erfahren hatte – eine in Nedlands und eine in Claremont. Soweit Gary wusste, waren die Todesfälle von den zwei betroffenen einflussreichen Familien aus der Presse gehalten worden, aber vielleicht hatte Hogan Marrone informiert? Zwei Überdosen an einem Tag sahen nicht gut aus, vor allem wenn sie in einem Revier passierten – in Garys Revier. Das Heroin, das Gary von Marrone kaufte, war immer zu dreißig Prozent rein – er ließ es stets testen. Er selbst verschnitt es dann auf zwanzig Prozent, bevor er es an seine Dealer weitergab, die es ihrerseits auf zehn Prozent verschnitten.

Aber dieses Mal hatte Gary seinen Dealern von seinem eigenen Vorrat vierzigprozentiges reines Heroin gegeben, und zwar unter der strengen Auflage, es nur auf die Hälfte zu verschneiden. Er wollte sich für gute Qualität einen Namen machen und vom üblichen Dreck abheben. Möglicherweise hatte Marrone etwas davon in die Finger bekommen und testen lassen – und an der Reinheit musste er festgestellt haben, dass es nicht von ihm stammte. Marrone würde ihn dafür umbringen, da bestand kein Zweifel. Das hatte er schon mit anderen gemacht. Wenn Marrone von den beiden Überdosen Wind bekam, dürfte das reichen, sein Misstrauen zu wecken.

»Da kommt Isaacs.«

Chisholm wartete, bis Bernie Isaacs Platz genommen hatte, ehe er hinausging und die Tür zur Treppe schloss. Isaacs nickte zur Begrüßung in die Runde, zog eine Schachtel Winfield Red hervor und stützte beim Vorbeugen die Ellbogen auf den Tisch. Gary fand den Mann körperlich abstoßend, aber damit musste er klarkommen. Ob es ihm gefiel oder nicht, sie alle zusammen bildeten den Vorstand von Rosa Gold. Und er, Gary, würde sie alle sehr reich machen.

Sich räuspernd klopfte Gary mit seinem Kaffeebecher auf die Tischplatte. Die Gespräche verstummten. Er war der Jüngste im Raum, mindestens ein Jahrzehnt jünger als die anderen, und die hier versammelten Männer zählten zu den mächtigsten in Western Australia, doch nun richteten alle die Augen auf ihn.

»Meine Herren, hiermit ist die Vorstandssitzung eröffnet.

Wie vereinbart, folgen wir dabei den Vorschriften und Regeln des Aktienrechts. Da dies unsere erste offizielle Sitzung ist, gibt es keine offenen Tagesordnungspunkte. Ich werde die Sitzungsprotokolle später anfertigen, damit sie mit der offiziellen Buchführung übereinstimmen. Auf der Tagesordnung stehen die Punkte Bereitstellung der Mittel für die Aufnahme des Bergwerksbetriebs; der mögliche Börsengang der Rosa-Gold-Aktie zu einem von uns festzulegenden Kurs; das Interesse, das uns der Polizeiminister entgegenbringt; und der Selbstmord von Max Henderson.«

Als er geendet hatte, musste sich Gary zwingen, nicht zu Tommaso Adamo zu blicken. Er hatte immer noch den Verdacht, der alte Mann habe etwas mit dem Tod des Geologen zu tun, vielleicht um einen Nutznießer des kommenden Reichtums aus dem Weg zu räumen, auch wenn man schlecht sagen konnte, dass das geklappt hätte – schließlich waren die Anteile des Geologen nun an seine Frau gefallen.

»Ich möchte mit der Aussprache über die Drohungen beginnen, die wir auf der Rennbahn vom Polizeiminister erhalten haben. Im Endeffekt hat er Tommaso gesagt, er könnte die Neubaupläne für die im Brand zerstörten Gebäude torpedieren. Der Minister meinte, er hätte Beweise, dass das Feuer vorsätzlich gelegt wurde …«

Ben Hogan beugte sich vor. »Ist ja hochinteressant. Aber was will der Scheißkerl denn?«

Gary sah zu Adamo, der mit einem kurzen Nicken Zustimmung signalisierte. »Er will einen Anteil an Rosa Gold. Deswegen beißt er sich an dem Brand fest. Wir glauben, dass –«

Isaacs unterbrach ihn. »Bei allem Respekt für Tommaso, aber darum muss er sich schon selber kümmern. Für uns ist Sullivan nur ein Klotz am Bein. Bei der nächsten Wahl ist er weg vom Fenster. Der will nur nen schnellen Schnitt machen und in Rente. Wenn schon, dann sollten wir den anderen Gangstern ne Parteispende zukommen lassen.«

Am Tisch erhob sich Gemurmel. Gary sah nicht in die Runde, sondern hielt den Blick auf Isaacs gerichtet, der ihn anstarrte und auf eine Antwort wartete. »Ich wollte diesen Punkt nur zur Sprache bringen. Er könnte für Unruhe sorgen. Sullivan könnte versuchen, auch auf andere Druck auszuüben.«

»Dann weiter im Text, Quinlivan.«

Isaacs starrte ihn weiter an, suchte nach einer Schwäche. Gary war der Einzige am Tisch, den er nicht kannte, dem er noch nicht traute.

Gary zuckte die Achseln. »Okay, also weiter. Ich fang mal mit den Zahlen an. Geldzuflüsse und -abflüsse. Dabei ist stets zu beachten, dass alles Geld, das auf dem Konto von Rosa Gold eingeht, sauber ist, weil wir darauf gefasst sein müssen, dass unsere Bilanzen künftig sehr genau unter die Lupe genommen werden. Das ist ein Auszug von unserem Geschäftskonto bei der Hauptniederlassung der Town & Country Bank in Perth.«

Gary warf Ben Hogan einen Blick zu, ehe er wieder auf das Papier sah. Wie vereinbart war diese Niederlassung der Town & Country die einzige Bank gewesen, die er nicht überfallen hatte. Damit Hogan ihn deckte, war Quinlivan einverstanden, ihm siebzig Prozent der Beute abzutreten. Das war ein hoher Anteil, aber nachdem Quinlivan bankrott war, hatte er kaum andere Optionen, um sich einen Platz am Vorstandstisch zu sichern. Gary hatte sogar bei Hogans Privatscherz mitgemacht und die Lederkluft und die Harley irgendeines Biker-Trottels genommen. Das juckte ihn nicht, solange es sich lohnte.

Er las die Einzahlungen laut vor, die von jedem Vorstand

bis gestern getätigt worden waren. Dann nannte er die Summe und gab das Ergebnis seiner Aufschlüsselung bekannt. Isaacs, Bevans, Adamo, Marrone und er selbst hatten ihren Anteil eingebracht. Max Henderson hatte seinen bereits zuvor eingezahlt. Bei Farquarson und Hogan standen noch Gelder aus, vor allem bei Hogan.

Gary legte sein Blatt auf den Tisch und schwieg. Er hatte die Zahlen seiner Aufgabe entsprechend vorgelesen, aber es war nicht an ihm, die offensichtlichen Schlüsse zu ziehen. Das überließ er Adamo und Marrone oder Isaacs.

Hogan schenkte sich Bier nach, aber Farquarson saß wie erstarrt da und starrte Gary an, als hätte er ihn mit Vorsatz beleidigt. Er wollte gerade den Mund aufmachen, als Hogan ihm kurz die Hand auf den Arm legte. »Ich hatte ein lukratives Geschäft laufen, aber das ist leider geplatzt. Ich geb zu, ich war nicht ganz bei der Sache. Ich wollte zwar nicht, aber ich werd meine Grundstücke verkaufen. Ich brauch nur ein bisschen Zeit.«

»Ich kauf deinen Anteil. Den ganzen«, sagte Isaacs und sah in die Runde. »Wir hatten's abgemacht. Wer bis heute nicht zahlt, ist seinen Anteil los.«

»Einen Scheißdreck tust du«, dröhnte Farquarson mit gerötetem Gesicht. Er presste seine schaufelgroßen Pranken auf die Tischplatte.

»Drecksbullen«, murmelte Bevans. »Die glauben, die kriegen alles für lau. Ihr habt uns jahrelang abkassiert. Wir haben was riskiert, um die Kohle aufzutreiben. Wir alle. Tommaso hat halb Northbridge abgefackelt. Ich hab meine Lizenz riskiert und'n Haufen Rennen gedreht. Bernie hat seinen besten Wallach geopfert und die Gesundheit seiner anderen Pferde aufs Spiel gesetzt. Und Leo ist auch nicht auf der faulen Haut gelegen. Hab von den Überdosen überall gehört.«

Leo Marrone sprang sofort darauf an. »Das war nicht ich«, fauchte er. Über den Tisch warf er Gary einen scharfen Blick zu. Er wusste es also.

Auch Bevans sah Gary an. »Ich weiß nicht, wie der Junge den Kies zusammengerecht hat, aber das ist egal. Er hat ihn, nur darum geht's.«

»Das war doch'n Hühnerschiss«, brüllte Farquarson. »Der geht für uns anschaffen. Aber ich ...«

Wieder legte Hogan Farquarson die Hand auf den Arm, und diesmal nahm er sie nicht wieder runter. »Gary hat das mit den Banken gemacht. Lass ihn aus dem Spiel.«

Alle Augen am Tisch richteten sich auf Gary.

»Du warst das?«, sagte Isaacs, nun mit respektvollem Unterton.

Gary zuckte die Achseln. Er wollte Streit vermeiden. Es brachte nichts, wenn er sich jetzt einen Feind machte.

»Ich leih dir den fehlenden Betrag«, sagte Adamo zu Hogan. Er sprach leise, aber bestimmt. »Ohne Zinsen, aber wenn du's nicht in einer Woche hast, dann krieg ich deine Grundstücke als Sicherheit.«

Niemand widersprach. Gary nickte und ergriff sein Blatt, als Hogan doch das Wort ergriff.

»Was ist mit dem Geologen?«

»Was soll mit ihm sein?« Gary sprach die Frage so freundlich aus, wie er vermochte. Im Zimmer war es warm geworden, und er fühlte sich unbehaglich. Die anderen Männer waren Konflikte gewohnt, einige hatten daran sogar Spaß, aber bei ihm war das anders.

»Sein Geld wurde als Erstes eingezahlt. Nehmen wir doch das, was wir schulden, von seinem Anteil.

Gary sah hilfesuchend zu Adamo. Er blickte dem alten Mann so lange in die Augen, bis auch allen anderen Adamo ansahen. Der schüttelte schließlich den Kopf. »Wir haben doch gestern erst über den Geologen gesprochen, oder, Gary? Alles legal, alles nach dem Aktienrecht. Das ist der letzte Tagesordnungspunkt. Du kriegst das Geld von mir, oder du verlierst deinen Anteil.

Die anderen pflichteten murmelnd bei. Farquarson schien seiner Wut freien Lauf lassen zu wollen, überlegte es sich aber anders, als er die Mienen der Männer am Tisch sah, auch Hogans. Einen wütenden Polizisten hatte man besser nicht zum Feind, aber diese Leute, wusste Gary, würden ohne mit der Wimper zu zucken auch einen Detective umlegen.

»Mittelabflüsse«, fuhr er fort. »Für das Bohren haben wir zwanzigtausend ausgegeben. Achtzigtausend für die Schürfrechte in einem Umkreis von ungefähr vierzig Kilometern. Was mich zum nächsten Punkt bringt. Beim Kauf der Rechte hab ich bemerkt, dass auch PLA in dieser Gegend viel Land kauft. Verdächtig viel. Denen gehört zwar ein großer Teil der Day-Dawn-Mine bei Cue, aber in den letzten siebzig Jahren haben sie nie Land gekauft, das auch nur in der Nähe von Rosa Gold liegt. Ich glaube, das waren die Buschtrommeln. Obwohl wir ziemlich diskret waren.«

»Das war der Scheißmakler, der den Börsengang machen sollte«, vermutete Isaacs.

Marrone schüttelte den Kopf. »Nein, um den haben wir uns gekümmert.«

Adamo legte beide Hände auf den Tisch und rutschte auf seinem Stuhl vor. »Vielleicht die Frau des Geologen.«

Adamo hatte ganz leise gesprochen, die unterschwellige Drohung war jedoch unüberhörbar. Wieder hatte er die Lage präzise auf den Punkt gebracht. Max und Jennifer Henderson waren Außenseiter, dämliche Normalbürger, denen man nicht trauen konnte.

»Scheiß auf das Aktienrecht. Tommaso hat recht. Was machen wir mit der?«

Bevans blickte in die Runde, und alle schwiegen. Schlecht für Jennifer Henderson.

Es war Gary gewesen, der den Geologen mit ins Boot geholt hatte. Und er hatte auch mit dessen Frau verhandelt. Gary beugte sich vor, seine Stimme schnitt in das Schweigen. »Sie ist keine Gefahr. Der Geologe hat auf seinen ganzen Besitz einen Kredit aufgenommen, nur um das Geld für den Anteil zusammenzukratzen. Sie hat den Anteil geerbt, und damit auch alle Schulden. Wie versprochen, hab ich mit ihr geredet. Sie will aus der Sache raus, aber sie kann ihren Anteil so lange nicht verkaufen, bis das Testament rechtskräftig wurde. Das kann in ein paar Tagen sein, aber auch noch Wochen oder Monate dauern.«

»Den *kaufen* wir ihr doch nicht ab. Den nehmen wir einfach. Scheiß auf sie.«

Farquarsons Wut war noch nicht verraucht. Er war ein Hitzkopf, Nachdenken nicht seine Stärke. Niemand sah ihn an, deswegen fasste Gary den Mut, ihm zu widersprechen.

»Wir sollten eher vermeiden, dass eine trauernde Witwe Alarm schlägt. Angesichts von Hendersons Vermögen hat sie vermutlich ganz gute Beziehungen. Wir sollten fürs Erste keine Aufmerksamkeit auf uns ziehen.«

Gary achtete darauf, ruhig zu bleiben, genauso wie Adamo ruhig geblieben war. »Wir sind nett zu ihr. Wir tun so, als wäre sie die rechtmäßige Vertretung des Geologen, bis die Zeit reif ist. Wir haben zweihundertdreißigtausend an Bestellungen für Ausrüstung: Brechmaschinen, Lastwägen, Sortierer, Bohrer und Bagger. Bis die Grube läuft und produziert, müssen wir stillhalten. So lange, bis wir entscheiden, ob wir die Firma an die Börse bringen oder nicht.«

»Was soll das mit dem Scheißbörsengang«, schimpfte Isaacs. »Ich dachte, das wär längst klar. Wir behalten alles. Schöpfen selber den Rahm ab.«

»Stimmt«, pflichtete Gary freundlich bei. »Das ist längst abgemacht. Aber das wird eine Stange Geld kosten. Die erste Million ist schon ausgegeben, und dabei haben wir nicht mal den ersten Spatenstich getan. Aber wenn wir später knapp bei Kasse sein sollten, dann werden die Leute Schlange stehen, um bei uns einzusteigen.«

»Was quatschst du da?«, fuhr Farquarson auf. »Wir werden mit allen Idioten fertig, die uns auf die Pelle rücken. Wir haben unser Geld da reingesteckt –«

»Hä?«, schnaubte Isaacs. »Dein Geld? Tommaso hat dir doch grad erst ausgeholfen.«

»Du dämliche Hohlbirne, Ben hat doch grad gesagt, dass bei uns ein Ding geplatzt ist ...«

Gary schüttelte den Kopf. Er musste dem Mann ein bisschen deutlicher machen, worum es ging. »Es ist grad viel Geld auf dem Markt, Millionen von Dollar, die nach einem lukrativen Zuhause suchen. Wenn bekannt wird, dass wir auf was Großes gestoßen sind, aber knapp bei Kasse sind, dann wird's sehr schwer, es intern zu regeln oder Geld zu guten Konditionen zu kriegen. Wir könnten mit der Finanzierung natürlich immer zu den Banken gehen und ...«

»Die Scheißbanken sind doch die größten Gauner«, schimpfte Isaacs. »Mit denen will ich überhaupt nichts zu tun haben.«

»Und große Bergbaugesellschaften wie PLA lassen sich von ein paar zertrümmerten Knien sicher nicht aufhalten.«

Zu spät bemerkte Gary, dass er das besser nicht gesagt hätte. Was Marrones Schläger mit dem Makler und einigen Bergleuten in den Gebieten um Rosa Gold, die ihre Schürfrechte nicht hatten verkaufen wollen, gemacht hatten ... es war eine Sache, davon zu wissen, aber eine andere, darüber zu reden.

Marrones Augen waren dunkel. Im Zurücklehnen wischte er sich mit langsamen Bewegungen die Hände an einer Serviette ab und lächelte Gary kalt an. Neben Gary stand der alte Tommaso auf und ließ sie mit einem Blick wissen, dass er die Sitzung auf nach dem Mittagessen vertagen wollte, wenn auch die Witwe teilnahm. Adamos Schweigen sprach Bände über das Gehänsel und das Misstrauen. Er sah Gary Quinlivan in die Augen und nickte knapp. Aus Respekt oder zum Abschied? Gary wusste es nicht.

33

Swann blätterte durch die *Sunday Times*, während sich Jennifer Henderson anzog. Die Titelseite befasste sich immer noch mit dem Brand in Northbridge und brachte Fotos von Bulldozern, die die verkohlten Flächen räumten, sowie Interviews mit Menschen, die seit Neuestem obdachlos waren. Auch Tommaso Adamo wurde zitiert. Er sei erschüttert über den Verlust von so vielen Häusern, besonders in diesem Jubiläumsjahr der Stadt. Der Block sei in der Gegend ein wichtiges Baudenkmal gewesen.

Ganz in Schwarz kam Jennifer aus ihrem Schlafzimmer. Sie trug kein Make-up.

Ehe er ihr ein Kompliment machen konnte, fragte sie: »Ist das okay? Ich will nicht wie eine Schwarze Witwe aussehen.«

»Das ist perfekt«, versicherte er ihr aufrichtig. Jennifer Henderson sah nun verletzlich aus, genauso empfindlich, wie sie es für ihren Auftritt geplant hatten.

»Du musst da nicht hin«, versuchte es Swann ein weiteres Mal. »Du kannst denen auch aus dem Weg gehen.«

Er sah ihr an, dass er damit einen Nerv getroffen hatte. Genau wie erhofft. Aber die Anspannung in ihrem Blick fand sich nicht in ihrer Stimme wieder. Sie schüttelte den Kopf und lachte kurz auf. »Wie hast du denn heut Nacht geschlafen? Ich gewöhn mich schön langsam an hier. Die Leute in den anderen Wohnungen wissen gar nicht, dass ich ihre Vermieterin bin. Sie streiten und trinken und lassen morgens ihre Autos laufen, aber eigentlich sind es nette Leute. Ich kann mir gar nicht vorstellen, wieder heimzugehen.«

In getrennten Autos fuhren sie ins Zentrum von Perth.

Swann saß mit Reggie Mansell am Bartresen des Great Western Hotel gegenüber dem Eingang von Chisholm Gold. Beide hatten Middie-Gläser vor sich stehen und nippten hin und wieder an den kleinen Bieren, während sie auf die Straße blickten. Dass es gebrannt hatte, war immer noch wahrnehmbar, in der Luft lag der Geruch von feuchter Asche und verbranntem Gummi. Auf den Gehwegen waren schwarze Fußspuren, auf den Fensterscheiben graue Schlieren.

Sie hörten das Knattern des Karmann Ghia lange bevor der Wagen vor die Hotelbar fuhr. Jennifer wusste, dass sie sie beobachteten, und warf wie verabredet kein Geld in die Parkuhr vor dem abgestellten Auto. In der Straße hatten Junkies bei vielen Parkuhren die obere Hälfte abgesägt und mitgenommen, um an die Münzen darin zu kommen, so dass sie an einem uhrlosen Parkplatz keinen Strafzettel bekommen konnte. Aber Jennifer hatte ihren Platz mit Bedacht gewählt: Ein Strafzettel wäre für sie sogar nützlich, denn er würde ihren Besuch belegen.

Gleich würde Jennifer Henderson in einen Raum voller gewaltbereiter Männer treten. Sie zündete sich eine Zigarette an und nahm die Sonnenbrille ab. Sie sah wirklich aus wie eine trauernde Witwe: blass, müde, nervös.

Wenn sie nicht innerhalb einer Stunde zurück war, so hatten sie verabredet, dann würde er nachsehen kommen.

Swann klopfte auf die .38er im Schulterholster unter seinem Jackett. Nicht zum ersten Mal am heutigen Tag.

34

Gary Quinlivan hatte sich wirklich Mühe gegeben, doch die hätte er sich sparen können. In der Sitzungspause hatte er es auf sich genommen, bei dem italienischen Feinkostladen um die Ecke eine Platte mit Antipasti und eine Auflaufform Cannelloni zu holen. Zudem hatte er dafür gesorgt, dass der Riesling doch kaltgestellt wurde, und darauf geachtet, dass Chisholms Gläser sauber waren, aber Jennifer Henderson hatte Essen und Getränke dankend abgelehnt.

Verständlich, ihr Ehemann war tot, und wahrscheinlich war ihr der Appetit fürs Erste vergangen. Stattdessen hatte sie eine Capstan nach der anderen geraucht und auf den leeren Block vor ihr auf dem Tisch gestarrt. Gary war ausgesucht höflich zu ihr gewesen, doch das hatte nichts gefruchtet – was aber auch an den bösen Blicken von Farquarson und Isaacs gelegen haben mochte. Er hatte ihr beschieden, dass Notizen nicht gestattet waren und er nach jedem Sitzungsende die Ergebnisse festhalten würde. Die Protokolle schicke er ihr dann umgehend per Post oder wenn nötig auch per Kurier.

Selbstverständlich führte Gary neben dem offiziellen noch ein zweites geheimes Geschäftsbuch, was die Frau freilich nicht wusste, nur die anderen. Mit gelangweilten Mienen saßen sie da, als er die falschen Zahlen aufsagte, die nur belegen sollten, dass die zweihunderttausend Dollar der Hendersons nicht die Anteile der anderen überstieg. Er legte dar, wie die Anfangsinvestition ihres Mannes in Höhe von vierzigtausend Dollar aufgebraucht war, was gar nicht zutraf, und erklärte, sie müsse zusätzliche Mittel aufbringen, damit die Mine den Betrieb aufnehmen konnte.

Besonderes Interesse zeigte sie für Inspector Hogan. Als Gary seinen Vortrag beendet hatte, hatte sie ohne erkennbaren Anlass gesagt: »Ich war früher Krankenschwester. Der Schnitt an Ihrem Mund sieht entzündet aus. Sie sollten das mal versorgen lassen.«

Statt zu antworten, grunzte Hogan nur und blickte mit erhobenen Händen in die Runde, so als wollte er sagen: »Muss ich mich wirklich mit diesem Quatsch abgeben?«

Doch gleich darauf ließ sie die Bombe platzen. Mit völlig unveränderter Haltung und weiterhin zurückhaltend, ohne jemand ins Gesicht zu blicken, auch wenn sie ihre Worte ganz klar und mit scheinbar unverrückbarer Entschlossenheit aussprach.

»Ich habe all mein Geld in dieses Unternehmen gesteckt«, sagte sie und schnippte die Asche ihrer Zigarette in den Aschenbecher. »Unser Haus, unser Vermögen, alles ist als Sicherheit hinterlegt, damit wir Ihnen das Geld geben konnten. Von dem Sie behaupten, dass es schon ausgegeben ist. Sehr schade. Ich hätte meinen Anteil gerne an einen von Ihnen verkauft, sobald das Testament meines Mannes rechtskräftig ist.«

»Aber?«

Ben Hogan stellte die Frage, aber die Blicke verrieten, dass alle darauf brannten, mehr zu erfahren.

Sie blieb ruhig. »Der Vorstandsvorsitzende von PLA Mining hat sich mit mir in Verbindung gesetzt. Ein Mr Nichols.

Ich fürchte, es ist schon was nach außen gedrungen, trotz Ihres Bemühens um Geheimhaltung. Mir wurde eine beträchtliche Summe geboten, ungefähr das Doppelte des investierten Geldes, wenn ich meinen Anteil an PLA verkaufe.«

»Verdammtes Miststück!«

Isaacs war aufgesprungen. Er beugte sich zu ihr und hielt ihr die geballte Faust vors Gesicht. »Du hattest recht, Adamo, dieses Miststück ist eine verdammte Schlange, die hat uns verpfiffen.«

Adamo sagte kein Wort. Er warf nur Leo Marrone einen Blick zu, einen kühlen Blick, den Gary nicht begriff, der für Marrone jedoch doch so eindeutig war, dass er nickte.

»Bitte, lassen Sie mich ausreden«, fuhr die Witwe fort. »Ich habe nicht verkauft, und ich habe auch keinerlei Zusagen gemacht. Und ich habe PLA auch nicht von mir aus angesprochen, das kann ich Ihnen versichern.«

Sie sprach überraschend laut. Ihr Gesicht war nun gerötet, ihre Hände zitterten, aber ihr Blick war fest. Sie drückte ihre Zigarette aus und sah ihnen nacheinander ins Gesicht, jedem Einzelnen. Gary Quinlivan begann Hochachtung für diese elegante bemerkenswerte ältere Frau zu empfinden.

Adamo hob die Hand. »Hören wir sie an.«

»Man hat mir angeboten, den Anteil meines Mannes ... meinen Anteil an Rosa Gold zu kaufen. Aber nicht nur das, ich wurde auch gebeten, Ihnen folgenden Vorschlag zu unterbreiten. Vorausgesetzt, Sie unterrichten PLA über die Ergebnisse der bisherigen Probebohrungen, wäre PLA bereit, als Gegenleistung für einen Minderheitsanteil an Ihrer Firma nicht nur alle Kosten bis zur Eröffnung der Grube zu übernehmen, sondern auch den zukünftigen Betrieb zu finanzieren.«

»Sagen Sie denen, die können sich ihr Angebot in den

Arsch schieben.« Diesmal fuhr Farquarson dazwischen. »Oder noch besser, sagen Sie mir, an wen ich mich wenden kann, dann sag ich's denen selbst.«

Sie zuckte die Achseln und ließ den Blick wieder durch die Runde gehen, sah jedem in die Augen, ließ den Blick dann auf Gary ruhen. Wenn sie nach einem Verbündeten gesucht hatte, dann hatte sie die richtige Wahl getroffen. Das Angebot von PLA war in der Bergbaubranche durchaus üblich, und Gary wäre es auch sehr gelegen gekommen. PLA würde den größten Teil der Kosten übernehmen, und trotzdem würde Rosa Gold einen höheren Gewinnanteil erhalten. Das perfekte Geschäftsmodell. Minimales Risiko, maximaler Profit. Und er hätte auch noch die Zeit und die Freiheit, aus seinem Geld noch mehr Geld zu machen, weil er seine Energien dann auf andere Dinge verwenden konnte.

PLA dürfte auch wissen, dass die Direktoren von Rosa Gold Amateure waren, Neulinge im Geschäft. Sie hatten Erkundigungen eingezogen, ihre Hintergründe durchleuchtet. Drogenhändler, halbseidene Buchmacher, korrupte Polizisten und als Dreingabe ein Bankrotteur. Demgegenüber stand PLA mit seiner Erfahrung und dem Können, selbst aus dem kleinsten Erdloch das Maximum rauszuholen. Und dafür wollten sie nur einen Minderheitsanteil an einem Unternehmen, mit dem sich dessen Geschicke noch nicht bestimmen ließen.

Die anderen bissen jedoch nicht an. Während er der Frau in die Augen geblickt hatte, musste Gary etwas entgangen sein. Adamo hörte auf, etwas in Marrones Ohr zu flüstern. Hogan und Farquarson rauchten schweigend und mit grimmigem Blick auf Isaacs und Bevans, die das Starren erwiderten. Keiner sah die Frau an. Nicht zum ersten Mal wurde Gary an seinen Platz ganz unten in der Hackordnung im

Rosa-Gold-Vorstand erinnert, auch wenn er bei Adamo und Marrone in letzter Zeit Boden gutgemacht hatte. Die Männer hassten sich, aber sie nahmen einander ernst. Nie waren sie gefährlicher als in Augenblicken wie diesen, wenn sie sich schweigend ihrer Sache sicher waren, wenn es unausgesprochen zu einer Übereinkunft gekommen war.

Offenkundig dachten sie alle, dass er mit der Frau unter einer Decke steckte; sie waren schlicht zu dämlich, den Wert ihres Angebots zu begreifen. Und je mehr er sie vom Gegenteil zu überzeugen versuchte, desto misstrauischer würden sie werden. Er schwieg und wartete wie die anderen, dass die Frau verschwand. Eine Goldlagerstätte, die drei Millionen Unzen liefern würde. Mindestens. Und sie wollten sie ganz, jedes einzelne Karat.

Jennifer Henderson blickte ein letztes Mal in die Runde, aber keiner wollte sie ansehen, auch Gary nicht. Sie verstand. Sie erhob sich, nahm ihre Handtasche und schob ihren Stuhl zurück. Leo Marrone, ganz der Gentleman, begleitete sie zur Tür. Und flüsterte ihr etwas ins Ohr. Was es auch war, es ließ ihr einen eisigen Schauer über den Rücken laufen. Ihr Gesicht schreckverzerrt. Und er lächelte sie an, legte die Hand zart auf ihren Rücken, und dann war sie gegangen.

35

Warten. Mehr konnte Swann nicht tun. Sich Jennifer zu nähern, war zu gefährlich, sie konnte beobachtet werden. Reggie hatte er mit einem Taxi heimgeschickt, weil sein Arzt zu einem Hausbesuch kommen wollte. Vorher hatte er Swann jedoch noch verraten, dass Alkohol allein nicht mehr gegen seine Schmerzen half. Nun sollte er Morphium bekommen.

Reggie hatte ihm aber sehr weitergeholfen. Swann hatte

sich gewundert, warum sich der Vorstand von Rosa Gold bei Chisholm Gold traf. Reggie hatte gemeint, Rosa Gold würde sicher zwei Bücher führen: ein offizielles für die Steuerprüfer und eins, das die Ein- und Ausgänge korrekt verzeichnete.

Da begriff Swann. Das Schwarzgeld wurde in bar verwahrt. In einer großen Summe Bargeld. Drogen, Glückspiel, Wetten – dabei wurde immer viel Bargeld umgesetzt. In der zweiten Etage von Chisholm Gold stand der sicherste Privatsafe Westaustraliens, das war bekannt; ein massiver begehbarer Stahlschrank, betonummantelt, mit doppelten Schlössern und alarmgesichert. Vielleicht bewahrten Adamo und Marrone dort auch ihr Heroin auf. Der alte Chisholm besaß ebenfalls Gold, aber nicht so viel, dass dafür ein begehbarer Stahlsafe mit besserer Sicherheitsausstattung als in den meisten Banken nötig gewesen wäre. Warum sollte er ihn nicht jenen zur Verfügung stellen, die vor der kriminellen Konkurrenz und anständigen Cops etwas zu verbergen hatten?

Ihm fiel der Sprengstoff in Jennifers Besitz ein, und er überlegte, ob man ihn gegebenenfalls für den Safe verwenden konnte. Swann hielt das Sprenggel inzwischen für eine kleine Aufmerksamkeit von Oats, nachdem Swann ihn auf die Gefahr hingewiesen hatte, in der Jennifer schwebte. Zu Jennifer hatte Swann nichts von dem Sprenggel gesagt, und von sich aus hatte sie es nie erwähnt.

Swann beobachtete sie, als sie nacheinander aus Chisholm Gold kamen. Zunächst Adamo, aufrecht und gepflegt, mit grauem Fedora und Sonnenbrille, gefolgt von Marrone, dessen geöltes Haar in der Sonne glänzte. Dann Hogan und Farquarson, die sich mit grimmigen Mienen die Sakkos zuknöpften und an ihren Manschetten zupften. Und schließlich Bevans und Isaacs, nachlässig gekleidet mit Arbeitshosen, T-Shirts, Schlappen; nur die Aktentaschen, die sie trugen, wirkten ungewöhnlich. Als Letztes kam der junge Mann heraus, der ihm schon auf der Rennbahn aufgefallen war. Gerötetes Gesicht, verschlagener Blick. Das musste Gary Quinlivan sein. Betont lässig hatte er sich das Sakko über die Schulter geworfen.

Quinlivan zündete sich eine Zigarette an und fuhr sich mit der Hand durchs Haar. Als er sich umsah, hielt er die Hand schützend über die Augen. Ein reicher Bengel in schlechter Gesellschaft, und er sah weich aus. Falls Swann massiv werden musste, würde er sich diesen Gary Quinlivan vorknöpfen.

Der Karmann Ghia stand weder vor dem Mietshaus in Cottesloe noch in der Auffahrt zum Haus der Hendersons in Swanbourne. Das war beunruhigend, auch wenn es dafür eine Erklärung geben konnte. Vielleicht war ihr der weiße Commodore wieder gefolgt. Oder sie war bedroht worden und hatte nicht heimfahren wollen. Das beste Szenario war, dass sie zum Nachdenken irgendwohin gefahren war, weil sie einsah, dass Max' Versessenheit auf Rosa Gold unsinnig war. Doch was es auch war, sie würde ihn bestimmt anrufen, und dann konnten sie sich treffen.

Er hinterließ eine Nachricht und beschloss, Gary Quinlivans Apartment in Peppermint Grove einen Besuch abzustatten. Eine Adresse in diesem teuren Vorort, flussabwärts im Westen Perths und direkt am Swan River, war auf dem Briefkopf von Rosa Gold angegeben.

Die Sonne war bereits hinter der Kalkklippe am Devil's Elbow verschwunden, als Swann am Ufer parkte. Das Flachwasser in der weiten Flussschlinge plätscherte unter den Rümpfen der Yachten. Auf dem angesäten Rasen hinter den weißen Sandstränden saßen Familien und picknickten, Kinder plantschten im Wasser und bewarfen sich mit Quallen oder kletterten auf den Pfefferminzbäumen am Ufersaum herum. Vom Yachtclub klang fröhlicher Feierlärm, und ein Motorboot fuhr bei Point Walter röhrend eine Runde nach der anderen und schleppte einen dicken Mann auf einem aufgeblasenen Autoreifen hinterher. Von weiter draußen schwappten wummernde Bässe und das betrunkene Grölen einer Männergruppe an Deck eines Charterboots übers Wasser; ein Junggesellenabschied, bei dem der anlasstypische Auftritt einer Stripperin mit vorhersehbaren Geräuschen begleitet wurde.

Swann kurbelte das Fenster herunter und ließ den Blick über die pfirsichfarbene stuckverzierte Fassade von Quinlivans Apartmenthaus nach oben gleiten. Ein angeblicher Pleitier dürfte sich die Miete für eine Wohnung in so einem Haus kaum leisten können. Peppermint Grove hatte sich sogar der Premierminister für seinen Wohnsitz am Strand erkoren, hier, wo bis zum letzten Goldrausch noch unberührtes Buschland gewesen war. Eine Baugesellschaft unter Leitung des Bruders des Premiers hatte das Land in große Parzellen aufgeteilt, die sich bis ans Ufer erstreckten und von jenen gekauft wurden, die auf die eine oder andere Weise auf Gold gestoßen waren. Ein paar der ursprünglich heimischen Kasuarinen und Zypressen waren am Rand der Bucht übriggelassen worden, ansonsten war alles mit Kolonialvillen im Goldrausch-Stil oder neuen Wohnblöcken wie dem von Gary bebaut.

Donovan Andrews hatte Swann etwas von Gary Quinlivans Nebenbeschäftigung als Heroindealer geflüstert, der die reichen jungen Leute der Gegend exklusiv belieferte, und dabei auch von den Überdosen der jüngsten Zeit berichtet.

Dadurch dürfte der Druck auf die Drogenfahnder steigen, den Dealer zu fassen. Vielleicht konnte ihnen Swann ja helfen.

Swann wollte gerade aussteigen, um sich im Park gegenüber auf eine Bank zu setzen, als er Quinlivan unter den Zierbögen des Wohnhauses sah. In Jeans und knapper Lederjacke ging er zu einem Jacaranda-Baum, zündete sich eine Zigarette an und blickte auf den Fluss. Swann kauerte sich tiefer in den Sitz und richtete sich auf Warten ein. Der einzige Wagen auf dem Parkplatz, den er Quinlivans Geschmack zuordnen konnte, war ein nagelneuer Mazda RX-7. Doch Quinlivan blieb rauchend und auf den Fluss starrend unter dem lilafarbenen Blütendach stehen und scharrte mit seinen Cowboystiefeln an den knorrigen Wurzeln des alten Baums. Nach ein paar Minuten hörte Swann, wie ein tief grummelnder Motor einen Gang heruntergeschaltet wurde, kurz röhrte und gleich wieder niedertouriger lief, dann sah er einen Statesman heranrollen.

Sogar aus der Entfernung erkannte Swann, dass der Fahrer mit dunkler Pilotenbrille und Koteletten Ben Hogan war. Die elektrischen Fenster des Statesman glitten nach unten, und Hogan sagte etwas zu Quinlivan. Der junge Mann schüttelte den Kopf, aber es schien kein Nein zu sein; denn er ging um den Wagen herum und stieg ein. Als er neben Hogan saß, machte er einen noch angespannteren Eindruck als zuvor. Hogan hatte sich zu ihm gewandt und redete erregt auf ihn ein. Die Fenster glitten wieder nach oben, und der Statesman schoss mit kurzem Reifenquietschen los, offenbar in Richtung der Straße, die über die Klippe führte, immer am Flussufer entlang, bis der Flussblick von hochummauerten Villen verdeckt wurde.

Der Statesman war nicht Hogans übliches Gefährt, und

Swann vermutete, dass er eins der beschlagnahmten Fahrzeuge war, die von Drogenfahndern bei verdeckten Ermittlungen genutzt wurden. Was sein Erstaunen nur wachsen ließ. Swann folgte ihnen auf den Stirling Highway Richtung Fremantle und auf die Brücke über den Swan River, dann bog er hinter ihnen auf den Canning Highway nach Osten. Hogan fuhr schnell, schlängelte sich zwischen langsameren Fahrzeugen vorwärts, bis er den Highway an einer ruhigen Vorstadtstraße verließ und parkte. Swann fuhr an der nächsten Straße ab und wartete an der Ecke, weil Hogan vermutlich die übliche Taktik anwandte, um etwaige Verfolger zu erkennen.

Er sollte recht behalten, denn der Statesman fuhr über die Kreuzung und bog in den Parkplatz eines Getränkemarkts, wo er mit quietschenden Reifen einmal im Kreis fuhr und über die Einfahrt auf den Canning Highway zurückkehrte. Diese kleine Pirouette hätte Swann beinahe auffliegen lassen, aber weil sein Holden EK so viel langsamer war, hatte er geparkt, ehe der Statesman in entgegengesetzter Richtung ankam. Als er außer Sichtweite war, kehrte Swann ebenfalls um und fuhr erst über die Marmion, dann rechts in die Carrington Street am Friedhof von Fremantle vorbei, wo der Statesman schließlich in das kleine Industriegebiet von O'Connor einbog.

Die sonnenverbrannten breiten Straßenränder waren fast baumlos, und am Wochenende war hier nur wenig Verkehr. Swann ließ sich zurückfallen, sah aber, dass der Statesman in eine Gasse einbog. Er wusste, was dort zu finden war – zu beiden Seiten gab es kleine Werkstätten ohne Stromanschluss, die für heutige Verhältnisse zu klein waren und nur noch als Lager taugten. Über eine seitliche Einfahrt fuhr Swann auf den Friedhofsparkplatz und ließ den Holden so weit rollen, dass er von der Straße aus nicht zu sehen war. Er parkte vor einigen orthodoxen Grabstätten mit wuchtigen Kreuzen, schiefen Balken und Plastikblumen. Nach dem Aussteigen setzte er eine Schirmmütze und seine Sonnenbrille auf und überquerte die Straße, um an das hintere Ende der Gasse zu gelangen. Dort duckte er sich in die Hakea-Sträucher in der Nähe eines Autoverwerters. Von hier überblickte er die Straße, in die die kleine Gasse einmündete.

Er brauchte nicht lange zu warten. Es dauerte keine Minute, bis der Statesman wieder herauskam und nach links in Richtung Berge fuhr. Allerdings saß Hogan nun allein im Wagen. Als Swann die ersten der rostigen Wellblechhütten erreicht hatte, die von Zaunpfosten und alten Latten mehr schlecht als recht gestützt wurden, war es zu spät. Das langsame Wummern der Harley brachte die wackligen Gestelle der straßenseitigen Hütten zum Scheppern. Er traute seinen Augen kaum, aber es war wahr – da kam der Sohn des Richters, dieser windige Betrüger mit feinen Manieren, mit heruntergelassenem Visier auf der Knucklehead daher. Auf der Straße drehte er das Gas auf und folgte Hogan nach Osten über die strauchbestandenen Straßen. Aus dem metallischen Blubbern wurde schließlich nur noch ein leises Sprotzen, als die Maschine auf der Hauptstraße verschwand.

Swann sprang aus seiner Deckung, um Quinlivan zu verfolgen und ihn in Biker-Kluft zusammen mit Hogan zu fotografieren, vielleicht sogar bei ihrem nächsten Raubüberfall. Für die Presse ein gefundenes Fressen. Er hatte die Straße zur Hälfte überquert, als er auf dem Friedhof einen einzelnen Schuss hörte, dessen Widerhall die Blechwände hinter ihm erneut scheppern ließ. Er duckte sich, huschte dann an dem niedrigen Maschendrahtzaun über den Seitenstreifen mit ausgeblichenem Gras und Zamia-Palmen. Als er genug Deckung hatte, sprang er über den Zaun, zog seinen Revolver und schlich zwischen den Gräbern zu seinem Wagen.

Hinter einem Grabstein hervorblickend sah er, dass der rechte Hinterreifen seines EK zerschossen worden war. Er trat aus der Deckung und stand leicht gebückt auf dem Friedhofsweg – früh genug, um die Bremslichter des weißen Commodore zu sehen, der mit quietschenden Reifen in die Carrington Street einbog.

Swann wechselte den Reifen, verließ den Friedhof und kehrte nach Fremantle zurück. Von einem öffentlichen Fernsprecher im National Hotel rief er Marion an, die ihm berichtete, was mit Louises Freundin Penny geschehen war. An Marions Stimme hörte er, dass sie nicht allein war, aber weil sie so frei sprach, wusste er, dass sie ihrem Besuch vertraute. Das bestätigte sich, als Swann hinter Marions Datsun den silbernen Chrysler Valiant Pacer von Detective Constable Terry Accardi in der Auffahrt sah. Terry würde sich nicht bei Swann daheim zeigen, wenn es unwichtig wäre.

Swann fuhr um den Block und stellte seinen Holden auf den Parkplatz des Seaview Hotel, der direkt an sein Grundstück grenzte; das Hotel selbst wurde von seiner Gartenhütte verdeckt. Er kletterte über den Zaun, um heimlich, von hinten und durch den Garten, zu sich nach Hause zu laufen.

Auf der Terrasse saß Marion und hatte einen Arm um die weinende Louise gelegt. Gegenüber, auf der anderen Seite des Gartentisches, stand Terry Accardi. Er hatte ein Notizbuch in der Hand und einen Bleistift hinterm Ohr. Andere Polizisten schienen nicht da zu sein. Beim Anblick der weinenden Louise zog sich Swanns Brust zusammen.

»Daddy!«

Swann legte beide Arme um sie und zog sie fest an sich.

Schon seit vielen Jahren hatte ihn Louise nicht mehr »Daddy« genannt. Er spürte sie an seiner Brust schluchzen, sein Hemd wurde feucht. Er strich ihr übers Haar und warf Accardi einen Blick zu, der mit einem Nicken auf die Auffahrt deutete. Swann küsste Louise auf die Stirn und wischte ihr die Tränen von der Wange. Sie sah ihn mit schmerzerfülltem Blick an. Penny war drogensüchtig gewesen, und Louise hatte gewusst, dass eine Überdosis immer möglich war, aber das war kein Trost.

Er führte Accardi um die Ecke, wo der Detective seine kühle Fassade fallenließ. Swann war über viele Jahre Terry Accardis Mentor gewesen, aber das konnten seine Kollegen nicht wissen.

»Kanntest du Penny?«, fragte Swann.

»War ne Freundin von meiner kleinen Schwester, sie waren zusammen in der Grundschule. Mein Dad hat mit ihrem früher Fußball gespielt. Bei East Fremantle Tricolore.«

Accardi zündete zwei Zigaretten an, reichte Swann eine. Er sah mitgenommen aus. Musste ein übler Anblick gewesen sein.

»Und was haben sie in der Pressemitteilung weggelassen?«

Ausdruckslos begann Accardi zu sprechen. »Im Johnson-Court-Block, zwölfter Stock. Einzimmerapartment. Muss mehrere Tage dagelegen haben. In der Sommerhitze. Die Nachbarin hat sich über den Gestank beschwert. Sie war schon ganz schwarz. Nicht mehr zu erkennen. Hatte sie seit Jahren nicht gesehen. Jetzt hab ich schon drei Mal geduscht und drei Mal was Frisches angezogen, aber ich krieg den Geruch nicht los.«

Swann ließ sich von Accardi die Einzelheiten berichten – allerdings nur um dessentwillen, nicht weil er selbst sie wissen wollte. Das war gar nicht nötig. Er hatte solche Dinge bereits gesehen. Gerochen. Doch Accardi musste darüber reden. Bloß nicht mit dem eigenen Vater, der Mutter, der Partnerin. Damit die Trauer, der Schmutz, die Scheußlichkeit nicht auch noch sie erreichten.

Accardi war sichtlich erleichtert, als er sich alles von der Seele geredet hatte. Seine Augen begannen zu funkeln. Die Stimme war verändert, melodischer.

»Warum die Mordermittlung? Irgendwas ungewöhnlich? Hinweis auf Fremdverschulden?«

Die Frage zwang Accardi, sich auf die Polizeiarbeit zu konzentrieren. »Es war kein Spritzbesteck da. Und kein Stoff.«

»Nett von ihren Freunden, das gleich mitgehen zu lassen.«

»Die Nachbarin, eine ältere Dame, hat angegeben, dass sie einen jungen Mann gesehen hat, der am Dienstagmorgen aus der Wohnung kam. Ordentlich gekleidet. Cowboystiefel, helles T-Shirt, ziemlich neue Jeans. Sie sagte, er war sogar richtig gekämmt. Deswegen ist er ihr aufgefallen, meinte sie. Gutaussehend, schmal, blass.«

»Hat sie gesehen, wie er weggefahren ist?«

»Vom zwölften Stock? Unmöglich. Aber Louise hat denselben Jungen wie die Nachbarin gesehen. Er hat nach dem Konzert auf dem Parkplatz auf Penny gewartet. Zu Justins Lieferwagen ist er nicht gekommen. Das fand Louise eigenartig, aber sie hat gedacht, er ist eben ein Drogenfreund von Penny. Was ja wohl stimmte. Du hast ihn an dem Abend nicht gesehen, oder?«

Swann schüttelte den Kopf. Sofort nach Louises Auftritt war er wieder in die Stadt gefahren, um nach Hogan und Cassidy zu suchen.

»Überleg doch«, fuhr Accardi fort. »Dem Verdächtigen kann man nichts vorwerfen außer unerlaubtes Entfernen vom Tatort, unterlassene Hilfeleistung, aber es wär gut, ihn zu finden. Mir als kleinem Detective geben sie die ganzen Überdosen. Ist schon die dritte heute. Drei Eltern, denen ich die Nachricht überbringen muss. Die beiden anderen waren in Nedlands und Claremont.«

Swann überlegte, ob er Accardi von Gary Quinlivan erzählen sollte. Doch erst wollte er selbst mit Quinlivan sprechen, sehen, ob er ihn knacken konnte. »Du siehst besser zu, dass du Land gewinnst, Terry – wenn ein andrer vorbeikommt und Hogan das erfährt, ist deine Karriere im Eimer.«

Accardis Züge wurden weicher, er sah Swann entschuldigend an. Ein guter Kerl. Die meisten Polizisten waren gute Kerle, bis sie an Leute wie Hogan und Farquarson gerieten.

»Du hast es noch nicht gehört? Ach, Gott.«

Swann schüttelte den Kopf. »Spuck's aus.«

»Du musst dich nicht nur vor Hogan und seinen Leuten in Acht nehmen. Seit ungefähr einer Stunde ist jeder Uniformierte in Perth hinter dir her. War im Polizeifunk. Es wurden zwar keine Gründe genannt, aber man soll dich sofort festnehmen. Der Verdächtige ist möglicherweise gefährlich. Nicht auf eigene Faust handeln. Einsatzkommando anfordern.«

»Mein Auto?«

»Die Kennzeichen sind durchgegeben. Du musst es loswerden. Oder wenigstens die Nummernschilder.«

»Warum ist denn noch keiner hier aufgekreuzt?«

»Keine Ahnung. Aber du solltest verschwinden.«

Accardi stieg in seinen Wagen und fuhr fort. Ehe Swann ihm folgte, musste er jedoch telefonieren.

Er trat, dicht gefolgt von Marion, in die Küche, als drei Freunde von Louise ankamen. Swann nahm das Telefon und trug es durchs Wohnzimmer bis ans Fenster zur Straße. Dort wählte er Sullivans Nummer und ließ sich von der Sekretärin verbinden. Vermutlich war sein Telefon verwanzt, aber es war ihm egal, ob sein Gespräch mit dem Minister aufgezeichnet wurde.

»Du Mistkerl. Ich hab doch gesagt, dass ich sie finde ...«

»Das reicht nicht, Frank. Du hast einfach nicht geliefert. Nicht genug. Ich hab gesagt, ich will Beweise. Ich weiß, es gibt welche. Mir wurde gesagt, es gibt Fotos. Die will ich.«

»Dann pfeif die Plattfüße zurück. Wenn die mich verhaften, geht gar nichts mehr –«

»Sieh's als kleine Aufmunterung, Frank. Wir alle haben so unsre Probleme. Eins von deinen ist jetzt eben auch, dass du tausend bewaffneten Uniformierten und hundert Detectives aus dem Weg gehen musst. Besorg mir die Fotos, dann zieh ich die Uniformierten ab. Das mit den Detectives musst du allerdings selber regeln, fürchte ich.«

Gleich nach dem Auflegen klingelte das Telefon wieder. Swann vermutete Pennys Vater, der mehr wissen wollte als die offiziellen Verlautbarungen. Instinktiv nahm er ab.

Aber es war Hogan.

»Sullivan kann dich nicht beschützen, Swann. Er ist auf dem absteigenden Ast, bei ihm geht's zu Ende, genau wie bei dir.«

»Ich wollte grade gehen.«

Hogan lachte. »Warum hab ich nur damit gerechnet, dass du das sagst? Du kapierst es einfach nicht. Du nimmst mich nicht ernst. Ich will haben, was mir gehört. Und dann will ich, was dir gehört. Und dass du bezahlst.«

Swann blickte zwischen den Kalikovorhängen hinaus in die Dämmerung und sah den weißen Commodore vorbeifahren. Akazien und Banksien fächelten im Fahrtwind. Und dann sah er, was dort nicht sein sollte, seinen Holden FK, abgestellt, wo er ihn nicht abgestellt hatte, direkt vor seinem Haus.

»Du hast vierundzwanzig Stunden, um mir das Geld zu geben. Fünfzigtausend, dann sind wir quitt. Wenn nicht ... Ende.«

Die Explosion ließ den Wagen in einem Feuerball durch die Luft fliegen. Die Druckwelle ließ die Scheibe zum Vorderzimmer bersten, die Splitter prasselten in einem Schauer auf Swann. Eine nahe Straßenlaterne blitzte auf und ging aus. Im Haus war es dunkel. Draußen auf der Straße weiße Hitze und züngelnde orange Flammen und dichter schwarzer Rauch, den er auf seinem Gesicht, auf seinen Haaren spürte.

Swann sah zu Boden und entdeckte eine immer größer werdende Blutpfütze zwischen seinen nackten Füßen. Eine Glasscherbe in seinem Oberschenkel und Blut, das an der Schenkelinnenseite herunterlief, alles scharlachrot leuchtend. Er hielt den Hörer immer noch an sein Ohr. Auch Hogan war noch dran, er hörte ihn leise fluchen, ehe er auflegte.

36

Beim Aufwachen war Swann noch benommen. Er hatte Schmerzen, das grelle Neonlicht stach in seinen Augen. Marion drückte ihm die Hand, küsste ihn vorsichtig auf die Stirn. Auf der anderen Seite des Zimmers maß eine Schwester bei einem Kind Fieber, das Thermometer steckte wie eine Glaszigarette im Mund des Jungen. Neben ihm hielt ein Säugling mit eingegipstem rechtem Fuß eine Miss-Piggy-Puppe umklammert. Im nächsten Bett ein Jugendlicher, dessen Gesicht fast vollständig mit Mullbinden umwickelt war. Eine Jugendliche mit dem Arm in einer Schlinge stritt mit einer Schwester. Sie wollte ihre Zigaretten.

Die Kinderstation des Fremantle Hospital an einem ruhigen Abend.

»Ist sonst noch wer verletzt?«, fragte er.

Marion schüttelte den Kopf. »Die Kinder haben sich total erschreckt. Aber wir hatten Glück. Du vor allem. Überall Schnitte, aber nichts Ernsthaftes. Das Stück Glas in deinem Bein hat eine Vene gestreift. Sie haben dir eine Art Stent eingesetzt.«

»Es tut mir leid«, sagte er. »Ich hätte nicht heimkommen sollen.«

»Ich wollte das doch.« Marion drückte wieder seine Hand. Wie schon so oft in ihrem Leben. Die Jahre zusammen, die Kinder, das Versprechen einer gemeinsamen Zukunft.

»Hogan wird dir nichts tun«, sagte Swann. »Er muss auch an seine Karriere denke. Aber ihr könnt nicht bleiben. Sie werden Tag und Nacht bei euch vorbeikommen. Denk an die Kinder. Die unregistrierten Waffen ...«

»Schon erledigt. Wir sind zu Brett gezogen. Das Gewehr und die Pistole hab ich mitgenommen.«

Er sah in ihre klaren grünen Augen. Wach, klug, der Blick ihres Vaters. Der Mann, der sie beide erzogen hatte. Marion wusste, was auf sie zukam.

»Ich hab dich unter meinem Mädchennamen angemeldet. Sie haben während der Operation auf dich gewartet, aber ich hab dich hierher in die Kinderstation bringen lassen. Du musst dich ausruhen, ehe du wieder was unternimmst. Lass den Stent anwachsen. Wenn nicht, besteht die Gefahr schwerer innerer Blutungen. Und dann kann ich nichts mehr tun.«

»Ich brauch diese Fotos«, entgegnete Swann. »Die von Marrone. Bei der Brandstiftung. Mattie halt ich raus.«

»Ist nicht nötig. Ich hab sie in den Bus gesetzt, mit ein

bisschen Bargeld. Hier sind die Abzüge, doppelt, und einmal dazu die Negative. Die echten Negative sind in Sicherheit.«

Sie hob einen blauen Luftpostumschlag in die Höhe. Blickte ihn forschend an.

»Deine Mrs Henderson war hier. In der Notaufnahme, als du unterm Messer warst. Sie hat mir das für dich gegeben. Ich soll dir sagen, dass du recht hattest. Dass sie wegzieht.«

Marion öffnete den Umschlag und fächerte ein Bündel Geldscheine auf. Job bezahlt. Arbeit beendet.

Eine Frage beschäftigte Swann jedoch. Wieso hatte Jennifer Henderson gewusst, dass er hier war, im Krankenhaus? Doch dann war er einfach erleichtert, dass sie sich von Rosa Gold trennte, ihn nicht länger brauchte.

»Hat sie noch was gesagt?«

»Nur das. Und sie hat dein Hemd zurückgegeben. Gewaschen und gebügelt.

Marion zeigte keine Regung, ihre Katzenaugen schimmerten im Neonlicht.

Swann verjagte den Gedanken an Jennifer Henderson, spielte kurz mit der Idee, sich mit ihrem Geld und der Belohnung von Percy Dickson in Sicherheit zu bringen – Hogan zu bezahlen.

Aber das würde nichts ändern. Hogan war das Geld egal. Das hatte er mit dem Mordanschlag klargemacht.

»Wie spät ist es?«

Marion sah auf ihre Uhr. »Sieben. Du hast eine Nacht und einen Tag lang geschlafen.«

Swann musste etwas erledigen.

Marion presste ihre Lippen fest auf seine, dann wurde ihr Kuss weicher, zärtlicher, sie ließ ihre Hände von seinem Hinterkopf durch seine Haare gleiten, bis ihre warmen Daumen auf seiner kalten Stirn lagen.

Als sie gegangen war, warf Swann die dünne Decke zur Seite, stand mit noch wackligen Knien auf und zog den Trennvorhang zu, der sein Bett von den anderen abschirmte. Im Schrank neben dem Bett war seine Kleidung, sein Portemonnaie und etwas, das Marion hineingelegt hatte – der langläufige .38er-Revolver, den er Dennis Gould abgenommen hatte. Am Gewicht erkannte er, dass er geladen war.

Marion hatte gewusst, dass er sofort aus dem Krankenhaus verschwinden würde. Dass er, wenn er eine Waffe brauchte, nicht seine eigene nehmen konnte. Im Portemonnaie steckte der Rest von Dicksons Belohnung, in seiner Jackentasche eine Zahnbürste, eine Schachtel Schmerztabletten und Marions Autoschlüssel. Trotz des wegen der Bandage steifen rechten Oberschenkels schaffte er es, sich die Schuhe zu binden. Dann fuhr er sich rasch mit den Händen durchs Haar und ging. Die Schwester im Schwesternzimmer nutzte den ruhigen Moment und las eine Zeitschrift mit Olivia Newton-John auf dem Titel. Als er vorbeiging, blickte sie nicht mal auf.

Marions Datsun stand direkt auf der anderen Straßenseite. Die kühle Nacht und eine frische Meeresbrise halfen ihm, klarer zu sehen. Er hatte Schnitte an Armen und Schultern, und beim Anziehen waren ein paar Wunden wieder aufgegangen. Das Blut auf der Stirn und dem Handrücken tupfte er weg. Auf dem Armaturenbrett des Wagens lag eine Schachtel Craven A; im Fußraum eine Flasche Grant's und ein Karton mit seinem neuen Abhörgerät – Empfänger, Rekorder und Wanze in der Original-Verpackung. Auf dem Rücksitz ein Schlafsack. Marion hatte sogar den Fahrersitz auf seine Höhe eingestellt und für den nötigen Fußraum gesorgt. Der Datsun war klein, ihm kam es vor, als säße er in einem großen Blecheimer. Er startete den Wagen und machte sich auf den Weg nordwärts über den Fluss.

Swann drückte den Klingelknopf an dem riesigen Metalltor vor dem Clubhaus. Angesichts der modernen Überwachungskameras, die über ihm schwebten und ihn beim Rauchen beobachteten, fand er das altmodische Klingelgeräusch fast seltsam. Als sich nach einer Weile immer noch nichts tat, nahm er ein paar leere Bierflaschen, die neben dem Tor im Straßengraben lagen, und warf sie in verschiedene Richtungen, um vielleicht ein Fenster oder ein Motorrad zu erwischen.

Die Nongs hatten ihr Clubhaus in Morley so befestigt, dass es sogar Panzerfaustbeschuss oder LKWs standhielt. Dennoch hatte das Geräusch der Glasflaschen, die auf dem Betonboden hinter den hohen Mauern platzten, den gewünschten Effekt. Es dauerte nur wenige Sekunden, bis Swann das Getrappel schwerer Stiefel hörte. Gleich darauf wurde eine Pumpgun durchgeladen. Er ging einen Schritt zurück, zertrat die Zigarette mit dem Schuhabsatz und zog den Reißverschluss seines Parkas hoch.

Ein bärtiges Gesicht tauchte auf. Alter Zigarrenrauch mischte sich mit dem Geruch von Ginger Wine. Blutunterlaufene Augen. Das Haar unter einem schmierigen Bandana. Swann kannte den Mann nicht, er musste zu Gus Rileys Fußvolk gehören.

Die Mündung der einläufigen Waffe im Rücken und verfolgt von den Blicken der Biker-Ladies, schritt Swann zwischen den in alten Ölfässern brennenden Feuern durch. Auf umgedrehten Milchkästen standen Lautsprecherboxen, aus denen Rose Tattoo wummerte. Es gab eine üppig ausgestattete Bar samt barbusiger Barfrau, Flipper und Poster mit nackten Frauen an den Wänden.

Swann wurde durch die ganze Bar geschubst, bis sie in einen mit Spanplatten abgetrennten Raum kamen. Dort waren die dreißig obersten Nongs versammelt. Sie saßen in ihren Kutten, mit Bierdosen in den Pranken, um einen Billardtisch, der mit Brettern abgedeckt war. Schweigend und ausdruckslos sahen sie ihn an und wandten nach und nach den Blick zu Gus, der mit einem kleinen Holzhammer mit Nickelplättchen feierlich auf ein Lederbänkchen schlug.

Gus sah in die Runde, ohne Swann im Geringsten zu beachten. »Verschiebung des Antrags bis ...« – er blickte auf seine Uhr – »... bis einundzwanzig Uhr fünfzehn. Einverstanden?«

Die um den Tisch Versammelten nickten oder grunzten ihre Zustimmung, und sich kratzend, streckend und Swann von Kopf bis Fuß musternd stand die Führungsschicht der Nongs auf. Im Hinausgehen leerten sie ihr Bier und warfen die Dosen in die Mülltonne neben der Tür. Bald waren nur noch Gus und der Mann mit der Pumpgun im Raum. In der Luft Tabakrauch, Ledergeruch und Benzingestank. Und plötzlich mischte sich auch der Duft von Fleischpasteten dazu, die von der barbusigen Barfrau hereingetragen wurden.

»Jetzt nicht, Sharon. Und du kannst auch gehen, Bruce.«

Als sie allein waren, gestattete sich Swann ein Grinsen. »Bruce?«

»Keine Truppen ohne Trottel, Swann, gerade du müsstest das wissen. Bruce ist der unsre.«

»Hat mich nicht mal nach Waffen abgetastet.«

Swann zog die .38er von hinten aus seinem Hosenbund und richtete sie auf Riley. Der zuckte mit keiner Wimper.

»Bruce ist Kanonenfutter. Der kann sich nichts Schöneres vorstellen, als sich für die Nongs eine Kugel einzufangen und heldenhaft zu sterben. Komm, setz dich.«

»Wenn's der Chef erlaubt, sehr gern.«

»Mach nur weiter so und strapazier meinen guten Willen. Ist nicht unbedingt das Schlauste, einfach so in ne Nong-Sitzung reinzuplatzen. Du kannst dir sicher vorstellen, worum's bei uns grad geht.«

Swann nahm auf einem Plastikstuhl Platz und betrachtete Gus Riley durch die letzten Rauchschwaden. Die .38er hielt er nun auf den Boden gerichtet. »Geschäft ist Geschäft, schätz ich.«

Riley lachte, aber sein Blick war kalt. »Ich weiß, was dir dein EK bedeutet, fast so viel wie mir meine Knucklehead, aber immerhin hab ich dir den Gefallen getan und ihn zu früh in die Luft gejagt. Eigentlich solltest du drin sitzen. *Rumms* und Schluss.«

»Das wird Hogan gar nicht gefallen.«

»Irren ist menschlich. So was passiert eben. Und es ist ja nicht so, dass wir dafür bezahlt wurden. Wegen der Scheiße mit der Schmucksache hat mir der Arsch von Hogan gedroht, mich in die Mangel zu nehmen, uns alle, bis er der Meinung ist, wir wären quitt. Sonst gibt's Razzien, Verkehrskontrollen, Überwachung unserer Läden, egal ob legal oder nicht.«

»Tja, da muss ich mich wohl für Percy Dickson entschuldigen. Weil er dich da reingezogen hat.«

»Wenn ich die Memme noch mal sehe, nehm ich mir auch sein andres Bein vor. Und dann seine Arme.«

»Eure Sitzung. Gab's schon eine Entscheidung, von der ich wissen sollte?«

»Wird kein Spaß für dich, wenn der Antrag durchgeht. Sie werden sich sowieso schon fragen, warum ich dich noch nicht erledigt habe. Dass du gekommen bist, erspart uns die Mühe, dich zu suchen.«

»Ich hätte ein Geschäft für dich. Und noch was anderes.«

»Wenn du weißt, wo meine Knucklehead ist, dann spuck's

aus. Oder soll ich Bruce und ein paar andere rufen, damit sie's aus dir rausprügeln, ehe wir dich in einer Kackgrube versenken?«

Swann nickte in Richtung des Zeremonialhammers. »Damit willst du mich aber nicht totprügeln, oder, Gus? Du kriegst deine Knucklehead. Aber erst will ich dir eine kleine Geschichte erzählen. Über einen gemeinsamen Bekannten.«

Swann beugte sich vor, zündete sich eine Zigarette an und legte die .38er auf den Tisch. Er sah Riley in die Augen und begann zu sprechen. Als er geendet hatte, blickte Riley erst auf die Uhr, dann auf den Hammer und das Bänkchen. »Ich werd die heutige Sitzung abbrechen. Eine gut gefüllte Kriegskasse ist, was wir grade brauchen. Du hast bis morgen Abend Zeit, bis wir uns wieder versammeln. Danach liegt's nicht mehr in meiner Hand. Wie gesagt, nach der Abstimmung wird's kein Spaß für dich ...«

37

In Sullivans Stadtwohnung roch es nach Dschungel. Ihm gehörte die oberste Etage der Mount Eliza Apartments, ein fünfzehnstöckiges Haus, dessen runde raketenartige Form mit weißen Finnen ihm den Spitznamen Thermoskanne beschert hatte. Von hier lag einem die Stadt zu Füßen, der Blick erstreckte sich vom Kings Park bis zur St Georges Terrace und weiter zur Kammlinie des Darling Scarp, einer wellenartigen Hügelkette, die sich aus der Ebene erhob. Die feuchte Luft, die tagsüber in der Wohnung eingeschlossen war, hatte die üppig grünen Pflanzen, die an der geschwungenen Glasfront standen, ihren Duft verströmen lassen. Offenbar schätzte Sullivan vor allem tropische Pflanzen mit dünnen Stängeln und dicken, fleischigen Blüten, die einen aasigen Duft verströmten und aussahen, als würden sie am liebsten ihre Nachbarn verschlingen. Bis auf die Lampen zwischen breiten wächsernen Blättern und triefnassen grünen Stämmen lag die Wohnung im Halbdunkel.

Swann stand in der offenen Küche und sah Sullivan zu, wie er herumging und seine Pflanzen mit einer Hingabe und Liebe zum Detail goss, die er nicht von ihm erwartet hätte. Immer wieder trug Sullivan seine rote Gießkanne vom Wasserhahn zu den Fenstern. Der berühmte Gladstone-Koffer des Ministers, der wegen seines langjährigen Amtierens als Kassier seiner Partei oft Gegenstand von Witzeleien war, stand in Swanns Nähe auf dem Boden. Er hatte es nicht geplant, aber die Gelegenheit war da: Als Sullivan mit einer Bananenstaude beschäftigt war, ließ Swann eine Hand in den Koffer gleiten und drückte eine fingernagelgroße ERA2012-Wanze so tief wie möglich ins Leder.

Sullivan drehte sich um, stellte die Gießkanne ab und nahm am Glastisch in der Küche Platz, wobei er den Stoff seines Hausmantels über Bauch und Schritt zurechtzupfte. Er sprach kein Wort, sondern streckte nur die Hand aus.

Swann reichte ihm einen Umschlag mit Fotos von Leo Marrone und seinen Schlägern bei der Brandstiftung. Vor allem eines ließ einen schaudern. Darauf blickte Marrone direkt in die Kamera, während er Benzin aus einem Kanister ausschüttete – fast wie ein ertapptes Kind, wären da nicht seine roten Augen.

»Sind das die einzigen Abzüge?«

»Ja. Die Negative sind auch drin.«

»Und die Frau?«

»Ist weg.«

Sullivan schob die Fotos zurück in den Umschlag und kratzte sich am Bauch. »Die sind gut. Die kann ich verwenden.«

»Dann sind wir quitt.«

Sullivan nickte. »Ich mach morgen früh einen Anruf. Alle Anschuldigungen werden fallengelassen. Du findest ja selbst raus ... ich bin einfach zu faul.«

In der Telefonzelle im Foyer zog Swann das Telefonbuch aus seinem silbernen Schub. Es war zwar ein Schuss ins Blaue, aber vielleicht eine gute Rückversicherung. Der Oppositionsführer, volksnah, wie er sich gab, wohnte in einem Arbeitervorort und war im Telefonbuch geführt. Swann wählte, die Ehefrau ging ans Telefon und stellte zu ihrem Mann durch. Gewohnt von Wählern zu jeder Tages- und Nachtzeit angerufen zu werden, meldete er sich mit freundlichem Ton.

Seine Stimme änderte sich jedoch abrupt, als Swann sich vorstellte. Er wurde erst geschäftsmäßig, dann misstrauisch. Swann war es egal, ob das Telefon des Abgeordneten, der für Armadale im Parlament saß, verwanzt war. Er beschrieb die Fotos und nannte den Namen des Ministers, dem er sie übergeben hatte. Er habe einen zweiten Satz Abzüge. Ob er sie wolle? Die Antwort lautete ja, doch der Mann wollte nicht noch mal daheim angerufen werden. Swann solle sie bei seinen Mitarbeitern im Parliament House hinterlegen. Swann legte den Bakelithörer auf und schob das Telefonbuch zurück in den Schub.

Der Datsun stand unter einem Zedrachbaum am Aufstieg der Jacob's Ladder, des alten Stufenweges auf den Mount Eliza. Als er drin saß, griff er hinter sich auf die Rückbank, tastete nach dem Empfangsteil des Abhörgeräts und sah nach, ob die Batterien frisch waren. Der Empfänger blieb still. Entweder war Sullivan bereits eingeschlafen, oder das verdammte Ding funktionierte nicht.

38

Die Mündung des Swan River war hell erleuchtet: Die Torkräne im Hafen fuhren Tag und Nacht hin und her, dröhnend drehten sich Ladebäume, ächzend spannten sich Trossen. An allen Piers lagen Containerschiffe, deren hohe Bordwände am Nordrand der Stadt einen beweglichen Wall bildeten.

Swann parkte vor dem Tor des Fremantle Prison und ging zum unbeleuchteten Eingang des South Fremantle Football Club. Von den Früchten der Großblättrigen Feige, die unter seinen Schritten aufplatzten, stieg leichter Hefeduft auf. Er schwang sich über das Drehkreuz und hielt sich im Schatten, bis er zur dunklen Glasziegelmauer der Bar des Clubs kam. Wie erhofft, war die Tür verschlossen, doch ein schwaches Licht verriet, dass Danny Yates noch die Kasse machte und die Münzhäufchen zählte, um sie dann in ein Baumwollsäckchen zu schieben. Heute Abend war trainingsfrei, doch selbst im Dunkeln sah der Rasen in der Platzmitte mitgenommen und dürr aus. Der Sand in den Torräumen an beiden Platzenden schimmerte gelblich. Auf dem Hügel hinter dem Platz war der düstere Gefängnisbau zu sehen. Ein Posten mit tief ins Gesicht gezogener Schirmmütze und Gewehr am Schulterriemen patrouillierte im Laufgang der Mauer.

Swann klopfte an die geschlossene Glastür. Danny hielt inne, griff unter den Tresen und zog einen Baseballschläger hervor. Damit ging er zur Tür und sah hinaus. Als er Swann erkannte, entspannte er sich, sperrte auf und ließ ihn herein.

Im Licht am Tresen war Swann von Dannys Anblick schockiert, und er versuchte nicht, es zu verbergen. Der Kopf über Dannys rechtem Ohr war kahlrasiert – von der Schläfe fast bis zum Nacken zog sich eine krustige, mit schwarzem Faden vernähte Wunde.

»Gut schaust du aus«, ergriff Danny als Erster das Wort. »Hab gehört, was passiert ist. Das mit deinem Auto. Wusste gar nicht, dass du so nah dran warst.«

»Wer hat's dir erzählt?«

»Die hiesigen Bullen. Die kamen her und haben nach dir gesucht. Curtis und ein paar andere Gauner. Hogans Helden.«

»So was Ähnliches hat erst kürzlich jemand anderes gesagt. Was ist mit dir passiert?«

Danny überging die Frage. »Ich hab gesagt, dass ich dich nicht gesehen hab und nicht weiß, wo du bist. Sie meinten, es wäre zu deinem Schutz. Angeblich um dich in Sicherheit zu bringen. Jemand hätte's auf dich abgesehen. Da musste ich dann schon lachen.«

»Waren die das? Die Bullen?«

»Nee. Ich wurde ein paar Stunden später überfallen. Nur einer, aber ziemlich flink mit seinem kleinen Samuraischwert. Das Arschloch hat mich mit einem Schlag aufgeschlitzt. Die Kopfhaut hing mir runter wie die Schlabberlefzen einer Bulldogge. Erst rot-weiß, dann nur noch rot. Hat geblutet wie Sau, Frank. Als ob man ein Schwein schlachtet.«

»Und warum arbeitest du dann überhaupt, Danny?«

»Was ich nicht verstehe, ist, warum der Kerl das überhaupt getan hat. Ich hatte ihm das Geld schon gegeben und ihn gar nicht angesehen. Hab einfach mein Zeug gemacht.«

Die Vereinsbar der Bulldogs war kaum mehr als einhundert Schritte von Freos Polizeiwache entfernt. Ein Überfall hier war höchst ungewöhnlich.

»Der Schweinehund wusste genau, wo der Safe ist. Hinten.«

»Während der Öffnungszeiten?«

»Ja. So ein kleines, mickriges Kerlchen. Einer von denen,

die sich immer auf die Zehenspitzen stellen müssen, damit sie über ihren Minderwertigkeitskomplex drüberschauen können. Ein Prachtexemplar von denen. Musste unbedingt den großen Macker rauskehren, selbst wo ich gar nicht hingeschaut hab.«

»War viel Geld im Safe?«

»Ziemlich. Er schien aber nicht überrascht.«

Swann rieb sich mit der Hand übers Kinn. »Er war nicht zufällig mit ner Harley unterwegs?«

Danny goss ihm ein Glas Bitter ein. »Ist erst mal zu Fuß weg, bis durchs Tor. Danach weiß ich nicht. Aber ich war auch ein bisschen abgelenkt, muss ich zugeben. Immerhin hing mir ein Lappen Haut übers Ohr. Da hab ich nur noch zugesperrt und bin rüber in die Notaufnahme. Die nächste Frage brauchst du erst gar nicht stellen. Hab mich selbst schon gefragt, warum niemand anderes vernommen wurde. Wer wusste noch, wo der Safe ist und welcher der beste Tag für den Überfall war?«

»Na, dann hast du ja sicher schon eine Antwort drauf. Und vermutlich ist es dieselbe, die ich hätte.«

»Da gibt's nicht allzu viele. Der Clubboss, paar andere Mitarbeiter. Die Bullen von hier. Dazu Farquarson, der hat mal gesehen, wie ich ihn geöffnet hab. Ich war vor ein paar Jahren mit ihm saufen. Vorher haben wir gemeinsam zugesperrt. Sonst fällt mir keiner ein.«

»Ich frag mal meine Quellen, wer hier in der Gegend so ein Schwert schwingt.«

»Danke, dass du nicht sagst ‚Ich streck mal die Lauscher raus'. So richtig lustig find ich das Ganze nicht.«

Swann hatte nicht bemerkt, dass Dannys Ohr teilweise wieder angenäht worden war. Wäre seine Tolle nicht etwas vom Kopf abgestanden, hätte man sein Gesicht im Profil für eine übergestülpte Maske halten können.

Danny musterte nun Swanns Verletzungen eingehender – die Schnitte auf Gesicht und Händen. Ihm schien noch etwas auf dem Herzen zu liegen, doch er hielt sich zurück. Aber dann platzte es aus ihm heraus. »Ich bin mir nicht sicher, ob ich sie dir geben sollte.«

»Solltest du.«

»Warum machst du nicht einfach ... Ehrlich jetzt. Ruh dich ein paar Tage bei mir daheim aus.«

»Danke, vielleicht komm ich drauf zurück. Aber trotzdem will ich sie.«

Der Barmann zuckte die Achseln, ging in sein Büro und kehrte mit dem Pappkarton zurück, den Swann ihm gegeben hatte. Danny hatte die roten Gefahrenaufkleber abgezogen. Sechs Stangen Sprenggel aus den Beständen von Rosa Gold.

Ohne dass er danach gefragt worden wäre, brachte ihm Danny Yates danach das Telefon. Swann blickte auf die Uhr über dem Tresen und sah, dass es noch zu früh für den Anruf bei Riley war. Er wählte stattdessen die Nummer von Donovan Andrews, um sich über den neuesten Straßentratsch zu informieren. Andrews erzählte, die Bordsteinschwalben klagten, dass sie von Hogan und Farquarson übel ausgequetscht wurden und mehr als die üblichen Summen abliefern mussten. Dasselbe hörte man aus den Spielstuben – mehr Razzien als sonst, und bei jeder mussten die Zocker abmachungsgemäß Geld auf den Tischen liegen lassen. In manche Läden war sogar jede Nacht Polizei gekommen. Ausgenommen war nur der European Club, in dem überhaupt keine Razzia stattgefunden hatte. Es gab Gerüchte, dass Junkies zu Überfällen angestiftet wurden und dafür Drogen bekamen; andere sprachen von Zoff zwischen Detectives verschiedener Einheiten, Streitereien wegen der steigenden Verbrechenszahlen und darüber, dass der »Biker-Bandit« noch nicht geschnappt worden war.

Swann dankte Andrews und legte auf. Klopfte gegen sein Glas und zündete sich eine Zigarette an, während Danny ihm ein neues Bier zapfte. Er überlegte, ob er Yates berichten sollte, dass er vielleicht von einem Junkie überfallen worden war, der einen Tipp von Farquarson bekommen hatte – doch was sollte das bringen? Zur Presse zu gehen, half auch nichts. Immer dasselbe. Keine der Prostituierten, die sich über höhere Schmiergelder beklagten, konnte dazu eine offizielle Aussage machen, genauso wenig wie die geschröpften Zocker oder die zu Überfällen gezwungenen Junkies. Hogan und Farquarson standen offensichtlich unter Druck, aber Swann wusste nicht, warum.

Die Uhr über dem Tresen zeigte nun nach Mitternacht, und Swann wählte Gus Rileys Nummer. Ohne Umschweife berichtete er, welchen von Isaacs' und Bevans Läden die Nongs auf Swanns Hinweis einen »nachdrücklichen Besuch« abgestattet hatten. Die Einzelheiten würden für Swann später wichtig sein, weil nicht allzu viel davon in die Nachrichten gelangen würde. Es gab ja auch nichts zu berichten, niemand war verletzt worden, niemand hatte etwas gehört oder gesehen.

Dann überraschte Riley Swann damit, dass er sich bedankte. »Das war gutes Geld, das hat den Jungs Laune gemacht. Du hast noch zwanzig Stunden, bis wir kommen. Und jetzt, wo ist mein verdammter Bock?«

»Nachdem du meinen Holden zerlegt hast, Penner?«

»Ich besorg dir einen anderen in der gleichen Farbe, frisch von unserem Schrottplatz. Dazu 'n Haufen Ersatzteile. Also, wo ist mein verdammtes Bike, Swann?«

»Erst will ich wissen, was du getan hast, dass Hogan so sauer ist?«

Riley räusperte sich. »Das ist was zwischen mir und dem Schwein. Außerdem willst du das gar nicht –«

Swann versprach Riley, morgen habe er sein Motorrad wieder, und legte unter Rileys Fluchen auf.

39

Der Kuhfuß war Gary zu schwer. Er hob ihn an und ließ ihn auf seine Handfläche klatschen, aber der Schlag war kraftlos. Er legte das Werkzeug zurück auf die Ladefläche des Land Cruiser und nahm sich stattdessen einen kleinen Baseballschläger. Er war aus Aluminium und hatte überall Kratzer und Beulen. Woher, wollte Gary lieber nicht wissen. Dann schloss er sich Marrone und seinen zwei Männern an. Marrone hatte einen Hammer, die beiden Italiener einen Reifenheber und einen weiteren Kuhfuß. Alle trugen Malerkleidung und Arbeitsschuhe. Man hatte Gary befohlen, etwas anzuziehen, das er wegwerfen konnte, und er hatte sich für eine alte Cordhose und Turnschuhe entschieden.

Die vier Männer gaben sich keine Mühe, ihre Gesichter zu verbergen. Die nahe Methodistenkirche war unbeleuchtet, die Silhouette ihres gotischen Turms mit dem Kreuz aus Donnybrook-Stein ragte vor einem zunehmenden Mond auf. Marrone führte sie auf dem betonierten Weg entlang der Kirche, stieg ohne zu zögern die wenigen Stufen hinauf und betrat die dunkle Halle. Gary wartete am Ende der Gruppe, bis Marrone den Lichtschalter gefunden hatte. Die Neonröhren flackerten kurz, dann begannen sie zu brummen. Marrone trat beiseite und ließ Gary herein. Grinsend deutete er auf eine Reihe von Feldbetten, die auf der anderen Seite an der Wand standen. In allen lagen schlafende Menschen in Armeeschlafsäcken.

Gary nickte und ging zu ihnen. Er wählte einen jungen Mann, den das Licht und das Quietschen von Garys Turnschuhen auf dem lackierten Holzboden geweckt hatten. Laut Marrone suchten sie nach einer jungen Frau mit Stoppelkopf und kräftigen Armen. Jeder, der nicht auf die Beschreibung passte, war Freiwild. Gary hob seinen Baseballschläger, aber einer der Italiener war schneller und drosch mit einem kleinen zufriedenen Grunzen den Kuhfuß auf die Beine des Mannes. Das Geräusch wurde durch den Stoff gedämpft, doch der Schrei des Mannes war überraschend laut. Der nächste Schlag traf ihn auf der Schulter, und Gary hörte den Knochen brechen, sah den Schrecken in den Augen des Mannes.

Gary erstarrte. Sein Kopf war klar, aber sein Körper schien nicht zu gehorchen. Marrone brauchte ihn hier gar nicht, das war eine weitere Initiation. Menschen versuchten, aus ihren Schlafsäcken zu krabbeln, während Schläge auf sie niederprasselten. Gary erwachte aus seiner Erstarrung und schlug einem Mann, der an ihm vorbeikrabbelte, auf den Rücken. Der blecherne Klang des Aluminiums auf Knochen war dumpf, doch der Mann jaulte auf und packte Gary am Bein. Gary blickte auf und sah, dass Marrone ihn beobachtete, während er einen Fuß auf den Hals einer jungen Frau drückte, die sich wand und wimmerte, Rotz und Tränen auf ihrem Gesicht. Gary wollte einen Schritt zurücktreten, doch der heulende Mann hielt sich fest und hätte Gary beinahe zu Fall gebracht. Nun zog sich der Mann an Garys Bein nach oben und schob, schon die Hände an Garys Gürtel gekrallt, bettelnd den Kopf zwischen seine Beine. Gary trat zu, wenn auch nur schwach. Dann hob er den Baseballschläger und ließ ihn von oben auf den Kopf des Mannes knallen. Es klang wie ein entferntes Glockenläuten. Nach einem weiteren Schlag auf den Kopf lag der Mann wieder auf dem Boden und verdrehte die Augen, ehe er bewusstlos wurde.

Mit einem Nicken wandte sich Leo Marrone wieder seinem Opfer zu. Gary trat einen Schritt zurück und bemerkte die blinkenden Blaulichter, hörte die Stiefel auf Kies und blickte auf den Baseballschläger in seinen Händen. In dem Moment, in dem die Polizisten hereinstürmten, warf er ihn über die Betten auf einen Stapel Schachteln und Klapptische. Es war Hogan mit seinen Leuten, die mit schweren Taschenlampen in der Hand keilförmig auf sie zugestürzt kamen. Marrone trat noch einen bereits bewusstlosen Mann, während die anderen schon aufgehört hatten. Erregung auf ihren Gesichtern, die weiße Malerkleidung voller roter Blutspritzer.

Hogan zückte seine Polizeimarke und hielt sie dem Einzigen, der noch bei Bewusstsein war, vors Gesicht – einem dicken Aboriginal, der aus der Nase blutete. »Sie sind verhaftet. Wegen Erregung öffentlichen Ärgernisses.«

Ben Hogan sah Leo Marrone an und lachte. »Keine Sorge, Leo. Einer von denen wird sie schon verraten.«

40

Die Sonne war bereits aufgegangen, aber Reggie war zu schwach zum Aufstehen. Er lag auf blauen Kissen unter einer lila Decke und atmete rasselnd durch den Mund. Mutt lag an seinen Beinen und starrte zu Swann und Gould, die Kaffee aus so dünnen Porzellantassen tranken, dass Swann dahinter den Schatten seiner Finger sehen konnte. Es war griechischer Kaffee, süß, stark und pelzig, den Gould nach Reggies Anweisungen gebraut hatte. Das Schlafzimmer war von seinem Aroma erfüllt.

Reggie hatte angedeutet, er habe bedeutende Nachrichten, Swann möge schnell kommen, er warte auf ihn. Aber Reggie machte keinen guten Eindruck. Seine Haut hatte die

Farbe von Spülwasser, seine Augen waren gelblich. Die Schale Kiwis auf der Kommode war unberührt.

Er schloss die Augen, sein Atem schien zu stocken.

»Reggie?«, sagte Swann ein wenig zu laut, ängstlich. Aber der Atem ging weiter, nur flach und trocken rasselnd, als würde Stroh über Sand geschleift.

»Er schläft nur«, sagte Gould. »Er ist das Morphium noch nicht gewöhnt. Wacht kurz auf und schläft wieder ein. Das geht schon seit gestern Abend so.«

Swann sah zu, wie sich Reggies Brust hob und senkte, nippte an seinem Kaffee und wünschte sich eine Zigarette, wartete jedoch. »Waren schon Freunde da? Besuch?«

»Nicht, dass ich wüsste. Jedenfalls nicht, seit ich hier bin.«

»Aber er redet doch dauernd von seinen Freunden?«

Gould zuckte ausweichend die Achseln. »Vielleicht meint er die guten alten Zeiten.«

»Gut, dass du hier bist.«

Gould blickte in seine Kaffeetasse, schwenkte sie kurz und trank sie leer. »Ich fühl mich wie ein kreisender Aasgeier. Ich weiß schon, was der Rest der Familie sagen wird. Du weißt schon ...«

»Du bist hier, sie nicht.«

Reggie hustete sarkastisch. »Hey Jungs, ich bin noch nicht tot. Musste nur mal kurz die Augen zumachen. Sag's ihm, Dennis. Erzähl Frank, was du erfahren hast.«

»Na ja«, sagte Gould. »Ich hab noch ein oder zwei Kumpel bei Capitol. Ich weiß nicht, wie weit ich ihnen vertrauen kann, aber wenn's sie nichts kostet, kann ich mich an sie wenden. Sie haben erzählt, dass Rosa Gold morgen Vormittag an die Börse will.«

»Warum das denn? Ich dachte, sie wollen keine Investoren reinnehmen, sondern alles selbst machen?«

»Vermutlich kreisen die Haie schon um sie.«

Reggie nickte. Seine Augen waren noch immer geschlossen, aber Swann wusste, dass er nachdachte. Gould schrieb ein paar Zahlen auf einen Block. Als er fertig war, tippte er auf Reggies Knie. Reggie warf einen Blick auf den Block und nickte erneut.

»Ich tippe auf PLA. Du erinnerst dich, dass ich mit deren Vorstandsvorsitzenden Barry Nichols gesprochen habe. Er ist ein alter Freund von mir. Jetzt ergibt es einen Sinn, dass er so ausweichend war. Dennis?«

Gould fuhr fort. »Unserer Meinung nach passiert Folgendes«, sagte er mit lauter werdender Stimme. »PLA hat vermutlich ein Angebot gemacht, womit sie die Grube eröffnen und betreiben können, um das Gold zu verkaufen – gegen Provision oder einen bestimmten Unternehmensanteil. Das machen sie meist, wenn eine kleine Firma einen Glücksgriff getan hat. Auf diese Weise hat Lang Hancock mit Eisenerz ein Vermögen gemacht, ohne auch nur eine Schaufel anzufassen. Aber dafür müssen die Proben natürlich sensationell gut sein.«

»Ich dachte, diese Proben sind streng geheim. Spekulieren sie da nicht auf ein Gerücht?«

Gould schüttelte den Kopf. »PLA spekuliert nicht. Sie sind so groß, dass sie überall an Insiderinformationen kommen, auch zu den Resultaten der Rosa-Gold-Proben. Vielleicht haben sie jemand im Labor, vielleicht bei der Sicherheitsfirma oder im Bohrtrupp, dort sogar ziemlich sicher. Irgendwer steht immer auf deren Gehaltsliste. Es ist ihr Job, alles zu wissen, was im Bergbau passiert. Die Rosa-Gold-Leute waren zwar ziemlich verschwiegen, aber vor PLA lässt sich so was nicht verbergen.«

Swann hatte Gould noch nie so munter erlebt. Der übliche

Missmut, der mürrische Blick waren verschwunden. Sein Gesicht hatte Farbe bekommen, der muffige Geruch war wie weggeblasen. Unter Reggies Einfluss hatte der junge Mann offensichtlich wieder den Weg ins Bad gefunden, hatte wieder zu essen und zu schlafen begonnen und wurde wieder ein Mensch.

»Rosa Gold hat so viel Angst vor PLA, dass sie an die Börse gehen«, fuhr Gould fort. »Damit brauchen sie sich auch keine Gedanken mehr machen, wie sie alles geheim halten. Sie können die Gerüchte und die Probenergebnisse zu ihrem Vorteil nutzen. Sie kaufen sich für kleines Geld einen Mehrheitsanteil und verkaufen die restlichen Aktien am Markt. Dabei können sie den zu veräußernden Minderheitsanteil sogar streuen, aufteilen zwischen örtlichen Betreibern und der breiten Öffentlichkeit. Und mit dem Geld vom Börsengang können sie, vorausgesetzt, PLA kann sich keinen so großen Anteil sichern, dass sie einen Platz im Vorstand beanspruchen können, einen Betreiber ihrer Wahl mit dazunehmen, um den Abbau richtig anlaufen zu lassen. Sie können sogar einzelne Betriebsteile an unterschiedliche Gesellschaften auslagern.«

Swann trank seinen Kaffee aus und wollte sofort eine weitere Tasse. »Aber am Ende läuft's aufs selbe raus. Sie verzichten auf einen Teil ihres Vermögens, selbst wenn sie Mehrheitsbesitzer bleiben.«

Reggie lachte, ein tiefes bellendes Krächzen. Er klopfte Swann auf die Schulter. »Eitelkeit, mein Junge. Die ist so mächtig wie Gier und schaltet jeden gesunden Menschenverstand aus. Das PLA-Angebot ist eigentlich die vernünftigste Lösung, aber –«

»Sie wollen kein PLA-Bergwerk sein. Sie wollen nicht im Hintergrund bleiben.«

»Genau. Sie wollen einen auf dicke Hose machen. Das einzige Geld, das in dieser Stadt zählt, ist das Geld aus dem Bergbau. Und wenn's vom Goldbergbau kommt, umso besser. Eine Grube von dieser Qualität – darum wird sie die ganze Stadt beneiden. Sie werden unvorstellbar reich sein. Und damit ist alles vergeben und vergessen. Alles Blut und Leid reingewaschen. Politiker werden sie umschwärmen, sie werden gefeiert wie Rockstars.«

Swann nahm den Block mit den Zahlen. »Und das hier?«

Gould deutete auf die erste Zahlenreihe. »Weil ich die Ergiebigkeit der Lagerstätte nicht genau kenne, muss ich alles schätzen, auf der Grundlage von Max Hendersons Überzeugung, dass die Produktionsleistung bei ungefähr drei Millionen Unzen liegt. Das ist die Summe, die sie aufbringen müssen. Nur das Geld, das sie reinstecken müssen, um alles ins Rollen zu bringen. Die wahrscheinliche Anfangsinvestition, ganz egal wie viele Aktien sie dafür verkaufen müssen.«

»Wenn du den Börsengang betreuen würdest.«

»Ja, wenn ich ihn betreuen würde.«

»Lässt sich irgendwas davon mit Gewissheit vorhersagen?«

Gould tippte sich auf die Nase und zwinkerte. In seinen Augen ein dunkles Blitzen. Auch er hatte mit Rosa Gold noch ein Hühnchen zu rupfen.

»Das sind Informationen, die manche Leute ganz großzügig rausgeben; anderen müsste man für mehr Informationen schon was bieten. Aber wir haben was, womit wir verhandeln können. Zum Beispiel Hendersons Zahlen; Umfang und Tiefe der Bohrungen. Einige meiner ehemaligen Kollegen dürften die nur zu gern in petto haben, um sich und ihre Kunden vor Überraschungen zu schützen.«

»Du hast vorhin gesagt, sie geben einen großen Teil der Aktien an sich selbst aus. Müssen sie die dann aus eigener Tasche bezahlen?«

»Der Wert des Unternehmens muss in Relation zum echten Wert stehen, und deswegen werden sie die Miet- und Pachtverträge als Sicherheit am Markt anbieten, auf der Basis der Proben. Dann werden sie die Aktienmehrheit an sich selbst ausgeben, je nachdem, wie hoch der Unternehmenswert ist, und die werden sie nicht weiterverkaufen. Aber in Fällen wie diesen ist es meist so, dass sie es auch auf dem offenen Markt versuchen, um einen noch besseren Schnitt zu machen – früh weitere Anteile kaufen, wenn sie billig sind, und später teuer verkaufen. Sie dürften jeden Cent, den sie haben, dafür hergeben. Ich jedenfalls täte es.«

Swann starrte auf die Zahlen. Ungeheure Summen. Geld, das in die Hände von Männern wie Leo Marrone, Hogan, Bernie Isaacs käme. Würden solche Reichtümer sie zähmen, oder könnten sie mit so viel Geld ihre Gier nur noch ungezügelter ausleben? Er wusste es nicht. Er kannte niemand, der so viel Macht besaß.

»Das heißt also, morgen Abend sind Hogan und die anderen Millionäre? Oder Multimillionäre?«

»Eher Milliardäre, würd ich sagen. Jedenfalls zum Ende der Woche könnten sie's sein, wenn sie's geschickt anstellen. Die Geschäftsführung von Capitol hat die Makler angewiesen, sich darauf vorzubereiten. Man geht davon aus, dass die Aktien sehr schnell steigen und die Telefone heiß laufen, dass es Tag und Nacht brummt. Sie haben extra Leute, um Anrufe aus Europa und Amerika anzunehmen, auch wenn unsere Börse schon geschlossen hat. Die zweifelhaften Direktoren von Rosa Gold werden fraglos ihren Kumpels Tipps geben, damit die frühzeitig einsteigen können, deswegen dürften einige Aktien auch dahin wandern. Aber man kann davon ausgehen, dass sich Konzerne wie PLA oder andere Akteure mit praller Kriegskasse draufstürzen und kaufen, wie sie können, um den Aktienkurs so weit nach oben zu treiben, damit sie am Ende kriegen, was sie wollen, also eine beträchtliche Minderheitsbeteiligung. Mein Freund vermutet, dass am ersten Ausgabetag ein Preis von zwanzig oder sogar dreißig Dollar denkbar beziehungsweise wahrscheinlich ist. Dieses Unternehmen, dieser Börsengang, diese Aktien dürften in allen Vorstandsetagen und allen Börsen der Welt diskutiert werden.«

Swann schob Gould den Block zu. »So viel Geld brauchen sie also für den Anfang, noch vor dem Börsengang. Wie funktioniert das? Wo wird das Geld aufbewahrt? Wie kommt es wohin?«

Gould sah Swann mit neu angefachter Begeisterung an. Er war in der Welt der Zahlen zuhause, er wusste über Liquidität und Finanzierung Bescheid und kannte die Tricks und Kniffe des Kapitals. Er lächelte, lächelte grausam.

»Hat das was mit den guten Nachrichten zu tun, von denen du gesprochen hast?«

»Fragst du etwa, mit welchem Vergnügen ich's den Schweinen heimzahlen würde, die mich zum Krüppel gemacht haben? Für den Rest meines Lebens? Kann ich dir sagen. Formell bin ich bei Capitol gar nicht entlassen worden, also hab ich immer noch Zugang zu ihren Konten –«

An der Eingangstür war krachender Lärm zu hören. Mutt bellte. Gould erstarrte. Reggie fuhr aus seinem leichten Schlaf auf.

Swann lugte hinter den Vorhängen hervor. Vier Detectives, darunter Curtis, alle jung. Abwechselnd warfen sie sich gegen die Tür.

»Es gibt einen Hinterausgang«, krächzte Reggie. »Durch die Waschküche.«

Swann reichte Gould die geladene .38er. Als Ex-Soldat wusste er immerhin mit einer Waffe umzugehen und schien nun auch keine Gefahr mehr für sich selbst.

»Wenn ich verhaftet werde, kann ich die nicht brauchen. Nicht registriert. Versteck sie, wo sie sie nicht finden. Und mach bloß die Tür nicht auf.«

Zur Vordertür würden die Polizisten nicht hereinkommen. Zur Zeit der Royal Commission, als das Gerücht kursierte, dass Swann ein toter Mann war, war auch Reggie in Gefahr gewesen und hatte seine Türen und Fenster mit Stahlplatten verstärken lassen. Doch das bedeutete nicht, dass sie ihm nicht auflauern würden, und Swann hatte noch einiges zu erledigen.

Quinlivans RX-7 stand nicht auf dem Parkplatz hinter seinem Wohnhaus, und niemand reagierte auf die Türklingel. Swann hatte vorgehabt, Gary zu seinem Vater zu bringen und zu dem Geständnis zu zwingen, dass er mit Hogans Einverständnis die Banken überfallen hatte. So ein Geständnis vor dem Richter würde für eine Anklageerhebung gegen Hogan reichen. Damit hätte er zur Presse gehen können, und der Börsengang von Rosa Gold hätte verschoben werden müssen.

Sollte Rosa Gold morgen wirklich an die Börse gehen, dann dürften sich die Direktoren heute im Büro von Chisholm treffen und das Vorgehen besprechen. Und wenn nicht, würde Swann eben den Safe in die Luft jagen, damit sie kamen. Aber er würde es nachts tun müssen, wenn die Straßen unbelebt waren.

Swann wollte auf schnellstem Wege dorthin, falls die

Besprechung schon früh begann. Der Fluss neben ihm hatte die Farbe von Tee, schimmerte dunkel an der Uferbefestigung des Riverside Drive und unter der Kalkklippe des Mount Eliza. Er fuhr ins Stadtzentrum und gelangte über die Eisenbahngleise nach Northbridge. Parkte vor der Moschee in der William Street und ging zu Fuß zum Great Western Hotel. In der Bar setzte er sich an den Tresen, zog eine Craven A aus der Schachtel und wartete auf die Bedienung. Ihm war weder klar, wie er an den Safe herankommen sollte, noch, wie viel Sprengstoff er dafür benötigte. Er konnte ja schlecht einfach hineinspazieren und das Sprenggel anbringen, die Sicherheitsvorkehrungen waren auch nachts erheblich. Zusammen mit dem Abhörgerät und seiner Kamera waren die Sprengstoffstangen in der Dunlop-Sporttasche zu seinen Füßen. Selbst Gus Riley käme nicht auf die Idee, Chisholm Gold zu überfallen, nicht mal für zehn Knuckleheads. Überdies war Swann auch noch unbewaffnet.

Der übliche Barmann war nicht da. Seine Vertretung war eine junge Frau mit knallrotem Lippenstift und einem zwei Nummern zu kleinen T-Shirt. Kaugummi kauend kam sie zu Swann und nahm seine Bestellung auf. Gleich darauf stand das schäumende Pony Bitter auf dem Bierdeckel.

»Kleine Auseinandersetzung mit dem Rasenmäher, was?«

Swann war nicht nach Plaudern, und er wollte nicht, dass sie sich an ihn erinnerte, falls etwas passierte. Doch dafür war es nun zu spät. Es würde ein langer Tag werden, wenn er von hier aus Chisholm Gold beobachtete und auf seine Chance wartete.

»Hat Tom heute frei?«, fragte er.

»Er arbeitet bis Mittag im Veranstaltungssaal. Privatfeier. Ein paar Japsen, so Businesstypen. Der Manager schickt Tom zu denen, weil er sich mit Wein auskennt und groß ist. Die mögen Wein, und Tom sieht so aus, wie ihrer Meinung nach ein Australier aussehen sollte. Woher kennen Sie ihn? Er ist mein Freund.«

»Er war ... ist ein guter Freund von einem Freund von mir.«

»Na ja, jedenfalls versucht er, keinen Stress zu kriegen. Und Sie sehen nach Stress aus.«

Swann lachte. Den scharfen Unterton in ihrer Stimme überging er. »Hält er seine Versprechen?«

»Machen tut er jedenfalls viele.«

»Lässt sich leicht verführen, was?«

»Jepp. Wie heißen Sie?

»Frank.«

»Frank, hast du je gesehen, wie Wildhunde jagen?«

Swann zuckte die Achseln. »Nein.«

»Ich mein keine Dingos. Wildhunde. Da ist immer ein großer, der die Meute anführt, hinter dem laufen die anderen. Immer dicht hintereinander. Und am Ende kommen die kleinen Kläffer, die ganz fickrig werden, wenn sie aufgeregt sind.«

»Ist Big Tom denn ein Schoßhündchen?«

»Nicht, wenn er in den Spiegel schaut. Da sieht er einen einsamen Wolf. Ich heiße übrigens Melanie. Aber das ist die Art Stress, die Tom kriegt. Der große Hund geht auf die Jagd, die mittleren folgen ihm, und die kleinen Kläffer zotteln auch irgendwie mit und kläffen, bis sie sich nicht mehr einkriegen. Und hinterher blasen sie sich auf, als wären sie die großen Macker, die sie gar nicht sind.«

»Die sollte man also besser an die Leine legen?«

»Da könntest du recht haben.«

Swann sah ihr nach, als sie den Tresen entlangging und zu wischen und abzuräumen begann. Er musste lächeln. In diesem Alter war Marion ähnlich gewesen.

Swann wandte sich wieder zur James Street. Der Besitzer des Pornoshops neben Chisholm Gold stand rauchend draußen auf der aschestaubigen Straße. Er hatte ledrige Haut und trug eine verspiegelte Sonnenbrille auf der mehrfach gebrochenen Nase. Swann nippte an seinem Bier, das leicht nach Ammoniak schmeckte. Anders als bei Danny wurden die Leitungen hier nicht allzu oft gereinigt. Er stellte das Glas ab und zündete sich eine Zigarette an. Plötzlich sah er, dass ein schlanker junger Mann mit grellrotem Hemd aus dem Eingang von Chisholm Gold trat. Swann kannte ihn von Matties Fotos: einer von Adamos Leuten. Er stand am Eingang und starrte den Pornoshopbesitzer an. Der begriff rasch und zog sich in seinen Laden zurück, die pinkfarbene Tür hinter sich schließend.

Der Gangster sah in Wirklichkeit noch jünger aus als auf dem Foto. Schmal und mittelgroß, die schwarzen Haare zum Pferdeschwanz gebunden. Slawischer oder italienischer Herkunft. Auch entspannt schien er vor Energie und Tatendrang zu vibrieren. Keine Waffen zu sehen. Aber das Hemd hing ihm aus der Hose, also konnte hinten im Hosenbund eine Pistole stecken. Oder er hatte sich eine Messerscheide an die Fessel geschnallt. Die Augen des Mannes musterten die Passanten, und einer davon war Sullivan. Er würdigte den Bodyguard keines Blicks, sondern ging ohne zu zögern die Stufen hinauf.

Sullivan mit seinem berühmten Gladstone-Koffer.

Swann hob seine Sporttasche vom Boden auf, öffnete sie und versicherte sich, dass das Empfangsteil eingeschaltet war. Prüfte, ob das Band zurückgespult war. Er steckte sich einen Kopfhörer ins rechte Ohr, sah das rote Licht des Empfängers leuchten, hörte das leichte Quietschen des Bandes auf den Spulen. Dann schloss er die Tasche wieder und legte sie sich auf den Schoß. Für Außenstehende war er nun nur ein Kerl, der sich die Radioübertragung der Rennen anhörte.

Rauschen, das Scharren eines Stuhls auf dem Boden. Eine ferne Stimme.

Swann drückte sich den Kopfhörer fester ans Ohr, und die Stimme kam näher. Sullivan. Die Fotos von Marrone und seinen Leuten hatten offenbar den Zweck erfüllt. Hatten ihm gegenüber Adamo ein Faustpfand verschafft. Und für eine Einladung in den Vorstand von Rosa Gold gesorgt, um seine Sache vorzutragen und sich vielleicht auch ein Stück vom Kuchen zu sichern.

Schwer zu sagen, mit wem Sullivan sprach. Seine Stimme war ausdruckslos, nichts von dem vertrauenerweckenden Bass des Politprofis war übriggeblieben. Er sprach bestimmt, langsam, entschieden.

»Meine Herren, es gibt da ein Problem. Der Privatermittler, den ich auf Sie angesetzt habe, wird zur Bedrohung. Sie alle kennen ihn. Frank Swann. Diese Bedrohung sollten wir aus dem Weg räumen. Ich werde ein Treffen mit ihm arrangieren, und einer von Ihnen, mir ganz egal wer und wie …«

Swann fühlte, wie sein Arm plötzlich kraftlos wurde. Im selben Moment sah er, wie der junge Gangster über die Straße ging. Der Mann starrte auf das Great Western, dann kam ihm ein Gedanke, und er setzte sich in Bewegung, überquerte die Straße und steuerte auf die Tür zu.

Swann ließ den Kopfhörer in der Tasche verschwinden und zog den Reißverschluss wieder zu, drehte sich zu seinem Bierglas, nahm die Trinkerpose ein – mit gekrümmtem Rücken über den Tresen gebeugt, vertieft ins Gespräch mit seinem Drink.

Der Mann machte seine Sache gut. Er stand still da, prüfte die Lage, machte seine Anwesenheit spürbar. Die Bar war der naheliegende Ort, wenn man Chisholm Gold observieren wollte. Im Spiegel hinter der Bar sah Swann, dass auf der anderen Straßenseite ein zweiter Mann stand, ein massiger Kahlkopf, der die Straße im Auge behielt. Der Kerl in der Bar war nur der Späher. Das hieß, sie hielten wirklich nach ihm Ausschau, aber vielleicht ohne genaue Beschreibung. Doch die dürfte nicht mehr lange auf sich warten lassen.

Dann sah Melanie den Pferdeschwänzigen und spürte, dass etwas nicht stimmte. Sie kam an den Tresen. »He, Spacko, das hier ist ne Bar. Der Laden, den du suchst, ist da drüben.« Sie deutete auf den Pornoshop mit den rosafarbenen Türen.

Statt einer Antwort zog der Mann eine .32er Beretta von hinten aus dem Hosenbund und hielt sie ihr an den Kopf.

»Wieso sagst du das? Spitzelst du, oder was?«

Starker italienischer Akzent. In Melanies Blick lag eher Verärgerung als Angst, sie ließ den Mann wissen, was sie von ihm hielt.

»Komm schon, Mann«, sagte Swann, »steck das lieber weg.«

Die Pistole schwenkte zu ihm. Dann trat Erkenntnis in den Blick des Mannes. Falsche Adresse. Ganz falsch. Er steckte die Pistole zurück in den Hosenbund, zupfte kurz an Manschetten und Kragen. Kohlschwarze Augen. Er spuckte auf den Boden, sah auf die Straße und stürzte hinaus.

Auf der anderen Straßenseite, vor dem Eingang zu Chisholm Gold, stand Adamo, flankiert von seinen Bodyguards und Leo Marrone, Hogan, Farquarson und Quinlivan. Isaacs und Bevans stapften mit eisigen Mienen und geballten Fäusten davon. Sullivan, der erleichtert wirkte, hob die Hand und winkte nach seinem Dienstwagen.

»Was zum Henker war das denn?«

Swann sah zu Melanie. Der Adrenalinstoß war vorbei, ihre Hände zitterten. Und nun trat auch Jennifer Henderson aus der Tür von Chisholm Gold, blickte über die Straße geradewegs zu Swann, zündete sich eine Zigarette an und ging auf dem Gehweg davon. Im Gehen drehte sie ihren Hut gegen die Sonne.

41

Gary Quinlivan spielte mit seinem Schlüsselring, aber nur weil es Hogan zu nerven schien. Sie standen in der Nachmittagssonne neben Garys rotem RX-7 und stritten. Doch vielleicht war es das letzte Mal. Vielleicht las es Hogan in seinem Gesicht, sah, dass Garys Unmut, den Hogan stets genoss, sich in etwas Anderes verwandelte – in die Zuversicht, dass er bald nicht mehr an Hogans Forderungen gebunden war.

Für Gary lief alles wie am Schnürchen. Es war ihm gelungen, den Vorstand vom Vorteil des Börsengangs zu überzeugen, allen klarzumachen, dass sie sich damit PLA vom Leib halten und zugleich die nötigen Finanzmittel beschaffen konnten. Hogan und Farquarson hatten noch immer nicht genug Geld für die Anfangsinvestition beisammen und all ihre Grundstücke an Adamo überschrieben. Doch bis zum Börsengang war es nicht mal mehr ein Tag, und wenn die Aktien erst stiegen, war das alles bedeutungslos. Bis dahin musste Gary nur seinen Wert für Adamo beweisen.

Als Sullivan den Namen Frank Swann erwähnt und von der Bedrohung gesprochen hatte, die er darstellte, hatte Adamo Gary angesehen und genickt. Damit war alles klar. Wenn Gary wollte, dass man ihm vertraute, dann musste er es tun. Und zwar bald. Marrone würde dabei sein, um sicherzugehen, dass es klappte, aber Gary musste ihn zur Strecke bringen. Und dafür brauchte er einen klaren Kopf. Er musste sich konzentrieren, auf die Aufgabe vorbereiten. Und vorher Hogan loswerden. Gary hatte keine Lust mehr, dessen Aufträge auszuführen. Er hatte seinen Teil geleistet, doch selbst hatte es der Bulle bislang nicht geschafft. Und wollte immer mehr.

Ben Hogans Stirn und Wangen waren gerötet, Düsternis in den stahlblauen Augen. Mit harten Stößen stach er den Zeigefinger gegen Garys Brust. Vielleicht bekam er sogar blaue Flecken davon, aber okay.

»Sag mal, drück ich mich irgendwie unklar aus?«

Gary musste sich das Lachen verkneifen. Unter Druck plapperte Hogan die Klischees nach, die die harten Hunde der Krimiserien aus Garys Kindheit von sich gegeben hatten, *Homicide* und *Division 4*. Die Worte klangen so vertraut, dass sich Gary erinnern musste, dass Hogan kein Schauspieler war, sondern wirklich Polizist.

Dass Hogan Bevans und Isaacs ausgeraubt hatte, war ein riesiger Fehler gewesen, hirnrissig und eigensinnig. Dadurch geriet alles in Gefahr, Adamo und Marrone waren außer sich. Und alles nur, weil die Rennbahnkerle Hogan bei der letzten Sitzung beleidigt und wegen des fehlenden Geldes schwach angeredet hatten. Bevans war von zwei bewaffneten Maskierten daheim überfallen worden, die ihn vor seiner Familie gezwungen hatten, seinen persönlichen Safe zu öffnen. Und bei Isaacs war ins Büro eingebrochen und seine Stallungen angezündet worden, wodurch Pferde im Wert von Millionen in Gefahr geraten waren – und was war dabei rausgesprungen? Magere zehntausend Dollar. Solche Summen verspielte Isaacs in einer Nacht an den Tischen des European Club.

Hogan hatte natürlich alles abgestritten, doch bei der Sitzung am heutigen Nachmittag war es deswegen zur Schlägerei zwischen Isaacs und Farquarson gekommen. Nachdem er all seinen Besitz als Pfand verschrieben hatte, war Hogan aggressiv gewesen und hatte Leo Marrone mit vorgehaltener Waffe befohlen, sich aus der Sache rauszuhalten. Er hatte die Waffe sogar auf den alten Adamo und seine Bodyguards gerichtet, die bis heute bei keiner Sitzung anwesend gewesen waren. Adamo war immer einen Schritt voraus. Er hatte nur still dagesessen, Zigarre geraucht und Hogan mit kaltem Blick betrachtet.

Gary hatte nun schwerwiegendes Belastungsmaterial gegen Hogan in der Hand. Es war so belastend, dass es, wenn Gary es nur erwähnte, sogar den Tod des Cops bedeuten konnte. Marrone und Isaacs, vielleicht sogar Farquarson könnten ihn deswegen umlegen.

Gary konnte kaum glauben, dass Hogan so dumm war. So dumm zu denken, dass Gary das fehlende Geld nicht bemerken würde oder zu viel Angst hätte, es laut auszusprechen. Zwei Mal falsch gedacht. Aber fürs Erste würde er abwarten. Er hatte stichhaltige Beweise, und die Zeit dafür würde kommen.

In den vergangenen Wochen hatte Gary Quinlivan viel gelernt. Nun wusste er, dass Hogan nur wegen seiner Polizeimarke so lange überlebt hatte. Er war ein aufgeblasener geldfixierter Schläger, der nicht kapierte, wann eine Quelle versiegt war. Er wollte nur immer mehr. Gary wünschte, er hätte von Anfang an mehr über diese Dinge gewusst. Wie Kriminelle Normalbürger immer wieder zur Kasse baten. Sie immer wieder einschüchterten, nur um sie an ihre Position und die eigene Macht zu erinnern.

Schlicht und einfach respektlos.

Doch was sollte Gary tun? Zur Polizei gehen?

Gary war selbst nicht unbescholten. Und die Banküberfälle hatten ihm Spaß gemacht, er fühlte sich größer und stärker als vorher. Die Prügelorgie gestern Abend war nichts für ihn gewesen, aber er verstand, warum das notwendig gewesen war. Gewalt gehörte zu ihrem Geschäft, sie war eine Abkürzung auf dem Weg zum Ziel.

»Und was, wenn ich Leo oder Tommaso erzählen, dass du mit deinem eigenen H dealst?«, fauchte Hogan ihn an. »Ich weiß, dass du nach Malaysia bist. Und warum? Na, was jetzt, du Schlaumeier? Hinter ihrem Rücken wilderst du in ihrem Revier.«

Selbst das machte Gary nicht mehr so viel aus, wie es das noch gestern getan hätte. Die Antwort wusste er allerdings: Sie würden ihn töten. Schon aus Prinzip.

Aber nicht heute. Und morgen auch nicht.

Ab morgen wäre sowieso alles anders. Vor allem Garys Position bei Rosa Gold wäre eine andere. Er war der einzige Vorstand, der etwas von Ökonomie verstand. Er würde vom Handlanger zu einem Unverzichtbaren aufsteigen. Einfach so, im Laufe eines einzigen Tages.

Ab morgen wäre es Gary, der die Geschicke bestimmte.

»Das Geld, das du vom Gemeinschaftskonto auf deins überwiesen hast«, schnappte er zurück. »Hast du geglaubt, ich würde das nicht bemerken? Was glaubst du, halten Tommaso und Leo davon, wenn sie erfahren, dass du auch sie beklaut hast?«

Hogans Gesichtsausdruck war unbezahlbar.

42

Sobald er aus dem Great Western und auf dem Gehweg war, begann Swann zu laufen. Stieg in den Datsun und fuhr in die Richtung, in die Jennifer verschwunden war. Auf dem Anstieg zur Francis Street, kurz nach dem abgebrannten Block, hielt er Ausschau nach dem Karmann Ghia, bog ab nach Norden und machte auf der William Street kehrt, als er sie in einen weißen Ford Fairmont steigen sah.

Also war sie immer noch mit im Spiel. Sie hatte ihn zwar ausbezahlt und sich von ihm verabschiedet, aber nicht wie versprochen aus Rosa Gold zurückgezogen.

Swann musste mit ihr reden. Wenn alles gut ging, würden sich die anderen Vorstände von Rosa Gold bald gegenseitig an die Gurgel gehen. Ging etwas schief, wollte er sie aus der Schusslinie haben.

Swann setzte sich mit dem Datsun drei Autos hinter den Fairmont, der gemächlich auf der Scarborough Beach Road dahinfuhr, erst durch ein Gewerbegebiet, dann in Richtung Küste. Jennifer Henderson wurde gefahren, aber er konnte den Chauffeur nicht erkennen. Doch wer immer am Steuer saß, er kannte die üblichen Tricks, Verfolger abzuschütteln; fuhr mal langsam, mal schnell, bog abrupt in Seitenstraßen ab, drehte an Kreisverkehren um. Swann ließ sich zurückfallen und parkte nötigenfalls, um in sicherer Entfernung die Verfolgung wiederaufzunehmen.

Der Fairmont bog erneut in eine Seitenstraße und erklomm einen Hügel, von dem man auf die Küste hinabsah. Ein Vorort mit billigen Hotels und Restaurants, auf Gehwegen spielenden Kindern und vielen Surfern, auf den Parkplätzen Kastenwagen, Kleinlaster und Kombis. Hoch über den Kalkklippen und den smaragdgrünen Buchten und natürlichen Becken hinter den Felsenriffs fuhren sie weiter nach Norden bis Trigg. Dort wandten sie sich landeinwärts und begannen, östlich von Balga und Balcatta einen Bogen um die Randbezirke der Stadt zu ziehen. Die Tankanzeige des Datsun näherte sich Reserve.

Doch der Fairmont fuhr immer weiter, durchquerte ein

Industriegebiet mit Spenglereien, Autoverwertern und Schrottplätzen und bog hinter einer Zementfabrik, die eine gelbliche Schlammmasse in ein Auffangbecken spuckte, in eine schmale Gasse. Dann holperte er weiter über Schlaglöcher und Spurrinnen und beschleunigte nach einer weiteren Seitengasse, wobei er eine dichte Staubfahne nach sich zog. Auch Swann stieg aufs Gas, bis er in die Staubwolke kam und aus der Seitengasse ein weißer Commodore in seine Fahrspur schoss, sich vor dem Maschendrahtzaun quer stellte und ihm den Weg versperrte. Swann trat in die Eisen und kam rutschend mit der Schnauze kurz vor dem Commodore zu stehen.

Der Staub legte sich. Der Motor des Datsun tickte. Der Fahrer des Commodore blieb sitzen. Dunkle Sonnenbrille. Dichter Bart. Ausdrucksloses Gesicht.

Der Überfall war perfekt geplant. Nachdem er Gould seinen Revolver gegeben hatte, war er außerdem unbewaffnet. Er würde mindestens eine Minute brauchen, um in die Gasse zurückzustoßen. Der Fairmont war nicht mehr zu sehen. Jennifer Henderson war verschwunden.

Swann kuppelte aus und ließ den Motor im Leerlauf. Der Commodore machte keinerlei Anstalten, sich zu bewegen, obwohl er seine Aufgabe erfüllt hatte. Swann stieß die Tür auf und stieg aus. Der Fahrer wartete, ohne eine Miene zu verziehen, beide Hände im Schoß.

Swann ließ den Nacken kreisen, dann verschränkte er die Finger und löste sie wieder. Warf die Sonnenbrille auf den Fahrersitz. Der Mann konnte nicht wissen, dass er keine Waffe mit sich führte. Bluffend griff er in seinen Rücken, an seinen Gürtel.

Eine Pistole Kaliber .45 hob sich aus dem Schoß des Mannes und zielte durchs offene Fenster auf Swanns Brust. Ein

Schuss aus drei Metern Entfernung wäre genauso tödlich wie aus einem. Swann ging zum Commodore.

»Ich will wissen, wo Jennifer Henderson ist«, sagte er.

Der Mann gab keine Antwort. Hielt nur die Pistole ruhig auf ihn gerichtet. Er hatte den Auftrag, ihn aufzuhalten, damit Jennifer entkam. Mit Sicherheit militärisch ausgebildet. Er handelte wie eine Maschine. Aber er hatte nicht den Auftrag, den Feind in einen Kampf zu verwickeln.

Er sprach auch wie eine Maschine, entließ monotone Worte aus dem Mundwinkel. »Legen Sie sich die Handschellen an. Mein Boss sagt, ich soll Ihnen die nächsten vierundzwanzig Stunden Gesellschaft leisten.«

»Sonst?«

Der Blick sprach Bände. Der Ort war ideal für eine Hinrichtung. Schaufel und Plane lagen auf dem Rücksitz.

Aber er war keine Maschine. Er war nicht perfekt. Swann bemerkte, dass der hintere Türknopf nicht heruntergedrückt war, tat einen Satz zum Türgriff, riss die Tür auf und sprang hinter den Fahrersitz, und als der Mann die Waffe nach hinten über seine Schulter riss, packte er sie. Die .45er ging los, der Schuss durchschlug das Wagendach und hinterließ ein münzgroßes Loch – und ein Klingeln in Swanns Ohr, Schießpulvergeruch in der Nase. Er umklammerte das Handgelenk das Mannes, zog die Hand mit aller Kraft über die Kopfstütze und riss den Unterarm mit Schwung nach unten, bis er am Handgelenk brach. Die Pistole fiel aus der erschlafften Hand, und Swann hob sie auf, drückte sie dem Mann hinter dem Ohr an den Kopf und packte sein Haar, dann hielt er inne, bis er Atem geschöpft hatte und wieder etwas hörte.

Der Mann war ein echter Profi. Trotz des Schmerzes atmete er regelmäßig, nur seine Zähne knirschten. Ohne

Zwinkern. Swann konnte sein Gesicht im Rückspiegel sehen.

Unverändert die Maschinenstimme. »Ich möchte, dass Sie wissen, dass ich mit der Bombe nichts zu tun hatte. Ein paar Sekunden früher, und ich selbst wäre erledigt gewesen.«

»Sie haben mich für Jennifer Henderson beschattet. Bringen Sie mich zu ihr. Sie fahren.«

Der Mann rührte sich nicht. Swann senkte die Waffe und drückte ab. Der Schuss bohrte sich zwischen den Schenkeln des Mannes in den Sitz. Spuren von Schießpulver auf den Wangen.

Swann ließ ihn aussteigen und sich mit dem Gesicht zum Zaun hinknien, während er den Datsun absperrte. Dann kehrte er zum Commodore zurück. Durchsuchte den Wagen und fand eine weitere, unter dem Fahrersitz festgeklebte .45er, daneben ein Messer in einer Scheide. Außerdem einen Feldstecher, eine Pentax SLR – die übliche Berufsausrüstung.

Allerdings keinen Ausweis, keinen Hinweis auf den Auftraggeber. Swann würde sich die Fragen für Jennifer Henderson aufheben.

Der Mann fuhr einhändig. Seine gebrochene Hand lag im Schoß, die Automatik schnurrte durch die Gänge. Sie kamen an die Küste und bogen ab, die Sonne nun zu ihrer Rechten. Am Horizont der Ozean, dessen frische Brise den Fahrer zu beleben schien, auch wenn die Haut um seine Lippen fahl war und die Hand in seinem Schoß zitterte, die Schmerzen anhielten. Der Commodore wurde langsamer, als sie an der SAS-Kaserne vorbeikamen. Nun wusste Swann, wohin sie fuhren. Jennifer Henderson war zurück in ihr geplündertes Haus in Swanbourne gezogen.

Swann befahl dem Privatdetektiv, über den Rasen bis ans Haus zu fahren. Ließ ihn dann an der Tür läuten. Dabei drückte er ihm die Pistole in den Rücken.

Jennifer Henderson öffnete. In Jeans, Cordjacke und Kalbslederstiefeln. Sie bedachte Swann mit einem eigenartigen Lächeln, nickte und ließ sie ein.

Er folgte dem Detektiv, dessen Schultern sich sichtlich entspannten. Er drehte sich um zu Swann, und auf seinem Gesicht machte sich ein Lächeln breit, ein triumphierendes Lächeln.

Swann spürte den Schlag, ehe er ihn traf, aber nicht rechtzeitig. Ein stechender Schmerz im Nacken, Blitze vor den Augen, dann ein einziges grelles Leuchten in der Dunkelheit.

Stillstand. Dann der Sturz.

43

Swann erwachte von seinem eigenen scharfen Einatmen. Und sog gleich wieder Luft ein. Roch Lösungsmittel. Schüttelte leicht den Kopf und atmete wieder tief ein. Und noch einmal. Spürte, wie er langsam zu Sinnen kam. Nun fühlte er auch sein Herz schlagen, langsam, zu langsam. Panik überkam ihn, als er begriff, dass er blind war. An Händen und Füßen gefesselt. Ihm etwas, irgendetwas die Brust einschnürte. Sein Atem ging schneller, keuchend, irgendwo schien Licht zu sein. Doch keine Augenbinde? Kein Sack über dem Kopf? Sondern nur ein Stück Tuch. Er schüttelt noch einmal den Kopf; es fiel herunter.

Garth Oats. Er konnte ihn durch den ganzen Raum riechen. Der Geruch von Holzfeuer und Buschzigaretten. Der abgestandene Schweiß. Er beobachtete, wie Swann in Max Hendersons zurückgeklapptem Liegesessel schwerfällig wach wurde.

Die Armlehnen links und rechts ratterten, der Stuhl begann sich zu bewegen, dann saß er aufrecht und blickte in Jennifer Hendersons Augen. Sie sah ihn besorgt an und strich ihm mit einer zärtlichen Geste eine Strähne aus dem Gesicht.

Der Privatdetektiv saß gefesselt auf einem Eisenstuhl aus der Gartengarnitur, der mit der Rückenlehne an die Wand geschoben war. Sein selbstzufriedener Blick war verschwunden. Er schien nicht so gut geschlafen zu haben, wie Swann es getan haben musste – vermutlich die ganze Nacht durch. Durch die Spalten der geschlossenen Jalousien blitzte Sonnenlicht.

Jennifer hob ein Glas Wasser an Swanns Lippen, und er schluckte gierig. In seinem Kopf begann es schon zu arbeiten. »Jennifer?«

Sie schüttelte den Kopf, zog das Glas weg und trug es hinaus. Das Wasser an seinem Kinn ließ sie herabtropfen. Der Kopfschmerz war stark und stechend, beinahe klar. Er erinnerte sich an den sauberen, präzisen Schlag, den dosierten Hieb von Garth Oats' Handkante an seinen Nackenansatz, genau so stark, dass er ohnmächtig wurde.

Aber warum hatten sie auch den Detektiv gefesselt? Sein gebrochenes Handgelenk war mit Baumwolltuch und Klebeband bandagiert und lag in einer aus einem T-Shirt improvisierten Schlinge. Auf dem Boden neben ihm stand eine Glasflasche mit einem Korkstopfen: Äther. Sie war außer Reichweite seiner zusammengebundenen Füße.

Also hatte er Widerstand geleistet.

Als sich ihre Blicke trafen, sah ihn Swann fragend an. Die Miene des Mannes verriet nichts. Seine Haltung war resigniert. Er hatte sich darauf eingerichtet, auch das hier auszuhalten. Es war Teil seiner militärischen Ausbildung.

Die Überzeugung, dass Siege nicht durch Aufklärung oder Teamwork errungen wurden, sondern nur, wenn man durchhielt, Leid ertrug. Kälte. Hunger. Schmerz. Erschöpfung. Angst.

Das Los des Soldaten.

Swann dagegen wehrte sich gegen seine Fesseln. Die seine Muskeln schmerzen ließen. Ihm in Handgelenke und Fußgelenke schnitten. Gegen den heißen klaren Kopfschmerz.

Garth Oats sah zum Fenster in der Vordertür nach draußen. Sein Gewehr lehnte an der Wand. Swann hatte er bislang nicht angesehen. Nun zündete er sich eine Zigarette an und hockte sich mit dem Rücken zur Tür nieder.

»Garth. Krieg ich auch eine?«

Ohne aufzublicken rollte er Swann eine Buschzigarette. Zündete sie an, erhob sich und ging zu Swann. Er steckte sie ihm zwischen die Lippen und hielt sie, bis sie zog. Swann atmete durch die Nase aus. Fühlte sich besser, viel, viel besser.

»Was ist hier eigentlich los?«

Oats gab keine Antwort, verschwand einfach hinter ihm, geräuschlos. Zurück blieb nur der Männergeruch, die Mischung aus Lagerfeuer, altem Schweiß, brennender Baumrinde.

Jennifer Henderson kehrte mit einem Telefon an einer langen Schnur wieder. Oats folgte ihr mit einem weiteren Eisenstuhl aus dem Garten und stellte ihn quer zu Swann. Sie setzte sich darauf wie eine Königin. Sie nickte dem Detektiv zu, und Oats ging zu ihm, kniete sich nieder, nahm die Ätherflasche und entkorkte sie.

Jetzt endlich zeigte der Mann eine Reaktion. Fing an zu zappeln und sich zu winden. Auf seinem Stuhl hin und her zu rutschen, mit unverständlicher Stimme in das Tuch in seinem Mund zu sprechen. Vor Anstrengung lief er rot an.

Oats achtete nicht darauf. Er holte eine Pipette aus der Tasche und nahm damit etwas Äther auf, stellte die Flasche zurück auf den Boden und verkorkte sie. Er packte den Mann bei den Haaren und zog den Kopf zurück. Träufelte den Inhalt der Pipette auf den Stoffknebel, hielt dabei dem wütenden Blick stand und wartete, bis sich die Augen verdrehten. Dann ließ er den schlaffen Kopf sinken.

Swann war nicht geknebelt, aber in Oats' Blick lag eine unmissverständliche Warnung. Er steckte die Pipette wieder ein und kehrte zu seinem Posten an der Tür zurück.

Jennifer Henderson blickte auf die Uhr.

Auch sie konnte Swann riechen. Ambra, Zitrusnoten, Honig. »Jennifer, was immer du vorhast, ich –«

Mit einer Handbewegung gebot sie ihm, ruhig zu sein, und wählte. Wartete. Drückte einen Knopf, um den Lautsprecher des Telefons anzuschalten – eine ganz neue Möglichkeit, die er bisher nur in Vorstandszimmern gesehen hatte. Zündete sich während des Wartens eine Zigarette an. Und ließ ihn die ganze Zeit nicht aus den Augen. Stand darin Enttäuschung? Bedauern?

»Jeremy Hardman.«

Eine Stimme unter Druck. Im Hintergrund schepperte etwas, klapperte wie auf hartem Boden, und andere Stimmen, gepresst wie die von Jeremy Hardman.

»Jeremy. Jennifer hier. Wir sollten alles durchsprechen.«

»Oh, Mrs Henderson, Sie rufen genau zum richtigen Zeitpunkt an.«

Die Stimme nun völlig verändert, schmeichelnd, unterwürfig. Mit aller Zeit der Welt.

»Genau wie erwartet, ist es ... der reine Irrsinn ... das Beste seit Langem.«

Aufgeregtes Rufen, wie von Jungen, die eine Ratte in die Enge gedrängt haben.

»Erst fünfzehn Minuten, und schon geht der Handel durch die Decke. Vor allem Carman, die Broker von PLA. Ein paar kleinere Pakete von Einzelpersonen, die früh Wind bekommen haben, aber vor allem die großen Fische mit viel Kohle. Anfangskurs zwei Cent, jetzt liegt er bei zehn Dollar. Und dauernd kommen höhere Gebote rein. Am Ende des Handelstages wird der Markt dafür zwanzig, vielleicht auch dreißig Dollar hergeben. Haben Sie schon überlegt –«

»Noch nicht. Rufen Sie mich an, wenn der Kurs auf zwanzig steigt.«

»Die bei Carman wissen, dass ich Sie vertrete. Ich kann denen direkt ein Angebot machen.«

Sie legte auf, stieß den Rauch aus und schloss die Augen. Senkte den Kopf. Öffnete die Augen wieder und sah auf die Uhr. Erhob sich und ging aus dem Zimmer.

Garth Oats saß reglos an seinem Posten neben der Tür. Der Detektiv war noch immer nicht bei Bewusstsein, der Kopf hing ihm auf die Brust.

Was für ein Spiel spielte Jennifer? Genau wie die anderen Vorstände von Rosa Gold besaß sie eine halbe Million Aktien. Was hatte sie vor, was sollte er mithören?

Als das Telefon klingelte, wurde die Hintertür geöffnet. Jennifer ging wieder zu ihrem Eisenstuhl, legte sich das Telefon auf den Schoß und hob ab. Blickte zu Swann, stellte den Lautsprecher an.

»Die Aktie liegt bei dreiundzwanzig Dollar und vierzig Cents! Das ist echt rekordverdächtig, Mrs Henderson. Seit Poseidon gab's nichts Vergleichbares! Carman ist auf der anderen Leitung, sie halten sie offen. Die bleiben dran. Die wollen kaufen, Mrs Henderson, aber ich rate ihnen zu halten ... der Wert Ihres Anteils ... morgen dürften es ...«

Dreiundzwanzig Dollar die Aktie, Tendenz steigend. Genau wie Gould vorhergesagt hatte. PLA und andere Konzerne zahlten jeden Preis. Hogan und die anderen waren reicher als reich. Swann wurde übel bei der Vorstellung. Die Macht, die sie hatten. Sie waren unantastbar.

Wenn er überlebte, musste Swann weg von hier, musste Haus und Familie verlassen. Aber sicher würde er nirgends sein. Er würde immer auf der Flucht bleiben, bis sie ihn erwischten.

Der Detektiv fing an zu blubbern, was mit dem Knebel im Mund eine beachtliche Leistung war. Oats lief von der Tür zu ihm, hob den Kopf an den Haaren hoch und betrachtete ihn mit der Neugier einer Katze, die einen Vogel gefangen hat. Er zog den Knebel heraus und ließ den Kopf wieder fallen.

Dann bezog er wieder seinen Posten neben der Tür.

Jennifer Henderson blickte auf die Uhr. Die Anspannung ließ ihre Finger zittern. Sie zündete sich noch eine Zigarette an, schon die fünfte in der letzten Viertelstunde, und wählte. Schaltete wieder auf laut.

»Ich würde gerne mit Barry Nichols sprechen. Sagen Sie ihm, Jennifer Henderson ist dran.«

Rasch wurde sie zum Vorstandsvorsitzenden von PLA durchgestellt. Seine Stimme war gefasst, er schien ihren Anruf erwartet zu haben. »Mrs Henderson, meine Börsenmakler berichten –«

Sie unterbrach ihn schroff. »Ich verkaufe meinen gesamten Anteil für dreißig Dollar die Aktie. Das sind insgesamt fünfzehn Millionen. Ich erwarte die Summe auf meinem Konto, sobald dieses Gespräch beendet ist, und ich werde anrufen, um mir das bestätigen zu lassen. Sie kennen meine Kontodaten. Die Aktien gehören Ihnen.«

»Das ist zwar mehr als der Marktpreis, aber einverstanden ... einverstanden, Mrs Henderson. Und zu der anderen Sache:

Haben Sie meinen Mann gesehen? Singleton? Er hat sich nicht mehr gemeldet. Aber er ist doch noch bei Ihnen?«

Sie legte einfach auf. Swann hatte mittlerweile kein Gefühl mehr in seinen Beinen. Er fühlte, wie Wut in ihm aufstieg, in seinen Fäusten zu kribbeln begann. Er versuchte, seine Fesseln zu verschieben, konnte sich aber nicht bewegen.

Jennifer Henderson rief wieder bei ihrem Makler an, dann bei ihrer Bank. Diesmal stellte sie nicht auf laut und sah Swann auch nicht an. Ihr Gesicht blieb hinter einem Schleier aus schwarzen Haaren verborgen.

»Ist es da?«, fragte sie. »Dann tun Sie, was wir besprochen haben. Überweisen Sie die gesamte Summe. Ja, das Auslandskonto ...«

Nun blickte sie zu ihm. »Ja, genau. Für Mr Frank Swann einen Postscheck, und geben Sie ihn bitte gleich in die Post. Zehntausend Dollar. Ja. Danach lösen Sie das Konto auf.«

Erschöpft, aber erregt legte sie auf. In ihren Augen glänzte Triumph. Sie kam zu ihm. Legte ihm eine Hand auf die Schulter und fuhr mit der anderen durch sein Haar, blickte ihm tief in die Augen.

Einen Augenblick dachte er, sie würde ihn küssen.

»Bitte, sei mir nicht böse«, sagte sie. »Es musste so laufen. Dein Konflikt mit Inspector Hogan brachte alles in Gefahr. Aber wir wussten, dass du uns finden würdest.«

»Uns? Du und Garth? Hat er geholfen, dein Haus zu verwüsten? Mich glauben lassen, dass du in Gefahr bist?«

»Es hat keinen Spaß gemacht, dich zu täuschen. Hier geht es um –«

»Gier. Ich dachte, das Geld interessiert dich gar nicht?«

Sie senkte den Kopf. Tränen traten ihr in die Augen, rannen ihr übers Gesicht, wie kristallene Äderchen auf der Haut.

»Und jetzt?«

Sie kniete sich hin, und ohne ihn anzusehen, öffnete sie den Gürtel um seine Schienbeine.

»Hör zu.«

Garth Oats sprach am Telefon.

»*Da gibt es kein Gold!* Woher ich das weiß? Weil ich's selbst reinpräpariert hab. Weil ich die Ablagerungen in die halbierten Bohrproben injiziert hab. Ihr seid doch das Prüflabor. Schaut euch die vergrößerten Körner an, die sind popcornförmig. Kommt vom Quecksilber. Sie können's nachprüfen, wenn Sie sich die andere Hälfte der Bohrproben anschauen, draußen im Feld. Nur Gold werden Sie da keins finden. Da gab's nie welches ...«

Jennifer öffnete die letzte Fessel an seinem Handgelenk, dann ging sie in die Hocke und küsste ihn auf die Hand.

»Du wunderbarer Mann«, flüsterte sie. »Es ist vorbei.«

44

Es war, als bräche etwas in Ben Hogans Stimme, als entwiche Luft zischend aus ihm.

Die anderen bemerkten es nicht, sie waren zu sehr damit beschäftigt, sich zu betrinken. Farquarson lutschte an einer Zigarre, fast so groß wie ein beinloser kleiner Hund, in der Hand wiegte er seinen Whisky. Ein guter Single Malt in einem Kaffeebecher. Isaacs, Bevans und der alte Chisholm spielten Karten, Texas Hold'em, um abenteuerliche Summen. Ganze Schaffarmen.

Adamo, Marrone und ihre Leute plauderten auf Italienisch. Sie fanden es wenig vergnüglich, sich mit Betrunkenen abgeben zu müssen. Adamo machte den Eindruck, als säße er am liebsten in seinem Garten. Marrone polierte seine Krokodillederstiefel mit einem Taschentuch. Vor ein paar Minuten hatte er angewidert das Gesicht verzogen, als Isaacs

Stripperinnen bestellt hatte und dazu bemerkte, er hätte Lust, sich einen blasen zu lassen.

Doch jetzt ließ sich Hogan nicht mehr ignorieren. Er torkelte umher und musste sich mit einer Hand an der Wand abstützen.

»Es gibt kein Gold«, sagte er leise.

Im nächsten Moment hatte Marrone seine Pistole gezogen, gleich danach auch seine Bodyguards, die mit grimmigem Blick die Tür versperrten. Adamo nickte ihm zu, und Marrone griff nach dem zweiten Telefon, das auf dem Tisch stand, mit einer Standleitung zu den Maklern.

Jedes Mal wenn der Aktienkurs gestiegen war, hatte Marrone ihn unter dem Jubel und ungläubigen Geschrei der anderen laut ausgerufen. Sie waren allesamt Millionäre.

Und jetzt das.

»Der Preis ... fällt«, bestätigte Marrone. »Fällt immer weiter. Fünf Dollar! Vier Dollar!«

»Es gibt kein Gold«, wiederholte Hogan schwach. Er schien seine Stimme verloren zu haben. »Das war das Prüflabor. Wir sind verarscht worden. Es kommt überall im Radio. FUCK!«

Er packte das Telefon und schleuderte es auf den Boden. »Das waren meine ganzen Scheißersparnisse. Ihr ARSCHLÖCHER! Was habt ihr da gemacht?« Plötzlich hielt er eine .45er Winchester in der Hand, Mordlust blitzte in seinen Augen.

Gary Quinlivan nahm die Zigarette aus dem Mund. Sein Arm war zu schwach, ihr Gewicht zu halten.

Bevans erhob sich und zog grundlos einen Revolver.

Hogan schoss ihm in den Bauch, sprang vor und verpasste ihm noch eine Kugel zwischen die Augen.

45 Jennifer half Swann auf die Beine. Wacklig stand er neben ihr, musste sich auf sie stützen.

»Wir müssen los. Jetzt gleich«, sagte Oats. Er nahm das Gewehr und ging aus dem Zimmer.

Der Schwindel verebbte. Swann fühlte sich kräftig genug um zu gehen. »Was ist mit ihm?« Er deutete auf den Detektiv, der mit auf die Brust gesacktem Kopf weiterschlief.

»Garth wird ihn irgendwo absetzen.«

»Was sollte er nicht mitbekommen?«

»Das mit dir. Wenn PLA den Verdacht hat, dass du beteiligt sein könntest, würde es nie aufhören.«

»Wegen PLA mach ich mir weniger Sorgen. Aber wegen Hogan, Adamo und Marrone. Wenn sie erfahren –«

»Sie wissen nichts von dir und mir. Aber mich hätten sie in jedem Fall umgebracht. Genauso wie sie Max umgebracht hätten, wenn er ...«

Plötzlich passte alles zusammen. Der Blick in Jennifers Augen, der mehr ausdrückte als nur Sorge, es könnte ein ungutes Gefühl zurückbleiben, wenn PLA misstrauisch wurde. Sie hatte bereits gewusst, was Swann ihr hatte sagen wollen; die Gefahr, in der sie war, die Leute, mit denen sie verkehrte. Max Henderson hatte es ebenfalls gewusst, hatte es auf die harte Tour erfahren.

»Willst du etwa sagen, dass sich Max umgebracht hat –«

»Um Zeit zu gewinnen ... Zeit für den Börsengang. Sie wollten ihn umbringen. Der Alte, Max wusste es. Dadurch, dass er sich umgebracht hat, hat er mir Zeit verschafft, um unseren Plan zu Ende zu bringen.«

Doch ab hier ergab alles keinen Sinn mehr. Warum waren die Hendersons nicht vorher geflohen? Hatten sich von Rosa Gold verabschiedet? Wo sie doch wussten, worauf alles hinauslief.

»Das verstehst du nicht«, fuhr sie fort, ohne ihn anzusehen. Auch ohne Nachdruck. Sie wollte ihn gar nicht überzeugen. »Max musste sowieso sterben. Er hatte Leukämie. Die Ärzte ... nichts half. Ich ... alle wussten, dass er es sowieso tun würde. Seine Entscheidung treffen.«

Swann wandte sich ab. Er konnte sie nicht ansehen, schon die schmerzerfüllte Stimme war unerträglich.

»Er wollte mich freigeben, obwohl ich gar nicht frei sein wollte. Er hätte eigentlich nicht ... ich wusste einfach nicht *wann*. Ich dachte, wenn wir das hier zusammen durchziehen, wäre es für ihn leichter, hätte ihm Frieden gebracht. Er war überzeugt, dass sein Zorn die Krankheit erst ausgelöst hat. Ich dachte, dass er darüber hätte ... hätte lachen können. Jetzt verstehst du, warum ich dich gebraucht habe. Du kanntest ihre Welt. Wusstest, wie sie handeln. Ich hab dich gebraucht, um sie im Auge zu behalten, sie auf Distanz zu halten, bis ich ...«

Garth Oats kehrte mit zwei Reisetaschen zurück. Das Gewehr hatte er über die Schulter geschlungen. »Wir müssen los«, sagte er. »Ich schau, ob die Straße okay ist. Swann, sieh zu, dass du ihn wach kriegst.« Er deutete auf den Detektiv. »Zum Tragen ist er zu schwer.«

Aber Jennifer ließ Swanns Hände nicht los. »Garth hat einen von Marrones Leuten gesehen. Er ist da draußen und wartet auf ihren Anruf. Er wollte ihn ausschalten, aber ich hab gebeten zu warten, bis alles ...«

»Die wissen, dass du hier bist? Dann hat Garth recht. Wir müssen weg. Sofort.«

»Ich will, dass du's verstehst. Es ging mir nie ums Geld. Es ging um PLA. Und um Max' Vater. Seine Mutter. Ich wollte dich nicht täuschen. Du ... du bist –«

Eine Kugel von der Seite durchschlug ihren Oberkörper,

schleuderte sie von ihm fort. Instinktiv duckte sich Swann, riss sie mit zu Boden. Ein weiteres Mal sah er, wie sie – in Zeitlupe – von ihm fortgeschleudert wurde, selbst als er sie hinter einen Lehnstuhl zerrte, der keinerlei Schutz bot. Er sah, wie ihre dunkelblauen Augen seinen Blick suchten, dann das Erstaunen, kurz auch den Vorwurf, den Schock, das Unverständnis. Er sah sich um, entdeckte die .45er Webley des Detektivs neben der Eingangstür.

Aber sie hielt ihn fest, klammerte sich an sein Hemd, Äderchen platzten in ihren Augen. »Das Geld«, flüsterte sie. Die Kugel hatte ihre Lunge getroffen, ihr Atem ging pfeifend.

»Keine Sorgen wegen des Geldes«, erwiderte er. Und dann sah er, wie Garth Oats zum Seitenzaun lief, mitsamt Gewehr drübersprang. Swann streichelte ihr Haar, ihr Gesicht. Strich ihr die Tränen aus den Augen, den blutigen Schaum von den Lippen. Sie zog ihn zu sich, und er beugte sich näher zu ihr. »Es war wegen Max, ich war so sehr ...«

Und dann begann sie, das Bewusstsein zu verlieren, Furcht und Mitleid schlichen sich an, dann trat Dunkelheit in ihre blauen Augen.

Er roch Oats, noch bevor er bei ihm war, ein Geruch von heißer Erde, Holzfeuer, und spürte, wie aus seinem Innersten ein schwerer Seufzer aufstieg, jedoch nicht über seine Lippen kam, nur ein klägliches Stöhnen. Oats fiel neben Swann auf die Knie, seine Hände zitterten, auch als er sie sich auf die Oberschenkel presste. Swann wollte zu ihm sagen, »Jetzt schaut, was ihr getan habt, du und Max«, aber Oats hatte es schon verstanden, tief in sich. Die einzigen zwei Menschen in seinem Leben waren verschwunden.

Swann erhob sich, die Hände, das Hemd, auch Hals und Gesicht blutbesudelt. Der Detektiv war inzwischen aufgewacht und hatte alles gesehen, die Augen weit aufgerissen, das Gesicht gerötet.

Swann kniete sich neben ihn und löste das Klebeband, mit dem er gefesselt war, öffnete auch das um sein Handgelenk geknotete Baumwolltuch. Der Mann hatte sich eingenässt, er roch nach Pisse und alten Socken, sein Unterarm war dick geschwollen. Der Detektiv versuchte aufzustehen, aber seine Knie gaben nach, und er fiel mit einem Muskelkrampf zu Boden. Swann half ihm zurück auf den Stuhl. Er war fahrig und unsicher in seinen Bewegungen, machte kehlige Geräusche, seine Lider flatterten.

Der Mann hatte keine Ahnung, was passiert war. Oder warum. Es war besser, es dabei zu belassen.

Swann ging zurück zu Oats, kniete sich neben ihn. »Bring sie nach Cue. Zu Max' Vater und Mutter.«

»Sie wollte nach Hause, nach Tasmanien«, war Oats' einzige Antwort.

Swann hatte gerade die Webley ergriffen, als er hörte, wie in der Auffahrt Autotüren zugeschlagen wurden. Er entsicherte die Waffe und lud sie durch. Der Äther machte seinen Kopf immer noch wattig. Es war klar, dass sie kommen würden, sichergehen wollten, ob der Anschlag erfolgreich gewesen war. Swann beobachtete, wie Adamos Männer auf die Eingangstür zukamen. Der Kleinere mit dem roten Hemd schwang einen großen Hammer und schlug auf das Schloss. Das Holz splitterte, gab aber nicht nach. Den kräftigeren Mann, der wohl seitlich ums Haus gegangen war, hatte Swann aus den Augen verloren. Er würde aber erst über den hohen Zaun für Max' Hunde klettern müssen, über den Oats vorhin gestiegen war. Swann sah zu dem Detektiv, der sich mit seiner guten Hand an der Wand entlangtastete und bemühte, wieder Herr seiner Beine zu werden. Zum ersten Mal sah er Angst in seinen Augen.

Oats war verschwunden. Swann nahm den Detektiv am

Arm und führte ihn zur Hintertür. Öffnete sie und spähte vorsichtig nach links und rechts. Niemand zu sehen, noch nicht. Nur eine einzelne Messingpatrone, ausgeworfen von dem Gewehr mit Schalldämpfer neben der Reisetasche. Der tote Mörder war in das Beet mit Mohnblumen gezerrt worden. Nicht zu erkennen, wie er gestorben war.

Swann half dem Detektiv die Holzstufen hinab, begleitete ihn hinüber zum Schuppen und schubste ihn hinein. Dann hörte er, wie das seitliche Gartentor aufging. Stürzte zum gemauerten Grill auf der anderen Seite des schmalen Hinterhofs und versteckte sich dahinter.

Swann sah zum Zaun hinter sich. Nur zwanzig Meter und ein Sprung trennten ihn von der anderen Seite. Es war ein fester Jarrah-Zaun, der keinen Ton von sich geben würde.

Aber allein hätte der Detektiv keine Chance. Swann sah den muskulösen Bodyguard mit einem abgesägten Gewehr Kaliber .22, bestens geeignet für die Jagd in einem Vorort. Beim Anblick seines toten Kollegen zuckte er nicht einmal. Er ging durch die Hintertür ins Haus und kam gleich wieder raus – der andere Mann musste schon drinnen sein. Swann fluchte innerlich, als er den ersten Bodyguard im Schlafzimmer im ersten Stock sah. Der Mann hatte ihn entdeckt und hielt hinter der Glasscheibe den Hammer in die Höhe. Auf dem gepflasterten Weg kamen Schritte näher. Keine Zeit mehr, nachzudenken.

Mit Dennis Gould und Percy Dickson vor Augen schoss Swann dem Mann von hinten ins Knie. Der Knall des Schusses hallte aus dem Blechschuppen wider und schepperte in Swanns Ohr. Der Bodyguard schrie auf, seine Kniescheibe war zerschmettert, sein Bein gab unter seinem Gewicht nach. Im Fallen schoss er in die Bäume.

Swann rannte geduckt zu ihm, trat ihm ins Gesicht und

auf den Arm, riss ihm die .22er aus der Hand und warf sie in den Schuppen. Er sah, wie der Detektiv sie vom Betonboden aufhob, mit einer Hand anlegte und die Stirn des Gangsters ins Visier nahm.

Swann war ohne Deckung und rannte zur nächsten Kasuarine, jener, unter der sich Max Henderson das Leben genommen hatte. Er richtete seine Webley abwechselnd auf das Fenster und die Hintertür und hielt Ausschau nach dem Mann im roten Hemd, der, wie Swann wusste, mit einer kleinkalibrigen Beretta bewaffnet war.

Swann wartete, aber nichts tat sich.

Schließlich ging die Hintertür nach innen auf. Die Pistole auf einen niedrigen Ast gelegt, der ihn teilweise verbarg, zielte Swann mit angehaltenem Atem.

Da stürzte der Mann durch die Tür, schlug auf den Bodenplatten auf und rutschte unter den schmiedeeisernen Tisch der Gartengarnitur. Swann legte an, drückt aber nicht ab. Das rote Hemd bewegte sich nicht, und der Mann hatte keine Waffe in der Hand.

Mit ausdruckslosem Gesicht trat Garth Oats in die Tür. Ohne auf Swann zu achten, ging er zu dem Bodyguard, der mit schmerzverzerrtem Gesicht vor der Schuppentür lag. Er sagte etwas zu dem Detektiv, der ihm die .22er reichte.

»Was soll das denn?«, rief Swann. »Garth ...«

Aber es war zu spät. Der Knall des Gewehrs hallte durch den Garten und verebbte. Der Bodyguard war tot, die Kugel war durch sein rechtes Auge in den Schädel gedrungen. Kurz zuckte die rechte Hand noch auf dem staubigen Boden, dann nichts.

»Ihr seht besser zu, dass ihr verschwindet«, sagte Oats. »Gib mir die Webley, ich lass sie verschwinden.«

In dem aufgelassenen Schacht bei Cue.

46

In der Beaufort Street fand Swann endlich einen Parkplatz zwischen einem goldenen Toyota Crown und einem Kombi, einem lila Holden Sandman. Die gesamte William Street war von Motivwagen zugestellt, auf den Ladeflächen von LKWs waren riesige Anker, Meerjungfrauen und Quokkas aus Gips zu sehen, dazwischen standen kostümierte Darsteller. Die Gehwege waren voll mit Kindern und Jugendlichen aus den Vororten. Die Anwohner kamen immer wieder kurz aus den Cafés und Bars, um einen Blick auf den Mardi-Gras-Umzug zu werfen, bei dem alles auf das Startsignal wartete, um durch die Stadt zu ziehen. Am Anfang der Prozession befand sich ein gewaltiger schwarzer Pappmachéschwan, der mit Stahldraht festgezurrt war und im Wind wackelte. Daneben stehend, stimmte sich die Blaskapelle der Polizei ein. Swann schlängelte sich durch die Menge und kam zu einem Auflauf von Schaulustigen an der Ecke von James und William Street.

Reggie saß auf einem Hocker an der Bar des Great Western Hotel. Tom war hinterm Tresen und kümmerte sich mit Melanies Unterstützung um Reggie. Die Bar war voll, viele Gäste äugten von hier auf das Geschehen auf der anderen Straßenseite.

Melanie machte Swann einen Whisky und stellte ihn neben Reggies beschlagenes Gin-Tonic-Glas auf einen Untersetzer.

Swann hatte im Radio Nachrichten gehört. Zwei Tote nach einer Schießerei in den Büroräumen von Chisholm Gold. Die Situation inzwischen bereinigt. Ein Toter war ein Officer des CIB. Keine weiteren Angaben.

»Mein Junge, du riechst ein bisschen streng. Terpentin?«

»Äther.«

»Gestern Abend so schlimm?«

Swann rang sich ein Lächeln ab. Er hatte sich nur an einem vorstädtischen Sportplatz das Gesicht gewaschen und das blutige Hemd ausgezogen. Er legte die Hand auf Reggies knochige Schulter und drückte sie sanft. Reggie brauchte nicht von allem wissen, was passiert war, selbst wenn er keinen allzu schlechten Eindruck machte. Vielleicht lag das an der allgemeinen Aufregung, vielleicht an der Kombination aus Wacholder und Chinin, dem Zigarillo in seiner Hand.

»Immer noch am Stumpennuckeln?«

Reggie nickte und stieß eine dicke Rauchwolke aus. »Sind meine Erwachsenenlutscher. Ich kann ja nicht mehr inhalieren. Aber Aufhören ist jetzt auch sinnlos.«

»Musst du wissen.«

Draußen reflektierten die Scheiben der Mannschaftswagen und Zivilfahrzeuge das grelle Sonnenlicht. Mit einem Notizbuch in der Hand schritt Terry Accardi den Gehweg ab und inspizierte die Rinnsteine. Über einen Körper war eine Plastikplane gebreitet. Die Füße, einer nur mit Socke, am anderen noch ein brauner Halbschuh, ragten aus dem Türeingang.

»Warst du hier?«

»Aber ja, mein Junge, das konnte ich mir doch nicht entgehen lassen. Dennis wurde von einem Ex-Kollegen bei Capitol angerufen. Da sind heute einige hohe Tiere bös auf die Schnauze gefallen. Die Rosa-Gold-Bosse haben alles verloren. Ihre Freundin hat meinen höchsten Respekt. Ich hoffe, sie hat sich in Sicherheit gebracht.«

Swann nickte. Sein Gesicht brannte, sein Hals war trocken.

»Okay, lassen wir das. Aber später musst du mir alles mal genau erzählen. Also, wie gesagt, ich hab mir ein Taxi genommen und bin hergefahren, weil ich sehen wollte, ob ich was tun kann. Ich hätte dich eigentlich hier erwartet. Doch dann brach die Hölle los. Schüsse. Sirenen.«

»Wer war dabei?«

»Weiß ich nicht genau. Ich glaube, der da drüben unter der Plane ist Farquarson.«

Es war nicht mit Sicherheit zu sagen. Auf jeden Fall gehörten die Füße im Türeingang einem großen Mann. Terry Accardi verschaffte sich noch immer einen Überblick über den Tatort und kritzelte seine Beobachtungen in das Notizbuch. Es war jedoch eigenartig, dass man ihm eine so bedeutsame Ermittlung übertragen hatte. Polizistenmord. Kaum vorstellbar, außer seine Vorgesetzten hatten ihm den Fall gegeben, weil sie sicher waren, dass sie einen Frischling besser unter Kontrolle halten und dafür sorgen konnten, dass die Ermittlungen im Sande verliefen.

Falls sie das dachten, machten sie einen großen Fehler. Sie kannten Terry Accardi längst nicht so gut wie Swann.

Er konnte Accardi einiges von den Hintergründen zu Rosa Gold erzählen und fürs Erste schon einmal vorschlagen, einen Durchsuchungsbefehl für den Safe von Chisholm zu erwirken.

Aber das konnte noch warten.

Zwei Uniformierte kamen aus der Tür und nahmen ihre Mützen ab. Blieben kurz vor der Leiche stehen, dann setzten sie die Mützen wieder auf ihre kahlrasierten Schädel. Nach ihnen trat Ben Hogan ins Sonnenlicht. Sein Mund war nur ein schmaler grauer Schlitz, Blut troff auf sein Hemd. Die Schaulustigen auf dem Gehsteig vor dem Absperrband beugten sich vor. Hogan setzte seine Sonnenbrille auf. Fuhr sich mit einem Stahlkamm durch sein nachgefärbtes schwarzes Haar. Zündete sich eine Zigarette an und blickte in die versammelten Gesichter.

Auf der Suche nach Swann?

Hogan hatte bestimmt schon eine Erklärung dafür, warum er am Tatort war. Der Commissioner und der Polizeiminister würden sie ihm nur zu gerne glauben. Weil sie ihm glauben mussten. Egal was die anderen Zeugen sagten.

Nur die anderen Direktoren von Rosa Gold würden sicher gar nichts sagen.

Wie auch immer, fürs Erste war Swann in Sicherheit. Ben Hogan hatte nun andere, größere Sorgen. Seine Vorgesetzten würden ihn genau im Auge behalten. Keine krummen Touren mehr. Keinerlei falsche Aufmerksamkeit. Auf den Chefsessel waren auch viele andere scharf.

Gary Quinlivan wurde aus dem dunklen Türeingang geführt, gefolgt von Bernie Isaacs in Handschellen, der mit hochrotem Kopf und überschnappender Stimme Hogan anschrie.

Terry Accardi hörte Isaacs' gebrüllten Anschuldigungen aufmerksam zu. Er dürfte wissen, dass Bernie Isaacs sich gegenüber der Polizei kaum so freimütig zeigen würde. Dennoch überschüttete er Hogan weiter mit Vorwürfen, die diesem sichtlich unangenehm waren. Als er Isaacs den Rücken zuwandte, sah er die Batterie von Fernsehkameras und lauschenden Reportern. Er schien perplex, senkte den Kopf und wollte zurück in die Räume von Chisholm Gold gehen. Doch Terry Accardi hielt ihn auf.

Cleverer Junge. Kluger Schachzug.

Accardi wollte nicht, dass Ben Hogan unbeobachtet dort oben war und sich an den Dingen zu schaffen machte, wie er und Don Casey das angeblich vier Jahre zuvor am Tatort des Mordes an Ruby Devine getan hatten.

Hogan wirkte überrascht, blickte jedoch gleich darauf wieder ganz geschäftsmäßig und hielt Accardi die Hand hin.

Accardi ergriff sie, schüttelte sie jedoch kaum. Bernie Isaacs brüllte seine Anschuldigungen jetzt direkt in die Kameras, Teleobjektive und pelzigen Mikrofone auf Stangen. Gary Quinlivan stand neben ihm. Er schien sich so klein wie möglich machen zu wollen, was ihm mit seinem blassen, fleckigen Gesicht und seiner Haltung wie ein beleidigter Teenager, dem die langen Haare über die Augen fielen, auch ganz gut gelang.

Isaacs und Quinlivan wurden zu einem Gefangenentransporter geführt. Isaacs versuchte, seine uniformierten Begleiter zu treten, wurde niedergerungen und ins Wageninnere geworfen, dann wurden die Türen zugeschlagen und verschlossen.

Die Menge war wie angewurzelt stehengeblieben. Die Show war erst zu Ende, wenn die Leichen abtransportiert waren. Dann würden sich die Pubs füllen.

Reggie lachte über etwas, das Melanie gesagt hatte. Sie hatte eine Hand schützend auf seinen Arm gelegt. Er sah müde, aber zufrieden aus. Swanns Feinde waren auch Reggies Feinde, und heute hatten sie einen Sieg davongetragen. Seine blauen Augen, die tief in den dunklen Höhlen lagen, wurden feucht. Der Ausweg, für den sich Reggie entschieden hatte, schien klar. Eine vom Alkohol vorgezeichnete Abkürzung. Ex bis zum Exit. Mit einem Knall und einem Jammern. Und wenn Reggie es wollte, würde Swann bei ihm sein.

»Ich meld mich bei dir.« Swann trank sein Glas aus, nahm seine Zigaretten und drückte Reggies Schulter.

»Geh heim und kurier dich aus, Frank. Gutes Heilfleisch hattest du ja immer. Und hör mit den Glimmstängeln auf, mir zuliebe. Das musst du mir versprechen. Die sind langfristig Scheiße, gerade für einen Mann mit deiner Verantwortung.«

»Selbstverständlich«, willigte Frank ein.

»Gut, Frank. Und vergiss nicht, wir essen bald mal bei mir zu Abend. Ist ja bald Spargelzeit. Der kleine Dennis will kochen. Er behauptet, er hat ein super Rezept für Spargelsuppe. Er meint, dabei kommt's auf die Brühe an.«

»Na, da scheint der Schwanz ja mit dem Hund wedeln zu wollen.«

»So war er schon als Kind. Daran ist mein Bruder schuld. Der hat ihn immer wie einen Erwachsenen behandelt. Na ja, nicht mein Bier. Aber ich komm ins Plaudern. Du solltest machen, dass du heimkommst.«

Draußen auf der Straße kreuzten sich kurz Swanns und Hogans Blicke. Hogan bemühte sich, wichtig auszusehen, aber er wirkte verkrampft. Er stand steif und angespannt da, die Zigarette in seiner Hand würde ihm bald die Finger verbrennen. Er hatte alles verloren. Die Reichtümer nach jahrzehntelangem Raffen waren weg. Schon ein Windstoß konnte ihn wegwehen.

Als der Mardi-Gras-Umzug mit Steeldrums und quäkenden Dudelsäcken, Flöten und Trompeten in die Straße einbog und vom Flussufer die ersten Feuerwerkskörper über der Stadt aufstiegen, wandte sich Swann von dem Schauspiel ab. Der Motivwagen mit dem schwarzen Schwan, der die Prozession anführte, schlingerte und schaukelte, als die Zugmaschine einem Schlagloch auswich. Dann riss ein Spannseil. Die nächststehenden Männer packten es und wurden vom Wind beinahe von den Füßen gerissen.

Swann bog um die Ecke und ging zum Datsun, der im schrägen Licht des späten Nachmittags einen graubraunen Ton angenommen hatte. Die Hintertür des Sandman stand offen, auf einer Matratze waren vier nackte Füße zu sehen, AC/DC wummerte aus der Stereoanlage. Wände und Decke des Laderaums waren mit samtigem Stoff verkleidet, ein kleiner Fernseher und ein Kühlschrank waren darin, das Armaturenbrett mit Kunstpelz bespannt.

Der Datsun ging kurz in die Knie, als er sich reinplumpsen ließ. Swann klappte die Sonnenblende runter. Der Plastikbezug auf dem Sitz brannte heiß durch sein T-Shirt. Er startete den Motor und musterte sich im Rückspiegel. Die Schwellung um sein blaues Auge war beinahe abgeklungen. Die Schnitte auf seinen Wangen waren tiefrote Striche zwischen seinen Bartstoppeln. Es stimmte, schon als Jugendlicher war er oft mit übel zugerichtetem Gesicht heimgekommen. Aber das war früher gewesen. Die Dinge würden sich ändern müssen. Er verstellte den Rückspiegel und fädelte in den Verkehr ein.

47

Gary Quinlivan saß hinten im Käfig des Gefangenentransporters und hielt den Kopf auf die Hände gestützt. Sie standen noch immer auf dem Parkplatz der Central Police Station, aber nun war er allein. Er war immer noch nicht erfasst worden, und das beunruhigte ihn. Isaacs war schon vor einer Stunde abgeholt worden, und die beiden uniformierten Fahrer waren nicht mehr zurückgekehrt. Mittlerweile wurde es schon dunkel.

Garys Hände zitterten; die Handschellen schnitten in seine Handgelenke, er schwitzte. So etwas hatte er noch nie erlebt. Überdosen waren kein schöner Anblick. Kollabierende Lungen, Herzstillstand, das furchtbare Gurgeln. Aber da war er immer betäubt gewesen. Jetzt nicht. Die Schüsse hatten ihn tief im Innersten erschüttert. Das getrocknete Blut auf seiner Kleidung, in seinem Haar, der Geruch von rostigem Eisen. Er fühlte sich nackt. Fand auf der harten Metallbank keine bequeme Position. Bei jeder Explosion eines Feuerwerkskörpers erschrak er, ein Schauder lief ihm über den Rücken. Er wand sich innerlich. Vor Scham, vor Angst. Hogans Blick, als Gary zusammen mit Isaacs in den Transporter verfrachtet worden war.

Gary Quinlivan wusste zu viel.

Isaacs war verrückt. Was der alles herausgebrüllt hatte. Hogan hatte keine andere Wahl. Tommaso Adamo hatte keine andere Wahl. Wenn er sich beruhigt hatte und wieder klar sah, würde Isaacs vielleicht noch einmal darüber nachdenken, was er und die anderen wussten, und alles widerrufen.

Aber Hogan hatte Gary angesehen, als sei er ein Stück totes Fleisch.

Er und Isaacs waren die einzigen Zeugen der beiden Morde, an Farquarson und Bevans. Adamo und Marrone waren klug genug gewesen, die Beine in die Hand zu nehmen, als die anderen ihre Waffen zogen. Und sie hatten ihre Bodyguards und den alten Chisholm mitgenommen.

Sich wie Tiere auf dem Boden wälzend, hatten Hogan und Isaacs sich geprügelt, während Gary einfach dagesessen war, völlig geschockt, mit blutbesudeltem Gesicht, summenden Ohren. Die Zigarette in seiner Hand bis zum Filter runtergebrannt.

Dann die Sirenen, die schweren Stiefel auf der Treppe. Hogan mit der Pistole an Isaacs' Schläfe.

Gary konnte weder stillsitzen noch sich bewegen. Egal was er tat, seine Nerven schienen zum Zerreißen gespannt, er fühlte sich, als würde er jeden Moment verrückt werden. Er konnte seine Gedanken nicht kontrollieren. Er sah sich in einer Zelle, hängend. Sah Hogans Kumpel ihn nachts heimsuchen.

Er hörte das Knirschen von Stiefeln auf Kies, das Scheppern von Schlüsseln. Doch die Hecktür wurde nicht geöffnet. Der Wagen schaukelte leicht, als sich der Fahrer setzte. Die Handschellen schnitten ihm noch tiefer in die Gelenke, als Gary auf den Knien über den Blechboden krabbelte, um durch Drahtgitter und Glas zwischen Zelle und Fahrerkabine zu blicken.

Hogan. Und er war allein. Er hatte das Sakko abgelegt. Mit frischem Hemd und offenbar geduscht und frisch rasiert.

Aber seine Augen. Was lag in seinem Blick?

Ben Hogan drehte den Rückspiegel so, dass Gary ihn ansehen konnte. Hogan lächelte, winkte mit den Fingern, wie um sich zu verabschieden. Er zündete sich eine Zigarette an, atmete lässig aus. Nahm einen Straßenatlas aus dem Handschuhfach, öffnete ihn auf der Seite mit dem Kiefernwald von Gnangara und legte ihn offen neben sich auf den Beifahrersitz. Dort, wo schon seine Pistole lag. Er stellte das Funkgerät ab und das Radio an.

Gary wollte mit den Händen gegen das Drahtgitter schlagen, doch seine Knie gaben nach. Er wollte schreien, heulen, jaulen. Um das Gefühl hinter seinen Augen, in seiner Brust herauszulassen.

Doch Ben Hogan hatte den Rückspiegel schon verstellt, nachdem er Gary mit einem letzten angewiderten Blick bedacht hatte.

48

Marion tanzte mit Sarah und zwei Prostituierten, die sie auf ihrer üblichen Runde immer besuchte. Eine kannte Swann beim Namen. Sie hieß Rose und wohnte in einem heruntergekommenen Frauenhaus in der Pakenham Street. Auf der Bühne vor ihnen spielten Louise und Justin eine langsame Ska-Nummer, mit der sie die Tanzfläche zum Toben brachten. Ab und zu drehten sich die beiden um und sahen auf den leeren Hocker hinter sich, das verwaiste Schlagzeug und die darauf gekreuzt daliegenden Stöcke, mit denen Penny getrommelt hatte. Justin hatte Tränen in den Augen, als er »Pressure Drop« sang und einen schlanken blassen Arm um Louise legte, die ihren Bass zupfte.

»Wer's das?«

Cameron saß an der Bar und war so betrunken, wie Swann gehofft hatte. Ohne zu ahnen, dass er gerade den Test von Marions Vater für ihre neuen Liebhaber durchlief. *Mach sie so betrunken wie möglich und schau, was passiert.* Schau, ob was Bösartiges zum Vorschein kommt. Bitterkeit. Trauer. Etwas, das eine Ehe scheitern lassen oder deiner Tochter schaden könnte.

Swann suchte nach Anzeichen von Aggression in Camerons schwimmendem Blick, der wirr über das Publikum strich: blasse betrunkene Seeleute, Hafenarbeiter mit zerfurchten Gesichtern, ein paar Hippies und Surfer, Prostituierte an ihrem freien Tag, Studenten mit geweiteten Pupillen. Der Junge hatte schon zehn Wodka Orange intus. Swann trank nur Orangensaft, aber das wusste Cameron nicht. Die Barfrau war eingeweiht, und Swann musste nur mit dem Finger auf sein leeres Glas tippen.

Als der Song endete, sprang Cameron von seinem Hocker und applaudierte. Marion und Sarah kamen zu ihnen, und mit einem Zwinkern schlüpfte Marion unter Swanns Arm. Sie war vom Tanzen erhitzt, nippte an seinem Saft und verzog das Gesicht. Sie trat an den Tresen, bestellte sich einen Whisky and Dry und schlüpfte wieder unter seinen Arm.

»Du rauchst ja gar nicht«, sagte sie.

»Hab aufgehört.«

Sie reagierte wie erwartet, und das nicht ohne Grund.

»Ach ja? Na, schauen wir mal, ob du's zwei Monate durchhältst. Was ist mit Cameron? Gehst du hinterher noch mit ihm wohin?«

Swann schüttelte den Kopf. »Nein, ich hab genug gesehen. Der ist in Ordnung.«

Ein harter Schlag auf seinen Oberarm. Sarah funkelte ihn, aber lächelnd, an. »Das hab ich gehört. Der ist *in Ordnung*. Meine Güte, Dad!«

Sie rubbelte mit der Hand über die Stelle, auf die sie ihn geschlagen hatte, dann ergriff sie die Hand ihrer Mutter.

Swann hatte vorgehabt, mit Cameron durch die Spelunken von Freo zu ziehen und zu prüfen, wie er mit den Kriminellen, Säufern und Freaks zurechtkam, aber das war ihm nun doch zu anstrengend. Außerdem hatte er genug gesehen, um sicher zu sein. Sarah würde sich behaupten können.

Nach seiner Rückkehr aus Perth hatte Swann die ganze Nacht und einen halben Tag geschlafen, während Marion über ihn wachte. Am liebsten wäre er für immer in ihrem abgedunkelten Schlafzimmer geblieben und hätte einfach weiter geschlafen. Er konnte ihr noch nicht erzählen, was genau passiert war, aber sie hatte sein blutiges Hemd gesehen und Zeitung gelesen. Sie lag neben ihm unter dem Ventilator und hielt seine Hand.

Swann hatte sich erst aufgerafft, als er vom Gedenkkonzert für Penny erfuhr. Er duschte, zog sich an, aß eine Kleinigkeit und sah zu, wie sich ein Gartenfächerschwanz erfolgreich gegen eine Krähe zur Wehr setzte. Ein gutes Zeichen, fand er. Dann hörte er das Lärmen seiner Töchter, ihre Musik, ihr Rufen und Lachen, und ließ sich davon aus seinen Gedanken reißen.

Er rief Gus Riley an und sagte ihm, wo er seine Knucklehead finden würde. Dann meldete er sich bei Darren Plant in der Leichenhalle, erwähnte Max Hendersons Blutkrankheit und bat Plant, in den Akten nachzusehen. Es raschelte in den Papieren, schließlich meinte Plant, in den Unterlagen stünde nichts von Leukämie, doch wenn Henderson daran erkrankt gewesen wäre, dann hätten die Blutproben das zeigen müssen.

Swann versprach Marion und seinen Töchtern, dass er später zu ihnen stoßen würde, und fuhr wieder nach Perth. Er wollte zum Parliament House, das ein stark befahrener Freeway von den Bürgern trennte. Er vermutete zwar, dass weder Hogan noch Sullivan die Absicht hatten, ihn festzunehmen, aber für alle Fälle wollte er dem Oppositionsführer den angekündigten Besuch abstatten.

Weiche Teppiche, Jarrah-Dielen, Lampen von Anglepoise, Messingbeschläge. Die großen sonnengebräunten Hände des Mannes lagen auf einem Walnussschreibtisch, als er die Sekretärin aus dem Zimmer schickte. Swann trug ihm vor, was er wollte – dass Hogan sich zurückhielt, Adamo ihn in Ruhe ließ. Swann hatte keinen Grund, dem Politiker zu vertrauen, doch der versicherte ihm, dass er alles in seiner Macht Stehende tun würde. Er habe Adamo und Konsorten satt und wolle Northbridge aufräumen, ein legales Casino gründen, das die anderen verdrängen sollte.

Swann war das alles ziemlich egal. Er übergab ihm die Fotos und die Aufnahme von Sullivans Anwesenheit bei der Sitzung von Rosa Gold, und kurz danach trat er aus dem holzgetäfelten Foyer hinaus in die Nachmittagshitze.

Im Company House fand er die Bestätigung für alles andere. Es dauerte etwas länger, als er gedacht hatte, aber er fand, wonach er gesucht hatte.

Garth Oats hatte Swann erzählt, dass Max' Vater von seinem Claim vertrieben worden war – ein Stück Land, das dann Teil der Day-Dawn-Mine bei Cue wurde. Swann forderte die Akten zu PLA an, alle siebzehn, und setzte sich, um sie durchzusehen. Er fand das Gesuchte in der zweituntersten Akte, den frühen PLA-Unternehmungen in den Gebieten von Big Bell und Day Dawn.

1934 hatte PLA die nördlichen Grünsteingürtel bei Cue, deren Ursprung in den gewaltigen brekziierten Graniten ihres ersten Claims lag, »durch Kauf konsolidiert« und war zum ersten Bergbauunternehmen geworden, das »industrielle Schürf- und Mahltechnologie« einsetzte. »Durch Kauf konsolidiert«. Was laut Max Henderson bedeutete, dass sein Vater zur Aufgabe gezwungen worden war, weil man ihm sonst die Hand mit Hammer und Meißel abgeschlagen hätte.

Für jeden außer vielleicht einen Geologen wären fünfzig Jahre ein zu langer Zeitraum gewesen, um sich seinen Hass zu bewahren. Doch Max Henderson war es gewohnt, in Zeiträumen von Millionen von Jahren zu denken. Die Dauer eines Menschenlebens war nichts, der Sohn wollte das Werk des Vaters vollenden.

PLA war von Anfang an Hendersons Ziel gewesen, schon als er den Rosa-Gold-Vorstand davon überzeugt hatte, dass er an die Sache glaubte, an derselben *Krankheit des Herzens* litt.

Aber Max Henderson litt nicht an derselben Krankheit wie die anderen Direktoren. Swann hatte es geahnt, als Jennifer ihm von Max' Krebserkrankung berichtete, an der er ohnedies sterben würde. Hatte er seine Frau angelogen, als er eine Krankheit erfand, um seinen Selbstmord zu rechtfertigen? Oder war es eine noch langwierigere Krankheit gewesen, die ursprünglich von dem herrührte, was man seinen Eltern angetan hatte und das auch an seinem Herzen, seinem Verstand fraß? Swann hatte Scham in Jennifers Augen gesehen. Vielleicht keine Scham darüber, dass sich ihr Mann das Leben genommen hatte, aber darüber, dass er ihr nicht anvertraut hatte, wann und wie?

Er hatte sie alleingelassen, es ihr überlassen, die losen Enden aufzunehmen und seinen Racheplan zu Ende zu bringen. Und im Grunde hatte sie keine Wahl gehabt. Er hatte ihr gesamtes Vermögen darauf verwendet.

PLA war ein großer internationaler Konzern, der gerade um gut fünfzehn Millionen Dollar erleichtert worden war. Vielleicht hatte Max Henderson in den Direktoren von Rosa Gold dieselbe Rücksichtslosigkeit erkannt, die aus dem einstigen Zusammenschluss kleiner Bergbauunternehmer, der PLA gewesen war, diesen mächtigen Konzern hatte werden lassen. Mit denselben Persönlichkeiten. Denselben Schwächen.

Statt direkt gegen PLA vorzugehen, hatte Max Henderson die Bohrungen für Rosa Gold übernommen und manipulierte Proben lanciert, um den ganz großen Fisch zu ködern. Er und Jennifer hatten den Spieß umgedreht und die Gier, die Rosa Gold ebenso beherrschte wie PLA, gegen sie verwendet. Die Krankheit des Herzens, die sie tiefer und tiefer im Betrug versinken ließ.

Max Henderson hatte Rache genommen.

Doch zu welchem Preis?

Jennifer Henderson war ihm ins Jenseits gefolgt, samt ihren Millionen. Doch um Geld war es nie gegangen. Jennifer hatte einen Mann geliebt, der sie nicht wiedergeliebt hatte. Der dazu gar nicht fähig gewesen war. In Vietnam hatte Max Henderson seinen Hubschrauber nur deswegen auf eine Weise geflogen, die ihn von anderen unterschied und ihm Orden und Medaillen brachte, weil er nichts für das Leben empfand, nichts dafür empfinden konnte.

Swann wusste, wie sich das anfühlte; auf das Ende zu warten, zu hoffen.

Doch das war vorbei. Er sah zu Marion und Sarah, die zurück auf der Tanzfläche waren und es schafften, zwei betrunkene Sharpies mit schwarzen Jeans, Stiefeln und kurzgeschorenen, nur im Nacken etwas längeren Haaren so lange zu ignorieren, bis einer merkte, dass Sarah schwanger war. Marion und Sarah lachten, als die beiden abzogen.

Louise war auf der Bühne hinter der Absperrung und spielte für das wilde lokale Publikum, das sie allmählich für sich gewann. Als sich ihre Blicke trafen, zwinkerte sie kurz und hielt dann – ein kleiner Scherz zwischen ihnen – ganz still, stand mit reglosem Gesicht stramm aufrecht und spielte ihren Bass wie Luther Perkins Gitarre.

Jennifer Henderson hatte davon geträumt, in den Bergen Tasmaniens Zuflucht zu finden, aber der Gedanke an die schneeüberzogenen Hügel und die dicht stehenden Farne unter kahlen Granitfelsen ließen ihn schaudern. Er griff nach seinem Orangensaft und hob ihn ins Licht.